# 시론

A Study of Poetry
by Bliss Perry

# 시론

초판 1쇄 인쇄 · 2019년 10월 28일
초판 1쇄 발행 · 2019년 11월 5일

지은이 · 블리스 페리
옮긴이 · 맹문재, 여국현
펴낸이 · 한봉숙
펴낸곳 · 푸른사상사

주간 · 맹문재 | 편집 · 지순이 | 교정 · 김수란
등록 · 1999년 7월 8일 제2-2876호
주소 · 경기도 파주시 회동길 337-16 푸른사상사
대표전화 · 031) 955-9111(2) | 팩시밀리 · 031) 955-9114
이메일 · prun21c@hanmail.net
홈페이지 · http://www.prun21c.com

ⓒ 맹문재 · 여국현, 2019

ISBN 979-11-308-1475-9   93800
값 23,000원

# 시론

블리스 페리 지음 | 맹문재 · 여국현 옮김

A Study
of Poetry

푸른사상
PRUNSASANG

# 서문

M. S. P.에게

내가 이 책에서 하려고 하는 시 연구 방법은 몇 년 전『책 읽기에 대한 조언』(*Counsel Upon the Reading of Books*) 가운데 "시"에 관한 장에서 이미 시도된 바 있다. 발생론적 방식이 그 주제에 접근하는 자연스러운 방식이라는 나의 확신은 많은 시 애호가들에게 사랑을 받아왔다. 하지만 나는 내 주장을 "인상, 상상력 변화, 그리고 표현"이라는 세 층위의 과정을 강조하면서 일련의 공식으로 밀고나가지 못했다. 공식은 비평가들과 교사들에게 확실히 위험하면서도 유용한 면이 있지만, 시를 이해하고 감상하는 훈련의 아주 작은 부분을 차지할 뿐이다.

서사시와 극은 다른 책에서 많이 적절하게 다루어왔기 때문에 거의 혹은 전혀 논의를 하지 않았다. 우리 세대는 특히 다양한 형식의 서정시에 매혹당하고 있어서, 나는 제2부에서 이 분야에 특별한 관심을 기울였다.

나는 이 책이 전통적인 "일반 독자"의 관심을 끌기를 바라는 동시에 교실에서도 유용하게 활용될 수 있도록 배열하려고 노력했다. 따라서 나는 주석과 예시 그리고 부록을 통해서 학생들에게 유용한 방법들과 자료들을 제시하려고 시도했다.

나는 올던 교수에게 감사를 표하고 싶다. 올던 교수의『시와 영시 개론』 (*Introduction to Poetry and English Verse*)은 하버드대학에 개설된 내 시 강의에 교재로 사용해왔다. 운율에 대한 그의 시각은 내가 생각하는 것보다 훨씬 더 많은 영향을 내게 끼쳤다. 시에 대한 관심이 예외적일 정도로 다시 살아난 지난 10년은 시론 분야에 많은 가치 있는 성과들을 생산했다. 나는 페어차일드(A.H.R. Fairchild) 교수의『시 창작』(Making of Poetry)이 특히 시사점이 많다는 것을 발견했다. 그 주제에 대한 최근의 연구 결과에 대해서는 주석과 참고문헌 목록을 참고해주기를 바란다.

예일대학의 쿡(A.S. Cook) 교수와 노스웨스턴대학의 스나이더(F.B. Snyder) 교수는 아주 친절하게도 이 책의 몇 장들을 읽어주었으며, 하버드대학의 바움(P.F. Baum) 박사는 너무도 정중하게 나를 도와주었다. 그 외에도 몇몇 동료 작가들의 책에서 인용할 수 있도록 동의를 받는 특별한 호의를 받았는데, 특히 브랜더 매튜스(Brander Matthews)는『이 많은 세월』 (*These Many Years*)의 문장들을, 그리고 헨리 오스본 테일러(Henry Osborn Taylor)에게는 그의 고전적 저작인『중세의 고전적 유산』(*Classical Heritage of the Middle Ages*)에서 구절들을 인용할 수 있는 도움을 받았다.

나는 또한 저작권이 있는 책에서 짧은 인용문들을 사용하도록 관대하게 허락해준 출판사들에게도 고마움을 전한다. 특히 헨리 홀트 앤 코(Henry Holt & Co)는 윌리엄 제임스(William James)의『심리학』(*Psychology*)에서 인용을 허락해주었으며, 맥밀런 출판사는 존 라 파지(John La Farge)의『회화에 관한 고려 사항들』(*Considerations on Painting*)의 대출을 허락해주었다.

B. P.

# 차례

# 제1부  시 일반론

시론

제1부

# 시 일반론

"시드니와 셸리가 이 변호를 간청하는구나.
그들이 말했다는 이유로, 우리가 입을 닫아야겠는가?"

"Sidney and Shelley pleaded this cause.
Because they spoke, must we be dumb?"

— 조지 E. 우드베리(George E. Woodberry),
『새로운 시의 옹호』(*A New Defense of Poetry*)

# 제1장

# 전체적 배경

흐린 가을날이다. 나는 책상에 앉아 시에 관한 첫 장을 어떻게 시작해야 할지 망설이고 있다. 창밖에는 한 여인이 파헤쳐진 화단의 갈색 흙 앞에 쪼그리고 앉아 다음 해 봄의 개화를 기대하듯 모종삽으로 튤립의 구근(球根)을 사랑스럽게 덮어주고 있다. 저 여인은 캐서린 티난(Katharine Tynan)의 시 「구근 심기」(Planting Bulbs)를 알고 있을까? 아마 모를 것이다. 나는 나도 모르게 꾸물거리는 펜을 내려놓고 그 시를 웅얼거리고 있다.

> 초원의 차가운 흙 아래
> 내 구근을 일렬로 묻는다
> 서리와 눈이 사라지고
> 겨울이 지나갈 때까지
>
> · · · · · ·
>
> 잔디와 진흙을 뒤적이며
> 　나는 가난하고 서러운 사람들을 생각한다

첨탑 아래 교회 공동묘지에
　죽은 이들을 묻은 그들을

모든 가난한 사람들은
　비탄에 잠긴 채 흐느끼며
죽은 이들을 부르지만 소용이 없구나
　죽은 이들은 조용히 미소 지으며 잠들어 있을 뿐.

친구들이여, 자 이제 귀 기울여 들으라
　슬픔과 한탄일랑 그만두고,
죽은 이들이 산 자들처럼
　돌아올 날이 있을 것이니.

부르는 소리, 발자국 소리 들리고
　황금빛 나팔소리 울려 퍼지며
그 소리로 죽은 이들 흔들어 깨워
　일어나 걷게 하리라.

마침내 수선화의 계절이 오면
　사랑하는 사람은 연인에게 달려가고
친구들 모두 함께 모이리니;
　죽음과 겨울은 끝이 나리라.

내 뿌리 어둠 속에 누워 있으나
　나 미래의 꿈을 꾸노라.
입술과 입술 맞추고, 가슴에 가슴 맞대고, 들으라!
　더 이상 울지 말고, 환하게 웃으라!"

Setting my bulbs a—row
　In cold earth under the grasses,
Till the frost and the snow

Are gone and the Winter passes —

. . . . . .

Turning the sods and the clay
   I think on the poor sad people
Hiding their dead away
   In the churchyard, under the steeple.

All poor women and men,
   Broken—hearted and weeping,
Their dead they call on in vain,
   Quietly smiling and sleeping.

Friends, now listen and hear,
   Give over crying and grieving,
There shall come a day and a year
   When the dead shall be as the living.

There shall come a call, a foot—fall,
   And the golden trumpeters blowing
Shall stir the dead with their call,
   Bid them be rising and going.

Then in the daffodil weather,
   Lover shall run to lover;
Friends all trooping together;
   Death and Winter be over.

Laying my bulbs in the dark,
   Visions have I of hereafter.

Lip to lip, breast to breast, hark!
No more weeping, but laughter!

그러나 이것은 책의 한 장(章)을 시작하는 방식이 아니며 의도를 암시할 뿐이다. 창밖을 내다보며 캐서린 티난을 인용하기보다는 좋건 나쁘건 책을 시작하는 문장을 쓰는 것이 어떤가? 그러자 그 질문에 대한 응답이기나 하듯 마침내 이 장을 시작할 한 가지 방법이 문득 떠올랐다. 이 책에서 내가 하려는 일이 적절한 산문으로 운문이 지닌 묘한 능력의 일부라도 설명하려는 것이기 때문이다. 그 능력이란 예컨대 다음과 같은 것이다. 구근을 심는 여인과 같은 물리적 이미지를 포착하여 그 이미지를 죽은 이들의 부활에 대한 상징으로 변형시키는 능력, 사실을 진실로, 갈색 흙을 미(美)로 변형시키는 능력, 인간 언어의 단속적인 음절들을 완전한 음악으로 개조하는 능력, 따분한 사고와 끝없이 출몰하는 두려움 때문에 풀이 죽은 인간의 영혼을 고양시켜 황홀하게 함으로써 울음은 웃음으로, 한창 때를 지나 떠오르는 죽음의 예감은 삶에 대한 확신으로 변형시키는 것이며, 나아가 개인적 경험이라는 좁디좁은 길을 상상력이 다스리는 무한한 공간으로 확장하는 능력이다. 분명히 시는 이 모든 역할을 하고 있다. 하지만 어떻게? 또 왜? 문제는 이 질문들이다.

"시의 미래는 광대하다."고 매튜 아널드(Matthew Arnold)는 선언했다. 문학을 사랑하는 사람치고 이 의기양양한 주장을 의심하는 사람은 거의 없다. 그러나 시의 과거 또한 광대했다. 기억할 수도 없을 만큼 오랫동안 존재해온 엄청난 양의 시들을 보라. 시는 그 어떤 역사의 기록보다 일찍 인간의 의식에 자리 잡았으며, 문명을 이룩해온 모든 종족 중 가장 세련된 영혼을 지닌 몇몇 존재들이 시 창작에 헌신해왔거나, 혹은 적어도 시를 암송하고 읽으며 그 의미를 명상하는 기쁨에 기꺼이 스스로를 바쳐왔다. 이

제1부 시 일반론

처럼 풍부한 인간적 배경을 인식한다면 시에 대한 진술들을 연구하고 그 본질적 특성을 확정하려는 새로운 노력이 수반되어야 함은 마땅할 것이다. 시에 대한 진술들은 실제로 다소 복잡하며, 시의 특성은 적어도 어떤 면에 있어서는 항상 신비한 것으로 남을 것이다. 그러나 이 복잡함과 신비함 속에 깃든 시의 매력이 무수한 세대를 매혹해왔으며, 과학의 발전과 학문의 결실에 의해 파괴되기보다는 오히려 더 심오해졌다.

민속학과 비교문학은 시의 비밀을 설명하는 데 얼마간 도움이 되어왔다. 심리학 실험, 비평사, 언어학적 탐구, 현대에 들어 음악과 여타 예술의 발전 또한 우리가 시 예술을 지적으로 즐기는 데, 그리고 인류의 삶에 있어서 시가 차지하는 중요성에 대해 인식하는 데 기여해왔다. 지식의 상호 연관 관계가 이보다 더 예리하게 인식되는 탐구 분야는 없다. 시 연구 영역의 초심자는 과학적 관찰 분야에서, 분석하는 습관 속에서, 민족과 역사적 시기의 연구 속에서, 언어의 사용 속에서, 순수 회화의 해석과 실행 속에서, 혹은 자신의 리듬감을 개발시켰던 그 어떤 육체적 훈련 속에서―이 모든 것 속에서 그가 이제까지 받아왔던 어떤 실질적인 훈련이라도 이 새로운 연구 분야에서 확인 가능한 가치를 지니게 될 것이라는 사실을 떠올리며 즉각 위안을 느끼고 자신의 열정을 키울 수도 있다.

그러나 이 새로운 분야를 조사하기 위하여 그의 특별한 지식이나 태도를 적용하기 전에 먼저 시 연구가 포함하고 있는 보다 광범위한 질문들을 인식하지 않으면 안 된다. 이러한 질문들 가운데 첫 질문은 시 연구가 미학 일반의 영역과 맺는 관계이다.


## 1. 시 연구와 미학 연구

그리스인들은 시 연구를 설명하는 편리한 용어를 발명했다. "시학"(Poetics)이 그것이다. 아리스토텔레스의 너무도 유명한 단편논집이 저 제목을 취하고 있는데, 그 책은 특정한 유형의 시에 대한 성격과 법칙, 그리고 시와 다른 예술과 관계를 다루는 것이었다. 그리스인들은 우리와 마찬가지로 시를 하나의 예술로 간주하며, 시란 리듬감 있게 배열된 언어를 통해 감정을 표현하는 것으로 여겨왔다. 하지만 그들이 시에 유용한 특정한 종류의 감정과 시인들이 사용하는 다양한 유형의 리듬감 있는 언어 배열에 대한 탐구를 시작하는 순간, 그들은 다른 질문들을 묻지 않을 수 없게 되었다. 다른 예술은 감정을 어떻게 전달하는가? 그 과정에서 그들은 어떤 율동적 질서와 배열 속에 사실들을 활용하는가? 예술 작품을 대할 때 우리 내면에는 무슨 일이 벌어지는가, 달리 말해 예술적 자극에 대한 우리의 반응은 무엇인가?

이러한 폭넓은 질문에 대한 답을 찾아 우리 현대인들은 소위 미학으로 눈길을 돌린다. 그리스어인 "aisthanomai"(지각하다)로부터 나온 미학이라는 용어는 "감각 지각과 관련 있는 모든 것"이라고 규정되어왔다. 그러나 이 용어를 오늘날과 같은 의미로 처음 사용한 사람은 18세기 중엽의 독일 사상가 바움가르텐(Baumgarten)이었다. 그가 의미한 바에 따르면 그 용어는 "순수예술 이론"이었다. 이 용어는 "미(美)에 대한 학문"과 "미의 철학" 양자, 즉 미 자체의 본성과 기원에 대한 성찰뿐만 아니라 아름다운 것에 대한 분석과 분류를 묘사하는 데 유용하다는 것이 입증되었다.

그러나 미학이론이라는 형식적 언어 사용보다 수천 년 앞서 미학적 탐구와 그에 대한 응답이 있었다는 사실을 명심할 필요가 있다. 키플링(Rudyard Kipling)의 「엉의 이야기」(Story of Ung)는 현대의 스튜디오와 교실에서 확정짓기 위해 토론하지만 성과를 얻지 못한 바로 그 문제를 토굴인들이 논의하고 있는 모습을 명백하게 보여주지만, 예술의 영원한 문제인 그 주제에 대한 그들의 시도는 공허할 수밖에 없다.

자, 여기 두 얼굴, 나무 두 그루, 두 가지 색이 있다. 그 둘 중 다른 하나가 다른 것보다 더 좋아 보인다. 그 대상들 사이에는 대체 어떤 차이점이 있는가? 우리가 선호하는 얼굴, 나무, 색깔의 어떤 점이 그것을 바라보는 우리의 내면을 동요시키고 일깨우는가? 이런 질문들이 우리가 심미적 문제라 부르는 것이다. 하지만 인간이라면 누구나 의식적으로 이런 질문을 하지 않아도 미에 대한 섬세하고도 확실한 감각을 지닐 수 있다. 아름다운 자연 대상들에 대한 인식은 물론 아름다운 예술 작품을 창조할 수 있는 능력조차도 미학적 성찰을 위한 재능에 수반되지 않을 수도 있다. 오히려 반대로 수많은 미학 교수들이 추한 집에서 만족하며 살아가는 모습을 보며 여러분들은 그가 강과 하늘을 바라보거나 음악을 듣고 맥박이 고동치는 자극을 느낀 적이 있다는 생각을 하지 못할 수도 있을 것이다. 그럼에도 불구하고 어느 누구도 공식적인 미학사의 책장을 넘길 때마다 이 분야에서 가장 오래되었을 뿐 아니라 외면적으로 가장 단순한 질문이 가장 민감하며 어떤 의미에서는 가장 현대적인 질문이라는 사실을 상기하지 않을 수 없다.

예를 들어 보즌켓(Bernard Bosanquet)이 언급한 미학 이론에 대한 그리스인들의 세 가지 철학적 공헌을 예로 들어보자.[1]

(1) 예술은 실체가 아니라 이미지를, 즉 미학적 "심미적 유사성"이나 혹은 예술가에게 보이는 대로 사물들을 다룬다는 개념.

(2) 예술은 "모방"으로 이루어진다는 개념. 이 주장은 모방 자체보다 모방되는 존재가 더 "가치 있다"라는 말도 안 되는 주장까지 나아간다.

(3) 미란 대칭, 부분들의 조화, 한마디로 말해 "다양성 속의 통일성"이라 할 수 있는 특정한 형식적 관계로 구성된다는 개념.

---

1    Bosanquet, *History of Aesthetic*, ch. 3.

첫 번째 개념을 실행하지 않고는 코닥 카메라로 스냅 사진 한 장도 찍을 수 없다. 두 번째, 세 번째 개념을 고려하지 않고서 "새로운 음악"과 "자유시"를 이해할 도리는 없다. 아리스토텔레스의 『시학』에 포함된 정말로 중요한 논의에서처럼 시를 공부하는 연구자가 미학 이론을 친숙하게 안다는 것의 가치는 때로 명백하다. 하지만 그 보다는 그의 공감과 기호에 영향을 미치는 간접 자극 속에서 미학과 친밀성이 지니는 가치를 찾아볼 수 있을 것이다. 왜냐하면 그는 고대에 널리 퍼졌던 미에 대한 의식과 중세의 화려한 예술 창조의 시기, 그리고 풍경과 보다 풍부하고 깊은 인간의 감정에 대한 새로운 감정의 성장과 예술 작품의 "의미" 혹은 개별적 "특징"의 등장 등을 연구해야만 하기 때문이다. 궁극적으로 그는 미의 본질에 관한 칸트, 헤겔, 콜리지의 철학적인 논지에 몰두하거나 현대적 실험실의 호기심어린 실험 미학의 분석을 따랐을 수도 있다. 이 지점에 이르면 미학적 자극에 대한 정신물리학적 반응이 정교하게 기록되고, 선, 색, 어조가 인간의 기관에 미치는 영향이 수학적으로 엄정하게 설명된다. 이렇게 되면 그는 애초에 미를 정의하는 데 어려움을 과도하게 느낄 필요가 없다. 핵심은 인간이 아름다운 대상들과 아주 오랫동안 친숙하게 몰두해왔다는 것을 인식하는 것이며, 시의 본성과 법칙에 대한 어떠한 연구도 틀림없이 그를 미학적 감정 일반의 본성과 표현과 같은 보다 깊은 호기심으로 이끌어가리라는 사실이다.

## 2. 예술 생산을 향한 충동

나아가 그 누구도 다른 예술의 창조적 충동의 기원과 작용에 관한 보다 광범위한 질문을 제기하지 않고는 시가 존재할 수 있는 방법에 대해 물을 수 없다. 원시인들이, 그리고 이후의 문명의 단계에서 순수예술 전문가들이 소유했던 것과 같은 단순한 미의식과 구체적인 예술 작품 사이에는 심연이 존재한다는 것이 명백하다. 수많은 사람들이 조각, 교향곡, 송시를 즐긴다. 그러나 작품을 창조할 수 있는 사람은 천에 하나도 안 된다. 단순히 감식안만 가지고 작품을 생산할 수는 없다.

에드워드 피츠제럴드(Edward FitzGerald)는 "멋진 시 한 행을 지을 줄 아는 능력은 이 교묘하게 편집된 우주 내에 존재하는 그 유능한 편집자의 모든 능력을 초월한다."고 말했다. 어떤 사람에게 아름다운 대상을 창조하도록 촉구하는 충동은 무엇인가? 즐기는 이와 생산하는 이를 구분하는 그 심연을 가로지르는 것은 도대체 어떻게 가능하단 말인가?

이 경우 질문하는 것이 질문에 대해 완전히 만족할 만한 답을 찾기보다 쉽다. 시인의 경우 플라톤의 설명은 아주 간단하다. 그는 그것을 직접적인 신성의 영감이라고 답한다. "신"이 시인을 소유한다는 것이다. 어떤 의미에서 그것은 아마 사실일 것이며, 나중에 다시 그 이야기를 하겠지만, 우선은 창조적 충동의 실행을 위한 몇몇 조건들을 살펴보자. 현재의 이론가들 또한 그것을 설명하려고 부단히 노력해왔다.

사회적 관계는 분명히 예술 충동을 향한 한 가지 명백한 조건을 제공한다. 집단적 흥분 상태에서 원시인들의 손뼉 치기와 허벅지 치기, 감탄하는 구경꾼 앞에서 노래하고 춤추기, 원시 민요의 합창, 후렴구를 따라 부르거나 반복하는 군중, 옷감을 짜며 부르는 노동요, 선원들의 "영창", 장례 의식, 종교적 행렬과 야외극, 이 모든 것은 공동체의 정서적 표현이다. 그리스와 이탈리아에서 몇몇 위대한 예술 생산의 시기에 영감을 불어넣었던 것이 바로 이러한 공동체적 감정, 즉 광범위한 공동체에 널리 퍼진 기쁨의 감각이었다. 문명화가 진행됨으로 해서 이러한 공동의 감정은 종종 사라지고 우리는 단지 개별적 예술가를 직면하게 되는 것도 사실이다. 우리는 자기 정원에 있는 탁자에 앉아 "가을에 부치는 송시(頌詩)"를 쓰고 있는 키츠나 플로렌스 근처에서 "서풍(西風)에 부치는 노래"를 쓰고 있는 외로운 셸리, 도브 오두막 뒤의 좁은 산책로를 걸으며 시를 웅얼거리는 워즈워스, 다락방에서 작곡하고 있는 베토벤의 모습을 본다. 그러나 이처럼 고독한 상황에서 수행된 창조적 행위는 공동의 감정을 불러일으키는 독특한 잠재력을 지니고 있다. 창조의 순간에 예술가는 바로 이 공동의 감정으로부터 도피한다. 그가 고독 속에서 창조하는 것을 세상은 사라지게 두지 않는다. 세상에 알려지는 만큼 그의 작품은 실제로 인류를 통합시킨다. 그로써 예술은 사회적 목적을 달성하는 것이다. "예술의 기능은 사회적 통합이다."

톨스토이는 예술이 지니는 이와 같은 "감정의 전달", "감염"이라는 특성을 지나칠 정도로 사람들 사이의 결합 수단으로 만들어버린 결과 좋은 사례를 불합리한 것으로 환원시켜버렸다. 그 스스로 특정한 예술 작품이 관객, 특히 교육받지 못한 "시골뜨기 관객"을 정서적으로 감염시키지 못한다면 그것은 전혀 예술이 아니라고 믿게 되었다. 그는 음악, 건축, 그리고 분명하게도 시에 있어서 확실히 복잡하거나 다른 어떤 유형의 미가 있다는 진리를 간과했다. 이러한 유형의 미는 경험이 부족하고 교양이 없는 관객이나 청자는 그 존재 자체도 알 수 없게 만들 정도로 집중된 관심과 분석적이며 성찰적인 능력을 요구하는 것들이다. 드뷔시의 음악, 브라우닝의 극적 독백, 헨리 제임스의 단편소설 등은 톨스토이가 말하는 전형적인 시골뜨기들을 위해 쓰인 것들이 아니다. 그 예술들이 그들에게는 아무것도 "전달"하지 못할 것이다. 그러나 천재적인 톨스토이가 좀 고집스럽게 과장하여 말한 점은 있다 해도 정서를 예술적 충동의 토대로 주장한 점에 있어서는 가치 있는 기여를 한 것도 사실이다. 창조적 본능은 의심할 바 없이 강한 감정, 실제적 창조 활동을 수반하며 이 조화로운 정서의 표현에서 느끼게 되는 무언가를 능력 있는 관찰자가 공유하게 된다. 예술 작품의 영원한 생명력은 쾌락을 전하고 자극하는 그 능력에 달려 있다. 토머스 그레이의 "비가"와 그 시가 무수한 인간의 세대에 부여해온 기쁨에 대해 생각해보기만 해도 이것은 자명하다.

예술적 충동의 또 다른 개념은 그 충동을 "유희 본능"과 연결시키려는 시도다. 칸트와 실러에 따르면 급박한 필요와 의무 사이에는 자유로운 "유희의 왕국"이 존재하며, 이 자유로운 왕국에서 인간의 완전한 본성이 스스로를 드러낼 수 있는 기회를 갖게 된다. "유희" 할 때만, 즉 자유롭게 창조할 수 있을 때만 인간은 비로소 완전한 인간이 된다. 허버트 스펜서와 그 후의 많은 이론가들은 어린 동물의 놀이, 잉여 에너지의 자유로운 표현, 근육 활동에서 나타나는 유기적인 쾌락과 예술가들의 특징이라고 할 수 있는 잉여 생명력의 "유희적" 소비 사이에 유사성이 있음을 지적했다. 이러한 유사성이 비록 인간의 예술 창작과 관련된 모든 현상을 충분하게 설명해주지는 못하더라도 묘하게 시사하는 바가 있다.

유희 이론은 예술 충동은 실체보다는 미학적 외형을 다룬다는 예부터 내려오는 그리스의 통찰력 있는 인식을 제시한다. 예술가는 사물의 겉모양을 다뤄야만 한다. 물리적이건 논리적이건 사물들을 "그 자체로" 다루는 것이 아니라 예술가에게 보이는 대로 다룬다. 인상주의 화가나 이미지스트 시인의 작품은 이러한 의식을 단적으로 보여준다. 연극의 관례 역시 적절한 예이다. 무대장치, 대사, 행동 등 모든 것이 "연극 무대의 시각적 원근법"에 영향을 받는다. 그것은 모두 조화로운 인상을 부여하고자 하지만 실체가 아니라 유사성을 솔직하게 전달하는 특정한 어떤 "실마리"로 이루어져 있다. 무대 위에서 "현실적인" 효과를 부여하고자 열망하는 것은 미학에 반하는 것이다. 그렇다면 실제로 사람들이 죽어나가는 검투사의 쇼와 같은 게 되고 만다. 나는 일찍이 로미오 역의 서투른 검객이 티볼트에게 부상을 입히는 것을 본 적이 있다. 그 효과는 의심할 여지도 없이 실제 그대로였지만 충격적이었다.

미학적 유사성 혹은 "외형"의 원칙으로부터 많은 사상가들은 예술이 제공하는 쾌락은 그 본성상 공평무사해야 하며 공유 가능해야 한다는 결론을 도출해왔다. 대부분이 오롯이 즐거운 생각으로만 이루어져 있으니 공평무사한 것이다. 코클랭(E.H.A. Coquelin)은 말했다. 무대 위의 여인들은 관객에게 "단지 극적 즐거움만 제공해야지 연인이 느끼는 쾌락을 제공해서는 안 된다." 이것을 서정 시인의 쾌활한 이기주의와 비교해보라.

> 만약 그녀가 나에게 그리 대하지 않는다면
> 그녀가 얼마나 아름답건 내게 무슨 상관이란 말인가?

> If she be not so to me,
> What care I how fair she be?

특정한 초연함은 종종 위대한 예술의 특성으로 간주된다. 나폴리의 프시케(The Psyche of Naples)와 밀로의 비너스(The Venus of Melos)의 엄숙함과 과묵함 속에서 지각되는 것이 그것이다.

> 그리고 음악은 인간들에게
> 아름다운 경멸을 쏟아낸다네.

> And music pours on mortals
> Its beautiful disdain.

미각과 촉각이라는 낮은 차원의 감각적 쾌락은 기억에 의해 되살아나도 다른 감각보다 즐거움이 덜하다는 지적이 종종 있다. 여러분의 만찬은 그저 '여러분의' 만찬일 뿐이다. 여러분 자신만이 느끼는 열등한 쾌락의 배타적인 소유일 뿐인 것이다. 하지만 테이블 위에 있는 눈처럼 새하얀 아마

포, 반짝이며 빛나는 은 식기, 활짝 핀 화초 등은 여러분의 소유만은 아니다. 공유될 수 있기 때문이다. 만찬에 음악이 함께한다면, 비록 그것이 여러분이 좋아하는 곡조라 할지라도, 그 음악은 여러분의 소유가 아니다. 여러분이 삼킨 식사야 여러분의 것이겠지만. 산타야나(George Santayana) 같은 예리한 관찰자들은 이러한 구분을 부정하거나 최소화해왔지만, 인간들의 보편적 본능은 색, 형식, 그리고 음이 주는 쾌락은 "공유 가능한 것"이라고 주장한다. 그것들을 제대로 음미할 수 있는 모두를 위해 존재하기 때문이다. 이러한 쾌락들에 있어서 개인의 행복은 줄어드는 것이 아니라 동일한 대상을 타인들과 공유하는 기쁨으로 인해서 오히려 증가한다.

시학 연구자에게 특별하게 중요한 미학적 충동의 또 다른 면이 존재한다. 예술적 창조를 향한 충동은 항상 일정한 질서를 따른다는 것이다. 많은 철학자들이 제안해왔듯 창조적 충동은 본질적으로는 미스터리로, 즉 맹목적 본능의 유희로 남을 수도 있다. 그러나 어쨌건 그 신성한 에너지의 일부는 사람들에게 주어진다. 선하건 악하건, 교양인이건 야만인이건 모든 인간들은 때로 이 생명력 넘치는 창조력을 소유해 왔다. 그들 모두 토머스 베도스(Thomas Lovell Beddoes)처럼 말할 수 있었을 것이다.

> 나는 내 영혼에 얼마간의 절대적 엄명을 지니고 있지.
> 하여 내 스스로 작은 세계를 창조할 수가 있다네.
>
> I have a bit of fiat in my soul,
> And can myself create my little world.

그들의 상상력이 창조한 그 작은 세계는 토템폴[2]이나 채색된 바구니,

---

2  토템폴 : 토템 상을 그리거나 새겨서 집 앞 등에 세우는 기둥 - 옮긴이 주.

혹은 그저 뼈 조각에 새긴 것일 수도 있다. 물론 사원이거나 교향악일 수도 있다. 그러나 만약 그것이 잉여 에너지를 소진하기 위해 그저 막대기를 잘라내는 것 이상의 어떤 행동이라면 그것은 질서 있는 유희거나 노동이다. 그것은 방법을 따르며, 심사숙고했음을 드러낸다. 그것은 마음속에 있는 무엇인가를 표현한 것이다. 그리고 아주 단순하게 그저 깎기만 하는 이도 보통은 뾰족하게 깎는다. 즉 그는 무언가 "만들고 있는" 것이다. 그 자신이 무엇을 하고 있는지를 미처 의식도 하기 전에 그의 손에 들린 칼은, 그의 머리에서 즉각적으로 고안된 것이건 혹은 다른 양식을 기억해낸 것이건, 어떤 양식을 따른다. 그는 온전한 근육의 활동으로부터, 또 구리와 철이 연한 목재를 관통해 들어갈 때 그 촉감으로부터 쾌락을 얻는다. 하지만 더 고차원적인 쾌락은 다른 데서 얻는다. 아무리 무용하다 할지라도 그는 자신이 만들어내는 양식으로부터, 그저 무언가 만들고 있다는 의식으로부터 더 고차원적인 쾌락을 얻는다. 그리고 그 양식이나 목적 혹은 "디자인"이 다른 사람들에게 인정을 받는 순간 그 제작자의 쾌락은 고양되며 공유 가능한 것이 된다. 왜냐하면 그는 기적을 만들어냈기 때문이다. 그는 감정이라는 가공되지 않은 원재료를 투사해 형상을 만들어냈으며 그 형상 자체가 쾌락을 제공한 것이다. 그가 소유한 "허가"가 나무 한 조각을 취하고 변형을 가해 무엇인가를 표현하도록 만든 것이다. 원시인들 사이의 모든 "디자인 예술"은 바로 이러한 양식—본능을 보여준다.

그러나 감정의 질서정연한 표현을 향한 충동은 초보적 단계의 음악과 시에서도 비슷하게 나타난다. 함께 손뼉 치며 발 구르기, 수많은 목소리의 율동적 외침, 규칙적인 북소리, 대학 체육대회에서 흥분한 관중들의 자발적인 개인적 외침이 응원의 함성과 노래의 물결로 번져가는 것, 누군가 시작한 뒤 빨라진 흑인 부두 노동자들의 발 박자, 함께 손잡고 원을 그리며 도는 즐거워하는 아이들, 이 모든 것들이 감정은 격해질 때 질서정연하게 표현되려는 경향이 있다는 법칙을 단적으로 예시해주는 것이다. 콜리지 (S.T. Coleridge)가 놀라운 통찰력을 가지고 말했던 것처럼, 시란 "평범한 상태를 넘어선 감정"이 "보편 이상의 질서"와 결합된 결과물이다.

놀이와 공유 가능한 쾌락, 그리고 디자인의 시작에 관해서는 시드니 콜빈(Sidney Colvin)[3]이 잘 요약한 바 있다.

> 우리가 꼭 해야 하기 때문에 하는 일들이 있다. 필수불가결한 일이다. 해야 마땅하기 때문에 하는 일들이다. 이런 일들은 우리의 의무다. 마찬가지로 우리가 좋아서 하는 다른 일들이 있다. 놀이다. 인간이 좋아한다는 이유만으로 행해진 여러 가지 일들 가운데 그 결과가 영원하고도 공평무사한 쾌락을 부여하며, 수행에 관하여 미리 구상된 기술과 더불어 일정한 정도까지 그 기술을 조절하도록 요구할 수 있는 동시에, 그 기준을 초월하면 규칙의 한계와 그 한계를 초월하는 자유마저 넘어서는 비밀을 갖게 되는 것이 바로 예술이다.

## 3. 예술에 있어서 "형식"과 "의미"

만약 예술이 질서정연하고 조화로운 감정의 표현을 다룬다면, 어떤 특정한 예술 작품이라도 적어도 이론적으로는 두 가지 관점에서 고려할 수 있을 것이다. 우리는 예술 작품의 "밖" 또는 "안"을 볼 수 있을 것이다. 다시 말해 예술 작품을 부분과 패턴의 질서, 즉 "형식"의 측면에서 보거나 아니면 예술 작품이 전달하는 사상과 감정의 측면에서 볼 수 있다. 형식과 내용, 표현 자체와 표현된 것 사이의 구분은 솔깃할 만큼 편리하다. 이런 구분은 분석을 하는 데 유용한 도구이다. 하지만 그 이상을 시도하는 것

---

3    브리태니커 백과사전에 있는 "미술"에 대한 항목에서 발췌.

은 위험한 일이다. 우리가 송수관과 송수관 속에 흐르는 물을 보는 것이라면, 쇠파이프라는 형태와 물이라는 성분을 명백하게 구분하는 일은 쉬울 것이다. 그러나 음악, 혹은 조금 더 양보해서 시와 같이 아주 명확한 예술 양식에 있어서 형식은 표현 또는 내용이다. 그러므로 송수관의 내-외부 구성 요소와 같은 명확한 구분은 불가능하게 된다. 음악을 듣는 것은 시냇물을 보는 것과 같다. 그 행위에는 내-외부가 없으며, 그 모든 요소 전체가 복잡하게 뒤섞인 복합적인 감각이다. 미학자들이 언급하듯 음악은 "감정이 구현된 완벽한 예"이다. 이 경우 육체는 감정으로부터 분리될 수 없다. 마찬가지로 감정의 구현체인 시는 음악에 비해서는 논리적 분석을 위한 사고의 구성 요소들(내용)과 형식을 구분하는 것이 보다 쉽다. 우리는 한결같이 시의 "사상(思想)"이란 다소 적절하게 "표현된" 것이라고, 다시 말해 형식이라는 측면에서 제시된 것이라고 말한다. 특정한 서정시의 실제 형식은 그 시의 분위기에 어울릴 수도 아닐 수도 있으며,[4] 시인은 자신이 합당하게 선택한 형식이나 "유형"을 성취할 만큼 충분한 능력을 지닌 장인일 수도 아닐 수도 있다.

그러니 시에서조차 안과 밖, 내용과 형식 사이의 구분은 때로 가치가 있으며, 미술과 조각 같은 다른 예술에 있어서도 이 두 요소를 분리하고자 하는 시도는 대단히 흥미롭고 유익하기도 하다. 예를 들어, 프랑스의 화가 밀레는 아주 잘 그린 스케치를 보여주었던 제자에게 이렇게 말했다고 한다. "자네는 그림을 그릴 줄 아는구만. 그런데 자네는 뭘 말하려는 겐가?" 밀레가 보기에 그 제자의 그림에는 전혀 "의미"가 없었다. 영국의 화가 와츠(G.E. Watts)는 마찬가지로 이렇게 말하기도 했다. "내가 그림을 그리는

---

4    예를 들면 워즈워스의 「가엾은 수잔의 백일몽」(Reverie of Poor Susan)에서는 틀림없이 어울리지 않는다.

이유는 무엇보다도 내가 할 말이 있기 때문이다. ……나는 사람들의 눈을 매혹하기 위해서가 아니라 상상력과 가슴에 호소함으로써 가장 고귀하고 숭고한 인간성을 밝힐 수 있는 위대한 사상을 제시하기 위해서 그림을 그려왔다. ……내 작품은 미술은 지적으로 주장할 수 있는 것은 아무것도 가지고 있지 않다는 현대의 견해에 저항한다."

　다른 한편, 수많은 저명한 예술가와 비평가들이 소위 회화에 관한 "페르시안 카펫" 이론이란 것에 동의해왔다. 그들에 따르면, 한 편의 그림은 전적으로 페르시안 카펫을 평가하듯 평가되어야만 한다. 즉 형식적 아름다움의 완성도, 다시 말해 선, 색, 결의 조화, "다양성 속의 통일성" 등에 의해 평가되어야 한다. 이러한 견해를 수용하는 사람들은 예술 작품에 있어서 형식을 강조한다. 반면 밀레와 와츠는 명백하게 의미를 강조한다. 전자는 표현을 우선하고, 후자는 표현된 것, 즉 내용을 우선한다. 시 연구자들이 이해해야만 하는 핵심은 이러한 상이한 견해들은 상대적 강조점의 문제에 따라 결정된다는 것이다. 순수한 형식 혹은 종종 언급되는 것처럼 직사각형, 정사각형, 정육면체와 같은 "선험적 형식"조차 일정한 의미를 부여하는 특정한 연상 요소를 수반한다. 절대적으로 텅 빈 공허한 양식이란 존재하지 않는다. "4입방체"는 마음속에 무언가를 연상시킨다. 본질적으로 우리의 경험과 연관되어 있기 때문이다.[5] 이것은 단순한 균형, 병행, 그리고 추상적인 "다양성 내의 통일"의 문제일 수 없다. 건축 장식에 있어서 아칸서스 디자인, 칼날에 새겨진 사라센 장식은 우선 형식적 아름다움을 목표로 하고 있다. 중국인 세탁소 주인은 온통 먹물로 휘갈겨 쓴 이상한 글자들이 가득한 붉은 종이를 여러분에게 건네준다. 여러분들이 해독할

---

5　보즌켓의 『미학에 관한 3가지 강의』(*Three Lectures on Aesthetic*, pp.19, 29, 39)와 산타야나의 『미의 인식』(*The sense of Beauty*, p.83) 참조.

수는 없는 그 글자들은 색과 선의 온전한 매력 속에 어떤 아름다움을 지니고 있으며, 거칠 것 없고 활기찬 획들은 생명력을 표현하고 있다. 모드 (Maud)의 얼굴이,

> 결함이 될 정도로 결점이 없고, 쌀쌀맞을 정도로 한결 같고, 화려할 정도로 무표정하고,
> 완벽하게 죽은 듯하다는 것은.

> Faultily faultless, icily regular, splendidly null,
> Dead perfection, no more.

불가능하다. 그럼에도 불구하고, 절대적으로 순수한 장식미가 존재하지는 않겠지만, 그 예술가는 장식의 원칙을 아주 멀리까지 밀고 나가 실제로 그의 작품에는 흥미가 결여되어 있으며, 따분하고 터무니없는 것으로 판명되었다. 우리가 나중에 보게 되겠지만 시에 있어서 순수한 형식미를 위한 모든 조건을 갖춘 "무의미 시"(nonsense-verse)가 존재한다. 하지만 이것은 시가 아니라 단지 무의미한 운문일 뿐이다.

자, 이제 관심을 형식으로부터 예술 작품에 담긴 취지, 즉 의미로 관심을 옮겨보자. 표정이 풍부한 얼굴은 성격을 드러내는 것이다. 얼굴의 윤곽선은 무언가를 암시한다. 그것들은 순수하게 장식적인 미의 선들과 마찬가지로 우리 경험의 다소 모호한 흔적들과 연관되지만 예리한 정신적 흥미를 불러일으킨다. 그것들은 자극하며, 의미, 사실, 재현적 특성들로 빽빽하게 얽혀 있다. 이것은 특정한 풍경에 있어서도 사실이다. 하디(Thomas Hardy)의 『토박이의 귀환』에 나오는 에그돔 황야(Egdom Heath)에 대한 유명한 묘사가 바로 그 한 예다. 음악에도 이 말은 해당된다. 어떤 현대 음악은 작곡가가 전달하고자 하는 의미, 사실, 사상의 무게에 짓눌려 음악으

로서는 거의 파괴되고 만다.

　장식미나 순수한 형식미의 원칙이 지나치게 배타적으로 추구된 것과 마찬가지로 의미의 원칙이 너무 과도하게 추구되었다는 데는 의문의 여지가 없다. 그러나 형식과 의미, 미와 표현성 두 요소들 사이에 어떤 실질적인 적대가 존재하는가? 이 문제는 빙켈만(Winckelmann)과 레싱(Lessing) 이후 언제나 논쟁거리였다. 바그너(Wagner), 브라우닝(Robert Browning), 휘트먼(Whitman), 로댕(Rodin)과 같은 예술가들의 작품을 두고 벌어진 논쟁은 바로 그 논쟁 위에서 등장했다.

　브라우닝 스스로도 상식이라는 투박한 타격을 통해 이 어려운 미학적 매듭을 잘라보려고 애를 썼다.

> 이것이 너무 아름다워서
> 　희망, 두려움, 슬픔, 환희를 의미하는지 어떤지
> 당신이 알 수도 없단 말인가? 미란 이런 것들과 함께하지 않겠는가?

> Is it so pretty
> 　You can't discover if it means hope, fear,
> Sorrow or joy? Won't beauty go with these?
> 　　　　　　　　　　　　　　　—「수사 리포 리피」(Fra Lippo Lippi)

그는 너무도 유명한『반지와 책』의 한 구절에서 다시 시도했다.

> 그처럼 자네 그림을 그리기를, 그저 벽에 그린 이미지를 넘어
> 　두 겹의 진실을 보여주도록—
> 그처럼 그대 마음으로부터 나오는 음악을 적기를
> 베토벤이 추구했던 것보다 더 깊게—
> 그처럼 사실을 초월하는 의미를 지닌 책을 쓰기를,
> 눈을 만족시키며 영혼을 구원하는.

So may you paint your picture, twice show truth,

    Beyond mere imagery on the wall, −

So note by note bring music from your mind

Deeper than ever e'en Beethoven dived, −

So write a book shall mean beyond the facts,

Suffice the eye and save the soul beside.

『10시』의 작가이자 절묘하게 아름다운 작품들을 창조한 휘슬러(Whis-tler)는 틀림없이 이 마지막 행에 진저리를 쳤을 것이다! 하지만 보즌켓이 『미학사』에서 공들여 내린 미에 대한 정의는 브라우닝과 마찬가지로 형식과 의미에 대한 상반된 주장을 조정하려는 시도였다. "아름다움이란 감각적 인식 혹은 상상력을 위한 특징적 혹은 개별적 표현력을 지니는 것이며, 동일한 매체 속에서 보편적이거나 추상적인 표현을 할 수 있는 상황에 속해 있는 것이다." 이 말은 다시 좀 덜 철학적 언어로 말하자면, 여러분이 작업하는 매체에 속해 있는 형식미의 법칙을 준수하는 한 여러분은 여러분이 원하는 대로 표현하거나 의미할 수 있다는 것이다. 그러나 예술가는 그가 선택한 표현의 매체가 제시하는 규약을 준수해야만 한다. 만약 음악이나 시를 작곡하고 쓰는 것이라면 영혼을 구원한다는 대담한 기획을 시도하기 위해 음악과 시의 일반 법칙을 위반해서는 안 된다.

## 4. 예술 작품 내의 인간

이와 같은 내용과 형식의 문제는 일반적인 미학이론가들에게 상당한 좌절을 안기는 면이 있기는 하지만 시 연구자가 명확하게 인식해야만 하는 한 가지 측면이 존재한다. 그것은 어떤 예술 작품이건 누군가 그 작품에 담아놓는 것 말고는 아무것도 없다는 것이다. "그가 무엇을 담았는가"라는 것이 바로 내용에 대한 질문이고, "어떤 형식 속에 담았는가" 하는 것은 형식에 대한 질문이다. 보즌켓은 보다 전문적으로 이렇게 말했다. "인간은 내용과 표현 사이의 중간 용어"이다.

우리가 창조적 능력이라 부르는 것에는 틀림없이 약간의 신비한 요소가 있다. 그러나 이것은 인간 존재가 지닌 신비의 일부이다. 예술가의 소재에는 그와 같은 신비함이 없다. 그는 안료나 점토 혹은 진동하는 소리 혹은 그 밖에 무엇이 되었건 자신이 선택한 매체를 가지고 작업한다. 이 특별한 매체의 특질과 가능성들이 그를 매료시키고 그를 사로잡는다. 그는 우리가 말하듯 색, 선, 혹은 소리라는 측면에서 사고한다. 휘슬러가 그에게 청했듯 예술가는 "매체가 가능한 것 이상으로 매체를 결코 몰아붙이지 않는 법"을 제때에 깨달을 수도 깨닫지 못할 수도 있다. 레싱(Lessing)이 『라오콘』(Laokoon)에서 보여준 "시간예술"과 "공간예술"에 대한 획기적인 논의가 중요한 가치를 갖는 이유는 다양한 예술의 특별한 재료들에 관한 강조 때문이며, 나아가 이런저런 매체가 예술가에게 허용할 수 있는 다양한 기회를 강조하고 있기 때문이다. 그러나 비록 인간의 호기심이 이런저런 재료들이 지닌 소진되지 않는 가능성을 실험하는 데 싫증을 느끼지 않는다 하더라도 그 호기심은 결국 재료를 사용하는 데 주된 관심을 갖게 된다. 재료는 결국 특정한 예술가의 손과 두뇌에 의해 형성되어왔기 때문이다. 그의 "작업장"을 거치면서 재료는 변형된다. 마치 강철이 용광로 속에서 쇠로 변하듯이. '변압기'라고 불리는 기구는 전류의 파장을 변화시켜서 고압을 저압으로 혹은 그 반대로 전환시킨다. 예술가의 두뇌가 감각에 의해 공급된 재료들을 재가공해서 새로운 형태로 표현할 때 바로 이와 유사한 방식으로 기능하는 것 같다. 시는 상상이라는 가혹한 시련 속에서 일어난 변형의 놀라운 예들을 보여준다. 우리는 다음 장에서 이러한 예들을 세세하게 살펴볼 것이다. 그러나 우선 여기서는 두세 명 예술가의 진술을 인용하고 예술가의 정신에 자리 잡은 이 핵심적 기능의 심리적 토대에 대하여 살펴보는 것이 유용할 것이다.

"회화는 특정한 감각의 표현이다." 카를로스 듀란(Carolus Duran)의 말이다. "화가는 자기 앞에 놓인 모델을 단순히 복사하려고 해서는 안 된다. 정신에 각인되는 인상을 고려해야만 한다……재료가 되는 물질들, 즉 나무, 금속, 천 등을 신중하게 고려해야 한다. 당신이 만약 그 물질들을 느끼는 대로 특성을 재생산하지 못한다면 그것을 왜곡한 것이다. **회화는 눈으로가 아니라 머리로 그리는 것이다.**"

조각가인 스토리(W. W. Story)는 이렇게 썼다. "예술은 자연이 아니기 때문에 예술이다.……자연을 가장 완벽하게 모방하는 것은 그러므로 예술이 아니다. **자연은 예술가의 마음을 통과해야 하며, 변형되어야 한다.** 예술은 영혼의 거울을 통과하여 반영된 자연이다. 따라서 예술은 자연을 반영하는 영혼의 모든 정서, 감정, 열정으로 물들어 있다."

파지(John La Farge)의 『회화에 관한 고려사항』(*Considerations on Painting*) ―이 책은 작지만 문학연구자들에게 시사하는 바가 가득 담겨 있다―에는 예술에 대한 개념을 예증하는 많은 구절들이 있다. 예를 들어 "(예술이란) 세상에 대한 예술가의 시각을 드러내는 것"과 같은 문장들 말이다. 파지는 다음과 같이 지적한다. "삶으로부터 그려내는 것은 기억 훈련이다. 순간의 광경은 그저 우리가 이전에 가지고 있던 애호, 열망, 습관에 대한 기억, 즉 우리가 좋아했던 이미지들에 대한 기억들을 꾸밀 수 있는 주제일 뿐이며, 그 주제를 통하여 우리는 우리가 받은 교육, 우리의 민족, 우리 본성에 자리한 전체 교육받은 부분을 다른 사람들에게 알려주는 것이다."

파지가 언급한 구체적인 예들 가운데 하나를 인용하고자 한다.

　나는 몇 년 전 내 절친이자 아주 오랜 벗이기도 했던 아주 유명한 화가 둘과 스케치를 했던 것을 기억한다. 작업하는 내내 둘은 이러면 어떨까 저러면 어떨까 서로 묻고 있었다. 그러나 둘은 마음결이 완전히 다른 사람들이었고, 그들이 성취하고자 하는 결과물도 아주 달라서 사람들에게 잘 알려지는 그림들과 스케치까지도 완전히 달랐다.
　우리가 그린 것, 아니 차라리 우리가 기록하고 싶었던 것이라 말하는 게 좋을 것은 우리 앞에 놓여 있는 언덕에 스쳐간 순간적인 영향을 기록한 비망록에 불과했다. 우리는 우리 자신을 표현하거나 혹은 나중에 활용하기 위하여 주제를 연구하려는 어떤 생각도 지니고 있지 않았다. 우리는 그저 이 일을 급히 기록하려는 의도뿐이었다. 따라서 우리는 똑같은 언어를 사용해서 거기서 좋았던 점을 서로에게 표현했을 뿐이었다. 언덕 위에는 커다란 구름이 흘러가고, 하늘은 맑고, 저 아래는 여기저기 나무와 시냇물과 초원이 흩뿌려져 있고 길은 우리 앞에서 갑자기 쑥 꺼져 있다. 자, 우선 우리 세 사람의 스케치는 우선 그 모습부터 달랐다. 서로의 육체적 차이나 혹은 특정한 형상의 그림을 그리는 습관, 즉 멀리 보거나 혹은 가까이 보는 그 습관 때문인지 확실하지는 않다. 둘은 직사각형이지만 비율은 다르다. 나머지 하나는 정사각형에 가깝다. 오른쪽과 왼쪽 가운데 왼쪽 거리가 더 가깝지만, 반대로 높낮이, 즉 아래쪽 땅과 위쪽 하늘의 비율은 차이가 크다. 각각의 그림에서 위쪽의 구름은 서로 다른 정확성과 서로 다른 비중을 차지하고 있었다. 한 그림에서는 상공의 열린 하늘이 주로 강조하려는 것이었다. 나머지 두 그림에서는 위쪽의 하늘이 아니라 구름과 산들에 주안점을 두었다. 그림은 같다. 다시 말해 일반적인 사물의 구성은 동일했다. 그러나 각자는 자기도 모르게 전체 광경 가운데 가장 흥미로운 점에 주의를 기울였다. 게다가 비록 그가 표현하려던 것이 전체의 광경이긴 했지만 각자는 무의식적으로 옆 사람이 좋아하는 것과는 다른 물체의 미 혹은 흥미를 선호했다.
　각각의 그림이 보여주는 색채도 달랐다. 색조와 배색의 생기, 전체와 연관하여 각각의 파트가 갖는 독특성도 달랐다. 게다가 각자의 그림은 어디에 내놓더라도 우리 각자의 특징을 지닌 우리 각자가 그린 전형적인 작품이라고 여겨질 수 있을 정도의 것이었다. 이 모든 작업을 하는 데 대략 20분 정도 걸렸다.

여러분들이 이해해주시기를 바란다. 그때 우리 각자는 우리 눈앞에 있는 그 물체를 사진 찍듯 생각하고 느꼈다. 우리에게는 우리 자신을 표현하겠다는 제1의 욕망이 없었다. 그리고 우리 각자가 자연에 충실하다는 느낌을 갖지 않았더라면 굉장히 걱정했을 것이었다. 그리고 우리는 각자 자연에 솔직했다……. 만약 여러분이 그림 그리는 법을 어느 정도 안다면, 그래서 두뇌의 기억을 표현하기 위해 손을 사용하는 법을 아직 배우지 못한 정도의 수준은 넘어섰다면 여러분은 자연, 다시 말해 여러분의 외부에 존재하는 자연에 렌즈의 특성을 들이대며, 그 렌즈를 통해 자연을 볼 것이다. 그 렌즈가 바로 당신 자신이다.[6]

화가들의 이와 같은 진술들은 우리들이 다음과 같은 비평가들의 짧은 언급들을 이해하는 데 도움을 준다. 잘 알려진 비평가 텐(H.A. Taine)의 짧은 논평, 즉 "예술은 기질을 통해 드러나는 자연" 혹은 레이먼드(G.L. Raymond)의 "예술은 인간화된 자연" 또는 "예술은 인상의 표현이다"와 같은 크로체의 말 같은 이런 언급들 말이다. 여기에 언급된 화가들과 비평가들은 예술가의 정신은 "변압기"처럼 기능하는 유기체라는 점에 명백하게 동의하는 것 같다. 예술가의 정신은 감각의 보고를 받지만 전달되는 과정에서 이 보고는 변하며, 예술가의 두뇌가 행하는 가장 개인적이며 본질적인 기능이 발견되는 곳은 바로 이 변화에 있다.

시 연구자들은 이런 사실을 기억하면서 중추신경의 감각적 자극 과정과 뒤이은 운동신경 반응을 예시하기 위한 심리학 교과서에서 사용되는 도표를 떠올려 보자.

---

6   *Considerations on Painting*, pp.71~73. Macmillan.

그림 : 중추신경의 감각적 자극과정과 운동신경 반응

이 과정에 대해 제임스(William James)[7]는 다음과 같이 설명한다.

　이 구심성 신경은 약간의 물리적 자극－작용 방식에 있어서 도끼로 자르는 것처럼 거친 것이건 아니면 빛의 파동처럼 미세한 것이건 간에－에 의하여 흥분되면 그 흥분을 신경중추에 전달한다. 중추에서 시작된 동요는 그곳에 머물지 않고 원심성 신경을 통하여 흥분된 동작을 유출하는데 이 흥분 동작은 자극을 받은 동물과 가해진 자극제에 따라 다양한 양상을 띤다.

　이와 유사한 연구로 개구리 뒷다리에 산을 떨어뜨려 자극하는 것이 있다. 개구리의 뇌는 제거된 채 척수만이 남아 신경계통을 대변하지만, 산의 자극은 개구리 다리에 즉각적인 운동을 불러일으킨다. 감각 자극과 그에 따른 신경중추의 흥분, 그리고 뒤이은 운동 반응은 법칙이다. 그러니 깜짝 놀란 오징어는 바닷물을 물들여 자신을 보호하려고 잉크 같은 까만 액체를 분비하는 것이다. 이러한 예는 무수히 많다.[8] 놀란 오징어가 바다에 먹물을 뿌려대는 것과 감정적 동요를 겪은 시인이 종이 위에 잉크를 흩뿌려 글을 쓰는 것에 유사성이 있다는 주장은 말도 안 되는 이야기처럼 보일 수도 있다. 그러나 이 두 경우 모두 내가 어딘가에서 언급한 바 있듯 "유기체, 자극, 반응의 문제다. 고독한 추수꾼의 이미지가 워즈워스의 마음을

7　*Psychology, Briefer tourse*, American Science Series, p.91. Henry Holt
8　사라 티스데일(Sara Teasdale)이 한 대단히 흥미로운 진술을 보기 바람. 윌킨슨 양(Miss Wilkinson)의 New Voices, p.199(Macmillan, 1919)에서 인용.

흔들어 시가 나왔다.[9] 엄청나게 깊은 슬픔이 테니슨에게 닥쳐와 그는 「인 메모리엄」(In Memoriam)을 썼다.[10]

다음 장에서 우리는 이러한 과정을 보다 세세하게 검토해야만 한다. 하지만 시가 어떻게 존재하게 되는가를 스스로 질문하는 사람은 모든 신경 -유기체와 모든 예술에서 "인상"과 "표현"의 관계를 숙고함으로써 예비단계의 답을 찾게 될 것이다. 이 끊임없는 인상의 흐름들, 즉 내면을 휩쓸어 뇌까지 전달되는 "의식의 흐름"을 고려해야만 하는 어디에서든, 그 흐름이 보다 상위단계의 신경중추를 통과해갈 때 그 흐름에서 조절, 선택, 변경하는 것을 발견하게 되는 어디에서건, 그리고 이 변형된 "인상들"이 특정한 매체를 통해서 표현되는 것을 발견하게 되는 어디에서건 그렇다. 그리하여 카르나크(Karnak)의 사원은 거대한 돌무더기로 신성한 영원성이라는 사상을 품어온 상상력을 표현한다. 그리스의 〈원반던지기 선수〉는 전형적인 운동선수를 이상적으로 체화한 것이며, 무수한 시각적 촉각적 감각으로부터 나온 개념이다. 한 미국 백만장자가 코로(Corot)와 모네(Monet)의 작품을 각각 구입했다. 다시 말해 대단히 독특하고 예술적인 기질을 지닌 존재가 코로나 모네의 눈과 머리와 손을 통해 해석한 대로 세계에 대한 비전이나 인상을 담아놓은 유화 캔버스를 한 점 구입했다. 특정한 자극이나 "인상", 인상을 재구성하는 유기체, 그리고 특정한 물질에 의해 허용된 조건 속에 이러한 변형된 인상들을 "표현"하는 것, 바로 이것이 모든 순수예술에서 타당해 보이는 세 단계의 과정이다. 이런 과정이 시보다 더 복잡하면서도 매력적인 곳은 어디에도 없다.

---

9  워즈워스는 스코틀랜드 여행기를 보고 깊은 인상을 받아 「외로운 추수꾼」(The Solitary Reaper)을 썼다고 알려지고 있다. ─역자 주.

10  *The Reading of Book*, p.219, Houghton Mifflin Company를 참고할 것.

# 제2장

# 시의 영역

위대한 시 작품을 읽고 또 읽을수록, 시론을 설파하는 사람들의 글을 연구하면 할수록, 시란 무엇인가?라는 질문에 적당히 대답하기 위해서는 먼저 시가 어찌 그리하는가 하는 방법론보다 시는 무엇을 행하는가 하는 질문이 선행되어야 한다고 확신하게 된다.

The more I read and re-read the works of the great poets,and the more I study the writings of those who have some Theory of Poetry to set forth, the more am I convinced that the question What is Poetry? can be properly answered only if we make What it does take precedence of How it does it.

—J.A. 스튜어트(J.A. Stewart),
『플라톤의 신화』(*The Myths of Plato*)

이전 장에서 우리는 순수예술의 형식과 의미를 고려할 때면 언제나 등장하는 보편적인 미학적 문제에 관한 간단한 질문들을 던졌다. 이제 우리는 좀 더 시각을 좁혀 특정한 분야의 시를 살펴보면서 그 시는 어떻게 존재하게 되는가, 어떤 재료를 활용하는가, 그리고 그 효과를 생산하는 수단에 대한 분석에 있어서 우리 서로가 대단히 폭넓은 차이를 보이더라도 우리가 "시적"이라 부르는 특정한 효과를 보증하기 위해 그 재료를 어떻게 사용하는가 하는 점을 대해 질문해야 한다.

자명한 이야기부터 시작하자. 각각의 예술과 마찬가지로 시도 그 나름의 영역을 지니고 있다는 것은 누구나 인정하는 것이다. 이 영역의 경계를 정확하게 그린다는 것은, 다시 말해 주변의 다른 예술이 아니라 바로 그 영역에 속하는 것이 무엇인가를 결정하는 일은 항상 어렵고 때때로 불가능하기도 하다. 하지만 그 영역의 경계를 두고 연구자들 사이에 아무리 치열한 다툼이 있다 하더라도 그 영역 자체는 나름의 풍부함과 미를 지니고 명백하게 바로 "그곳"에 존재한다. (전문 연구자들은 이 영역을 소유하고 있지 않으며 결실을 거두지도 않는다는 사실을 기억하는 것이 좋겠다!) 지형도를 그리는 재능을 지닌 얼마나 많은 이들이 예술을 묶고 분류하는 일에 헌신해왔던가. 일반적인 예술가(artist)와 기술자(artificer), 그리고 숙련공(artisan)을 구분하려고 애쓰면서, 고정된 목표로부터 상대적으로 해방된 토대 위에서, 그들이 미치는 영향력이 지니는 상대적 복합성 및 포괄성의 기반 위에서, 자연에 존재하는 무언가를 모방하거나 재현해야 한다는 상대적 의무감의 기반 위에서 예술의 위계질서를 정하려고 애쓰면서 말이다. 오늘날 그 누구도 예술이라는 것이 마치 질서 정연한 교회의 행진 대열 속에 걷고 있기나 한 것처럼 우열의 관점으로 바라보는 데 관심을 기울이지 않는다. 다른 한편 레싱이 자신의 『라오콘 : 그림과 시의 한계』 (*Laokoon : or the Limits of Paintings and Poetry*)에서 행한 정당한 구분에 대한 인식이 점점 더 증가하고 있다. 즉 순수예술은 그들이 활용한 표현 매체의 특성에 따라 다르다는 것이다. 즉, 시나 음악과 같은 "시간예술"은 본질적으로 시간 속에서 연이어 일어나는 행동을 주로 다룬다. 반면 그림, 조각, 건축과 같은 "공간예술"은 본질적으로 공간 속에 공존하는 실체를 다룬다.

따라서 본질적으로 "회화"의 그룹에 속하는 주제들이 존재하는가 하면, "시" 그룹에 존재하는 주제들이 있다. 예술가는 "장르를 혼동"해서는 안 된다. 휘슬러의 언급을 인용하자면 예술가는 매체가 감당 못할 정도로 몰아 부처서는 안 된다. 최근 심리학이 비전에 관한 레싱의 기술론[1]을 다소 전복시키고 있지만, 다양한 예술 영역에 관한 그의 핵심적 주장이 지닌 가치에 대해서는 확고하게 인정해 왔다.

## 1. 오르페우스와 에우리디케의 신화

하나의 예를 통해 이 문제를 명백하게 할 수 있을 것이다. 오르페우스와 에우리디케 신화를 보자. 2000년은 분명히 넘었지만, 그보다 얼마나 더 오래되었는지는 아무도 모르는 이 이야기는 많은 예술가들이 애용해 왔으며, 앞으로도 무궁한 세월을 그럴 것이다. 베르길리우스는 『농경시』(*Georgics*)에서, 오비디우스는 『변신 이야기』(*Metamorphoses*)에서 이 이야기를 언급한 바 있으며, 중세 로망스의 인기 있는 주제이기도 했고, 프랑스 설화시(Lai)[2]나 스코틀랜드의 설화시인 「오르페오 왕」(King Orfeo)에서 다양하게 이야기되었다 하더라도 "옛 시절의 신선함"을 유지하고 있다. 알프레드 왕(Alfred)이 번역한 보에티우스(Boethius)의 『철학의 위안』(*De Consolatione Philosophiae*) 판본에 실린 내용을 요약하면 다음과 같다.

트라키아 출신의 오르페우스라는 아주 유명한 하프 연주자에게 에우리디케라는 아름다운 부인이 있었다. 그녀는 죽어서 지옥으로 갔다. 오르페우스

---

1     F. E. Bryant, *The Limits of Descriptive Writing*, ect. Ann Arbor, 1906.
2     레이(Lai)는 8음절 2행연구로 된 모험이나 로맨스를 다룬 설화시 – 역자주

는 아내의 죽음을 슬퍼하며 오랫동안 하프를 탔는데 그 연주가 얼마나 아름다운지 숲은 물론 숲속의 짐승들까지 그의 슬픈 연주에 귀를 기울일 정도였다. 마침내 그는 자신의 연주를 이용해 지옥에서 아내를 구해내 오기로 결심했다. 지옥의 왕마저도 그의 경이로운 하프 연주에 탄복해 그 보상으로 아내를 되돌려주었다. 단, 조건이 있었다. 그가 아내를 데려갈 때 고개를 돌려 아내를 봐서는 안 된다는 것이었다. 그러나 사랑을 억누를 자 있겠는가? 어둠과 빛의 경계 지역에 이른 오르페우스는 아내가 잘 따라오고 있는지 확인하기 위해 고개를 돌리고 말았다. 그 순간, 그의 아내는 사라져버렸다.

이 이야기는 유럽에서 전해지는 여러 판본 가운데 하나로, 시와 같은 "시간예술"이라는 수단을 통해 쉽게 진술할 수 있는 사건의 연속을 다루고 있다. 신화는 그 자체로 인간들이 아주 매력적으로 느끼는 것이라 만약 호손(Nathaniel Hawthorne)과 같은 산문 작가가 자신의 『놀라운 이야기책』(*Wonder Book*)에서 그 이야기를 소재로 삼았다면, 우리는 분명히 그 이야기를 "시적(詩的)인" 이야기라고 말하게 될 것이다. "시적"이라는 형용사를 통해 우리는 그 신화가 정서, 상상력, 열정, 극적 클라이맥스, 비애 등을 담고 있으며, 호손이 비록 산문 작가이기는 하지만 그리스의 그 신화에 아주 절묘하게 공감함으로써 원 이야기를 다루는 방법은 섬세할 것이며, 그 결과 나온 작품은 마치 시로 다루거나 한 것처럼 아름다울 것이라는 사실을 말하고 싶어 한다. 하지만 레싱이 행한 구분이 지닌 가치를 충분히 인식한다면, 우리 그 신화를 시로 써낸 수많은 작품들 가운데 한 편에 관심을 돌려야 한다. 물론 시 작품에도 산문의 이야기와 상당히 일치하는 연속적 행동들이 있다. 하지만 시간 속에 서로 잇달아 일어나는 행동에 대한 이미지들은 연속적인 음악 소리를 통해 환기된다. 그 음악 소리는 산문에서처럼 이미지와 사고에 대한 자의적 언어—상징들이다. 다만, 시에서 그 소리는 어떤 질서 잡힌 배열을 지니고 있어서 상기된 이미지들에 대한 정서적 효과를 고양시킨다. 산문 작가와 시인은 정확히 같은 이야기를 하려고 마음먹었을 수도 있다. 하지만 실제로는 그럴 수 없다. 산문 작가가 아무리 솜씨 좋은 작가라 하더라도 결국 산문의 어조를 통해 글을 쓰는 반면, 시인은 시의 어조로 쓰기 때문이다. 도구의 변화는 정신적인 효과의 변화를 의미한다.

시간예술에 관한 레싱의 다른 예라고 할 수 있는 음악가의 예를 보자. 음악가는 시인, 화가, 조각가들과 마찬가지로 오르페우스와 에우리디케의 신화를 이용해왔다. 그 주제를 가지고 음악가는 무엇을 할 수 있는가? 글루크(Gluck)의 오페라가 답이 될 수 있을 것이다. 그는 음악만 가지고는 확실한 생각이나 이미지들을 떠올릴 수 없었다. 그는 오르페우스의 이야기를 한 번도 들어본 적이 없는 사람에게는 그 이야기를 명확하게 전해줄 수가 없다. 하지만 이미 그 이야기를 알고 있는 사람에게는 작곡가의 전주곡만으로도 음악이 담아내는 음의 연속과 조합을 통해 언어적 상징을 사용하지 않고서도 나름의 독특한 기쁜 감정을 제공할 수가 있다. 무대 장식, 노래하는 배우, 혹은 그 어떤 "오페라" 장치가 없어도 말이다. 이 기쁜 감정은 오르페우스 신화 자체가 불러일으키는 강력하면서도 강렬한 감정을 강화시킨다. 경이로운 하프 연주를 통해 전달되는 그 이야기의 특정 부분은 다른 어떤 예술 매체를 통해 전달되는 것보다 분명히 더 잘 해석될 수 있다.

그렇다면 조각과 회화 같은 레싱의 "공간예술"은 오르페우스 신화가 제공하는 재료를 가지고 무엇을 할 수 있을까? 조각과 회화가 전체 이야기를 할 수 없는 것은 명백하다. 연속적인 행동보다는 "공존하는 실체"를 다루는 그들은 행동의 어느 한순간, 전체 가운데 아마도 가장 의미심장한 순간, 즉 남편과 아내의 이별의 순간을 선택할 수밖에 없다. 나폴리의 미술관에는 이 주제를 놀랍도록 훌륭한 부조 형식으로 다룬 그리스의 조각품이 있다. 조각가는 바로 그 이별의 순간을 선택하였다. 에우리디케를 부르는 신의 사자인 헤르메스는 그녀의 왼손을 부드럽게 감싸고 있다. 그녀의 오른손은 여전히 남편을 잡고 있으며, 본능적인 두려움이 그들 모두를 감싸고 있다. 최고의 부조에서 가능한 삼차원적 입체를 통해 신화 속 인물들을 재현한 조각가는 그들의 얼굴과 표정을 충분히 특성 있게 형상화했으며 작품에 나타난 절묘한 리듬감과 균형감각을 통해 대리석이 제공할 수 있는 모든 형식미의 요구 사항을 충족시키는 작품을 만들어냈다.

프레데릭 레이턴(Frederick Leighton) 경의 오르페우스와 에우리디케 그림과, 유명세는 그에게 조금 못 미치는 수많은 다른 화가들이 동일한 주제를 가지고 표현한 그림 속에는 마찬가지로 포착된 순간이 초상화처럼 담겨 있다. 그러나 화가는 이차원의 영역에 인물들과 배경을 그려냈다. 화가는 조각가들보다도 인물들을 더 완전하게 분리시킬 수 있고, 순간적인 행동을 보다 "극적"으로 재현할 수 있으며, 에우리디케가 안개 속으로 사라질 때 보이는 투명한 긴 원피스 같은 특정한 대상들을 그려낼 수도 있다. 이런 것들은 조각가의 표현 능력을 넘어서는 것이다. 무엇보다도 화가는 다른 예술에서는 엄두도 낼 수 없는 방식으로 대상들 자체의 색체, 명암의 정도, 전체적인 "분위기"를 제시할 수 있다.

이러한 예들은 더 이상 설명할 필요가 없을 것 같다. 물론 연구자들은 오르페우스 이야기에 대한 예술적 가능성을 표현할 수 있는 기회를 제공하는 것으로 "시간"과 "공간" 예술의 새로운 결합인 영화와 모방 춤(mimetic dance)에 대해 생각해보는 것이 도움이 될 수도 있을 것이다. 하지만 이런 식으로 다른 예술 영역을 조사하려는 연구자가 배우게 될 교훈은 다음과 같다. 오르페우스 신화를 소재로 이용한 어떤 예술가도 동일한 주제를 지니지 않는다는 것이다. 그들의 작품 각각의 제목은 편리하게도 "오르페우스와 에우리디케"라는 같은 이름으로 불린다 하더라도 말이다. 각자는 그 주제에 대해 그 나름의 개념을 지니고 있으며, 자신이 선택한 매체를 다루는 나름의 전문적인 기교를 지니고 있고, 나름의 사고방식이 있다. 한마디로 말해 모든 예술가 각각은 그 나름의 주제를 발견했다. 프로멘틴 (E. Fromentin)은 이렇게 물었다. "이들은 햇살 속에 뛰어노는 아이들인가, 아니면 이것이 아이들이 뛰어놀고 있는 햇살 비치는 한 장소인가?" 전자는 "인물"을 주제로 한 것이며, 후자는 "배경"을 주제로 한 것이었다.

우리가 개별 예술가에게 주목하지 않는다면 예술 "영역"에 관한 모든 주제는 절망적일 정도로 비실용적이며 아무런 결실을 낳지 못하는 것이 되고 만다. 예술가가 어떤 주제를 자유롭게 선택하건 그것은 오직 자신의 표현 매체를 통해 재현할 수 있는 양상에 대한 그 자신의 예술적 관심에 따라서만 결정된다. 자연에서 가장 아름다운 대상의 하나인 고요한 바다를 예로 들어보자. 이것은 "화가에게 어울리는" 주제인가? 확실히 그런 면이 있기도 하다. 하지만 판화가는 선을 통해, 파스텔 화가는 색을 통해, 음악가는 음감을 통해, 그리고 시인은 음감에 사고를 더해 고요한 바다의 효과를 그려낸다. 그들 각자는 고요한 바다가 제시하는 재료로부터 그들 자신에게 맞는 무언가를 발견하고, 그 나름의 "주제"를 선택하며, 무엇이 되었건 자기 자신에게 속한 것이라 알 수 있는 것을 찾아낸다. 우리는 장르를 혼동하는 것에, 다시 말해 서로 다른 분야에 속한 예술을 어떤 한 예술의 측면에서 보려는 시도에 반대한다. 우리의 그런 주장은 종종 옳다. 하지만 예술가들은 종종 서로의 주장을 무시한다. 따라서 그러한 절차의 정당성을 테스트하는 유일한 길은 결과가 성공적인가 하는 것이다. 인상주의자나 이미지스트의 경계선 침범이 성공적이며 훌륭한 것이라 하더라도 그 성공적 공습이 주 전선의 견고한 경계선으로 간주되어서는 안 된다.

## 2. 특별한 영역

그렇다면 시의 영역이라는 의미는 무엇인가? 단순히 말하면, 무수한 세월 동안 시인들이 특정한 종류의 예술적 효과를 생산해온 특별한 분야가 존재한다. 엄격하게 말하자면, 윌리엄 제임스가 "특정한 상상력"(the imagination)이 아니라 오로지 "복수의 상상력(imaginations)"만이 존재한다고 실토한 것처럼 "특정한 시인"(the poet) 보다는 "복수의 시인들"(poets)이라고 말하는 것이 더 낫다. 그러나 "특정한 시인"은 시인의 자격으로 역할을 수행하는, 다시 말해 시를 쓰는 한 인간을 가리키는 데 편리한 표현이며, 따라서 우리는 이 말을 계속 사용할 것이다. 월터 스콧(Walter Scott) 경 내면의 "소설가" 혹은 "역사가" 혹은 "비평가"는 이런저런 발언을 자극하는 반면, 그의 내면에 자리잡은 "시인"은 이런저런 발언을 하도록 영감을 불러일으킨다고 말할 때, 우리는 우리의 권리를 행사하는 것이다.

일반적으로 이해되듯 시라는 영역은 율동적이고 보다 나은 운율적 언어를 통하여 자기를 표현하는 인간 감정의 영역이다. "시인"이 활동하는 곳이 바로 이 영역이다. 시인이 시 속에 구현하는 인간적 감정은 애초에 일련의 정신적 이미지와 연관되어 시인에게 생겨난다. 이것은 모든 인간에게 감정이 생기는 것과 유사하다. 이와 같은 시각, 청각, 운동 감각, 촉각적 이미지들이 두뇌 속으로 밀려들면서 의식의 흐름을 가득 채운다. 그리고 그 속에서 이러한 이미지들은 선택, 조정, 변형의 과정에 지배를 받게 된다.[3]

그 과정의 어떤 지점에서 시인의 이미지는 화가나 음악가의 이미지와는

---

3    "가장 좋은 시는 최초의 경험이다. 그러나 그것이 하나의 경험이기 때문에 사고는 변형이라는 고통을 겪게 된다." Emerson, *Shakespeare: The poet*.

달리 언어 이미지가 되는 경향이 있으며, 이 언어 이미지들이 다시 율동적인 패턴 속에 방출된다. 이것이 우리가 1장에서 대략 설명한 바 있는 세 겹의 과정 가운데 한 유형이다. 다른 사람들이나 다른 분야의 예술가들과 비교해서 시인이 특별한 점은, 그의 시각, 청각, 운동 감각, 촉각적 이미지가 독특하다는 면에서보다는—사실 이러한 측면에서는 시인들은 서로 간에도 엄청난 차이들을 보이기 때문에—점차적으로 시인의 상상력을 통해서 재구성되는 이 이미지의 언어 형상과 최종적 표현에 나타나는 강력한 리듬이나 운율의 특성 속에서 찾을 수 있다.

탄소를 통해 이 단계들 가운데 첫 번째 단계, 즉 감각적 자극에서 나타난 흥분된 감정을 재현해보자. 그것이 시적 정서의 원재료이다. 다이아몬드를 통해 두 번째 단계, 즉 상상력이라는 열과 압력하에서 정신적 이미지 속에 생산된 화학 변화를 재현해보자. 마지막 단계는 자르고 광내서 다이아몬드를 세팅하는 것으로, 즉 그렇게 변형된 순수한 언어적 이미지를 리듬감 있는 혹은 운율이 있는 효과적인 디자인으로 배열하는 것이다.

윌리엄 워즈워스는 진정한 시인들에 대하여 다음과 같이 언급한 바 있다. 진정한 시인이란,

> 비전과 신성한 능력을 지니고 있다,
> 비록 아직 시를 완성하지 못했더라도.

> The vision and the faculty divine,
> Though wanting the accomplishment of verse.

모험이긴 하지만 워즈워스의 용어를 우리가 이미 묘사했던 과정에 적용해보자. 시인의 "비전"은 그가 느끼는 온갖 종류의 감각−인상들을 의미할 것이다. 괴테의 말처럼 "외부 세계와 내부 세계, 그리고 다른 모든 세계"에

대한 그의 경험 말이다. 무의식적으로 비전과 어우러지는 이 "신성한 능력"은 이 감각-인상들이 성찰, 비교, 기억, 즉 "고요함 속에 회상된 정서"의 지배를 받게 됨에 따라 독특한 생명력과 힘을 지닌 단어들로 신비롭게 변화되는 것을 의미한다. "시의 완성"은 더 이해하기 쉽다. 시인이 보고 느끼고 자신의 상상력을 통하여 변형시킨 것이면 무엇이건 리듬감 있게 고동치는 언어들, 즉 감정이 고양된 상태의 자연스러운 언어를 통하여 표현한 것이 그것이며, 그 결과가 곧 시, 즉 "구현된 감정"이다.

브라우닝은 자신의 상상 속 시인에게 이렇게 말했다.

> 그대의 머리는 리듬으로 고동친다 ─ 우리가 그저
> 느끼기만 하는 것을 그대는 말로 표현한다.

> Your brains beat into rhythm ─ you tell
> What we felt only.

"시인"에 대한 이 거칠고 강렬한 묘사에는 상당한 미덕이 있다. 확실히 우리 모두는 느끼며, 따라서 우리 모두는 잠재적인 시인들이다. 하지만 브라우닝에 따르면 소위 시인의 두뇌와 우리의 두뇌 사이에는 생리학적인 차이가 존재한다. 시인의 뇌는 리듬감 있게 고동친다. 그것은 단순하지만 기능에 있어서는 엄청난 차이라서 시인은 우리가 그저 느낄 뿐인 것을 말할 수 있는 것이다. 그는 "장인"일 뿐만 아니라, "가수"가 되기도 하는 반면, 우리는 강력한 감정을 느낄 수 있는 능력을 의식할 수 있다 하더라도 우리의 감정을 시라는 형식으로 구체화할 수는 없다. 어쩌면 우리는 우리 열띤 두뇌 속의 정신적 이미지들을 재구성할 정도까지는 나아갈 수도 있을지 모른다. 인간이라면 흥분된 상태에서 그 정도는 할 수도 있기 때문이다. 하지만 그렇게 재구성한 것을 노래 부르는 일은 우리에게 허용되지 않는다.

## 3. 윌리엄 제임스가 제시한 예

시가 존재하게 되는 복잡하면서도 신비한 일련의 변화들에 대하여 명료한 산문으로 묘사하기가 불가능하다는 사실을 작가 자신보다 더 잘 아는 이는 없다. 워즈워스나 브라우닝에게서 인용한 글마저도 아주 오래된 그 어려움을 새롭게 부각시킨다는 것을 발견하는 독자들이라면 윌리엄 제임스가 제시한 두뇌작용의 도표를 살펴봄으로써 얼마간의 도움을 얻을 수도 있다. 우리는 제1장에서 신경 중추의 감각자극과 연속적인 동작반응을 보여주기 위해 아주 간단한 도표를 사용했던 것을 기억할 필요가 있다. 우리는 "자극유입"(in-coming)과 "반응유출"(out-going) 신경 과정을 예술의 인상과 표현 기능과 비교했다. 그러나 시가 생산되는 과정에서 무슨 일이 일어나는가를 이해하기 위해서는 그 첫 번째 도표를 조금 더 복잡한 윌리엄 제임스의 도표로 대체해야만 한다. 이것은 윌리엄 제임스가 "현재의 감각적 충동으로부터 행동"하는 저급한 신경 중추만이 아니라 "숙고를 통해 행동"하는[4] 인간 두뇌의 반구들을 재현하기 위해 활용한 것이다. 숙고는 과거의 경험으로부터 구성된 이미지들이며, 느끼고 목격한 바 있는 것들을 재생산하는 것이다.

간단히 말해 그것들은 원격 감각들이다. 그리고 뇌반구가 없는 동물과 완전한 존재 사이의 차이란 후자는 부재하는 대상에 반응하는 반면, 전자는 오직 현존하는 대상들에만 반응한다는 말로 명확하게 표현될 수 있을 것이다.

---

4    *Psychology, Briefer Course*, pp.97~98. Henry Holt.

따라서 뇌반구들은 기억이 자리 잡는 가장 중요한 영역인 것 같다.

곧이어 다음과 같은 도표와 예시가 이어진다.

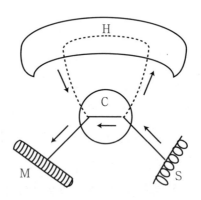

그림 : "자극유입"(in-coming)과 "반응유출"(out-going) 신경과정"

만약 신경의 흐름을 전류로 비유한다면 우리는 뇌반구 아래의 신경체계, C를 S…C…M…의 선을 따라 감각 기관에서 근육까지 이르는 직류 회로로 비유할 수 있다. 뇌반구 H는 긴 회로 또는 환상선을 추가하는데, 이를 통해 어떤 이유에서든 직류회로가 사용되지 않을 때 전류가 흐르게 된다.

그리하여 어느 무더운 날 지친 여행자는 수풀 속 단풍나무 아래에 몸을 던진다. 직선으로 쏟아지는 달콤한 휴식과 시원한 느낌은 자연스럽게 흘러들어 근육을 온전하게 확장시킨다. 그는 위험한 휴식에 자포자기 하듯 스스로를 맡길 것이다. 그러나 환상선이 열리면서 그 흐름의 일부가 그 선을 따라 흐르면서 감각의 자극을 누르고 류머티즘 또는 콧물감기의 기억을 일깨운다. 그 기억이 그 사내를 일으켜 세워 보다 안전한 휴식을 취할 수 있을 곳으로 찾아가게 한다.

기억 저장소로서 뇌반구의 "환상선"이 지닌 가치에 대한 윌리엄 제임스의 논의는 시 연구에 특별한 시사점을 지닌다. 왜냐하면 시가 일반적 혹은 보편적 능력을 획득하게 되는 것은 바로 이 "먼 기억과 생각"의 환상선을 통해서이기 때문이다. 이성적 삶이 단순한 감각적 삶으로 편입되면서 신경의 보고를 일관성 있고 보편적이며 인간적인 의미를 지닌 사상과 사고로 변형시키는 것이 바로 여기다. 오늘날 "이미지스트들"의 실험이 입증하듯, 이 "환상선"을 활용하지 않고도 특정한 유형의 시를 쓰는 것이 분명 가능하다. 그러나 그것은 순수한 감각기관의 시, 다시 말해 시각, 청각 또는 촉각 이미지의 보고일 뿐 그 이상은 아니다.

　　독창적인 고립 속에서 그러한 인상들에 반응하고 그 인상들을 재현하는 것이 새로운 시의 표시다. 인상에 대한 반응, 그러한 인상들이 연관된 구체적인 신체의 현상과 상호 연관되는 것, 그리고 전체로서 그 모든 것에 대한 한 최종적 해석은 시건 산문이건 관계없이 모든 문학의 영원한 표시이며 앞으로도 그럴 것이다.[5]

　또 다른 비평가의 언급을 인용해보기로 하자.

　　바위, 별, 수금(竪琴), 폭포가 시각적 청각적 감각기관의 연속적 반응을 불러일으키는 분명한 능력을 보이는 것은 그것들이 우리의 공감을 지배하는 능력을 지니고 있어서가 아니다. 물론 우연히 혹은 간접적으로 그럴 수는 있을지는 모른다. 그들의 힘은 그들 나름의 연상 전달력, 몰려드는 경험에 집중하는 그들의 능란한 태도, 그리고 맥박 뛰는 삶의 과정을 관통하고 다시 가로지르는 계기들이 얼마나 빈번하며 활력 있는가에 있는 것이다.……감각-인상들은 오직 경험을 생산하거나 재창조하는 능력을 지니고 있을 때만 시적인 가치를 갖는 것이다.[6]

---

5　Lewis Worthington Smith, "The New Naiveté," *Atlantic*, April, 1916.

6　O.W. Firkins, "The New Movement in Poetry," *Nation*, October 14, 1915.

우리는 이미지스트 시의 섬세함과 진정성을, 기억이라는 낡은 문을 닫음으로써 감각 경험의 새로운 문들을 열어주는 놀라운 솜씨를, 그리고 "자연으로의 회귀"란 명제를 재발견하는 그 순진한 용기를 충분히 인정해줄 수 있을 것이다.[7] "자유시"와 마찬가지로 이미지스트 시는 경험의 영역을 확장했다. 이미지스트 시의 옹호자들이 때로 무수한 "이미지스트" 시들이 브라우닝의 시와 심지어 메러디스(George Meredith)의 산문에도 구현되어 있다는 사실을 간과하고 있기는 하지만 말이다.[8] 이미지스트의 이론적 원칙에 대해서는 나중에 다루게 될 것이지만, 이 점만은 여기서 지적하고 가야겠다. 이미지스트 시의 근본적인 결함은 보편적인 사상이 결핍되어 있다는 것이다. 이미지스트 시의 대부분은 무한한 감수성을 지니고 있지만 참수당해 머리는 없는 개구리들이 쓴 것들이다. 한마디로 이미지스트 시는 "뇌반구가 없는" 시이다.

## 4. 시인과 일반인들

시인의 물리적 시력은 다른 사람들의 시력보다 나을 수도 아닐 수도 있다. 시 창작이 일상이 된 이의 육체적 재능도 셀 수 없을 정도로 다양하다. 테니슨 같은 근시나 워즈워스 같은 원시, 그리고 잘 알려진 로버트 브라우닝의 경우처럼 편리하게 근시, 원시를 각각 지닌 경우도 있었다. 평생에 걸쳐 자연 현상을 관찰하고 기록하는 일이 시인의 감각을 예리하게 만드는 것은 분명하지만, 인디언이나, 박물학자, 선원을 포함한 야외활동을 즐기는 이들의 감각도 마찬가지다. 초서나 셰익스피어 같은 재능을 지닌 시

---

7    제3장의 이미지스트 시에 대한 논의를 참조할 것.

8    J.L. Lowes, "An Unacknowledged Imagist", *Nation*, February 24, 1916.

인의 풍습과 인물에 관한 눈썰미는 탁월하겠지만, 디킨스나 발자크 같은 소설가의 관찰력 또한 그에 못지않다. 시인의 탁월한 점은 우리가 흔히 심리적 비전이라 부르는, 시각적 현상의 의미를 인식하는 능력에 있다. 바로 이 지점에서 시인은 망막 이미지에 대한 단순한 기록자가 아니라 시각세계에 대한 해석자라고 하는 보다 차원 높고 힘든 기능을 떠맡는 것이다. 대부분의 인간이 경험하는 것을 시인이라고 피할 길은 없다. 시인도 사랑하고 분노하고, 인간의 삶과 죽음을 목도한다. 시인은 자신의 지적 능력에 따라 사색가가 된다. 그는 인간의 영혼을 통찰하려 애를 쓰고, 인간 정신의 작용을 이해하고자 노력한다. 왕들의 비극적 몰락에서 신성한 정의를 찾아내고, 겉으로 드러나는 자연의 형상들 이면을 꿰뚫어보며, 자연이라는 존재를 "살아 있는 존재"로 인식한다. 그러나 시인이 지닌 그런 정도의 탁월한 통찰력은 시인이 아닌 이들도 지니고 있다. 자연을 바라보는 다윈의 눈은 워즈워스만큼이나 예리했다. 비가시적인 세계의 현실성에 대한 성 바오로의 인식은 셰익스피어보다 경이롭다. 시인들은 무엇보다도 보는 자이다. 하지만 그가 완전한 시인이 되기 위해서는 그저 보는 자 이상의 존재가 되어야만 한다.

시인 정신의 또 다른 특징은 여러 관계를 생생하게 인식한다는 점이다. 부분은 전체를 암시한다. 하나의 예에는 보편적 법칙에 대한 암시가 존재한다. 숲에 싱싱한 철쭉을 피어나게 하는 동일한 힘이 시인 또한 그곳으로 데려간다. 들쥐, 데이지 꽃, 물새 가득한 들판에서 그는 원형과 상징을 본다. 시인 자신의 경험이 모든 인간의 경험을 대표한다. 양심의 가책을 느낀 맥베스가 "인생은 걸어 다니는 그림자"라고 한탄하며 부르짖을 때 그는 시인이며, "뭐라고, 짐의 딸들이 짐을 이 길로 이끌었다고?"라 외치는 리어왕도 마찬가지로 보편적 연민의 정을 자아낸다. 현재의 변화하는 현상을 통하여 시인은 우주의 운행을 느낀다. 셰익스피어의 모방극과 "거대한 지구 자체"는 "지는 해의 빛을 거처로 하는 비현실적인 야외극"과 같은 것이다. 물론 테니슨이 워즈워스에 대해 언급했던 것처럼 덧없는 것이라 하더라도 그는 영원성에 대한 인식을 부여할 수 있겠지만 말이다,

그러나 시적 기질을 나타내는 특성이기도 한 관계에 대한 이러한 인식은 철학자의 속성이기도 하다. 뉴턴 같은 과학자의 지성 또한 특정한 예에서 보편적 법칙으로 도약한다. 모든 인간은 자신의 지성과 통찰력에 합당한 만큼 세계는 하나라고 느낀다. 플라톤과 데카르트가 시간과 공간을 가지고 유희한 반면 프로스페로(Prospero)의 장난기는 세계를 가지고 놀았다.

다시, 시인은 항상 "민감하게 반응하는 부류"(the genus irritabile), 즉 민감하게 반응하는 종족이다. 그들은 깊게 볼 뿐 아니라 몹시 민감하게 느낀다. 종종 시인은 자신의 행복을 위하여 지나치게 감성적이 된다. 한 송이 꽃, 힐끗 본 바다, 친절한 행동 같은 것에서 시인은 우리보다 더 격한 기쁨을 얻는 반면, 불화, 결점, 경멸 또한 마찬가지로 빠르게 느낀다. 시인은 찰스 램(Charles Lamb)이 그랬던 것처럼, "부인과 자식들에게 상당히 까다롭게" 굴며, 키츠처럼 기사 하나로 인해 사라지기도 한다." 더 강렬한 즐거움, 더 강렬한 고통, 이런 것이 시인의 삶의 법칙이다. 하지만 이런 것은 소위 예술적 기질의 소유자라고 불리는 모든 사람에게 적용될 수 있다. 이것은 섬세한 유기체에게 부여된 형벌 가운데 하나다. 따라서 그것 자체로 시인을 설명할 수는 없다.[9]

"시인"과 다른 사람들의 실질적인 차이는 특정한 종류의 언어 이미지를 창조하고 활용하며 이러한 이미지를 조합하여 운율과 리듬이 있도록 구상

---

9  *Counsel upon the Reading of Books*, Houghton Mifflin Company의 "poetry" 단락에서 부분 인용.

하는 능력에서 찾아볼 수 있다. 이제까지 우리가 이 장에서 애써 보여주고자 한 것이 바로 그 점이다. "보는 자", "만드는 자", 그리고 "노래하는 자"라는 각각의 기능 속에서 시인은 진정한 창조자인 자신을 드러낸다. 비평은 더 이상 "입법자"로서의 역할을 시도하지 않는다. 즉 그가 무엇을 할 수 있을지 없을지를 단언하려 하지 않는다. 모든 창조적 예술가와 마찬가지로 시인은 자신이 할 수 있는 모든 방법을 통해 자유롭게 미적 대상을 만들어낼 수 있다. 그럼에도 불구하고 수세기 동안 무수한 시인들을 사랑스럽게 바라보면서 그들의 다양한 재능과 명백한 노력, 성공과 실패들을 지켜보고, 시인들이 자신의 개념을 표현하는 수단으로 강요받아온 낯선 매체인, 찰흙이나 동보다 훨씬 더 낯선 매체인, 언어의 특성을 지켜보아온 비평은 시야말로 다른 예술과 마찬가지로 자신만의 고유한 영역, 즉 아름다움이라고 하는 자신만의 영역이 있다고 믿는다. 이 장에서 우리는 지나치게 편협한 시각으로 엄밀한 경계를 짓지 않으려 애쓰면서 시의 영역에 대한 일반적 방향을 제시하려고 노력했다. 허드슨(W.H. Hudson)의 『녹색 장원』(*Green Mansion*)을 기억하는 독자들이라면 언덕에 놓인 막대와 돌덩이 몇 개가 어찌 대륙의 경계선을 가리키는 것으로 사용되는지 알 것이다. 그와 마찬가지로 비평이 길을 가리키는 데는 그저 평범한 막대와 돌 몇 개만 있으면 된다. 우리의 길은 먼저 시인의 상상력이라는 어려운 영역으로 나 있으며, 그 다음에는 시인의 언어라는 보다 익숙한 세계를 향해 이어질 것이다.

## 제3장

# 시인의 상상력

시의 핵심은 창조다. 예상치 못한 무언가를 생산함으로써 발생하는
놀라움과 즐거움 같은 창조.

The essence of poetry is invention; such invention as, by producing
something unexpected, surprises and delights.

— 새뮤얼 존슨(Samuel Johnson)

노래하는 이는 낳지 못한다. 오직 시인만이 낳는다.

The singers do not beget, only the Poet begets.

— 월트 휘트먼(Walt Whitman)

처음부터 (우리가 편리하게 불러온) "시인"과 다른 사람들이 근본적으로
다르다고 강력하게 주장해서는 안 된다. 상식적으로는 이러한 구분이 존
재한다는 주장이 있지만 마찬가지로 모든 아이들은 나름의 특정한 방식으
로 시인이며, 대다수의 성인 또한 때때로 시적 감정에 빠진다는 것도 누구

나 아는 사실이다. 어느 날 한 어린 소녀가 전선을 "메시지 덩굴"이라고 말했다. 그녀의 부모는 현실 세계를 그렇게 순수하게 다시 명명하는 것을 보고 미소를 띠었다. 이것은 "시적 표현을 유발하는" 상상력으로 아이에게는 본능적으로 존재하는 것이다. 하지만 그런 대담한 언어적 마법을 수행할 능력을 더 이상 지니지 못한 그 아이의 부모들은 자신들 또한 너무도 자주 사실의 세계를 가지고 유희했었다는 사실을 의식하고, 적어도 그 순간만이라도 사실의 세계를 자신들의 마음속 열망과 가까운 무엇인가로 재구성했다는 사실을 의식했을 것이다. 다시 말해, 그들 또한 아직 "시적으로" 느낄 수 있었던 것이다. 비록 어린 시절이라는 천국의 문이 닫힌 순간 세상 모든 것에 새로운 이름을 명명하던 자기들의 놀라운 기회는 사라져버렸지만 말이다.

시의 독자라면 모두 시란 어쨌건 감정에서 나오며, 진정한 시라면 듣는 이들의 감정을 자극한다는 사실에 동의한다. 아울러 감정이란 상상력을 통해 시를 짓는 이로부터 시를 즐기는 사람에게 전이된다는 사실에도 동의한다. 그러나 이 자명한 이치를 넘어서는 순간 어려움은 시작된다.


## 1. 감정과 상상력

감정이란 무엇이며, 감정은 도대체 어떻게 상상력과 연관되는가? 수 세대에 걸친 전문가들의 노력에도 불구하고 감정심리학은 여전히 모호한 상태로 남아 있다. 상상력의 본질에 관한 일반 이론이 빠르게 변해온 것은 명백하다.

그럼에도 불구하고, 이 끊임없는 논쟁의 영역에도 논쟁의 여지가 없는 것처럼 보이는 몇몇 사실들이 존재한다. 그 가운데 하나, 특히 시 연구자들에게 특히 중요한 의미를 지니는 것은 이것이다. 의식에 즉각 떠오르는

흘러가는 대상들 속에 감정 자체의 이미지는 존재하지 않는다.[1]

　나에게 장미와 나무, 구름, 혹은 종달새의 이미지를 떠올려보라고 요구한
다면, 그건 쉽게 할 수 있다. 하지만 고독이나 슬픔, 혐오감이나 질투심, 혹
은 봄이 다시 돌아온 것에 대한 기쁨의 감정을 표현하라고 한다면 그건 쉬운
일이 아니다. 왜냐하면 그러한 감정들에 대한 어떤 이미지도 불러올 수 없기
때문이다. 내 감각을 통하여 알게 되고 내가 행하거나 느끼는 것과 연관 있
는 것에 대해서라면 그게 무엇이건 나는 정신적 이미지를 불러올 수 있다.
하지만 어떤 종류의 감정이건 감정 그 자체에 대한 직접적인 이미지를 내가
가질 수는 없다. 어떤 감정이건 육체적 감각 이상의 특별한 감정을 유발하는
단 하나의 효과적인 방법은 그 감정과 자연스럽게 연결된 이미지들을 상기
하는 것이다.[2]

　페어차일드 교수가 주장하는 바와 같이 "시의 원재료"가 "정신적 이미지"
라면, 우리는 어떻게 이러한 이미지들이 시인의 정신에 나타나고 그 다음
에 우리에게 전달되는지 알아볼 시도는 반드시 수행해야만 한다. 먼 우리
의 조상들이 주장했던 것처럼 상상력이란 "판단력"과 마찬가지로 정신의
"한 능력"이라고 주장하거나, 혹은 우리 선조들의 이론을 받아들여 상상력
이란 "상상하는 과정에 가해진 완전한 정신"이라고 말하는 대신 오늘날의
세대는 샤르코(Charcot), 제임스, 그리고 리봇(Th. Ribot) 같은 심리학자들
의 가르침을 받아왔다. 그 가르침이란 우리가 주로 관심을 기울여야 하는
것은 "상상", 즉 정신 속으로 밀려드는 일련의 시각, 청각, 운동 혹은 촉각
이미지들이며, "상상력"보다는 "다수의 상상력"에 대해 말하는 것이 더 안

---

1　이 점은 A.H.R. Fairchild 교수의 *Making of Poetry*(Putnam's, 1912)라는 저작에서 세
　심하게 고찰된 바 있다.
2　Fairchild, pp. 24~25

전하다는 것이다. 문학비평가들은 지금 우리가 이 장에서 그렇듯 이 마지막 표현, 즉 "상상력"이라는 용어를 계속 사용할 것이다. 너무 편리해서 포기할 수가 없기 때문이다. 하지만 비평가들은 상상력이란 상당히 명확한 어떤 것을 의미한다고 본다. 즉 상상력이란 의식의 흐름 속으로 밀려들어 오는 이미지들이며, 미를 향한 인간의 욕망을 충족시키는 총체 속으로 그 이미지들을 통합시키는 것이다. "예술적" 상상력이 발명가나 과학자 혹은 철학자의 상상력과 다른 점은 상상의 직접적 과정이 아니라 궁극적 목표에 있다. 우리는 스토퍼드 브룩(Stopford Brooke)이 약 40년 전에 그랬던 것처럼 "최고의 과학적 지성조차도 셰익스피어나 호메로스, 단테 같은 시인이 보여준 능력에 비하면 그저 하찮은 것에 지나지 않는다."라고 주장하지는 않는다. 대신 우리는 최고로 발휘될 때 과학적 정신 능력은 최고의 시적 정신과 같은 업적을 시도할 수 있으며, 그 두 경우 모두에서 핵심은 결국 상상적 에너지의 성과라는 점이다.

## 2. 창조적, 예술적 상상력

시인을 특이한 성격의 소유자, 정신 구조 자체가 정상이 아닌 존재, 거기에 결과물을 성취하는 방식이 너무도 모호하기 때문에 그 방법에 대해 우리가 어쩔 수 없이 "영감"이라는 이름을 부여해온 그런 존재라고 생각해온 독자라면 리봇의 『창조적 상상력에 관한 소론』[3]이 더할 나위 없는 도움이 될 것이다. 이 유명한 심리학자는 창조적 상상력을 위한 원재료는 이미지이며, 창조적 상상력의 기본은 동적 충동에 자리하고 있다는 개념에서

---

3   Th. Ribot, *Essai Sur l'Imagination créatrice*. Paris, 1900. English translation by Open Court Co., Chicago, 1906.

출발하여 창조적 상상력의 모든 행동에 포함된 정서적 요소들을 우선 검토한다. 그런 다음 무의식적인 요소, 비자발적인 생각의 "발현"(coming) - 부폰(Buffon)의 용어를 사용하자면 "비범한 순간" - 으로 넘어가는데, 이것은 사고의 무의식적인 노력의 끝 혹은 의식적 노력이 시작되는 지점이다.[4] 리봇은 머리로 피가 몰리는 혈액 순환과 같은 유기적 변화는 상상적 활동을 수반한다는 점을 지적했다. 다음으로 그는 발명가와 예술가의 "확고한 아이디어," "그렇게 만들겠다는 의지," "이상적인 것을 유발시키는 이미지들의 동적 경향"에 대해 논의했다. 동물들이 이미지를 다시 떠올리는 것과 원시인들과 아이들의 정신 속에 발생하는 이미지의 진정한 창조적 조합 사이의 차이에 대한 리봇의 구분은 직접 시에 적용된다. 그러나 그가 제시한 연속적 창작 단계에 대한 도표가 우리에게 훨씬 더 시사하는 바가 많다.

이 과정에는 두 형식이 있으며, 각각의 형식에는 세 단계가 존재한다. (A) "아이디어", "발견" 또는 창작, 이어서 입증 또는 적용, 혹은 (B) 무의식적 준비, 이어 "아이디어"나 "영감" 그리고 "전개" 혹은 구성의 과정. 어떤 사람이 안전핀을 발명하거나 소네트를 짓거나 간에 상상력이 작용하는 일련의 과정은 상당히 유사해 보인다. 물론 명백한 이미지, 객관적인 관계를 다루며 최상의 경우 조각이나 건축과 같은 영역에서 볼 수 있는 "조형적"(plastic) 상상력과 현저하게 주관적이며 감정적인 모호한 이미지들을 선호하며 드뷔시(Debussy)의 근대 음악에서 그 뛰어난 예를 볼 수 있는 "유출성"(diffluent) 상상력 사이에는 전형적인 차이가 있다. 그러나 연관된 상상력이 무엇이건 우리는 모든 발명가, 과학자, 예술가에게서 "맹아, 부화,

---

4    See the quotation from Sir William Rowan Hamilton, *the Mathematician*. 글의 마지막에 실린 "주석과 예시"의 이 장을 볼 것.

개화, 완성"이라는 일반적 연속 과정과 추진력으로 작용하는 동일한 근본적 동력을 발견한다.

리봇에게서 찾을 수 있는 이와 같은 창조적 상상력의 일반적 특성을 명심한 채, 이제 예술적 상상력에만 특별한 개념을 살펴보기로 하자. 예술적 상상력에 대해 설명하거나 규정하려는 시도는 수없이 많지만 단 하나의 공식에 만족하는 것은 연구자가 취할 현명한 태도는 아닐 것이다. 그러나 알렉산더(Hartley B. Alexander)의 훌륭하면서도 명민한 저서인『시와 개인』의 한 문장을 인용하는 것은 분명 유용할 것이다.

> 우리가 세상을 얻게 되는 동인이자 우리 삶의 성장을 낳는 존재인 정신 혹은 영혼의 에너지를 우리는 상상력이라 부른다. 상상력은 모든 정신적 활동을 결합한다. 상상력은 감각의 명령과 다르고, 상대적으로 자유롭다는 점에서 지각과도 다르다. 무엇인가를 성취하는 힘이 있다는 점에서 기억과 구별된다. 기억은 그저 마음에 간직할 뿐이다. 어떤 동기보다는 역능으로 존재한다는 점에서 정서와 다르며, 이전에 존재했던 것을 단순히 비교하는 것을 넘어 융합시키는 존재라는 점에서 이해와 다르고, 고삐를 쥐고 방향을 정하며 흔들어대는 의지와도 다르다. 의지는 그저 마차 몰이꾼에 불과하지만 상상력은 명령하는 파라오다. 상상력은 이 모든 것들과 구별되는 동시에 그 모두를 포함한다. 상상력은 인간 정신 전체의 완전한 기능이며, 완전하게 작동한다면 우리가 거주하고 있는 세계의 확장이라는 최고의 목표를 향해 인간의 모든 정신 능력을 추동해 간다. 미를 통해 세상은 성장하는데, 미를 창조하는 일이야말로 상상력의 과업이다. 상상력은 현실을 가장 친숙한 영혼의 분위기와 통합하고, 인간화하며, 개별화하고, 그렇게 함으로써 영적 이해를 고양시킨다.

아무런 맥락 없이 제시된 이런 설명이 어떤 가치를 지니는가는 개별 독자들에 따라 다르게 이해되겠지만 위에 언급된 모든 구분들을 다 이해할 수 없는 사람일지라도 이 설명이 지닌 생생한 힘은 알 수 있을 것이다.

## 3. 시의 상상력

앞에서 창조적, 예술적 상상력을 고찰한 우리는 이제 특히 시의 상상력이 지닌 특성을 보다 면밀하게 살펴보고자 한다. 시적 상상력이 지닌 독특한 형식적 특성은 언어 이미지를 사용한다는 것과 언어 이미지를 리듬이 있는 형식에 결합한다는 데 있다. 이 점도 이미 우리가 지적한 바 있다. 하지만 언어 이미지 형성에 선행하는 시인의 정신 기능은 없을까? 언어 심리학은 여전히 미해결의 장이며, 인간이 말을 하지 않고도 사고할 수 있을까 하는 문제에 대한 회의는 여전히 존재한다. 그러나 언어 상징을 이용하지 않고서도 화가는 색으로, 건축가와 수학자는 형식과 공간이라는 측면에서, 음악가는 소리로 사고한다. 그러니 말로 이미지를 확정하고 표현하는 것에 선행하는 시적 상상력의 독특한 활동이 없을까? 분명히 존재한다.

독자들은 "주석과 예시"의 이 장에서 라셀레스 애버크럼비(Lascelles Abercrombie)의 인용문을 보게 될 텐데, 그는 "인간 본성이 외부로 방사되면서 세상의 빛과 결합하는 영역"을 언급한다. 내면을 휩쓰는 의식의 흐름이 즉각 외부로 향하는 뇌의 활동을 만나는 것으로, 감각에 제시된 대상과 존재 자체의 관계를 인식하게 되는 것이 바로 이 과정이다. 이 "나"는 스스로를 대상에 투사하며 그 대상이 자신의 소유라 주장하고 자기 본성의 일부로 전유한다. 페어차일드 교수는 이 자기 투사 과정을 약간 모호하게 "개인화하기"라 명명하면서, 시인들은 다른 어떤 사람들보다 이 활동을 독특하게 사용한다고 주장한다. 나는 그의 주장이 옳다고 생각한다. 그는 몇몇 시인의 고전적인 확신을 인용한다. "내 창가에 참새 한 마리가 날아온다면 나는 그 존재에 참여하여, 자갈을 집어 든다." 키츠의 말이다. 한편 괴테는 루스(Roos)가 그린 양 그림에 대해 "나는 이 짐승들을 볼 때마다 언제나 불안감을 느낀다. 너무도 제한적이고, 어리석으며, 입을 떡 벌리고 꿈꾸는 듯한 이들의 상태는 내 마음에 연민을 불러일으켜 내가 양이 되지나 않을까 하는 두려움을 느낀다. 예술가라면 틀림없이 그랬을 것이라 생각한다." 고 말했다.

나는 괴테의 이 이야기를 저명한 하버드 생물학자의 아들인 어린 래리(Larry H.)의 기도와 관련시킬 수 있다. 래리는 여섯 살 때 엄마 손에 이끌려 간 버몬트의 언덕 꼭대기에 있는 목장에서 난생 처음 젖소 무리를 보고 그들의 엄청난 크기와 친밀함, 진기함에 전율을 느꼈다. 그날 밤 기도를 할 때, 그는 자신의 일상적인 기도 문구를 다음과 같이 바꿔낼 만큼 충분히 시인 같은 존재가 되어 있었다.

> 다정한 목동인 예수여, 제 기도를 들어주소서.
> 오늘 밤 그대의 어린 젖소들을 축복해주소서.

> Jesus, tender Shepherd, hear me,
> Bless thy little cow to-night —

래리는 젖소가 되었다.

매일 외출하는 아이가 있었다.

There was a child went forth every day,

휘트먼의 기록이다.

그는 자신이 첫 번째로 본 바로 그 대상이 되었다.

And the first object he look'd upon that object he became.

페어차일드 교수는 같은 목적으로 휘트먼의 이 구절과 콜리지나 워즈워스의 몇몇 구절도 인용했다. 그 모든 구절들은 다음과 같은 콜리지의 비탄에 잠긴 구절로 요약된다.

오, 여인이여, 우리는 그저 우리가 주는 대로만 받으며
자연은 오직 우리 삶 속에서만 살아 있답니다.

Oh, Lady, we receive but what we give,
And in our life alone does Nature live.

어린이나 원시인 또는 시인이 자신의 삶을 유기체 혹은 비유기체적인 세계 속으로 전환하는 수단이 되는 이 "애니미즘"이나 동일시하는 상상력은 시적 재능을 나타내는 가장 오래되고 확실한 표시의 일부이며, 우리가 아는 한 언어적 이미지나 상징의 사용보다 선행한다.

앞에서 언급한 것과 더불어 시적인 기질을 나타내는 또 다른 특징은 말들이 아직 의식의 경계를 넘어 등장하기 이전의 영역에 속하는 것 같다. 이는 많은 시인들이 목격한 것으로 감각이 세상을 지각할 때 세상이 보이는 유동성, 가용성, 투명성—그 무한한 변화와 상호작용 양상들—의 감정을 말한다. 시인들은 적어도 이런 분위기 속에서는 단단하고 명료한 사실과 규칙이 작용하는 "논리적" 세계를 보고 있지 않다는 것은 명백하다. 그들은 "영원히 표류하는 해결"(휘트먼), "만물의 흐름"(그리스인들), 그리고 "강 속의 강"(에머슨)을 응시하고 있는 것이다. 물론 이러한 경향은 "유출성" 유형의 상상력을 소유한 화가들에게 두드러지며, 낭만주의 시인과 비평가들이 그에 대해 할 말이 많을 것이다. 워즈워스가 말했듯 상상력은

"가소성이 있는 것, 유연한 것, 그리고 무한한 것을 제외한 모든 것으로부터 뒷걸음질친다."[5] 칼라일(Thomas Carlyle)[6]은 이렇게 말했다. "셰익스피어 또한 어떤 사물을 단순히 바라본 것이 아니다. 그는 사물의 내부를 꿰뚫어보았다. 그랬기 때문에 그는 사물을 구조적으로 이해하고, 서로 분리시켰다가 다시 조립할 수 있었던 것이다. 말하자면 그의 시선 아래서 사물은 빛으로 녹아들고, 그 앞에서 스스로를 새롭게 창조했다. 다시 말해, 그는 시인이다. 셰익스피어와 마찬가지로 괴테에게도 세상은 경이로움에 가득 찬 상태로 온통 반투명한 가용성의 상태로 그 앞에 놓여 있다. 자연적인 것이지만 실제로는 초자연적인 것으로 말이다. 왜냐하면 보는 이의 눈에 그 둘은 하나이기 때문이다."

티에크(Tieck)에 관한 에세이에서 칼라일은 전형적인 시인의 정신이 갖는 특성에 대하여 다시 언급한다. "시인은 기존의 사물 스스로가 지닌 미를 자신에게 제시할 때 거기에 무언가를 더하고 빼서 우리에게 되돌려주는 단순한 관찰자나 편집자가 아니다. 시인은 진정한 장인이다. 그에게 실질적이고 외적인 모든 것은 이상적 창조를 위한 자극제에 불과하며, 이 창조를 통해 결과물은 드러나며 고상하게 된다."

콜리지의 공식은 더욱 간결하다. 상상력은 "재창조하기 위하여 용해하고, 발산하고, 흩뜨린다."[7] 이러한 구절은 많은 시인들이 기록했던 그 신비한 순간을 이해하는 데 도움을 준다. 그 순간에 "발산"하는 그들의 감정이 외부 세계의 존재를 의심하도록 인도했다. "내 자신으로 하여금 심연과도 같은 이상주의에서 현실을 회상하게 하는 벽이나 한 그루 나무"를 파

---

5    1815년판 그의 시집 서문

6    『괴테의 작품들에 대한 에세이』(*Essay on Goethe's Works*).

7    『문학평전』.

악하는 워즈워스나, 그 자신의 경험으로부터 「공주」(The princess)에 등장하는 상상의 왕자로 전이된 테니슨의 "기이한 발작과 같은 것이야말로 이러한 전형적인 신비주의와 흡사한 예이다. 그러나 객관적인 세계에서 무한한 가용성과 변화에 대한 인식은 어떤 유형의 유출성 상상력에서 드러난 것보다 깊다. 이것이 시적 정신의 심원한 특성이다. 그러나 이와 마찬가지로 철학자나 과학자는 우리의 정신이 단순히 "존재하기"(being)보다는 "형성 중인"(becoming) 과정에 있는 생기 넘치고, 끝없이 유동하는 세계라고 주장한다는 사실을 기억해야만 한다. 성자 요한의 "우리가 마땅히 되어야 할 존재는 아직 등장하지 않았다."는 말을 후기 빅토리아풍(風)의 진화론적 버전으로 바꿔 테니슨은 다음과 같이 노래했다. "우리는 인간의 전성기로부터 한참 떨어져 있다." 콜리지는 "일차적 상상력이란 무한한 나의 내면에 자리한 창조라고 하는 영원한 행위를 한정된 정신 속에 반복하는 것."[8]이라고 주장했다. 이 지점에서 만약 "신에게 취한" 콜리지가 헛소리를 하는 게 아니라면, 우리는 언어로 된 상징을 사용할 어떤 필요도 없는 그런 능력을 마주하고 있는 것이다.

## 4. 언어 이미지

시인의 정신에 나타나는 세계의 가소성은 시인의 의식에 모습을 드러낸 무수한 이미지가 명백한 증거 역할을 한다. 이러한 그림을 우리에게 다시 보여주는 과정에서 시인은 당연하게도 언어 이미지를 사용하도록 강요받는다. 시인이 언어 사용에 대해 의식하는 정확한 시점은 개개인에 따라 다르며, 자기 마음속 청각, 시각 혹은 촉각 이미지들의 상대적 균형에 따

---

8  『문학평전』 제13장

라 다르다는 것은 당연하다. 스윈번(A.S. Swinburne)은 주로 말소리(word-sounds)라는 "재료"를 가지고 작업하는 것으로 우리에게 깊은 인상을 남겼다, 브라우닝이 예리한 촉각이나 운동 이미지로, 빅토르 위고가 시각 인상을 통해 작업했던 것처럼. 하지만 각각의 경우 우리에게 전달되는 시인의 유일한 표현 매체는 언어 상징이며, 각각의 시인이 자신만의 독특한 원재료를 인간 언어라는 유통화폐로 부지런히 주조해내는 실제 두뇌의 작업장 속으로 이 상징들을 데려가는 것은 쉬운 일이 아니다.

그럼에도 불구하고, 우리들에게 무언가를 말해주기 위해 그들의 두뇌 속 작업장에서 무슨 일이 벌어지고 있는지를 충분히 의식하고 있는 시인은 많았다. 페어차일드 교수는 각각이 알아달라고 "나를 선택해요!"라고 외치며 소란스럽게 모여드는 이미지와 관련된 아주 흥미로운 진술을 모아놓았다.[9] 그는 다른 비평가들이 그랬던 것처럼 셸리가 종달새의 영혼을 묘사하려고 애쓰며 보여주었던 놀라운 이미지의 연속을 예로 들었다. 셸리가 실제로 선택한 직유는 무한한 다른 직유들 가운데 운이 좋은 후보들이었을 뿐인 것 같다. 셸리를 찬란한 아이로 묘사한 톰슨(Francis Thompson)의 매혹적인 산문에서 독자는 그와 동일한 원초적 이미지들이 달려드는 것을 의식할 수 있다. 비록 표현 매체는 시가 아니라 고양된 산문이긴 하지만 말이다.

셸리의 시에 다가가면서 우리는 혁명적 형이상학의 격렬한 가면을 힐끗 들여다보며 동시에 쾌활한 아이의 얼굴을 본다. 그의 시 가운데 어떤 작품도 "구름"(The Cloud)보다 순수하거나 셸리의 전형적인 모습을 더 잘 보여주지는 않을 것이다. 따라서 그 작품이 얼마나 본질적으로 상상의 능력에서 나왔는지를 주목해보는 일은 흥미롭다. 그 작품 전체의 특징적인 면이 바로 그

---

9    『시의 창작』, pp.78~79

점이라는 것을 알 수 있다. 그것은 "극도로 고양된 그 아이의 상상의 능력인 것이다. 성인이 지켜보려고 멈추는 경우를 제외하면 그는 여전히 놀이 중이 며, 그의 장난감들은 신이 자기 아이들에게 준 것이다. 우주가 그의 장난감 상자다. 그는 날이 저물 때 손가락을 튀기며 장난한다. 그는 별들 속에 뒹굴 며 금가루를 묻힌다. 그는 달과 해맑게 장난친다. 별똥별들이 그의 손에 코 를 비벼댄다. 그는 동굴에 숨어든 천둥을 으르렁거리며 놀리고, 작렬하는 번 개가 뒤흔들어도 비웃는다. 그는 천국의 문을 춤추며 들어갔다 춤추며 나온 다. 천국의 바닥이 깨어진 그의 환상으로 어지럽다. 그는 정기 가득한 들판 위로 격렬하게 달려간다. 그는 구르는 세상을 뒤쫓아 간다. 그는 태양신의 마차를 끄는 말들의 다리 사이에 끼어든다. 그는 인내심 있는 자연의 무릎에 서서 어떻게 하면 자신의 노래 속에 그녀가 가장 멋지게 보일까를 알아보려 고 느슨한 그녀의 머리카락을 제멋대로 수도 없이 묶어본다.

## 5. 이미지의 선택과 제한

의식의 흐름 속으로 밀려드는 이미지의 어떤 면을 깨닫는 것이 그 이미 지가 선택되고, 결합되며, 통제되는 방식을 이해하는 것보다 쉽다는 것은 명백하다. 어떤 연상의 원칙, 통합을 좌우하는 몇몇 법칙은 틀림없이 존재 한다. 영국의 비평가들은 이 문제에 대해 콜리지와 워즈워스의 통찰력 가 득한 언급을 보물처럼 간직하고 있다. 핵심적인 문제는 다음과 같은 워즈 워스의 문장 속에 제시되어 있다. "감정이 고양된 흥분 상태에서 우리가 생각을 연상하는 태도." 그렇다면 이미지를 선택하고 조합하는 데 가장 중 요한 요소는 "흥분"이며, "감정"은 마치 섬세한 촉수처럼 시인의 감정과 섞 이는 이미지들을 직감적으로 선택하고 거부하며 통합한다는 말인가?

섬세한 건축가의 본능을 지닌 콜리지는 그가 좋아하는 "통합"이라는 용 어를 단순히 그런 이미지에만 적용하는 것이 아니라 영혼의 모든 기능에 다 적용한다.

이상적으로 완벽하게 묘사하자면 시인은 인간의 영혼 전체가 활발하게 작용하게 하면서, 그 영혼 각각의 상대적 가치와 위엄에 따라 각각의 능력을 서로에게 종속시킨다. 그는 어조와 함께 통합의 영혼을 발산하는데, 이 영혼은 종합하는 마술적 능력을 통해 모든 것을 융합하고 각각을 서로에게 용해시킨다. 나는 바로 이 능력에만 상상력이라는 이름을 붙여주고 싶다.

신비의 대가인 콜리지 같은 사람에게 부여된 "종합적, 마술적 능력"이라니! 그러나 좀 당황스러운 시 연구자는 실제로 어떤 일이 벌어지는지 보다 정확한 설명을 원하는 게 당연하다.

미국의 한 비평가는 예술적 창조에 대한 최근의 심리학적 설명을 무수하게 조사한 끝에 다음과 같은 말로 시의 기원에 대해 설명하고자 했다.[10]

시인은 삶의 몇몇 실재 단편, 작은 사건, 성격, 혹은 약간의 개인적 경험에 그의 생각을 집중한다. 그의 감정적 기질로 인해 이 집중된 관심이 그의 내면 감정을 빠르게 자극하면서 여러 이미지가 동시에 빠르게 발생하도록 자극한다. 이 같은 흥분된 감정 아래, 그리고 적어도 부분적으로는 묘사될 수 있는 연상의 법칙과 일치하는 가운데 이미지가 밝고 선명해지면서 명확한 형상을 띠게 되고 유의미한 집단을 형성하고 갈라지고 분기하며 실재하는 감각 세계에 대한 빛나는 모방이 발생한다. 이러는 내내 시인의 의식적 목표가 미묘한 통제력을 행사함으로써 지적으로 의미 있는 무언가로 발전해간다. 하지만 그렇게 탄생하는 예술 작품이 생명력을 지니려면 그 탄생의 과정 동안 모든 이미지가 시인의 감정적 기분을 통해, 다시 말해 그의 배경 의식에 잠복해 있는 이런저런 이미지를 정서적으로 표현해내는 시인 자신의 섬세한 본능적 감각에 의해 기민한 패턴들로 엮어져야만 한다. 왜냐하면 이 복잡한 이미지 망은 그 시인에게 가장 친숙한 분위기를 띠기 때문에, 시인은 자신의 직관적 언어를 통해서 일련의 적절한 언어–상징을 발견하고 마침내 글자로 기록하기 때문이다. 그렇게 개인의 분위기를 이미지와 언어로 걸러

---

10    Lewis E. Gates, *Studies and Appreciations*, p. 215. Macmillan, 1900.

내는 절묘한 과정을 통하여 한 편의 시가 탄생하며, 이렇게 탄생한 시는 후대의 모든 세대에게 사라지지 않는 영혼의 즐거움과 힘의 보고를 제공하는 것이다.

이보다 더 훌륭한 설명을 우리는 발견하지 못할 것 같다. 물론 몇몇 비평가들은 "내내 시인의 의식적 목표에 따라 미묘하게 통제 된다"는 구절에 대해 의문을 제기할 수도 있을 것이다.[11]

얼마 동안은 이미지의 종합이 시인의 의지 없이도 일어날 것처럼 보이는 것도 분명하다. 최면에 빠진 황홀한 상태, 마취 상태의 몽롱함이나 몽환, 그리고 우리가 꾸는 일상적인 꿈의 경험까지 모두 이러한 풍부한 예를 제공해 준다. 한 가지 꿈을 예로 들어보자. 온갖 수초들과 강둑에서 흘러나온 긴 풀들을 한 방향으로 늘어뜨리며 부드럽게 가득 차 흐르는 들고 남이 있는 강물에 대한 꿈을 꾼다고 생각해보자. 어찌된 까닭인지 물의 흐름이 변해서 강물과 수초, 풀, 그리고 심지어 물고기들까지 천천히 방향을 바꿔 바다로 나가는 꿈 말이다. 이 물결은 종합하고 조화를 이루며 마치 음악처럼 흐른다. 그러나 우리는 안다. 이 모든 것이 꿈이라는 것을. 아편에 취해 깊은 혼수상태 속에서 쓴 콜리지의 「쿠블라 칸」(Kubla Khan)은 꼭 그렇게 흘러간다. 연속된 이미지들이 다른 이미지들로 용해되어 들어간다, 마치 "덜시머 악기를 연주하는 처녀"에 의해 서로서로 엮인 춤추는 형상들처럼. 여기에 그 어떤 "의식적 목적"도 없으며, 일반적으로 해석되는 "의미"도 존재하지 않는다. 그럼에도 불구하고 이 시는 이미지의 완전

---

11  "시는 의지의 결정에 따라 수행되는 능력인 합리적 추론과는 다르다. '나는 시를 지을 거야'라고 말할 수는 없다……시는 정신의 활동력의 통제에 종속된 것이 아니다…….시의 탄생과 재발은 의식이나 의지와는 아무런 필연적 연관이 없다." (Shelly, *A Defense of Poetry*.)

제1부 시 일반론

한 통합이며, 감각에 어울리는 순수한 아름다움이다. 통제로부터 완전히 벗어난 이러한 황홀한 무엇인가가 찰스 램의 마음속에도 전해진 게 틀림 없었기에 그는 콜리지가 광기의 상태가 주는 "순수한 행복" 상태에 있다고 말했던 것이다. "이보게 콜리지, 그렇다고 완전히 미쳐버릴 때까지 공상이 주는 장엄함과 격렬함을 맛보는 꿈을 꾸지는 말게나! 지금 내게는 모든 것이 맥 빠지게 느껴진다네. 상당히 그렇다네."(1776년, 6월 10일.)

「쿠블라 칸」이 한 극단을 나타낸다면, 포(Edgar Allan Poe)가 자신의 시 「갈까마귀」(The Raven)[12]을 어떻게 썼는지에 대한 설명 ─ 사실 이 이야기는 우리들 대부분 믿기 어렵기도 하다 ─은 또 다른 한 예, 즉 이미지의 선택과 조합에 있어서 모든 요소를 냉정하고 의식적인 장인처럼 통제하는 예를 보여줄 것이다. 워즈워스가 자신의 시 「뻐꾸기」(Cuckoo)와 「거머리 채집꾼」(Leech-Gatherer)[13]에서 상상력이 어떤 역할을 수행했는가 하는 것에 대해 순수하게 설명한 것은 그 중간 단계쯤 차지한다. 우리는 적어도 그가 전적으로 정직하다는 것은 확신한다. 덧붙여 유머는 완전히 결여하고 있다는 사실도!

> 내가 그대를 새라고 부를 수 있을까.
> 아니면 그저 방랑하는 목소리라고 부를까?

> Shall I call thee Bird,
> Or but a wandering Voice?

---

12  "The Philosophy of Composition"
13  1815~1845년 시집에 붙이는 서문.

"이 간결한 질문은 뻐꾸기 지저귐이 어디서나 들린다는 것을 특징적으로 보여주면서, 뻐꾸기라는 존재에게서 물리적 실존감을 박탈해버린다. 기억 속의 어떤 의식—즉 뻐꾸기는 봄 내내 계속 들리지만 결코 보이는 대상이 아니다라는—은 상상력이 이렇게 자신의 능력을 수행하도록 유혹한다."

마치 한 거대한 바위가 때로 고원의 꼭대기
맨 땅 드러난 곳을 침상 삼아 누워 있어서
그 바위를 찾아낸 모든 이가 대체 어떻게 어디서
이곳까지 올 수 있었는지 궁금하게 만들어
기어 나온 바다짐승이 거기 암초 위 혹은
모래사장에서 해바라기를 하며 쉬고 있는
마치 타고난 감각을 지닌 존재처럼 보이게 되듯,

이 사람이 그렇게 보였다. 완전히 산 것도 죽은 것도 아니었다.
엄청난 고령에도 불구하고 완전히 잠든 것도 아니었다.
· · · · · ·
한 조각 구름처럼 미동도 없이 그 노인은 서 있었다.
바람이 부르는 요란한 소리도 듣지 않고
구름이 움직이면 함께 움직인다.

As a huge stone is sometimes seen to lie
Couched on the bald top of an eminence,
Wonder to all who do the same espy
By what means it could thither come, and whence,
So that it seems a thing endued with sense,
Like a sea—beast crawled forth, which on a shelf
Of rock or sand reposeth, there to sun himself.

Such seemed this Man; not all alive or dead,
Nor all asleep, in his extreme old age.
· · · · · ·

Motionless as a cloud the old Man stood,
That heareth not the loud winds when they call,
And moveth altogether if it move at all.

"이러한 이미지들 속에 직간접으로 작용하면서 부여하고, 추상화하며, 변형시키는 상상력의 능력이 모두 결합되었다. 바위는 바다짐승과 유사해지는 생명력을 부여받았으며, 바다짐승은 자신의 생생한 특성의 일부를 뺏기고 바위에 동화되었다. 그 중간적 이미지를 그려낸 이유는 독창적 이미지, 즉 노인의 모습, 상태와 더 유사한 바위라는 이미지를 낳으려는 목표 때문이었다. 이 노인은 생명과 움직임이 존재함을 보이는 면모가 상당 부분 제거되어 그저 단순한 비교 속에서 (바위와 노인) 두 대상은 통합되고 결합하는 지점까지 이르게 된다."

포의 「갈까마귀」 창작에 대한 이야기와 마찬가지로 상상력이 작동하는 과정에 대한 워즈워스의 분석은 자신의 상상력이 작동한 이후에 행해진 것이다. 모든 세부 사항에 대한 그 분석의 정확성을 담보해줄 절대적 증거란 존재할 수 없다. 그걸 알려면 무수하게 다양한 정상적, 비정상적 정신을 다루어야만 한다는 것은 명백하다. 그러나 이들 가운데 어떤 정신은 분류를 허용하지 않으며, 또 어떤 정신은 아테네의 공작인 테세우스(Theseus)가 대략 그려본 것처럼 "광인, 사랑에 빠진 자, 그리고 시인"과 같이 손쉽게 인식되는 유형으로 쉽사리 전락한다. 상상력의 심리학에 관한 그 공작의 짤막한 연설은 얼마나 현대적인가!

광인, 연인, 그리고 시인은
모두 상상력으로 가득 차 있다.
광인은 광활한 지옥이 소유한 것보다 더 많은 악마를 본다,
그가 곧 광인이다. 마찬가지로 광란의 사랑에 빠진 자는
이집트의 정상에서 헬렌의 아름다움을 본다.

섬세한 광란의 움직임 속에 시인의 눈은
하늘에서 땅으로, 땅에서 하늘로 훑고 다닌다.
상상력이 미지의 형상을
구체화하듯, 시인의 펜은
그 형상에 형태를 부여하고 환상적인 무(無)의 존재에게
공간적 거처와 이름을 부여한다.
그러한 기교는 강력한 상상력을 지녀
만약 얼마간의 즐거움만 파악한다면
그 즐거움을 주는 존재를 이해할 수 있을 것이다.
아니면 밤에 얼마간 두려움을 상상하면서
수풀 속에 곰이 있다고 상상하는 건 얼마나 쉬운 일인가!

The lunatic, the lover and the poet
Are of imagination all compact;
One sees more devils than vast hell can hold,
That is, the madman: the lover, all as frantic,
Sees Helen's beauty in a brow of Egypt:
The poet's eye, in a fine frenzy rolling,
Doth glance from heaven to earth, from earth to heaven;
And as imagination bodies forth
The forms of things unknown, the poet's pen
Turns them to shapes and gives to airy nothing
A local habitation and a name.
Such tricks hath strong imagination,
That, if it would but apprehend some joy,
It comprehends some bringer of that joy;
Or in the night, imagining some fear,
How easy is a bush supposed a bear!

— 『한여름 밤의 꿈』(*Midsummer Nights Dream*), v, i, 7~22

셰익스피어는 "시인"이라는 그 위험한 용어를 사용하는 데 망설이지 않았다는 것은 알 수 있을 것이다. 하지만 시 연구자인 우리는 꾸준히 개별 인간이 기록한 경험으로 돌아가야만 한다. 그리고 이를 통해 비교와 일반화를 끌어내야 한다.

몇몇 독자는 잠깐 동안 시에서 고개를 돌려 상상의 산문에서 동일한 과정에 발생하는 무언가를 깨닫고자 노력한다면 이미지의 선택과 종합에 대한 보다 명료한 개념을 얻을 수도 있을 것이다. 예를 들어 호손의 『주홍 글씨』에서 전체 작품의 주제가 되는 상징인 지배 이미지는 본래 그의 관심을 끌었던 주홍 천이다. 이 물리적 대상은 오랜 숙고 끝에 죄와 죄를 은폐하는 도덕적 상징으로 미묘하게 변했다. 그 상징은 책에 스며들어 고통 받는 이의 가슴에 공공연히 드러나고, 또 다른 이의 살에 끔찍하게 각인되었으며, 마침내 하늘에서 불타 사라졌다. 이 로망스 작품에 등장하는 보다 사소한 이미지와 상징은 모두 그것에 종속되고 지배받는다. 상징은 작품을 써내는 지배적인 기호가 된다. 『주홍 글씨』라는 로망스는 우리가 위대한 시나 극에 대해서 말하듯 얼마간의 중심적 사상과 일치하는 이미지를 함께 결합시켜놓은 "이상적인 종합"을 보여주는 작품이다. 사상이나 주제 또는 지배적인 이미지가 보다 의미 있을수록 세부적인 아름다움의 가능성은 보다 풍부하고 완전하다. 이처럼 익숙한 복잡성의 법칙을 이미지를 선택하는 시인의 의식이나 무의식에 적용하라. 이미 인용했던[14] 루이스 게이트(Lewis Gate)의 언급을 다시 들어보자.

> 모든 예술가에게는 뚜렷한 정신의 선입견과 확실한 정신적 구조, 그리고 본능의 작용이 존재한다. 이것이 그가 몸담은 시대와 세대의 보편적 삶으로

---

14 *Studied and Appreciation*, p. 216.

부터 커다란 척도를 낳으며, 예술가의 개별성 내에서 삶을 강력하게 만들며 삶을 대변한다. 딜타이(Dilthey) 교수가 아주 예리하고 철저하게 설명한 바 있는 소위 '정신적 삶의 성취된 구조'(acquired constitution of the life of the soul)라는 이것이, 예술가의 정신을 어느 정도 결정한다. 왜냐하면 바로 이 영혼의 구조가 예술가의 관심을 결정하며 따라서 그가 포착하고 자동적으로 저장하는 감각과 지각을 결정하기 때문이다. 이 영혼의 구조는 그의 가치 판단, 행동과 성격에 관한 그의 본능적 호불호, 그리고 자신의 극이나 서사시 내의 행동과 주인공의 운명을 구성할 때 대체적인 그의 상상력의 발휘를 통제한다. 이 영혼의 구조가 지닌 선입견은 그의 도덕적, 정신적 삶 전체의 세세한 것들을 걸러내며, 각각의 이미지와 사상에 약간의 매력과 혐오의 그늘을 드리운다. 그 결과 예술가의 영혼이 감정의 압력 하에서 그의 의식 속에서 경쟁하는 이미지들과 사상들을 한 편의 시에 엮어 넣을 때, 특정한 사상과 이미지들이 보다 손쉽게 다가오는 반면 다른 것들은 뒤처지게 만들며, 그렇게 탄생한 결과물인 예술 작품이 그 시대의 특성을 미묘하게 반영하는 색채와 정서적 어조, 그리고 가치를 띠게 되는 것이다.

## 6. "이미지스트" 시

이미지 연상 개념을 시인이 "성취한 영혼의 구조"와 시대의 천재성으로 보는 입장은 현대의 "이미지스트"가 주장하는 몇몇 이론과는 뚜렷하게 대조된다. 2장에서 우리가 이미 지적했듯 이미지스트는 어떤 강렬한 순간에 발생하는 현상에 대한 개인적 반응을 강조한다. 그들은 이전의 경험이 지닌 긴 "환상선"을 가능한 한 폐기한다. 시적 어법에 관해서도 이미지스트는 모든 진정한 예술가가 그러하듯 상투적인 표현, 즉 진부한 표현, 너무 많이 사용해 닳아버린 표현에 대한 공포심을 지니고 있다. 또한 관습적 패턴의 리듬은 무엇이건 두려워한다. 시적 어법과 리듬에 대해서는 다음 장에서 보다 면밀하게 살펴보겠지만 이런 입장은 이미지스트 시의 원칙을 언급한 어떤 진술에건 연관되어 나타난다. 리처드 앨딩턴(Richard Aldington)은 "이미지스트"에 관한 그의 논문에서 다음과 같이 요약했다.[15]

> 이미지스트 스타일의 주요한 점을 요약하면 다음과 같다. 1. 소재를 직접 다루기 2. 언어의 견고함과 경제성 3. 리듬의 개별성 : 자유시 4. 정확한 말. 이미지스트는 이미지를 형성하는 단어, 의외의 정확한 형용사 – 이 형용사는 머리부터 발끝까지 전부, 그리고 표현하고자 하는 것의 향기와 정확한 모양, 그리고 빛나고 전율하는 색채를 부여한다 – 를 소유하고자 한다.

『이미지스트 시인들』(*Imagist Poets*, 1915)의 서문과 『근대 미국 시에서 에이미 로웰의 경향』(*Tendencies in Modern American Poetry*, 1917)에서 이미지즘의 교의는 다음과 같이 간단명료하게 진술되었다.

> 이미지즘은 다음을 목표로 한다. 언제나 일상 언어를 사용하면서, 거의 비슷한 혹은 장식 언어가 아니라 항상 정확한 말을 사용하고자 한다. 새로운 분위기의 표현으로서 새로운 리듬을 창조하고자 하며, 낡은 리듬을 모방하지 않는다. 낡은 리듬은 낡은 분위기의 메아리에 지나지 않는다. 주제 선택에도 완전한 자유를 허용한다. 한 이미지를 제시하여 정확하게 개별적인 이미지로 만든다. 결코 흐릿하거나 부정확하지 않은 견고하고 명료한 시를 생산한다. 확실하게 압축한다.

이미지스트 시가 성취한 그림-그리기(picture-making)라는 독특함 속에서 보면 자유시의 문제는 그저 우연이라는 것을 알게 될 것이다. "우리는 자유의 원칙인 그것을 위해 투쟁한다."고 로웰(Amy Lowell)은 말하지만 단지 시를 쓰는 방식으로써 그것을 주장하는 것은 아니다. 앨딩턴은 자유시

---

15 「그리니치 마을」, 7월 15일, 1915.

의 40% 정도는 산문이라고 솔직하게 인정한다. 우리가 이미 언급했듯이 로워스(Lowes)는 메러디스의 소설에서 수십 문장을 가져와 자유시 방식으로 배열함으로써 그 구절들이 "이미지즘"의 특성을 지니고 있음을 강조했다. 그 가운데 다음이 가장 효과적인 예이다.

> 그는 그리스 사람을 모델로 한
> 타르타르인 같았다.
> 스키타이의 뱃머리처럼
> 유연하고
> 활시위처럼
> 팽팽하다!

> He was like a Tartar
> Modelled by a Greek:
> Supple
> As the Scythian's bow,
> Braced
> As the string!

　하지만 이러한 유형의 이미지를 산문으로 볼 것인가 운문으로 볼 것인가 하는 혼란스러운 문제는 잠시 접어두는 데 동의한다고 가정해보자. 그들이 주장하는 생생한 그림-그리기의 특성을 살펴보기 위해 『이미지스트 시인들』(*Imagist Poets*, 1915, 1916, 1917)이란 제목의 시 선집이나 『1915년 잡지에 실린 시 선집』(*Anthology of Magazine Verse*)에 실린 플레처(J.G. Fletcher)의 시 「녹색 교향곡」(Green Symphony)이나 H.D.의 「바다 붓꽃」(Sea-Iris) 또 로웰의 「과일 가게」(The Fruit Shop)를 살펴보라. 로웰의 대단히 훌륭한 저작인 『남자, 여자, 그리고 유령』(*Men, Women and Ghosts*, 1916) 가운데 특히 「색으로 된 마을들」(Towns in Colour)이라는 제목의 연작시들을 읽어보라. 그 다음에「색으로 된 마을들」속에 담긴 예술적 목표를 밝힌 다음과 같은 서문을 읽어보자. "이 시들을 통해 나는 어떤 장소와 집들의 색깔, 빛, 그리고 그림자 등을 부여하고자 애썼다. 그 과정에서 순수하게 회화적 영향만을 강조했을 뿐 그 장소에 대해 묘사된 다른 어떤 양상도 거의 혹은 전혀 언급하지 않았다. 어떤 도시를 헤매 다니며 그 도시의 관계 없는 아름다움, 즉 본다고 하는 감각적 의식을 사로잡는 아름다움을 찾아보는 것도 매혹적인 일이다."[16]

"관계없는 아름다움"이라는 구절보다 더 대담하고 솔직한 표현은 없을 것이다. 이 구절이야말로 우리에게 만족감을 주는 이미지즘 시와 그렇지 못한 시를 구분하는 시금석과도 같은 기능을 한다. 분명히 때로는 고립되고 관계없는 아름다움만으로 충분하다. 앨딩턴의 시「여름」(Summer)에는 얼마나 우아한 과묵함이 보이는가.

> 나비 한 마리,
> 까만색과 주홍색에
> 흰 점이 박힌,
> 날개를 하늘거린다,
> 쥐똥나무 꽃 위로
>
> 수천의 진홍색 디기탈리스,
> 피 묻은 커다란 창들,
> 자갈밭 채석장에 꼼짝없이 서 있다.
> 그 위로 바람이 달려간다.

---

16  강조는 필자

창백한 하늘 위 장미 빛 한 줄기 엷은 막
기이하게 갈라놓는 검은 굴뚝들.
오래된 도시의 정원을 가로지른다.

A butterfly,
Black and scarlet,
Spotted with white,
Fans its wings
Over a privet flower.

A thousand crimson foxgloves,
Tall bloody pikes,
Stand motionless in the gravel quarry;
The wind runs over them.

A rose film over a pale sky
Fantastically cut by dark chimneys;
Across an old city garden.

상상력은 더 이상 묻지 않는다.

자, 이제 내 친구인 브론웰(Baker Brownell)의 「일요일 오후」라는 시를 읽어보자.

바람은 따스한 움직임 속에
거대한 스스로의 꾸러미로
막사의 유리창을 뚫고 들어온다.
끈끈이를 달각달각 흔든다
문지방에 얼룩 같은 햇살 번지는 곳에 붙어 있는.
한 목소리와 다른 목소리들이 분출한다

방에서 들리는 어지러운 소리 사이 느릿한 통로를.
어딘가에 우쿨렐레 깽깽이는 소리
그 방 뒤쪽 위에서
우연히 터져 나온다.

The wind pushes huge bundles
Of itself in warm motion
Through the barrack windows;
It rattles a sheet of flypaper
Tacked in a smear of sunshine on the sill.
A voice and other voices squirt
A slow path among the room's tumbled sounds.
A ukelele somewhere clanks
In accidental jets
Up from the room's background.

이 시에서 엄밀하고 진실한 이미지는 "그래, 그건 뭐지?" "그 다음에 다른 건?"이라는 직관적인 질문을 방해하지 않는다. 우리가 일본의 "정지 시"(stop poems) — 여기서는 함축된 분위기의 지속, 상징이나 알레고리의 암시적 적용 등이 기존 실제 언어의 정당성을 보장해주는 유일한 요소다 — 이론을 수용하지 않는다면, 내 생각에 이미지스트 시의 상당 부분은 감각을 예리하게 하는 데만 기여할 뿐 우리 정신의 완전한 상상력은 활용하지 않는 것이다. 이미지를 만드는 것은 시인의 본질적인 책무다. 그러나 기억해야 할 위대한 시에서 이미지 메이킹은 보다 더 큰 영역 내의 하나의 세부 항에 불과하다. 로웰의 「패턴」(Patterns)은 현대시 가운데 가장 영향력 있는 시 중의 한 편이지만 단순히 이미지즘을 기록하는 것 이상의 시다. 그 시는 구조적인 상상력의 승리다.

# 7. 천재와 영감

연구자들이 이미지 구축과 이미지 조합 능력을 분석하려고 시도하는 가치가 무엇이건 간에 그것이 시를 쓰는 데 필요한 요소라는 점은 모든 사람이 인정한다. 콜리지의 예술이 갖는 신비에 대한 최종 진술은 다음과 같은 것이다. "다양함을 효과의 통일성으로 환원시키고 어떤 지배적인 사고나 감정을 통하여 일련의 사고를 변형시키는 능력은 함양될 수도 향상될 수도 있다. 하지만 결코 학습될 수는 없다. 이런 점에서 시인은 태어나지 만들어지지 않는다."

시인의 상상력을 "비범한 재능"으로 간주한다고 해서 이 질문이 갖는 어려움을 회피할 수는 없다. 어떤 이들이 생각하는 것처럼 비범한 재능이 신경증이건 아니면 완벽한 제정신이건 차이는 거의 없다. 포와 같은 시인과 소포클레스 같은 시인 둘 모두 이상적인 종합을 할 수 있는 능력이 있다. "영감"이라는 옛 말은 큰 도움이 안 된다. 영감이라는 말로 무엇을 의미하건 간에—우리 자신이 아닌 무엇, 초자연적이거나 또는 잠재의식적인 것, 다시 말해, 블레이크의 "비전"이나, 잔 다르크가 들었던 "목소리," 왁자지껄 연회를 즐기는 이들의 내면을 움직이는 "신" 같은 어떤 것이건 간에—그것은 이미지 구축 기능의 흥분이지 기능 그 자체는 아니다. 이성에 의해 훈육되지 않은 무질서한 "비범한 재능"과 영감은 미에 대한 감각을 영원히 만족시킬 수 있는 이미지를 생산할 능력이 없다. 톨스토이의 상식적 언급은 확실히 건전하다. "인간의 글쓰기는 지성과 상상력이 평형을 이루는 곳에서만 훌륭하다. 어느 하나가 다른 하나와 불균형을 이루는 순간 모든 것은 끝이다."[17]

---

17  W. A. Neilson's chapter on "The Balance of Qualities" in *Essentials of Poetry*. (Houghton

## 8. 요약

자, 이제 우리도 시인과 비평가들에게서 인용했던 진술을 정리하도록 해보자. 그들이 모든 세부 사항에 동의한 것은 아니고, 가끔은 너무 모호하거나 지나치게 특수한 용어를 사용하기는 하지만 그 진술의 일반적 경향은 상당히 명확하다. 시인과 비평가들은 상상력이 단순한 기억-이미지와는 다르다는 것에 동의한다. 이미지의 선택과 결합, 그리고 재현 과정을 통해서 진정 새로운 것이 존재하게 되며, 따라서 구성 혹은 창조하는 상상력이라는 용어 사용은 정당하다. 이 상상력은 체현하거나 혹은 테세우스가 말한 바와 같이 "알려지지 않은 존재의 형상을 구체적으로 나타낸다." 자신의 "펜"으로, 다시 말해 특정한 양상으로 배열된 언어-상징을 통하여 이러한 형상을 "그려내는 것"이 궁극적인 시인의 일이다. 이러한 언어-상징의 선택에 대해서는 4장에서, 리듬이 있는 배열에 대해서는 5장에서 논의될 것이다. 우리는 현재까지 이 장에서 펜으로 명확하게 시를 창작하기 이전의 활동에서 시적 상상력의 기능을 찾아보려 애써왔다. 페어차일드 교수의 언급을 따라 "시를 쓰는 데 포함된 활동의 핵심적 과정이나 종류는 세 가지이다. 개인화하기, 조합하기, 그리고 운문화하기다. 이 가운데 우리가 첫 두 가지를 다루어 왔다는 것은 명백하다. 러스킨(John Ruskin)이 『현대의 화가들』에서 활용한 유명한 용어를 선호한다면, 우리는 투시력, 연상력, 그리고 명상적 유형의 상상력을 고려하고 있는 것이다. 그러나 거장에 의해 아무리 화려하게, 암시적으로 이용된다 하더라도 이러한 러스킨의 명칭은 시 역사 연구의 초심자에게는 위험한 도구이다.

이런 점에서 이 장에서 초심자가 관심을 가진 핵심 주제를 살펴본다면

---

Mifflin Company, 1912.)과 비교해보라.

시의 몇 행에 담긴 이미지에 자신의 감각을 열어봄으로써 그 타당성을 검토해볼 수 있을 것이다. 시인들은 사물에 대한 지식보다는 사물에 대한 "감각"을 전달하고자 애쓴다는 점을 명심하기를. 다음 시행에서 사용된 엄밀한 단어들을 잠깐 무시하고 마치 이미지가 단어로 이루어진 것이 아니라 순수한 감각–충동인 듯 이미지에만 집중하기를 바란다.

다음 시행에서 시인은 우리에게 무언가를 보여주려고 애쓰고 있다("시각" 이미지).

> 신부가 홀 안으로 걸어 들어왔다.
> 그녀는 장미처럼 붉다.
>
> The bride hath paced into the hall,
> Red as a rose is she.

자, 저 새가 보이는지?

다음 행에서 시인은 우리에게 무언가를 들려주려고 애쓰고 있다("청각" 이미지).

> 나뭇잎 울창한 6월에
> 밤새도록 잠든 나무들에게
> 조용하게 노래 부르는
> 보이지 않게 흐르는 시냇물 같은 소리
>
> A noise like of a hidden brook
> In the leafy month of June
> That to the sleeping woods all night
> Singeth a quiet tune.

여러분은 저 노래가 들리는지? 다음 소리만큼 또렷하게 들리는지?

> 여왕의 손에서
> 징 징 징 울리는 탬버린들?

> The tambourines
> Jing-jing-jingled in the hands of Queens?

다음 행에서 시인은 우리에게 어떤 신체 감각을 느끼도록 하려고 애쓰고 있다("촉각" 이미지).

> 나는 눈을 감고 그대로 있었다, 그러자 내 눈동자들이 맥박처럼 뛰었다.
> 하늘과 바다와 바다와 하늘이 내 지친 눈 위에 짐처럼 내려앉았고, 죽은 사람들이 내 발에 느껴졌다.

> I closed my lids and kept them close, And the balls like pulses beat;For the sky and the sea and the sea and the sky, Lay like a load on my weary eye,And the dead were at my feet.

당신의 눈이 저 압력을 느끼는지?

다음 행들을 읽을 때 당신은 꼼짝도 하지 않고 의자에 조용히 앉아 있다 ("운동" 이미지).

> 나는 등자(鐙子)에 뛰어올랐다. 요리스도, 그도.
> 나는 질주했다. 디릭도 질주했다. 우리 셋 모두가 질주했다!

> I sprang to the stirrup, and Joris, and he;
> I galloped, Dirck galloped, we galloped all three!

당신은 즉시 말 등에 올라탔는지? 만약에 그렇다면, 시인은 언어 이미지와 리듬을 통하여 자신이 말을 타는 그 "감각"을 자신의 마음에서 당신 마음으로 옮겨놓음으로써 그리한 것이다. 이제 그 감각은 당신이 말을 타는 것 같은 감각이 되었다.

만약 독자가 자극에 대하여 그 자신의 육체와 정신의 반응을 통하여 이러한 간단한 이미지를 깨닫게 되는 실험을 접하게 된다면, 그에게 시의 문이 열린 것이다. 시가 주는 그 무한한 즐거움 속에 들어갈 수 있게 된 것이다. 시가 어떤 즐거움을 주는가를 보다 엄밀하게 분석하고자 한다면, 그저 우연히 좋아하게 된 시행을 선택해서 그 시행이 상상력의 다양한 기능을 어떻게 드러내는지를 스스로 물어보면 된다. 이미 인용된 바 있는 다음 시행은 콜리지가 묘사한 결혼식 장면이라고 가정해보자.

> 신부가 식장 안으로 걸어 들어갔다,
> 장미처럼 붉은 그녀.
> 그녀가 가는 걸음 앞에 머리를 까닥이는
> 명랑한 음유시인.

> The bride hath paced into the hall,
> Red as a rose is she;
> Nodding their heads before her goes
> The merry minstrelsy.

확실히 통찰력 있는 상상력이다. 대상이 지닌 특성을 선택하고, 그 특성("붉음"이나 "까닥임")을 재현하고, 마지막으로 시인이 강조하거나 억제하고자 하는 어떤 요소건 전달하고 수정하거나 추상화를 통해 강조하는 것. 이상화된 그림을 형상화하고, 정신이 보고 싶은 대로 사물들을 제시하면서 우리의 미감을 만족시키는 이미지의 조합이 그 결과로 우리 앞에 나타난다. 왜냐하면 콜리지가 적도의 빠른 일몰을 묘사한 것처럼 현실을 이상화하는 가운데 정신은 최상의 만족감을 얻는다는 데 의심의 여지가 없기 때문이다.

한 걸음에 어둠이 내린다.

At one stride comes the dark,

또는 에머슨이 그려낸 뉴잉글랜드의 느린 일출처럼,

오 저 오만한 날이 부드럽게
그의 푸른 항아리를 불길로 채우는구나.

O tenderly the haughty day
Fills his blue urn with fire.

이 장에서 미(美)에 대해서는 거의 말하지 않았다. 하지만 시인이 더듬거리며 나아가야 하는 그 어둑한 영역을 가로질러 미에 대한 인식이 "형상화하는 상상력을 지닌 영혼"을 인도함으로써 시인은 풍성한 표현을 지닌 단어를 의식적으로 선택하고 그 단어들을 질서 있게 배열하여 운율이 있는 아름다운 구조로 만들어낸다는 것을 의심하는 이는 아무도 없다.

## 제4장

# 시인의 언어

말은 의사소통을 위해 필요한 감각 기호다.

Words are sensible signs necessary for communication.

— 존 로크(John Locks), 『인간 이해』(*Human Understanding*), 3.2.1

개념이 정신의 내면에 비치는 사물의 이미지인 것처럼, 말이나 이름은 우리가 소통하는 사람들의 정신에 그 개념을 드러내는 표시다.

As conceptions are the images of things to the mind within itself, so are words or names the marks of those conceptions to the minds of them we converse with.

— 사우스(South), 존슨(Johnson)의 『사전』(*Dictionary*)에서 인용

말 : 어떤 언어에서든 어떤 개념의 표시거나 혹은 문법적 관계와 결합한 개념의 표시로 사용되는 소리, 혹은 소리의 결합이다⋯⋯말이란 어떤 언어에서건 일련의 역사적 변화에 의해 사용되는 나름의 가치를 획득하고, 활용됨으로써 가치를 유지하고, 그 이후 지속적인 활용이 규정하는 대로 형식과 의미의 변화에 노출이 된 발화 기호다.⋯⋯

Word: a sound, or combination of sounds, used in any language as the sign of a conception, or of a conception together with its grammatical relations···. A word is a spoken sign that has arrived at its value as used in any language by a series of historical changes, and that holds its value by virtue of usage, being exposed to such further changes, of form and of meaning, as usage may prescribe···.

— 『백년 사전』(*Century Dictionary*)

말은 투명하고 불변한 수정(crystal)이 아니다. 말은 생생한 사고의 표피이며, 사용되는 환경과 시간에 따라 아주 다채로운 색과 내용을 보일 수 있다.

A word is not a crystal—transparent and unchanged; it is the skin of a living thought, and may vary greatly in color and content according to the circumstances and the time in which it is used.

— 올리버 웬델 홈즈(Oliver Wendell Holmes),
『타운 대 에스너』(*Towne vs. Eisner*)

나는 젊고 영리한 시인들이 산문과 시에 대한 수수한 정의를 명심해주기를 바란다. 산문=최상의 질서 속에 존재하는 말. 시=최상의 질서 속에 존재하는 최상의 말.

"I wish our clever young poets would remember my homely definitions of prose and poetry; that is, prose = words in their best order;—poetry =the best words in the best order.

— 콜리지(Coleridge), 『식탁의 대화』(*Table Talk*)


# 1. 눈과 귀

"문학" 언어는 보통 "고양"이나 "억제"를 통해서 일상 삶의 언어와 구별된다. 소설가나 수필가는 자신의 기분, 창작할 때의 즉각적인 목표, 그가 예상하는 독자의 능력에 자신의 언어를 다소간 맞추는 경향이 있다. 그는 현실이나 상상 속의 특정한 독자와 대화한다. 몽테뉴(Montaigne)가 말한 것처럼 그는 자신이 우연히 처음 만난 사람에게 말하는 것처럼 종이 위에 자신을 쏟아 부을 것이다. 혹은 자신과 동시대 혹은 이후 세대의 선택된 소수에게 말을 걸 수도 있다. 그는 자의적으로 쓰이거나 인쇄된 언어 음성의 상징들이 자신의 생각을 타인의 정신에 안전하게 전달해 줄 수 있다고 믿는다. 오늘날 "문학" 언어 사용자들은 글로 쓰이거나 인쇄된 페이지에 의존하게 되었다. 다소간 "시각형" 존재가 된 것이다. 반면 전형적인 강연자는 "청각형" 존재로 남아 있다. 즉 일련의 소리에 민감하며, 독자의 눈보다는 청자의 귀를 위해 작문한다.

전형적인 소설가와 비교해서 시인은 강연자와 마찬가지로 "청각형"이다. 생각과 감정의 시각적 상징보다는 음 상징이 그가 애용하는 중요한 매체다. 물론 발전하는 인류가 원시적인 시낭송과 구술적 반복을 통해 시를 전달하는 것에 종말을 가져오는 순간 그는 다른 문학 예술가나 현대의 음악인들과 마찬가지로 자신이 창작한 소리에 맞게 쓰여지거나 인쇄된 기호에 의존할 수밖에 없다는 것은 자명하긴 하지만 말이다. 하지만 우리의 눈이 지닌 습관은 너무도 고집스러워 우리는 언제나 인쇄된 종이 위에 있는 시인의 말을 귀로 인지하는 말소리와 혼동하는 경향이 있다. 음악가의 경우라면 우리는 이렇게 혼동하는 잘못을 결코 범하지 않는다. 그의 "음악"은 그가 새겨놓은 악보를 구성하는 자의적인 검은 표시의 글자와 동일시되지 않는다. 우리 대부분에게는 그 표시가 실제 음조로 변환되어야만 음악이 존재하게 된다. 물론 아주 능숙하게 악보를 읽을 수 있는 독자라면 그 표시된 소리를 청각화하지 않고서도 별다른 어려움 없이 자신의 내이(內耳)에 변환시킬 수 있기도 할 것이다.

이 차이는 시를 이해하는 데 본질적인 중요성을 갖는다. 한 편의 시는 귀에 전달되는 일련의 인쇄된 글자 기호가 아니다. 시는 귀에 전달되는 일련의 소리이며 표시된 소리를 실질적인 물리적 음조로 표현하지 않아도 악보를 능숙하게 읽는 그런 독자들이 아닌 이상 소리를 위한 자의적 상징은 시를 전달하지 않는다. 전문적인 시 애호가들은 그런 정도의 귀를 지니고 있지 않다. 그들은 "절망적일 정도로" 시각적이다. 운율과 연(stanza), 자유시와 감정적으로 패턴화된 산문의 문제를 결정할 때 청각 신경보다는 인쇄된 페이지에 나타난 외형을 통해 결정하려고 한다. 원시적 음유시인의 방식을 따라 자신의 시를 낭송하거나 영창하는 베이첼 린지(Vachel Lindsay) 같은 시인은 활판술에 의한 혼란에서 우리를 끌어내 시가 출발한 완전한 구술적 발화라는 순수한 즐거움으로 되돌려주려는 진지한 서비스를 해오고 있다.

## 2. 말이 감정을 전달하는 방법

시는 얼마간 육체와 정신의 경험 속에, 그 흥분 속에 시작된다는 점, 그리고 시는 그러한 경험을 암시하는 말을 운율을 갖춰 발화함으로써 청자들에게 감정을 전달할 수 있다는 사실, 그리고 언어의 특성은 감정이 다소간 영원한 형식 속에서 구현될 수 있다는 사실은 어떤 경우라도 망각될 수 없기 때문에 시의 기원과 시적 감정의 전달과 구현의 문제와 연관된 질문 몇 가지를 꼼꼼하게 살펴보도록 하자. 시인이 단어를 활용하는 것을 통해 이런 점들이 드러나는 한 우리가 지금 이러한 과정들을 추적하고자 애쓴다는 점을 기억하면서 말이다.

우리는 이미 감정 그 자체의 정신적 이미지들은 존재하지 않는다는 것을 언급한 바 있다. 시인의 의식이 인식하는 이미지는 감정과 연관된 경험과 대상의 이미지다. 이러한 이미지를 되살리고 전달하기 위해 사용되는 말은 보통 추상적이거나 순수하게 구체적인 것과 다르게 "구체적"이거나 "감각적인" 것으로 묘사된다. 이 말은 "실험적" 말이며, 개성화된 대상이나 사상과 신체적 정신적 접촉으로부터 발생하여 개별적 감정의 채색이 가해진 것들이다. 그러한 말들은 정신과 의사들이 말하듯 "주름"을 지니고 있다. 그 말은 의미의 함축이 풍부하다. 순수한 지성인에게 발화되는 말처럼 의미가 다 드러나지 않고 연상의 베일과 과거 경험의 흔적으로 뒤덮인 말이다. 그 말은 화물이 가득 실린 배 같다. 화물은 각각의 정신의 결(texture)과 이력에 따라 다르다. 방금 사용한 "배"라는 단어는 이 페이지를 읽는 독자들만큼이나 다른 수많은 정신적 이미지를 불러일으킬 것이다. 브랜더 매튜스(Brander Matthews)는 "숲"이라는 익숙한 단어가 상기시키는 이미지가 기이하게도 상이하다는 사실을 기록한 바 있다. 런던의 한 클럽에서 잡담을 나누는 여섯 명쯤 되는 유명한 문필가들이 서로에게 "숲"이 상기시키는 의미에 관해서 이야기하는 장면이다.

그날 저녁까지만 해도 나는 숲이라는 것이 서로 다른 사람의 눈에는 색과 모양이 다른 옷처럼 보인다는 생각을 해본 적이 없다. 하지만 그때 나는 알았다. 가장 순수한 단어라 할지라도 이상하게 가장할 수 있다는 것을. 하디에게 숲은 웨섹스의 숲 사람에게 공격당하는 단단한 참나무를 떠오르게 했다. 두 모리에(Du Maurier)에게 숲은 프랑스 국유지의 잘 정리되고 깔끔한 거리를 상기시켰다. 블랙은 그 말을 들으며 소위 스코틀랜드의 사슴 숲에 있는 나지막한 잡목 숲을 떠올렸다. 고세(Gosse)에게는 스칸디나비아의 피오르드에서 솟아오른 녹색으로 우거진 풍경을 불러왔다. 하웰스(Howells)에게 숲은 젊은 시절 오하이오의 강변을 따라 늘어섰던 울창한 숲을 떠오르게 했다. 마지막으로 내게 숲이라는 말은 열네 살 때 카누를 타고 슈피리어 호수에서 미시시피강으로 건너기 전 가로질러 갔던 치페와 보호 구역에서 인간의 방해를 받지 않고 빽빽하게 자란 야생초들을 번개처럼 불러왔다. 그 단어는 아주 단순해 보이지만 우리 각자의 이전 경험에 따라 이해되었다. 그날 저녁

나눈 이 다양한 경험은 이전과는 전혀 다르게 모든 언어의 어휘의 본질적이고 필연적인 불완전함을 절실하게 깨닫게 해주었다. 왜냐하면 말을 통한 모든 의사소통에는 언제나 두 당사자가 존재하며, 한 사람에게서 다른 사람에게 전해지는 구술적 전달은 두 사람에게 필연적으로 동일한 고정된 가치를 지니지 않기 때문이다.[1]

하지만 이 문제를 확인하러 런던으로 갈 필요까지는 없다. 여섯 명 정도 되는 건장한 미국 청년들을 스포츠 용품이 전시된 상점 진열장 앞에 서 있게 해보라. 낚싯대, 테니스 라켓, 승마 채찍, 골프공, 러닝화, 야구 배트, 축구공, 젓는 노, 카누용 패들, 설상화(雪上靴), 운전자용 안경, 인디안 곤봉, 그리고 소총, 이 물건 각각은 보는 이의 관심사에 따라 그 도구가 제시하는 특정한 스포츠에 집중하게 한다. 만약 열정적인 테니스 선수라면 라켓을 보면서 수많은 운동 감각의 기억이 자극을 받는다. 그는 진열장 바로 앞에 조용히 서 있는 듯 보이지만 이미 손가락에 그 라켓을 균형감 있게 쥐고 자신이 제일 자신 있는 스트로크 플레이를 하며 토너먼트 게임에서 승리하는 느낌을 경험하고 있을 것이다. 그 옆의 남자는 이미 얼어붙은 언덕 위로 설상화를 신고 걷고 있을 것이다. 하지만 라크로스나 승마를 해본 적이 없거나 카누를 타본 적이 없다면 라크로스 라켓이나 승마용 채찍 혹은 패들은 감정적으로 아무런 의미가 없을 것이다. 그저 자신이 경험해보지 못한 기쁨을 주는 스포츠에 대한 상상의 호기심은 자극할 수 있을지 모르겠다. 그의 눈은 그 물건을 그저 약국이나 잡화점 창문을 바라보는 것처럼 무신경하게 스쳐갈 것이다. 이런저런 서로 다른 물리적 대상이 주는 시각적 자극에 대한 개개인의 다양한 반응은 그의 감정적

---

1   Brander Matthews, *These Many Years*, Scribner's, New York, 1917.

능력을 예시하는 데 도움이 될 수도 있다. 따라서 상점 진열장 앞에 배열된 물건의 우연한 집합은 그 물건이 실질적이고 가시적인 우주를 대면하기 때문에 모든 인간 정신의 상징이 된다. 그 물건들은 이런저런 특별한 물건에 대한 욕구와 갈증을 불러일으키지만 다른 대상은 그저 냉정하게 무관심하게 만든다.

자 이제 우리의 여섯 명의 젊은이가 어둠 속에 앉아 이야기를 나누는 가운데 오직 말만 사용해 육체적 정신적 추억을 회상한다고 가정해보자. 똑같은 추억, 똑같은 일련의 정신적 그림을 지니고 있는 사람은 아무도 없을 것이다. 그 일행 가운데 가장 말을 잘 하는 청년이 선택한 가장 생생하고 그림 같은 말도 그들 모두에게 동일한 의미를 가지지는 않는다. 그들 모두 그 말을 거의 이해하지만 각자 자신의 동료가 경험한 바 없는 방식으로 느낀다. 각각의 구체적이고 감각적이며 그림 같은 말이 전달하는 의미의 무게는 그 말을 듣는 사람의 전체적인 물리적 정신적 이력에 따라 다를 수밖에 없다.

사물과 감각에 대한 가장 흔하고 보편적인 말들, 예를 들어 "손", "발", "어두운", "두려운", "불", "따뜻한" 같은 말도 희미하게 혹은 또렷하게 느낄 수 있는 개인적 정서를 가득 담고 있다. 그것은 각각 나의 손, 발, 두려움, 어둠, 온기, 행복일 수 있다. 자 이제 시인은 어둠 속에서 일단의 친구에게 이야기하거나 노래하는 사람이다. 그는 그들에게 "보다"와 "느끼다"라는 문자 그대로의 의미로 "이것을 보라"라거나 "이것을 느끼라"고 말할 수 없다. 시인은 오직 말과 어조만을 통해서 그의 친구들이 이미 보고 느낀 것을 소환할 수 있으며, 그러한 추억이 상기시키는 흥분 속에서 새로운 조합, 무한하게 다양하게 얽힌 인간 경험의 새로운 망, 미지의 바다 위로 나아가는 새로운 항해를 제시할 수 있다.

우리는 시인이 고독과 어둠 속에서 의사소통보다는 표현하고자 하는 충동에 전적으로 복종하면서 혼자 노래 부르거나 이야기하는 존재라고 볼 수도 있을 것이다. 따라서 존 스튜어트 밀(John Stuart Mill)은 웅변가와 시인을 구분한다. "웅변은 들린다. 시는 우연히 들린다. 웅변은 청중을 전제한다. 시의 특수성은 시인이 청자를 완전히 의식하지 않는 데 있는 것 같다. 시는 고독한 순간에 스스로에게 자신을 고백하는 감정이며, 상징—상징은 정확한 형상 속에 감정을 최대한 유사하고 그럴 듯하게 재현하는 것이다—속에 스스로를 구현하는 것인데, 시인의 마음으로 보자면 상징 속에 감정이 존재한다."[2] 하지만 그의 최고의 목표가 자신의 감정의 위안이건(혼자 있을 때 인간은 욕도 하는 법이니!) 아니면 자신의 감정을 다른 사람에게 전달하는 것이건 간에 시인의 언어는 그의 육체와 정신의 이력을 전달한다는 사실은 여전히 남는다. 소로(H.D. Thoreau)는 말했다. "시인은 자기 몸의 역사를 쓴다."

예를 들어, 허포드 교수(C.H. Herford) 교수가 행한 브라우닝의 어휘에 대한 연구는[3] 그 시인의 민감한 촉각과 근육의 감수성, 명민하고 열정적인 공간적 관계에 대한 이해를 강조한다.

> 그는 이글이글 불타는 색깔과 눈부신 빛과 같은 강력한 감각 자극에 탁월했다. 복잡하고 돌발적이며 유연한 형태의 보다 복잡한 운동 자극에도 마찬가지였다…… 그는 가장 섬세한 동시에 가장 기민한 시각의 조정을 요구하는 선과 면의 각지고 울퉁불퉁하고 서로 뒤엉키고 미로 같은 다양성에 기쁨을 느꼈다. 그는 사물의 모서리들을 포착했다…… 뾰족한 것과 쐐기, 그리고 칼이 그의 작품 속에는 난무한다…… 그는 테니슨이 부드러움으로 가득한

---

2  J. S. Mill, "Thoughts on Poetry," in *Dissertations*, vol. 1. See also F. N. Scott, "The Most Fundamental Differentia of Poetry and Prose." Published by *Modern Language Association*, 19, 2.

3  *Robert Browning, Modern English Writers*, pp. 244–66. Blackwood & Sons. 1905.

유음을 사랑하듯 갈고 충돌하고 찢는 마찰음과 파열음을 사랑했다…… 그는 돌연한 놀라움과 예상치 못한 변화의 시인이다…… 그의 분방한 신경 에너지에 속하는 감각의 돌연한 변화가 주는 단순한 즐거움은 모든 변화 특히 모든 생명력 넘치고 의미 있는 생성을 상상하는 그의 단호한 방법에 도움을 주었다.

개별 시인에게서 그가 속한 시문학의 영역으로 시선을 돌려도 동일한 진실이 명백하게 적용된다. 여기서도 또한 신체 이력의 흔적이 존재한다. 잘 알려진 것처럼 유대 역사는 언제나 신체 감각을 통해 정서를 표현하고 있다.

르낭(Ernest Renan)은 말한다.

유대어에서 분노는 여러 방법으로 표현된다. 각각의 표현은 생생하며, 생리학적 사실에서 차용해온 것이다. 어떤 때는 분노라는 감정에 수반되는 조급하고 활발한 호흡에서, 어떤 때는 열기와 끓는다는 것에서, 또 어떤 때는 소란스럽게 부수는 행동에서, 어느 때는 부들부들 떠는 데서 그 비유를 따온다. 좌절과 절망은 심장이 녹는 것으로, 두려움은 고삐가 느슨해지는 것으로 표현된다. 오만은 머리를 높이 쳐들고 자세를 꼿꼿하고 뻣뻣하게 하는 것으로 그려진다. 인내는 긴 호흡으로, 초초함은 짧은 호흡으로, 욕망은 갈증이나 창백함으로 표현된다. 용서는 잘못을 감추고 숨기고 덮어주는 생각에서 차용된 일련의 비유를 사용한다. 욥기에서 신은 죄를 양말 속에 꿰매고, 봉하며 야고보의 뒤로 던져준다. 이 모든 것은 그가 그것을 잊겠다는 의미를 표하는 것이다. ……
내 영혼은 주의 법정을 향해 갈망하며, 헐떡거린다. 내 영혼과 육신은 살아계신 주님을 찾아 울부짖는다.
저를 구해주소서. 오, 신이시여. 바닷물이 제 영혼 속으로 밀려드나이다.
나는 깊은 진창으로 가라앉네. 서 있을 곳도 없다네. 나는 깊은 바닷물에 빠졌다네, 바닷물이 나를 덮치네.
나는 울다가 지쳤네. 목은 마르고 눈은 보이지가 않는다네. 하지만 나는

신을 기다리네.[4]

마찬가지로 그리스 시는 육체의 감각으로 전율하는 "따뜻한, 빠른, 진동하는" 말로 짜여 있다. 길버트 머레이(Gilbert Murray)[5]는 이러한 아름다운 글자를 특정한 패턴으로 엮어 짜내는 것을 다음과 같이 묘사했다.

서정시의 총체적 본질은 리듬이다. 리듬은 단어를 엮어 노래-형식으로 만들어 단순한 음절 배열이 일종의 춤추는 듯한 기쁨을 준다…… 그리스 서정시는 종교적 춤으로부터 직접 유래했다. 즉 단순히 발을 경쾌하게 움직이는 것이 아니라 온몸을 열정적으로 흔드는 것, 즉 명확하게 표현된 말로는 압축될 수 없는 정서의 궁극적 표현이며, 강렬한 리듬과 강렬한 감정이 압축된 것이다.

밀턴이 "우아하고 화려한 수사학"을 칭송하면서도 시란 "보다 단순하고 감각적이며 열정적인" 것이라 묘사한 것을 잊어서는 안 되겠다.[6] "감각적," "열정적"이라는 말은 반복되면서 조금 그 의미가 무뎌지긴 했지만 글자 그대로의 완전한 의미로 이해되어야 한다. 언어란 사상과 감정을 교환하는 사회적 도구라는 데는 의심의 여지가 없지만 시의 어법은 개인의 경험, 육체와 정신이 현실과 접촉함을 드러내는 것이라는 점 또한 사실이다. 모든 시인은 여전히 에덴동산의 아담이라, 놀랍고 새로운 짐승들이-그토록 끔찍하며 그토록 아름다운 그 짐승들-지나가는 속도에 맞추어 새로운 이름을 발명하고 있다.

---

4    Quoted by J. H. Gardiner, *The Bible as Literature*, p.114.

5    "What English Poetry may Learn from Greek," *Atlantic Monthly*, November, 1912.

6    *Tract on Education*.

## 3. 통화(Current Coin)로서의 말

하지만 개인의 독특한 경험에 의해 각인되고 색이 더해진 시인의 말은 그 말이 통화가 될 수 있도록 해주는 보편적인 전달 가치도 지녀야만 한다. 말이 단순히 사적인 경험의 재현, 즉 사물에 대한 우리 자신의 별명에 불과하다면 개별 인간 각자가 지닌 상상력이 거주하는 에덴동산의 벽을 넘을 수 없다. "표현"은 가능하겠지만 "소통"은 불가능할 것이다. 그리고 아담 각자가 사용하는 "멍멍", "푸훗" 혹은 "딩동" 같은 소리를 제외하면 알아들을 수 있는 표현을 담은 용어는 존재하지 않을 것이다. 이런 표현어들마저 이브에게조차 받아들여지지 않는 용어일 수 있다.

표현하고자 하는 충동은 개별적이며, 고도로 발달된 언어 환경에서 한 개인은 말에 그 자신의 낙인을 찍어 다른 사람들로 하여금 그가 의도하는 방식대로 말하게 할 수도 있다는 것이 혹 사실이라고 하더라도 단테의 말대로 그럼에도 불구하고 말한다는 것은 본래 사회적 기능이라는 것이 진리다. 말은 사회의 도구인 것이다. 휘트니 교수는 다음과 같이 말한다.

> 말은 개인에게 속한 것이 아니라 사회 구성원에게 속한 것이다…… 우리 각자가 무엇을 선택해 말하건 그것이 동료에게 받아들여져 사용되기 전에는 언어가 아니다. 시작은 비록 개인의 행동에 의해서라고 하더라도 말하는 행위는 공동체를 통해 완전하게 발전한다.
>
> ……고독한 인간은 결코 언어를 틀 짜지 못한다. 완벽하게 고립된 상태에서 한 아이가 성장한다고 가정해보자. 그 아이 주변의 자연이 아무리 풍성하고 암시하는 바가 많아도, 외부 환경에 대해 아무리 풍부하고 뛰어나 감식력을 그 아이의 감각이 지니고 있다 하더라도, 내면에서 작동하는 의식 또한 그렇다 하더라도, 그는 평생 침묵하는 자로 남게 될 것이다.[7]

---

7  W. D. Whitney, Language and the Study of Language, p. 404.

게다가 한 개인이 언어를 습득하는 것은 오로지 그 언어를 사용하는 사회적 노력 덕분이다. 말의 재료는 물려받는 것이 아니다. 고통스럽게 노력해서 얻는 것이다. 중국에서 자라며 영어는 한마디도 듣지 못한 영국 아이는 형식이나 어투에서 영국 부모의 흔적은 전혀 없는 중국어를 할 것이라는 사실은 잘 알려져 있다.[8] 그 아이의 육체–정신의 경험은 중국 민족의 육체–정신의 경험에 의해 형성된 매체를 통해 소통될 것이다. 그 매체 속에서만 이 영국 태생 아이의 사고는 전달 가치를 지닐 수 있다. 그의 부모는 초서와 셰익스피어가 틀 잡아놓은 언어를 말했지만 우리가 상상으로 그려본 이 소년에게 사회적 발화 도구를 완벽하게 만들려고 그토록 오랫동안 애써온 노고는 흔적도 없이 사라졌다. 언어에 관한 한 그는 중국인일 뿐이다.

이제 미국 학교와 대학으로 온 중국 소년의 경우를 생각해보자. 이 구절을 쓰기 바로 직전에 나는 테니슨에 관한 하버드대학의 시험에서 한 학생이 작성한 시험 답안을 읽었다. 그 답안지는 아주 예외적일 정도로 훌륭한 영어다운 영어로 테니슨이 사용한 미묘하고도 정확하며 적절한 언어 표현에 대한 비범한 평가를 보여주고 있다. 그 중국인 소년은 미국인 동급생 대부분에게는 불가능할 정도의 지적 노력의 흔적을 보여주면서 낯선 언어의 비밀스러운 부분을 상당부분 확실하게 익혔으며, 영시의 풍성한 보물을 제대로 소유하고 있었다. 만약 그가 대학시험 답안지를 작성하는 대신 직접 시 창작을 했다면 그의 내적 사고와 감정을 표현하는 자연스러운 매체로 그 자신의 모국어를 사용하는 것을 선호했을 개연성이 높다. 하지만 그 표현은 제아무리 예술적이라 하더라도 중국어를 모르는 미국인 교수에게 그 어떤 것도 "전달"하지 못했을 것이다. 어떤 사람이 자신의 사상과 정

---

8    Baldwin의 Dictionary of Philosophy and Psychology, article "Language."를 보라.

서를 다른 사람에게 전달하는 능력은 두 사람이 공통의 교환 매체를 소유하고 있다는 조건에 달려 있다.

## 4. 불완전한 매개체인 말

우리가 시인이 떠맡은 근본적인 어려움 하나에 직면하게 되는 것이 바로 이 지점이다. 모든 인간적 교류에 영향을 미치는 그 어려움 말이다. 말은 악명 높을 정도로 불완전한 의사소통 매체다. 월터 롤리(Walter Raleigh) 교수가 워즈워스에 관한 자신의 저서에서 이렇게 말하고 있다.

> 말은 처음 발명된 것이 아니며, 따라서 진리라는 보다 엄격한 목표를 위해 기껏해야 아주 불완전하게 채택되었다. 말은 본래 나약함을 지니고 있고, 그 말을 사용하는 여러 세대의 사람들이 가한 편견과 광신이라는 온갖 상흔을 안고 있다. 말은 기억을 영원하게 하거나 지나치게 방종한 인간 행동을 고귀한 형식으로 표현한 것을 연장하며, 무수한 훌륭한 미덕을 담은 기념비이기도 하다. 하지만 그 모든 능력과 위엄에도 불구하고 말은 존재 자체를 고요하면서도 정확하게 진술하는 데는 결코 잘 맞지 않다…… 짐승은 뿔로 싸우고, 인간은 총이 침묵할 때 말로 싸운다. 애초부터 근본적인 의미가 서로 독자적일 수밖에 없는 선과 악, 악과 선을 오가는 의미 교환은 상세한 설명을 하지 않으면 끊임없는 분쟁의 충분한 증거가 된다. 문제는 말이 무엇을 의미하는가가 아니라, 어떤 가치를 귀속시키는가이다.[9]

존재하는 그대로의 사물에 대한 조용하고 정확한 진술이 산문이 사용하는 이상적 언어라면 시의 특징적 어법은 떠들썩하고 부정확하며 치유 불가능할 정도로 감정적이다. 그 어떤 시인도 아주 오래 "중성적 스타일", 다

---

9    Raleigh's *Wordsworth*. London, 1903.

시 말해 냉정한 회색빛 벽지와 같은 말을 유지할 수 없다. 시인은 관습적 어법이라는 중성적 배경에 "불같이 저항"할 더 많은 강렬한 색채를 띤 말을 원한다. 호라티우스는 "진홍빛 얼룩들"에 저항하라고 시인에게 경고하지만 소용없는 일이다. 사실 시인은 알고 있다. 인내심 많은 호라티우스가 언제든 원할 때면 진홍빛 얼룩을 사용하도록 허락했다는 사실을. 감정적 영향을 전달하기 위해 언어를 사용하는 모든 이들—웅변가, 소설가, 수필가, 그리고 사설 작성자—은 어떤 문장에서든 이 색채 가득하고 고양된 비유가 가득한 말을 유용하게 활용한다. 그것은 자신의 글을 출판하는 인쇄 업자들에게 자기가 쓴 개별 단어나 전체 문장을 대문자로 인쇄하라고 명령하는 것과 같다.

그러나 고양된 감정적 가치를 담은 이 "대문자 말"은 그 말이 놓여 있는 맥락으로부터 실제로 벗어나지 않는다. 그런 말의 가치는 상대적이지 절대적인 것이 아니다. 그림에 강조를 하는 것처럼 그 말이나 문장의 효과는 전체 글의 어조에 달려 있다. 그 말이 잠재적으로 지녔으면 하는 영향력을 주기 위해 커다랗거나 격렬한 단어를 삽입하는 것은 색 바랜 옷에 주홍색 천을 깁는 것과 같다. 어떤 문장의 지배적 사고와 감정은 풍부한 개별 단어에 스며드는 영향력을 부여한다. 그것은 마치 도끼 자루의 무게가 도끼 날을 나무에 박아 넣는 것과 같다. 마리네티(Marinetti) 같은 "미래파" 시인은 구문의 결속력, 논리적 주어와 술어에 저항하면서 명사만을 가지고 실험했다. "구두점의 족쇄로부터 해방된 말은 서로서로를 배경으로 섬광처럼 반짝이며, 다채로운 모양의 자력을 얽어내면서 방해받지 않는 역동적 힘을 따라갈 것이다."[10] 하지만 그런가? 터키 요새의 포획에 관한 마리네티

<hr>

10  Sir Henry Newbolt's *New Study of English Poetry*(Dutton, 1919)에 미래파에 대한 흥미 있는 논의가 있다.

의 시를 통해 독자 여러분이 스스로 판단할 수 있을 것이다.

탑들 총들 남자다움 싸움 발기 원격계측기 엑스터시 둥둥 3초 둥둥 파도 미소 웃음 글로글로글로글로 숨바꼭질 수정 처녀 살결 보석 진주 요오드 소금 브로마이드 스커트 가스 액체 거품 3초 둥둥 장교 흰색 원격계측기 각자 제 위치 교차사격 확성기 7천 미터-가시거리 남겨진-이들 충분히 모두 제 위치 7도-경사 장관 분출 격렬 엄청남 푸른 빛 꽃을 꺾는 파괴 맹폭 동맹군 비명 미로 침상 흐느낌 쟁기질 사막 침대 엄밀함 원격계측기 단엽기 깔깔대는 극장 환호 단엽기 호적수 발코니 장미 드럼 천공기 쇠파리 참패 아랍인들 핏빛 비틀거림 부상 피난처 오아시스.

Towers guns virility flights erection telemetre exstacy toumbtoumb 3seconds toumbtoumb waves smiles laughs plaff poaff glouglouglouglou hide—and—seek crystals virgins flesh jewels pearls iodine salts bromide skirts gas liqueurs bubbles 3 seconds toumbtoumb officer whiteness telemetre cross fire megaphone sight—at—thousand—metres all—men—to—left enough every—man—to—his post incline—7—degrees splendour jet pierce immensity azure deflowering onslaught alleys cries labyrinth mattress sobs ploughing desert bed precision telemetre monoplane cackling theatre applause monoplane equals balcony rose wheel drum trepan gad—fly rout arabs oxen blood—colour shambles wounds refuge oasis.

이 생생한 명사들 속에 시가 될 원 재료가 있는 것은 분명하다. 색색의 창유리 조각들이 모여 장미창의 재료가 되듯. 하지만 시와 창문은 누군가에 의해 만들어져야만 한다. 빛나는 조각들 자체만으로는 결코 전체를 형성하지 못한다.

제1부 시 일반론

## 5. 지배적 어감

각각의 시가 우리가 음악에 관해 말하듯 나름의 "음정"(key)으로, 그림에 대해 말하듯 나름의 "가치" 척도로 이루어져 있다 하더라도, 개별 말이 그 시의 지배적인 어감과 색조를 취하는 경향이 있다는 것은 자명해보인다. 그것은 마치 새와 곤충들을 배경 속에 섞여 들어가도록 해주는 자연의 조화 같은 일종의 보호색 역할을 한다. 보다 산문적으로 묘사하자면 설탕 한 덩어리를 커피에 타는 것과 같다. 하얀 설탕과 노란 크림, 그리고 까만 커피는 함께 섞여 각각의 요소와는 전혀 다른 무엇인가가 되지만, 여전히 그 각각의 실체는 느낄 수 있다. 어떤 말이 시의 결 속으로 흡수되지 않으려 한다는 것은 사실이다. 그 말은 이미지의 흐름 속에 이질적인 존재로 남아 있다. 그 자체로 충분히 의미를 지니고 있지만 낯설고 고집스럽고 거슬리는 무언가로 말이다. 시적 어법의 선구자들은 의미를 풍부하게 지닌 단어를 사용하기 위해 위험을 무릅쓰고 이 같은 "비-시적" 말을 사용하려는 자신의 욕망을 인정한다. 워즈워스의 "물통," "작은 죽 그릇"이나 휘트먼이 사용한 다양한 직업의 일상 도구 목록 같은 것이 고전적인 예에 속한다. 파리의 무대에 처음 선보였을 때 오델로가 야유를 받았던 까닭은 "손수건"이라는 저속한 단어 때문이었다. 그처럼 "포크"나 "스푼"은 거의 순수한 실용적 연상을 지니게 되며 따라서 시에 사용되기 힘든 용어들이다. 하지만 "칼"은 보다 광범위한 암시를 지닌다. 평화를 애호하는 로버트 루이스 스티븐스(Robert Louis Stevenson)도 "칼로 찌르고 싶다는" 자신의 낭만적 열망을 고백하지 않았던가?

하지만 이러한 연상의 법칙을 나열해 예시할 필요는 없다. 한 단어의 진정한 시적 가치는 그 말의 역사, 과거의 활용, 그리고 그 말에 나름의 생명을 부여하는 각각의 사람에게서 부여받는 새로운 생명력 이런 것들로 구성된다. 그것은 마치 과거의 수많은 진동으로 인해 나름의 오묘한 배음을 지닌 낡은 바이올린에서 매번 새로운 연주자가 새로운 멜로디를 끌어내는 것과 같다. 워즈워스가,

별 총총한 밤하늘의 침묵,
고독한 언덕의 잠,

The silence that is in the starry sky,
The sleep that is among the lonely hills,

이라 썼을 때, 그는 태곳적부터 익숙한 단어를 결합하여 "워즈워스다운" 독특한 단어를 만들어낸 것이다. 어법은 사상과 감정이 뒤섞이는 보다 거대한 총체의 일부일 뿐이다. 한 시인이 사용하는 모든 말의 색인은 그에 대해 더 많은 것을 알려준다. 반대로 시인의 개성과 그의 마음을 사로잡고 있는 생각을 알면 그의 어법을 연구하는 데 도움이 된다. 개별 시인에게는 종종 선호하는 말이 있다. 말로의 "검은", 셸리의 "밝은", 테니슨의 "바람", 스윈번의 "불"이 그런 예다. 이 각각의 말은 그 단어를 사용하는 시인의 총체적인 개성으로 가득 차 있다. 이 말은 그것이 사용된 특정 시라는 맥락으로부터 분리될 수 없을 뿐 아니라 그 말을 사용하도록 촉진시킨 특별한 감각적 정서적 경험을 인식하지 않고서는 제대로 느낄 수도 없을 것이다. 그런 까닭에 용어-추적자들은 말이라는 것이 살아 있는 사람들이 그 말에 불어넣은 것과는 별개의 독자적인 가치를 지니기나 한 것처럼 단어 자체만을 추적하는 르네상스의 오류에 빠진다. 보르메(Bormes)에서 프랑스 시인인 앙겔리에(Angellier)와 나누었던 대화가 생각난다. 그는 자신의 친구이자 저명한 학자인 L모에 관해 유머러스하게 불평을 토로하고 있었다. 엄청난 부피의 그의 저서는 "마치 냉동저장고 운반선처럼 프랑스 문

학의 보고들을 담고" 있었다. "하지만 그가 내 시 한 편에 대한 비평을 출판한 적이 있는데, 그는 그 시를 전혀 이해하지도 못했다. 정말 열심히 연구하기는 했다! 그 시에 쓰인 말은 시냇물을 가로지르는 디딤돌이다. 만약 그 단어에서 너무 오래 머뭇거리면 발을 적시고 말 것이다! 씩씩하게 건너가야만 한다!" 시인이 말이라는 다리를 통해 우리의 감정을 변화시킨다면, 그 말이 여행의 목적지는 아닌 것이다. 말은 정서를 전달하는 데 사용된 도구일 뿐이다.

## 6. 특별한 음색

어떤 단어의 완전한 시적 가치는 그 단어가 사용된 맥락으로부터 떼놓고 생각할 수 없다. 그 가치는 상대적이며 절대적이지 않다. 그럼에도 불구하고, 물든 유리 하나가 원화창(圓華窓)에 차지할 자리와 관계없이 그 나름의 분명한 흥미와 아름다움을 지니고 있듯이 개별 말이 특별한 물질적 감정적 암시를 지니고 있다는 것도 사실이다.

한 단어가 지닌 소리의 특성을 그 단어가 지닌 의미와 분리하여 특징짓는 것이 위험하긴 하지만, "음색"이라는 것이 존재한다는 것도 부인할 수 없다. 같은 음을 연주하는 피아노와 바이올린은 소리의 특성에 따라 쉽게 구분이 되며, 같은 가락을 연주하는 두 대의 바이올린에 대해서도 어느 악기가 더 풍부한 음색이나 소리의 맵시를 지니고 있는지는 쉽게 말할 수 있는 법이다.

말도 그와 같아서 음색의 특성에 완연한 차이가 있다. 각각의 소리가 특정한 종류의 감정을 전달하는 그 나름의 표현력, 그 나름의 융통성이 있다는 것을 밝힐 목적으로 "밝고" "어두운" 모음, 부드럽고 거친 자음을 분석하는 데 무수한 정교한 노력이 행해졌다. 톨먼(A.H. Tolman) 교수는 다음

과 같이 말한다.[11]

다음과 같은 단계로 영어의 모음 소리를 배열해보자.

| | | |
|---|---|---|
| [단음 ǐ] (약간) | [장모음 ī](I) | [단음 o͝o](wood) |
| [단음 ĕ](met) | [장음 ü](due) | [장음 ow](cow) |
| [단음 ă](mat) | [단음 ăh](what) | [장음 ō](gold) |
| [장음 ē](mete) | [장음 āh](father) | [장음 o͞o](gloom) |
| [ai](fair) | [oi](boil) | [aw](awe) |
| [장음 ā](mate) | [단음 ŭ](but) | |

이 척도의 맨 앞에 있는 소리들은 참을 수 없는 즐거움, 기쁨, 사소함, 빠른 움직임, 밝음, 미묘함, 그리고 물리적 소량에 특히 적합하다. 뒤쪽에 자리 잡은 소리들은 공포, 엄숙함, 경외심, 깊은 슬픔, 느린 동작, 어둠, 그리고 극단적이거나 압도적으로 거대한 크기 등에 적합하다. 따라서 이 척도는 작은 것에서 큰 것으로, 밝은 것에서 어두운 것으로, 황홀한 기쁨에서 공포로, 그리고 사소한 것에서 엄숙하고 무시무시한 것으로 옮겨 간다.

스티븐스는 언어의 비밀을 연구한 『문학에서 문체가 갖는 기술적 요소』라는 자신의 저서를 포함한 많은 흥미로운 글에서 이 다양한 "음색의 특성"이 지닌 생리학적 토대를 설명하고자 했다. 그 가운데 일부는 분명히 자연의 소리를 모방하고 있으며, 일부는 다소간 거리가 있는 유추를 통해 그 소리를 암시할 뿐이다. 반면 어떤 것은 드러내놓고 근육의 긴장과 이완을 모방하는 것이다. 고음의 모음과 저음의 모음, 유음 자음과 거친 자음은 분명히 근육의 기억과 연관이 있다. 다시 말해 개별적인 육체−정신의

---

11  "The Symbolic Value of Sounds," *in Hamlet and Other Essays*, by A.H. Tolman. Boston, 1904.

경험과 연관이 있다는 것이다. 테니슨의 유명한 시에서,

> 옛 느릅나무에서 들려오는 비둘기들의 구슬픈 지저귐과
> 무수한 벌들의 윙윙거림

> The moan of doves in immemorial elms
> And murmuring of innumerable bees

이라는 행은 모음과 자음의 풍부한 표현력 속에 셀 수도 없는 무수한 개인이 공유하는 무수한 물리적 감각의 과거 역사를 드러내며, 이 시행의 "전달력"은 바로 그 사실에 기인한다.

모방의 효과는 쉽게 인식 가능하며, 따라서 언급할 필요도 없다.

> 바스락거리는 날개의 쉭쉭 소리에 씻긴

> Brushed with the hiss of rustling wings

> 느릅나무에서 파닥이는 부드럽고 아름다운 검은지빠귀

> The mellow ouzel fluting in the elm

> 아이처럼 울부짖는 바람과 어른처럼 구슬픈 바다.

> The wind that'll wail like a child and the sea that'll moan like a man.

암시적 효과는 더 미묘하다. 때로는 단어를 리듬감 있게 배열함으로써 생겨나기도 하지만(이에 대해서는 다음 장에서 논할 것이다.) 시는 하나의 말소리만으로 종종 희미하거나 또렷한 연상을 불러일으키기도 한다. 로버

트 브리지스(Robert Bridges)가 「에로스와 프시케」에서 그리스 요정들을 목록으로 나열한 것은 한 연(stanza)이 지닌 총체적인 효과를 고유명사가 지닌 아름다운 소리에만 맡겨버린 극단적인 사례라고 할 수 있다.

> Swift to her wish came swimming on the waves
> His lovely ocean nymphs, her guides to be,
> The Nereids all, who live among the caves
> And valleys of the deep, Cymodocè,
> Agavè, blue—eyed Hallia and Nesaea,
> Speio, and Thoë, Glaucè and Actaea,
> Iaira, Melitè and Amphinomè,
> Apseudès and Nemertès, Callianassa,
> Cymothoë, Thaleia, Limnorrhea,
> Clymenè, Ianeira and Ianassa,
> Doris and Panopè and Galatea,
> Dynamenè, Dexamenè and Maira,
> Ferusa, Doto, Proto, Callianeira,
> Amphithoë, Oreithuia and Amathea.

"쌀새"와 "갈까마귀" 같은 이름은 특징적인 음색으로 인해 우리에게 감정적인 영향을 미친다. 다양한 감정이 주는 긴장감 속에서 듣는 인간의 목소리를 연상함으로써 우리는 그 새의 음색에 기쁘거나 불길한 특징을 부여하고 그 연상을 적나라한 새의 이름으로 치환한다.

장소를 나타내는 이름은 감정을 상기시키는 것으로 악명 높다.

> 그는 베니스의 석호에서 오한에 걸려,
> 파두아에서 목숨을 잃었다.

He caught a chill in the lagoons of Venice,
And died in Padua.

질병과 죽음이라는 사실은 충분히 산문적일 수도 있지만 "베니스"와 "파두아"라는 이름 그 자체가 시적이다. "로마", "아일랜드", "아라비아", "캘리포니아"와 같은 이름처럼 말이다.

경비 삼엄한 정상을 향한 위대한 비전이
나만코스와 베이요나의 정복을 꿈꾸는 곳.

Where the great Vision of the guarded mount
Looks toward Namancos and Bayona's hold.

정확히 지도 어디에 그 "경비 삼엄한 정상"이 있는지 누가 알며, 또 누가 신경이나 쓰겠는가? 링컨 콜코드(Lincoln Colcord)는 이렇게 고백한다.[12] "선원의 심장은 산문적 지식에 반대하며, 즐겁고 건전한 이름을 신뢰한다. 그는 이름이 음악이고 노래인 곶과 섬을 꿈꾼다…… 밖으로 난 통로에서 목격된 최초의 거대한 섬은 자바 곶이다. 그 옆에는 함성과 같은 이름을 지닌 생기엔 사이라 갑(Cape Sangian Sira)이 서 있다. 우리는 선다의 해협에 있다. 우리 마음속에 야자나무 가득한 해변과 원주민 마을, 밝은 사롱을 걸치고 검게 칠한 참호에서 과일과 총명한 새를 파는 자바 섬의 흑인들을 떠오르게 하는 동양의 완고한 권태가 가득 느껴지는 이름이다. 이 바다는 크라카토아(Krakatoa), 구농 델암(Gunong Delam), 혹은 람부안(Lambuan) 같은 피를 들끓게 하는 이름으로 풍성하며, 텔콕 베통(Telok

---

12    *The New Republic*, September 16, 1916.

Betong), 라자 바사(Rajah Bassa) 같은 다른 어떤 이름보다 세련되고 건전한 이름들, 또 도시와 산, 람퐁 베이와 라자 바싸의 정상에 있는 텔콕 베통(Telok Betong), 크고 웅장한 수마트라 해변의 요새, 격렬하고 돌연한 돌풍의 요람 같은 이름이 있다."

물론 참된 시행에서는 의미가 소리를 수반하는 것이며, 의미와 별개로 소리를 분석하려는 시도는 아무런 소득도 얻지 못한다라는 주장을 할 수 있을 것이다. C.M. 루이스 교수는 다음과 같이 솔직하게 말한다. "타이탄이라는 말을 하면 무언가 거대한 것을 의미하는 것이며, 작다라고 한다면 무언가 정말 작은 것을 의미하는 것이다. 하지만 그 경우 크고 작음을 의미하는 것은 그 각각의 소리가 아니라 의미다. 한 문장에 엄청나게 많은 유사한 자음을 모아 놓는다면 그 단어에 대한 특별한 주의를 끌 것이며, 그게 무엇이건 간에 그런 말이 지닌 중요성은 그 때문에 강력해질 것이다. 하지만 그 단어들이 '한 무리의 작은 원자'인지 아니면 "의기양양하고 끔찍한 타이탄'인지 의미를 결정하는 것은 자음의 소리가 아니다. 테니슨이 한 엄마의 날카로운 비명에 대해 말했을 때, 그가 사용한 단어는 아주 생생하게 비명이라는 생각을 제시하는 것이다. 하지만 여러분이 수줍게 빛나는 별을 언급할 때 같은 그 단어는 수줍게 빛나는 반짝임이라는 생각을 강화시킬 뿐이다."[13] 신선한 발상이다. 하지만 이런 사실은 주목할 필요가 있다. "타이탄"과 "작은" 그리고 "날카로운 비명"과 "수줍게 빛난다"는 말은 전혀 같은 소리가 아니다. 그 말들은 그저 특정한 자음을 공통으로 담고 있을 뿐이다. 음색에 대한 보다 공정한 실험을 해보려면 완전한 무의미시(nonsense-verse)를 살펴보면 된다. 무의미시에서는 시의 형식적 요소만 존

---

13  *Principles of English Verse*. New York, 1906.

재할 뿐 그 어떤 의미, 혹은 의식에 대한 통제도 하지 않는다.

> 그가 뚱탁한 생각 속에 잠겨 서 있을 때
> 재버워크가 이글이글 불타는 눈으로
> 털지나무 사이를 휙휙 다가왔네!

> The Jabberwock, with eyes of flame,
> Came whiffling through the tulgey wood,
> And burbled as it came!

> 지글녘, 유끈한 토브들이
> 사이넘길 한쪽을 발로 빙돌고 윙뚫고 있었네.
> 브로고스들은 너무나 밈지했네
> 몸 레스들은 꽥꽥 울불었네.[14]

> T was brillig, and the slithy toves
> Did gyre and gimble in the wabe;
> All mimsy were the borogoves,
> And the mome raths outgrabe

"꽤 예쁜걸." 영리한 앨리스가 말했다. "하지만 이해하기는 참 어려워! 뭔가 내 머리를 생각으로 가득 채우는 것 같은데, 그게 뭔지를 모르겠단 말이야!"

"It seems rather pretty," commented the wise Alice, "but it's rather hard to understand! Somehow it seems to fill my head with ideas—only I don't exactly know what they are!"

---

14  루이스 캐럴, 『이상한 나라의 앨리스』, 최인자 역, 북폴리오, 2006, 213쪽 인용─옮긴이 주

이것은 누군가 우연히 전혀 모르는 언어로 암송하는 시를 들을 때 느끼는 바로 그 상황이다. 멋지게 채색된 단어들이 존재하고 뭔가 어떤 생각을 떠오르게는 하지만 그게 뭔지는 알 수 없다. 이태리어나 독일어를 아주 조금 알고 있는 많은 독자들도 저 시에 사용된 모든 단어의 정확한 의미를 모르기 때문에 그 언어로 된 서정시를 즐기는 일은, 혹시 가능하다 하더라도, 결함을 느낄 수밖에 없다고 고백하게 될 것이다. 만약 독자들이, 전혀 모르는 언어로 된 노래를 듣고 있을 때처럼, 그 시의 지배적인 정서를 충분히 느낄 수 있다면, 정확한 생각의 연속을 희생할 수도 있다. 왜냐하면 지적 의미를 완전히 제거한 단어는 소리 자체만으로 연상되는 정서적 연상이라는 베일에 싸여 있기 때문이다. 게릭(Garrick)은 "메소포타미아라는 축복받은 단어"가 지닌 풍성한 함축을 통해 여인들을 흐느끼게 만들었던 조지 화이트필드(George Whitefield)의 능력을 비웃는 동시에 틀림없이 부러워했음에 틀림없다.

음색 자체의 능력과 한계는 패러디에서 보다 명확하게 드러날 수 있다. 단어와 리듬의 귀재라 할 수 있는 스윈번이 「네펠리디아」(Nephelidia)에서 보여준 것처럼 당대 시인들은 물로 자기 자신도 조롱하곤 했다.[15]

> 틀림없이 우리 자신의 감각의 정수와 영혼에
> 부드럽게 느껴지는 어떤 영혼 혹은 한 영혼의 인식도
> 한숨 소리나 그 비슷하게 흐느끼는 놀라운 의심이 주는
> 시련을 누그러뜨릴 수는 없다.
> 오직 이 신탁만이 올림포스의 신전을 연다,
> 신비한 분위기와 삼각의 긴장 속에서—
> '인생은 빛을 향한 등잔의 욕정,

---

15  *Carolyn Wells, A Parody Anthology*, New York, 1904에서 인용.

우리가 세상을 하직하는 날 새벽까지
어두운 것.

Surely no spirit or sense of a soul that was soft
  to the spirit and soul of our senses
Sweetens the stress of surprising suspicion that
  sobs in the semblance and sound of a sigh;
Only this oracle opens Olympian, in mystical
  moods and triangular tenses, —
  'Life is the lust of a lamp for the light that is
  dark till the dawn of the day when we die.'

아니면 브라우닝을 패러디한 캘버리(C.S. Calverley)의 시를 보자.

이 조약돌이 보이는가? 내가
한낮에 좀 깜찍한 한 소년에게서 산 것이라네.
나는 사소한 말은 짧게 자르길 좋아한다네,
이미 개꼬랑지를 한 겁쟁이를 생략하듯—

You see this pebble—stone? It's a thing I bought
  Of a bit of a chit of a boy i' the mid o' the day.
  I like to dock the smaller parts o' speech,
  As we curtail the already cur—tail'd cur—

이 각각의 시인들이 사용하는 어휘가 갖는 어조의 특징적 자질들은 그
것이

영혼과 우리 감각의 정수에 부드러운 영혼

A soul that was soft to the spirit and soul of our senses

이건 혹은

　　한낮에 좀 깜찍한 한 소년

　　A bit of a chit of a boy i' the mid o' the day-

이건 간에, 이런 표현은 패러디 작가들에 의해 너무도 완벽하게 이용된다. 마치 그 하나하나의 행이 엄청나게 진지하게 쓰이기나 한 것처럼. 포의 「울라움」(Ulalume)은 음색의 기교를 완벽하게 과시한 작품이다. 하지만 그 시가 정확히 무엇을 의미하는지, 혹은 무엇인가를 의미하기는 하는지 하는 것은 비평가들 사이에서도 결코 동의된 바 없다. 분명한 것은 어떤 시인의 글은 그 자신의 정신적 중요성과 다소 밀접하게 연관된 일종의 물리적 암시성을 지니고 있다는 것이다. 무의미시와 패러디에서 우리는 그 자체의 영혼을 제거한 시의 육신을 힐끗 보았다.

## 7. 비유적 표현

　시인들이 습관적으로 비유적 표현을 사용하는 까닭을 이해하기 위해서 3장에서 언급했던 언어 이미지에 대한 내용을 떠올릴 필요가 있다. 정서적 열기와 압력 하에서 사물은 형상과 크기, 특성이 바뀌고 사상은 구체적인 이미지로 변형되며, 어투는 열정적이 되며, 명확한 말은 은유적 특성을 띠게 된다. 산문으로 말하건 운문으로 말하건 간에 흥분한 사람의 언어는 "비유적 수사"라는 특징을 보인다. 즉 구성(혹은 세공)된다. 이것은 어떤 것을 다른 것을 통해 표현하는 이미지이다. 감정의 언어는 "비유적" 특징을 지니며, 따라서 비유를 사용하는 모든 인간은 그 순간은 시인처럼 말하는 것이다. 만약 그렇지 않다면 산문과 운문 양자 모두에서 종종 발생하듯 비유는 관습화되고 따라서 생명력을 잃는다. 타고난 시인은 "비유" 속에서, "그림 그려진" 언어로 사고한다. 혹은 "재현" 언어라 불린 것을 통해 사고한다.[16] 왜냐하면 그는 자신의 마음과 자신이 전달하고자 하는 이의 마음 모두에게 새로운 형상 아래 시적 정서의 대상을 재현하기 때문이다. 만약 그가 독수리 한 마리를 묘사하고자 한다면, 그는 "강인함과, 크기, 우아함, 독특한 형상, 그리고 놀라운 비상으로 특징지을 수 있는 매과(科)의 탐욕스러운 새" 이렇게 말할 필요는 없다. 그는 그림을 통해 이러한 사실을 재현한다.

> 그는 굽은 손으로 울퉁불퉁한 바위를 움켜쥔다.
> 고독한 땅에서 하늘 가까이,
> 청아빛 하늘에 둘러싸인 채 그는 앉아 있다.
>
> 그의 발밑에 주름진 바다가 일렁인다.
> 그는 자신의 산 외벽에서 지켜보다
> 번개처럼 강하한다.
>
> He clasps the crag with crooked hands;
> Close to the sun in lonely lands,
> Ring'd with the azure world, he stands.
>
> The wrinkled sea beneath him crawls;
> He watches from his mountain walls,
> And like a thunderbolt he falls.
>
> ― 테니슨(Tennyson), 「독수리」(The Eagle)

---

16  G.L. Raymond, *Poetry as a Representative Art*, chap. 19.

혹은 시인이 여성이라서 나이가 들어가는 것을 생각하면서 노년이 나름의 풍요로움을 가져다준다고 생각하고 있다고 해보자. 이런 생각은 어떻게 "비유"되는지, 다시 말해 그러한 본질적인 생각을 재현하는 비유로 어떻게 바뀌는지 보자.

오라, 세월이여,
보물로 가득한 그대의 거대한 사물함과 함께!
노랗고 주름진 방수포 아래
잘 조각된 상아와
진주로 안감을 댄 백단향,
풍성한 지혜와 세월을 보여주라.
가장자리에 에메랄드와 오렌지색, 진홍빛과 푸른빛이 빛나는
인디안풍의 숄을 풀어헤치라.
나이든 인도의 전리품과 함께
나는 따스하고 화려하게 빛나리라."

Come, Captain Age,
With your great sea-chest full of treasure!
Under the yellow and wrinkled tarpaulin
Disclose the carved ivory
And the sandalwood inlaid with pearl,
Riches of wisdom and years.
Unfold the India shawl,
With the border of emerald and orange and crimson and blue,
Weave of a lifetime.
I shall be warm and splendid
With the spoils of the Indies of age.

— 사라 클레혼(Sarah N. Cleghorn),
「오라, 세월이여」(Come, Captain Age)

물론 시인은 때로 장식적이지 않은 언어를, 워즈워스의 말처럼 "산문 수준 이상으로 공들이지 않은" 언어를 사용하는 것을 선호할 수도 있다. 그럼에도 불구하고 그런 구절은 수수한 언어들이 속해 있는 상황이나 분위기에 의해 시적인 아름다움이라는 특징을 지닐 것이다. 극은 그와 같은 예로 가득하다. 햄릿은 말한다. "나는 당신을 사랑하지 않았소." 오필리어가 이렇게 답한다. "저는 더 큰 기만을 당했군요." 그 어떤 비유도 이보다 더 감동적일 수 없다.

나는 케이프코드에 있는 황량한 모래언덕의 햇살 내려쬐는 오래된 공동묘지에서 이런 비문을 본 적이 있다.

> 그녀가 세상을 떠났다. 내게는
> 이 황무지와, 이 고요와 이 조용한 광경을 남겨두고서.
> 지금까지, 그리고
> 다시는 올 수 없는 추억을 남겨두고서.

> She died, and left to me
> This heath, this calm and quiet scene;
> This memory of what hath been,
> And nevermore will be.

나는 이러한 구절을 책에서 읽을 만큼 읽었다. 하지만 바로 저 비문에서 처음으로 저 구절이 얼마나 아름다운지를 완벽하게 깨달았다.

하지만 어떤 특별한 이유로 시인이 이따금 비유적 언어를 포기한다 하더라도 비유적 언어의 사용이야말로 시뿐만 아니라 모든 정서적 산문의 특징적이고 습관적인 발화 양식이라는 것은 사실이다. 여기 한 영국 선원이 1915년 9월 25일 헬리고랜드를 격퇴한 장면을 서술하는 몇몇 구절이 있다. 그는 파괴자의 편에 있었다.

우리가 출발하자마자 안개 속에서 우리의 전선을 가로질러 첫 번째 모터 보트 함대가 맹렬한 추격을 시작했다ー더 타운 클래스, 버밍험 등이. 각각의 편대가 마인츠 세 대를 책임졌다. 우리가 그걸 보고 속도를 줄이자 그들은 사격을 개시했다. 그들이 쏘는 정확한 '탕ー탕!' 총소리는 청량음료였다.

마인츠호는 엄청나게 용감했다. 내가 마지막으로 보았을 때 갑판 위아래 가 완전히 망가지고 중간 쪽은 지옥 같은 연기를 내뿜으면서, 선수와 선미에 있는 한 정의 포에서 부상당해 날뛰는 야생고양이처럼 분노와 저항의 불길 을 뿜어대고 있었다.

굴뚝이 둘 달린 우리 우방의 함선이 이 국면에서 건성건성 한두 발 사격을 재개했고, 우리는 결코 죽음이 두렵지 않았다. 왜냐하면, 바로 우리 앞에 개 떼들 사이를 유유히 걸어가는 코끼리들처럼 거대하고 무자비하며 난폭한 라 이언호, 퀸 메리호, 무적호, 그리고 뉴질랜드와 우리의 전투함들이 웅장하게 다가왔기 때문이었다. 얼마나 멋지던지! 천지가 진동하는 것 같았다!

비유의 활용과 효과는 주로 글 쓰는 이의 분위기와 의도에 달려 있다. 산문이건 운문이건 비유는 비유다. 작가 키플링은 시를 쓰다가 소설로 전 업했을 때도 은유를 활용하는 능력은 잃지 않았으며, 시를 연구하건 소설 을 연구하건 간에 직유, 의인법, 알레고리를 비롯한 다른 모든 "비유적" 언 어 장치도 마찬가지로 동일하게 사용했다. 수사학적으로 훌륭한 텍스트라 면 어떤 텍스트건 이런 다양한 유형의 비유를 적절하게 사용한 예를 보여 주기 마련이다. 그건 재론의 여지가 없다.

## 8. 시적 감정의 영원한 구현으로서 말

우리는 시에 사용되는 독특한 어휘가 정서로부터 기인하며, 정서를 청자 혹은 독자에게 전달하는 능력이 있다는 사실을 봐왔다. 하지만 말은 과연 어느 정도까지 정서를 영원한 형식 속에 구현할 수 있는가? 자신의 창조가 지닌 영원한 특성을 자랑스럽게 의식하고 있는 시인들은 종종 동이나 대리석보다 더 오래 견디는 기념비를 구축하고 있다고 뽐내왔다. 셰익스피어가 자신의 소네트에서 이런 점을 자랑했을 때 그는 단순히 엘리자베스 시대의 관행을 따르는 것만이 아니라 자신과 같은 재능을 지닌 인간의 보편적 직관을 따른 것이었다. 그것은 환영인가? 자, 여기 말들이 있다. 그저 음의 진동인 소리, 가볍고 날개를 단 것처럼 날아가고 덧없이 사라지는 말들, 그러면서도 그것을 나누어 사용하는 이들의 공통된 동의에 의해서만 오로지 의미라는 가치를 지니며, 해가 갈수록 그 의미가 다소 변화하기도 하고, 종종 생생하게 사용되는 인간의 언어에서 완전히 사라지기도 하고, 종족이 멸종 되고 문명이 변화할 때는 멸종되기도 하는 그런 말들. 수십만 년의 가을 낙엽을 시중들어온 이 무상함, 낭비, 망각은 대체 무엇이란 말인가!

하지만 인간 역사 속에서 제국이 멸망하고, 철학과 과학이 지구상의 외부 환경은 물론 인간 정신의 태도까지 변화시키고 바꾸어내는 동안 특정한 시 구절이 무수한 세대와 시대를 견디고 살아남았다는 사실보다 명백한 것은 없다.

어떤 사상과 감정은 인간의 언어 속에서 영원한 반면 대부분의 사상과 감정은 그렇지 않다. 차이는 대체 어디 있는가? 대부분의 말이 사라지기 쉬운 것이라면 다른 말을 죽음으로부터 지키는 것은 무엇인가? 이 연약한 재료를 탁월하게 구성하고 배열하는 것, 즉 "명성이라고 하는 위대한 변치 않는 스타일"인가? 아니면 시인이 말에 불어넣은 무언가 비밀스럽고 열정적인 특성이 그 말과 유사한 음절에 실제로는 그 음절에 담긴 것이 아닌 시인의 생명과 의미를 띠게 한 덕분인가? 이것이 명확하고 질서정연한 관용구의 배열 속에 드러나는 보다 외적인 "문체"뿐 아니라 말의 "스타일"이 지니는 친밀한 의인화된 특성인가? 아니면 신비한 영원성은 보편적이고 영원히 흥미로운 인간 경험을 표현할 수 있게 되는 시인의 일반화하는 능력에 존재하는가? 그러니 고인이 된 커소롭(W.J. Courthope) 교수가 이렇게 언급했던 말은 옳았던 것이 아니었던가? "나는 모든 위대한 시란 플라톤이 생각했던 것, 즉 반쯤은 영감을 받고 반쯤은 미친 개별적 천재의 발화라고 생각하기보다는 사회 내에 살고 있는 인간의 영혼과 양심의 지속적인 목소리라고 생각한다."

그와 같은 의문에 대한 답은 비평가가 "낭만적"인가 혹은 "고전적"인가 하는 성향에 따라 다르다. 낭만적 비평은 개별 시인이 지닌 개성의 중요성을 강조하는 경향이 있다. 고전적 비평 학파는 시인의 작품에 드러나는 보다 일반적이고 보편적인 특질을 강조하는 경향을 보인다. 하지만 후세대의 취향이 바뀌면서 비평의 학파와 유행이 자신의 토대와 판단을 변경하는 반면 위대한 시인들은 이전과 마찬가지로 번갈아 가며 개별화하는 동시에 일반화하며 "낭만적"이었다가 "고전적"이 된다. 심지어는 같은 시에서조차 양면이 공존한다. 그들은 미와 진리를 끝없이 추구하는 가운데 비평적 예단을 무시한다. 위대한 시인은 이따금 스스로의 비전을 영원하고도 아름답게 구현한다는 사실이 그들이 상기시키거나 따랐던 예술의 옳고 그름보다 분명 더 중요한 것이다.

위대한 시인이 거둔 성취는 분명히 아주 여러 번 자신의 이론과 상반되는 것이기도 하다. 아주 유사한 예를 들어보면, 워즈워스의 시 언어 이론은 풍향계처럼 뒤바뀌기도 했다. 『서정담시집』(1798)을 선전하면서 그는 이렇게 주장했다. "다음 시들은 실험적인 시로 간주되어야 할 것입니다. 이 시들은 주로 사회의 중하층 계급의 대화체 언어가 어느 정도까지 시적 기쁨을 위해 채택되는가를 확인할 목적으로 쓰인 것들입니다." 재판(1800

년)의 서문에서 그는 자신의 목표가 "생생한 감정의 고양 상태에 있는 인간이 실제 사용하는 언어를 선택해 리듬을 갖춰 배열함으로써 시인이 전달하기 위해 합리적으로 노력하는 어떤 유형의 기쁨을 어느 정도까지 전달할 수 있는지 규명하려는 것이었다"고 밝히고 있다. 하지만 세 번째 판본(1802년)에 딸린 시어에 관한 그 유명한 언급에서 그는 "사람들이 실제 사용하는 언어의 선택"이라는 말 다음에 다음과 같은 그의 주장을 삽입했다. "동시에 그 언어에 특정한 상상력의 채색을 가하여 일상적인 것들이 우리 인간의 정신에 비범한 양상으로 제시되도록 해야만 한다." 사회의 중하층 계급의 대화체 언어라는 원래의 진술 대신에 "진정으로 현명하게 선택된다면, 시의 언어는 반드시 은유와 비유를 지닌 채 고귀하고 다채로우며 생생하게 되어야만 한다…… 이 선택은 차이를 보이게 될 것이며…… 시를 조야하고 천박한 일상의 삶으로부터 완전히 분리시켜 놓게 될 것이다."라고 주장하게 된다.

4년 만에 얼마나 놀라운 변화가 있었단 말인가! 하지만 그것은 워즈워스가 자신의 시 텍스트에서 연이어 수정한 것에 비하면 놀라운 것도 아니다. 1807년 눈먼 고원의 소년이 여행을 떠났다.

> 집에서 쓰는 빨래통을 타고, 여인들이
> 세탁을 할 때 사용하는 것 같은.
> 이 물통이 그 눈먼 소년을 데려갔다.

> A Household Tub, like one of those
> Which women use to wash their clothes;
> This carried the blind Boy.

1815년에 그 빨래통은

녹색 거북의 껍질, 얇고
속이 텅 빈—너는 그 안에 앉을 수도 있다,
그만큼 넓고 깊었다.

The shell of a green turtle, thin
And hollow—you might sit therein,
It was so wide and deep.

그렇게 변했다. 그러더니 1820년이 되자 이 걱정 많고 불만에 가득 찼던 시인은 그 불행한 통을 다시 한번 진부하게 바꾸어버린다.

장난기 많은 돌고래가 끄는
암피트리테[17]의 진주처럼
가볍고 드넓은 크기의 조가비.

A shell of ample size, and light
As the pearly car of Amphitrite
That sportive dolphins drew.

때때로 이 시적 어법의 모험가는 변화를 통해 훨씬 더 나은 결과를 얻기도 했다. 아이의 무덤에 대한 1798년의 상당히 우스꽝스러운 묘사,

나는 그것을 양 옆으로 재어봤다네,
길이가 3피트, 넓이는 2피트였다네.

I' ve measured it from side to side,

—————

17   (그리스 신화) 바다의 여신—옮긴이 주.

'T is three feet long and two feet wide' –

그 묘사는 1820년에는 다음과 같이 바뀌었다.

그저 자그마한 둘레에
서른 해의 태양과 찌는 듯한 대기에 내맡겨진,

Though but of compass small and bare
To thirsty suns and parching air.

친구인 콜리지와 마찬가지로 워즈워스는 초기에 했던 사실적인 구절과 기묘할 정도로 그로테스크한 비유를 통한 실험을 점차 포기했다. 18세기의 관습적 시 어법에 대한 반항은 그에게 축복과도 같은 해방감을 안겨주었다. 하지만 그는 나중에 가서야 자신의 진짜 강점은 그 자유를 법의 규칙에 맞게 제압하는 데 있다는 것을 알게 되었다. 고어투, 기이함, 단조로운 자연주의적 언어의 성향이 단순한 위엄과 준엄한 아름다움으로 대체되었다. 기이함을 버리고 익숙한 말이 새로운 표현 가능성을 드러내도록 함으로써 워즈워스는 예술가로서 최고의 독창성을 획득했다.

결국 우리는 윌리엄 제임스가 길고 긴 "환상선"이라 불렀던 것, 개인들과 민족의 경험을 저장해 둔 사상과 감정의 보고, 그 경험을 가장 효과적으로 상기시키는 말로 되돌아왔다. 몇 년 전 컬럼비아대학교의 두 강의실에서 인간의 삶을 표현하는 데 가장 중요한 쉰 개의 영어 단어를 선택하라는 요구를 받았다. 그 단어들을 선정하면서, 그들은 아름다움보다는 현실성과 효력의 강도를 목표로 했다. 두 항목을 결합했을 때 그들은 다음과 같은 일흔여덟 개의 서로 다른 단어들을 선택했다. 알파벳 순서로 나열하면 다음과 같다.

나이, 야망, 미, 개화(bloom), 시골, 용기, 새벽, 낮, 죽음, 절망, 운명, 헌신, 만가, 재앙, 신성한, 꿈, 지구, 매혹, 공정, 믿음, 판타지, 꽃, 운명, 자유, 우정, 영광, 작렬하다, 신, 슬픔, 행복, 조화, 증오, 심장, 천국, 명예, 희망, 불멸성, 기쁨, 정의, 조종, 인생, 갈망, 사랑, 인간, 우수, 멜로디, 자비, 달, 필멸의, 자연, 고귀한, 밤, 낙원, 이별, 평화, 즐거움, 오만, 회환, 바다, 한숨, 잠, 고독, 노래, 슬픔, 영혼, 정신, 봄, 별, 고통, 눈물, 부드러운, 시간, 미덕, 흐느끼다. 속삭임, 바람, 그리고 청춘.[18]

확실히 의미의 중요성에 따라 선별된 이 단어들은 소리의 아름다움도 부족함이 없다. 반대로 영어에서 가장 아름다운 말의 목록을 선정하더라도 이들 가운데 상당수가 포함될 것이다. 하지만 이 단어들을 시에 어울리게 만드는 것은 형식적 아름다움만이라기보다는 "긴-고리를 이루는" 이 단어들의 의미다. 시에 사용됨으로써 "문학적" 가치를 획득한다. 저 말들은 그렇게 많은 암시를 갖게 되며 실제 그들이 말하는 것보다 훨씬 더 많은 것을 암시한다! 저 말들은 발화되는 그 순간의 개별적 감정을 인류의 영혼과 결합시켜준다.

개인과 민족 사이의 또 다른 결합 양식이 존재한다. 그에 대해서는 다음 장에서 면밀하게 살펴볼 예정이지만 언어를 통한 영원한 감정의 표현과 연관하여 여기서 언급하고 넘어가야 할 점은 있다. 즉 리듬이 지닌 신비한 사실이다. 말은 태어났다 사라지고 우리는 그 말을 배우고 또 잊기도 하며, 의미가 변하기도 하고 우리가 의미하려는 것보다 부족한 의미를 전달하며, 한 사람 머릿속 생각을 다른 사람의 머리로 전달하기에 불완전한 도구이다. 그럼에도 불구하고 이 말의 파편들은 기적적으로 어우러져 하나의 음조를 형성하고, 그 음조는 또 다른 규칙, 질서, 영원성의 요소가 된

---

18 *Nation*, February 23, 1911. 참고

다. 우리 몸 깊은 곳에는 북소리에 끌리는 본성이 자리 잡고 있다. 그것이 우리의 정신적 삶에, 정서의 형성에, 그리고 단어의 리듬감 있는 배열에 영향을 미친다. 단순히 생각과 말로만 시가 되는 것은 아니다. 그것은 그저 시의 일부 재료일 뿐이다. 언어가 춤을 추기 전에 한 편의 시는 완전하게 존재하지 않는다.

# 제5장

# 리듬과 운율

리듬은 강세가 일정한 간격을 두고 반복되는 것이다. 운율은 규칙적이거
나 일정한 강세의 반복이다.


Rhythm is the recurrence of stress at intervals; metre is the regular, or measured,
recurrence of stress.

> — M.H. 색포드(M.H. Shackford),
> 『첫 번째 시학』(*A First Book of Poetics*)


운율은 명확하게 분할된 리듬.


Metres being manifestly sections of rhythm.

> — 아리스토텔레스, 『시학』(*Poetics*)(부처(Butcher)의 번역)


자발적으로 조화로운 가락을
　움직이는 사상.


Thoughts that voluntary move

Harmonious numbers.

— 밀턴(Milton)

## 1. 리듬의 성격

말은 왜 춤추기 시작해야 하는가? 그 답은 리듬의 특성에서 찾을 수 있다. 리듬이란 모든 살아 있는 존재의 끊임없는 고동 혹은 "흐름"을 일컫는 오래된 이름이다. 우리의 의식 속에는 리듬을 향한 본능이 너무도 깊게 자리 잡고 있어서 무생물에게조차 리듬을 부여하려 한다. 우리는 시계가 째깍거리는 소리를 쨱각쨱각 듣거나 혹은 째각째각 듣는다. 반면 심리학자는 시계 바늘이 무심하게 기계적으로 정확하게 움직인다는 점을 우리에게 확신시켜준다. 시계 바늘 소리를 다르게 듣는 것은 그저 우리가 엇갈리는 박자에 주의를 기울이다보니 리듬을 갖는 듯한 인상을 만들어내는 것뿐이라는 것이 그의 주장이다. 우리는 기차 바퀴 소리에서도 리듬을 듣고, 자동차 엔진이 가르릉거리는 것에서도 리듬을 느낀다. 하지만 리듬을 부여하거나 만들어내는 것은 다름 아닌 우리들 자신, 즉 집중할 단위를 구성하려는 인간의 본능이라는 사실을 알고 있다. 우리 맥박이 뛰는 한 그건 어쩔 수 없는 일이다. 생물의 세계와 무생물의 세계 모두에서 나는 소리에서 타인과 똑같은 리듬을 포착하는 사람은 아무도 없다. 완전히 똑같은 맥박, 동일한 집중력, 다시 말해 동일한 정신-신체 기관을 가진 두 사람은 존재하지 않기 때문이다. 우리 모두는 알고 있다. 질주하는 보트나 완벽한 타임의 골프 스트로크나 어부의 낚싯줄 투척, 바이올린 연주자의 활, 돛을 활짝 편 채 바람과 맞서는 보트, 이 모든 것에 리듬이 존재한다는 사실을. 하지만 우리는 이러한 객관적 인상을 아주 미묘한 방식으로 전유하며 구성한다.

예를 들어, 큰 소리로 낭독되는 시를 들을 때, 혹은 우리 자신이 큰 소리로 시를 낭독할 때, 몇몇은 멍한 혹은 일정한 시간 간극에 주로 관심을 기울이는 본능적인 "시간 측정자"다.[1] 시간-간극을 보다 명료하게 하는 데 도움을 주는 "강세" 지점에 대해 완전히 무시하지 않으면서도 그렇다는 말이다. 다른 사람들은 타고난 "강세 부여자"다. 이들은 주로 의미나 중요성을 가리키는 상대적 크기나 높이인 말의 무게에 집중하는데, 이 무게 있는 혹은 "강조된" 말들이 대체로 동일한 시간 간극에 의해 서로 분리된다고 보는 것은 부차적인 일일 뿐이다. 동풍이 지나간 후 클로스터의 암벽 위에 선 전형적인 "시간 측정자" 한결같이 연속되는 파도, 그리고 파도의 마루들 사이의 일정한 간극을 주로 의식하겠지만, 전형적인 강세 부여자는 거대한 파도의 꾸준한 반복을 무의식적으로는 인식하겠지만 주로 파도가 형성하는 마루를 지켜볼 것이며, 천둥처럼 부서지는 파도 소리에 주로 기울일 것이다. 기억할 만한 핵심은 다음과 같은 것이다. "시간 맞추는" 본능이나 "강세 부여" 본능은 서로를 배제하지 않는다. 물론 대부분의 개인에게는 이 둘 가운데 하나가 우세하기는 하겠지만 말이다. 예를 들어 음악가는 아주 두드러진 "시간 맞추는" 이들인 반면 습관적으로 다양한 의미 변화 속에 말들을 다루는 많은 학자들은 전문적으로 "강세를 부여하는 이들"이 되는 경향이 있다.

## 2. 리듬의 측정

이러한 사실을 작시법이라는 곤란한 질문이 의미하는 보다 단순한 예들에 적용해 보자. 그 누구도 리듬을 부여하고자 하는 충동의 보편성에 토를

---

1    W.M. Patterson, *The Rhythm of Prose*. (Columbia University Press, 1916.) 참고

달지는 않을 것이다. 논쟁은 우리가 그 배열을 리듬이라 부르는 유연한 시간-간극의 특성과 측정에 관해 독단적인 이론을 시도하는 순간 발생한다. 다시, 작시법의 문제에 있어서 유일한 심판자는 잘 훈련된 눈이 아니라 귀를 지닌 사람이란 점에는 논쟁의 여지가 없다. 시가 인쇄되어 눈으로 보일 때 무한한 기만이 발생한다. 시는 산문처럼 보이게 되고 산문은 시처럼 보일 수 있다. 대문자, 행, 리듬, 구절, 문장이 아주 교묘하게 혹은 관습적으로 배열되어 리드미컬하고 운율을 지닌 패턴의 진정한 본성을 감출 정도가 된다. 의심이 들 때면, 눈을 감아라!

모든 구어에는 얼마간 정확하게 표시된 시간-간극이 존재하며 — 이것은 시처럼 산문에도 마찬가지다 —, 이 간극의 특성에 대한 최종 판결자는 귀라는 사실에는 우리 모두가 동의한다. 하지만 귀는 정말 그 간극을 확실성에 근접할 정도로 측정할 수 있는가? 예를 들어 작시법 전문가가 보기에 그 시가 정확한 운율에 따라 쓰였다고 동의할 수 있을 정도로 말이다. 어떤 의미에서는 "그렇다."「오디세이」가 "강약약격 6보격" 즉 각각의 음보가 하나의 장음절과 두 개의 단음절, 혹은 그와 같은 특정한 조합으로 간주될 만한 비슷한 구성으로 된 여섯 음보의 행으로 쓰였다는 사실을 의심하는 이는 아무도 없다.

하지만 우리가 학교에서 롱펠로의「에반젤린」이 마찬가지로 "강약약 6보격"으로 된 시라고 배울 때 꼬치꼬치 캐묻기 좋아하는 극소수의 사람에게 문제가 생기기 시작한다. 왜냐하면 각각 "6보격" 리듬의 그리스어로 쓴 호메로스의 시 열두 행을 눈을 감고 주의 깊게 들어본 다음 다시 영어로 된 롱펠로의 시를 들어보면, 아주 다른 시간-간극의 배열을 듣게 된다. 얼마나 다른지 그 두 시는 같은 "운율" 혹은 "박자"가 전혀 아니다. 작시가인 그리스 시인은 주로 양적인 측면에서 각각의 음절 사이의 상대적 "타이밍"을 고려한 반면, 미국 시인은 음절의 상대적인 "강세"에 대해 생각했기 때문

이다.[2]

　그러한 실제 사례는 틀림없이 참으로 진부하긴 하지만 이중의 가치가 있기도 하다. 그 예가 완벽할 정도로 명확하다는 것이며, 나아가 시의 리듬을 창조하기 위해 시간-간극을 배열하는 방식에 관해서도 서로 다른 사람과 민족 사이의 본능적 차이를 우리들에게 상기시켜준다는 점이다. 개인의 측정 기준-소위 시적 음보율-은 아주 유연해서, 많은 심리학 실험실에서 의문의 여지가 없을 정도로 입증해 보여준 바처럼 "고무로 되어 있다." 뿐만 아니라 시를 쓰는 이들은 몹시 유연한 단위로 시를 구성한다. 그들은 그저 음절을 하나의 리드미컬한 계획 속에 밀어 넣는데, 그 자체로는 사상과 감정의 상징인 이 "경쾌한 음절이" 어떤 절대적으로 정확한 소리-측정자에 의해 측정될 수 없다. 음절은 제 아무리 정확한 시계 침으로도 측정될 수 없거나 혹은 글자 그대로건 비유적이건 간에 단어와 구절이 가득한 사전을 통해서 그 의미가 정확히 평가될 수도 없다. 하지만 이렇게 말하는 것은 시의 단위들을 구성하는 그 음절들-"음보," "행" 혹은 "구절" 뭐라 불리건 간에-은 그저 죽은, 기계적인 것이 아니라 살아 있으며, 리드미컬하게 움직이는 것이고, 따라서 고동치며 소리를 울리는 실제 세계의 삶 속으로 들어오면서 그 음절들은 따로따로 있을 때보다 질서정연한 동시에 더할 수 없이 유연한 구조 안에서 그 유연한 역동을 통해 보다 충만한 삶과 아름다움을 취한다고 말하는 것이다.

---

2　"음악 용어들은 정확하면서 모호하지 않으니, 음악적으로 말해서 진정한 강약약격은 2~4박자이며, 「에반젤린」은 3~8박자이다." T. D. Goodell, *Nation*, October 12, 1911.

## 3. 갈등과 타협

음절을 배열해서 리듬과 운율의 패턴을 형성하는 곳이라면 어디에서나 우리는 갈등과 타협, 즉 보다 큰 통일성을 위해 어떤 소리나 의미의 가치를 양보하게 된다. 앞장에서 우리가 다루었던 고려사항으로 돌아가 우리는 여기서 예술 작품의 "형식"과 "의미", "외형"과 "내면" 사이의 오래된 모순—혹은 조화일 수도 있는—을 다루고자 한다. "운율"(cadences)이 강세, 부드러운 흐름(slides), 휴지, 그리고 예상된 음절이 교묘하게 억제된 침묵으로 구성되어 있듯, 말은 순수한 소리라는 틀림없는 가치를 지니고 있다. 한 단어도 모르는 러시아어로 된 시를 아름답게 낭송하는 것을 들을 때 여러분이 인식하는 것은 바로 이 소리—가치이다. 스윈번의 몹시 풍성한 음악적 문장이 지닌 "감각"에는 마음을 완전히 닫은 채 귀에 들려오는 어조의 아름다움을 통해서만 즐거움을 느낄 때 동일한 그 기쁨이 변형되는 경험을 할 수도 있다.

하지만 말은 의미라는 다른 가치를 지니고 있으며, 이 의미—가치가 생각의 강조점과 전환에 따라 어떻게 바뀌는지도 알고 있다. 따라서 특정한 단어는 다른 문장 혹은 같은 문장의 다른 구절에서 다소 다른 비중을 지니는 것이다. 소리 가치와 마찬가지로 "의미" 가치 또한 모두가 동의하는 기계적 잣대 위에 확고하게 고정될 수 없다. 그 두 가지는 절대적이 아니라 상대적이다. 때로 의미와 소리는 상호 갈등하고, 어떤 단어의 정상적인 강세가 특정한 기준이 요구하는 시적—강세와 일치하지 않을 때 한 쪽이 부분적인 희생을 감내하지 않으면 안 되기도 한다. 그 결과 우리는 강세를 사소한 것으로 "비틀거나" 혹은 어느 쪽에도 온전히 속하지 못한 채 두 음절 사이를 "배회"하게 만들기도 한다.

시의 애호가들이 그런 타협에서 언제나 기쁨을 느껴왔다는 사실은 중요하다.[3] 그들은 소리와 의미 둘 모두가 평범함에서 조금 일탈했다가 다시 돌아오는 걸, 즐기기도 한다. 그건 마치 보트 항해사가 자신이 할 수 있는 한 안전하게 바람이 몰아치는 곳으로 보트를 몰아가서 나침반이 알려주는 해로와 바람과 파도, 그리고 자신이 모는 보트의 움직임 사이에 타협을 이루면서 실제 항로를 정하는 것과 같다. 그렇게 항해사는 의기양양하게 "성공한다!" 마찬가지로 시인도 "성공한다." 깊고 강력하게 흐르는 리듬 가득한 충동으로부터, 자의적인 단어와 고집스럽게 거역하려는 분위기로부터,

> 편협한 행동으로 우겨넣기
> 힘든 사고와
> 언어를 통해 터져 나오며 탈출하는 환상

> Thoughts hardly to be packed
> Into a narrow act,
> Fancies that broke through language and escaped,

으로부터 리듬과 음절이 조화를 이루며 보다 거대하게 살아 숨 쉬는 총체－시를 구성하는 춤추고, 노래하는 소리와 의미의 덩어리－가 되어 하나로 섞일 때까지 그 노력을 지속한다.


## 4. 산문의 각운들

이쯤에서 잠깐 시의 리듬에서 벗어나 드라이든이 산문의 "또 다른 조화"라 했던 것을 고려해보는 것이 유용할 수도 있다. 운문처럼 산문도 리듬이

---

3　"주석과 예시"의 이 장 부분에 있는 올던(Alden) 부분을 참고.

있다는 것을 의심하는 이는 아무도 없다. 방대한 양의 지적인 논문이 그리스와 로마의 산문 리듬에 대해 언급해왔다.

그 가운데 세인츠버리(George, Saintsbury)의 『영국 산문 리듬의 역사』(*History of English Prose Rhythm*)야말로 영어로 된 훌륭한 산문을 모아놓은 기념비적 저작이다. 그 책에는 오직 작가를 기쁘게 하는 것처럼 보이는 형식을 따라 표시된 "장" "단" 음절의 운율 분석, "음보"의 분석 등이 실려 있다. 하지만 사실 산문의 리듬을 기록하기에 적절한 체계를 고안하고 운율가들 사이에 적절한 용어라고 받아들여질 가설 수준의 동의를 얻어내기란 거의 불가능한 일이다.

젊은 시절 독일 대가들의 발밑에 앉아 있던 우리는 운문과 산문의 구별은 간단하다고 배웠다. 그리스인들이 그랬던 것처럼 시는 "속박된 말"이고 산문은 "느슨한 말"이라고 구분하는 것이었다. 하지만 지난 10년 사이 출간된 상당히 많은 시가 분명 "속박된" 패턴이 아니라 "느슨한" 패턴을 지닌 "자유시"다.

확실히 산문과 운문 사이의 낡은 구분은 무너져 왔다. 그게 아니라, 두 개의 서로 교차하는 환원을 형성하는 분명한 산문과 분명한 운문을 생각한다면, 그 중간지대가 존재한다.

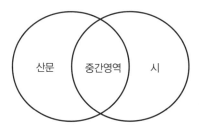

그림 : 산문과 운문의 중간영역

이것을 두고 어떤 이는 "산문시," 어떤 이는 "자유시"라 부를 텐데, 패터슨 박사(Dr. Patterson)의 실험에 따르면[4] 각 개인의 리듬에 대한 본능에 따라 "산문 경험" 혹은 "운문 경험"이라 전유될 수 있는 것이다. T.S. 오몬드(T.S. Omond)는 다음과 같이 인정했다. "똑같이 자연스러운 강세를 지닌 동일한 단어도 우리가 어떻게 다루는가에 따라 시도 산문도 될 수 있다. 그 차이는 우리 자신에게, 우리가 그 단어에 무의식적으로 적용하는 정신적 리듬에 따라 달라진다."[5] 『테데움 성가』(The Te Deum)에 있는 "우리는, 그러므로 그대에게 기도하노니 그대의 고귀한 피로 그대가 속량한 그대의 하인을 도우리라"라는 구절처럼 영어 성경이나 기도서의 많은 비슷한 문장은 청자의 정신적 습관이나 분위기 혹은 리듬을 부여하고자 하는 충동에 따라 산문 또는 시로 느껴질 수 있는 리듬을 지니고 있다.

그럼에도 불구하고 산문의 리듬은 시의 리듬보다는 한결 다양하고 단속적이며 복잡하다는 것은 일반적인 진실이다. 패터슨 박사의 흥미로운 실험에 따르면 그 리듬은 생략된 시간 때문에 생기는 특징이다.[6] 반면 보통의 시에서 청자의 맥박과 리듬의 박자는 상당히 명확하게 일치한다. 무한할 정도로 모호하고 "중략된" 산문 가락을 쉽게 인식 가능한 시의 가락과 뒤섞어버리는 것의 위험에 대해서는 거의 모든 사람들이 동의하는 것 같다. 물론 영국 산문에는 강세 음절과 비강세 음절이 훌륭하게 교차해서 우리 고유의 언어에 있는 강세와 비강세 음절 사이의 자연스러운 "약강격" 음조가 존재하는 것은 분명하다. 하지만 존 웨슬리(John Wesley)라면 "탁월한 죄인"

---

4   The Rhythm of Prose에서 인용

5   B. M. Alden, "The Mental Side of Metrical Form," *Modern Language Review*, July, 1914.

6   "박자측정기'에 있어서 시의 경험과 구분되는 산문에 대한 정의는 텍스트 내의 강세 음절과 측정 맥동이 서로 대등한 속에서 생략이 일치를 지배한다는 점에 달려 있다." *Rhythm of Prose*, p. 22.

이라고 불렀을 디킨스가 5음절의 "약강격" 시행 바로 뒤에 그 특유의 감성적 산문을 끼워 넣었을 때 우리는 본능적으로 그 무운시의 존재가 산문의 진정한 조화를 망친다고 느낀다.[7] 영국 산문을 섬세하게 구사하는 작가들은 보통 보다 익숙한 패턴의 운문에 이와 같은 우연한 페턴은 취하지 않으려고 하지만, 그렇다고 완전히 피하기도 불가능하다. 그리고 가장 아름다운 영국 산문 가운데 몇몇의 운율은 그 산문이 속한 맥락에서 떼내어 살펴보면, 몇 음절 정도의 완전한 운문으로 보일 수도 있다. 휘트먼과 아널드의 자유시는 승인된 "운문의 가락"이 여기저기 박혀 있는 파편으로 가득하다. "힘의 평행사변형"에 관한 산문 텍스트로부터 추출된 다음과 같은 문장보다 더 우연한 일치를 보인 기묘한 예는 거의 없을 것이다. "따라서 아무리 큰 힘이라 할지라도 한 선을, 그 선이 아무리 가늘다 해도, 완전히 일직선인 지평선을 그려낼 수는 없다." 다음은 「인 메모리엄」에 실린 운율로 엄격하게 "강세가 넷인 약강격"으로 「인 메모리엄」 연마다 독특한 각운 체계를 유지하고 있다.

> 따라서 아무리 큰 힘이라 할지라도
> 한 선을, 그 선이 아무리 가늘다 해도,
> 완전히 일직선인
> 지평선을 그려낼 수는 없다.
>
> And hence no force, however great,
> Can draw a cord, however fine,
> Into a horizontal line
> Which shall be absolutely straight.

---

7 "주석과 예시"의 이 장에서 로버트 잉게르손의 「Address over a Little Boy's Grave」의 무운시행들이 빈번하게 나타난다는 점을 알 수 있다.

자유시를 다루는 다음 장에서 특정 유형의 느슨한 운문이 일반적으로 순수한 산문이라 인식되는 영역을 넘나드는 것을 통해 우리는 패턴의 일치와 변형에 관한 문제를 보다 면밀하게 살펴볼 것이다. 하지만 또 다른 사실을 기억하는 것이 대단히 중요하다. 그것은 운문과 산문의 표기법을 가지고 실험실에서 실험을 하는 전문 심리학자들이 종종 망각하는 것이 장식체 산문이다. 이 산문은 영어 문체의 발전에 독특한 역사적 영향력을 행사해 왔다. 로마와 그리스의 수사학자들이 공들여 쓰고 키케로(Cicero)의 문장에서 끊임없이 나타나는 이 장식체 산문은 두운법, 오음운, 음색, 운율, 관용구, 미문 등과 같은 다양한 장치를 통해서 그 리듬을 강조했다. 에이미 로웰이 자신의 다성적인, 즉 "여러 목소리를 지닌" 산문에서 각운을 사용한 것처럼 그리스 시대의 웅변은 대단히 과장된 문장에 각운을 활용했다. 중세의 라틴어는 이 모든 장치를 라틴의 고전으로부터 물려받아 다양한 웅변과, 전례, 그리고 서간체 형식에서 여러 양식의 "연속"(running)과 "운율"(cadence) – 이것은 이 소크라테스와 키케로(Isocrates and Cicero)의 각운을 특징적으로 보여주는 것이다 – 을 모방하려고 애를 썼다.[8] 중세 라틴어로 된 기도서와 성무일도서로부터 온 이러한 산문 리듬의 장치는 특히 문장의 말미에 영향을 미치면서 가톨릭의 짧은 기도서와 영어로 된 다른 기도서의 전례 부분으로 승계되었다. 나아가 영어 성경 번역자들이 활용한 리듬에도 영향을 미쳤으며, 성경을 통하여 고대의 장식체 산문의 운율은 오늘날 우리가 사용하는 "고양된" 현대적 산문이 보이는 익숙하면서도 복잡한 조화 속으로 계승되어 들어왔다.

---

8    A.C. Clark, *Prose Rhythm in English*, Oxford, 1913. Morris W. Croll, "The Cadence of English Oratorical Prose," *Studies in Philology*. January, 1919. Oliver W. Elton, "English Prose Numbers," in *Essays and Studies by members of the English Association*, 4th Series. Oxford, 1913.

이 모든 점은 여기서 적절하게 다루기는 어려울 만큼 너무 전문적인 부분이기는 하지만, 수세기 동안 실제 활용되어왔듯 영어 산문 리듬을 감상하는 것은 관용구와 미문의 수사적 위상과 "수사를 강조하는 곳에 낭랑한 말을 사용하는 것"—이것은 단순히 작시법의 상징을 통해서 표시할 수는 없다—을 민감하게 인식하는 것이 필요하다는 점을 상기시키는 데 도움이 될 것이다.[9] 왜냐하면 조화로운 산문 문장을 구성하는 낭랑한 공명과 운율과 균형은 실험실에서 청각 실험을 하는 어쩌면 교양 없는 과학자가 제대로 느낄 수 없는 것일 수도 있기 때문이다. 대단히 감정적인 모든 산문에서 말이 갖는 "문학적" 가치는 순전한 소리의 가치와 따로 떼어내 풀 수 없을 정도로 뒤엉켜 있다. 그 가치야말로 강세와 부드럽게 미끄러지듯 들리는 소리, 그리고 궁극적 미문과 마찬가지로 섬세하게 "균형을 이루고 있는" 사고–단위이다. 잘 훈련된 문학적 센스를 지닌 사람에 의해 포착되는 사고의 고양, 감정의 새로움과 아름다움이야말로 영원한 조화를 이루는 산문과 단순히 귀에만 울리는 "음악 같은 유리구슬" 사이에 존재하는 결정적 차이인 것이다.[10] 시 연구자는 산문 리듬을 꾸준하게 활용함으로써 많은 도움을 받을 수 있을 것이다. 16세기 영어가 보이는 빛나는 운율과, 토머스 브라운과 제레미 테일러(Thomas Browne and Jeremy Taylor)의 현란한 장식적 시기, 드 퀸시와 러스킨, 그리고 찰스 킹슬리의 우아한 "산문시," 그리고 페이터와 스티븐스가 엮어낸 기이할 정도로 미묘한 효과에 대한 세인츠버리 교수의 지치지 않는 열정을 나누는 법을 배워야만 할 것이다. 하지만 그 또한 중략된 박자를 맞추는 어떤 실험 체계나 혹은 장음 부호

---

9    *New York Nation*, February 27, 1913.

10   이 점은, C. E. Andrews, *The Writing and Reading of Verse*, chap. 5. (New York, 1918.)에서 잘 논의되어 있다.

(−), 단음부호(˘), 그리고 중간휴지(∥)도 산문 운율의 신비함 속으로 그를 들여보내줄 것이라고 상상해서는 안 되었다. 그 신비는 단순히 강세와 비-강세 음절로부터 나온 것이 아니라 무수한 세대의 열정적이고 지적인 삶으로부터 나온 것이었다. 그는 아마도 단어 속에 고동치는 삶을 느끼는 법은 배울 수도 있다. 하지만 이제까지 그 누구도 그것을 표기하는 데 적절한 체계를 고안하지는 못했다.

## 5. 양, 강세와 음절

시를 표기하는 것은 단순한 문제가 아닌 것은 분명하지만 훨씬 쉬운 일이다. 관행적인 인쇄 장치를 통해 시의 일반적인 리듬과 운율 체계를 표시하고, 예상된 형태로부터 우연히 변형되는 보다 명확하게 가리키는 것은 충분히 실행 가능한 일이다. 남은 문제는 산문에서와 마찬가지로 말이 지닌 "문학적" 가치들−말에 내포된 함의나 혹은 감정적 함축−은 너무 미묘해서 인쇄기를 통해 고안된 어떤 표시를 통해서도 나타낼 수가 없다. 하지만 장-단음절, 강세-비강세 음절, 특정한 음보와 시행과 연의 특성, 각운의 질서와 얽힘, 심지어 음색의 변화나 연속 같은 시의 외적 요소는 손쉽게 구분할 수 있는 방식이 충분히 가능하다.

예를 들어 여러분과 내가 처음으로 베르길리우스와 호라티우스의 시를 연구하기 시작한다고 가정해보자. 우리는 로마의 시인들이 그리스 시인들을 모방하면서 양의(Quantity) 원칙에 입각해 시를 썼다는 사실을 이미 알고 있다. 운율의 단위는 두 개의 단음이 하나의 장음과 동등하게 간주되는 장단음들이 다양하게 조합된 음보이다. 가장 일반적으로 사용된 음보는 약강(단음-장음), 약약강(단-단-장), 강약(장-단), 강약약(장-단-단)과 강강(장-장)격이었다. 우리는 또 한 음보로 이루어진 "시" 혹은 시행은 1행연구(一行聯句)라 부르며, 2행이 한 연인 경우는 2행연구, 3행이 한 연을 이루면 3행연구, 4행이면 4행연구, 그렇게 5행연구, 6행연구, 7행연구라고 각각 부른다는 것도 알고 있다. 이것은 아주 손쉬운 게임 같아서 그리 오랜 시간도 필요 없이 우리는 『아이네이드』 작품의 첫 행에 양에 따른 표시를 할 수 있다. 다른 연구자들이 아우구스투스 시대 때부터 이미 그래왔던 일이다.

*Arma vi | rumque ca | no Tro | jae qui | primus ab | oris.*

아니면, 호라티우스의 시처럼,

*Maece | nas, atavis || edite reg | ibus.*

물론 우리는 이 모든 것이 그처럼 단순하지는 않다는 것을 들어 알고 있다. 강약약격으로 바뀌는 강약격과 약강을 바뀌는 약약강처럼 운율의 변주도 빈번하게 발생하며, 음보가 역전될 수도 있어서 강약격의 행이 약강격으로, 강약약으로 시작되는 약약강격을 볼 수도, 혹은 그 반대의 경우도 있다. 음절은 처음이나 끝 혹은 심지어 한 행의 중간에서 생략되기도 하며, 그렇게 "잘라낸" 것을 결절 시구(catalexis)라고 한다. 어떤 때는 시행의 처음이나 끝에 음절이 더해질 수도 있는데, 이런 음절은 "과잉 음절"(hypermetric)이라 부른다. 게다가 우리는 음절의 휴지에 대해서도 세심한 주의를 기울이지 않으면 안 된다. 특히 시행의 중간에서 발생하는 '중간 휴지'(caesura)라는 다소 불분명한 주요 휴지에 대해서는 더욱 그렇다. 하지만 그리스 로마의 작시법이라는 이 미지의 세계로 우리를 인도하는 만능키는 결국 양(Quantity)이라는 단어다.

우리 중 누군가 로마식 작시법의 체계와 현대 영시를 지배하는 작시법 사이의 주요 차이에 대해 특히 다음과 같은 거친, 운동장과 같은 시에 대해, 과감하게 질문할 사람이 있다면,

> 에니, 미니, 마니, 모가
> 그 검둥이의 발을 잡았네.

> Eeny, meeny, miny, mo,
> Catch a nigger by the toe —

우리는 즉각 교사로부터 그 차이란 아주 명확한 것으로, 영어는 다른 모든 게르만 어와 마찬가지로 강세의 원칙을 따르는 것이라는 말을 듣게 되었다. 즉 '장' '단'을 찾는 대신 "강세"와 "비강세" 음절을 찾는다. 문제는 양이 아니라 강세이다. 이런 사실을 명심한다면 고전적인 변주라는 기술적 명명 속에는 해로움보다는 상당한 편리함이 있다. 다만 우리가 조심할 것은 영시의 "약강격"을 통해 장음이 뒤따르는 단음절이 아니라 비강세 음절을 의미한다는 것이다. 그것은 "강약", "강약약" "약약강"을 비롯한 나머지에서도 마찬가지다. 양이 아니라 강세가 우리가 명심해야 할 것임을 안다면, 『실낙원』이 "약강 5보격"으로, 「에반젤린」이 "강약약 6보격"으로 쓰였다고 말하는 것으로 충분하다. 비결은 음절이 아니라 강세의 수를 세는 것이다. 왜냐하면 콜리지의 「크리스타 벨」은 음절수에 있어서는 4음절에서 12음절까지 행마다 다르게 쓰이지 않았던가? 그러면서도 일정한 강세를 통하여 그 음악성을 유지하고 있는 것 아닌가?

이보다 더 명확할 수는 없다. 하지만 누군가는 대학에 가서 작시법에 대하여 기이할 정도로 열띤 관심을 보이는 강사의 설명을 경청하면서 양과 강세 사이의 이러한 구분이 생각보다 그렇게 쉽지 않다는 것을 발견하게 된다. 우리는 그리스와 로마인들이 산문에서 사용하는 일상 언어의 습관

이 본능적으로 시의 리듬을 선택하는 것과 연관이 있다는 것을 들었기 때문이다. 그리스의 영웅 6보격이 작문되던 바로 그 시기에 구어체 산문에서는 자연스러운 강약약격의 역할이 존재했으며, 로마의 일상 언어는 그리스보다는 강력한 강세를 지니고 있었다. 따라서 호라티우스는 그리스의 서정시 가락을 모방하면서 고집스러울 정도로 본래의 언어 강세를 고수하는 경향을 보였다. 그리고 본래 평범한 단어-액센트와 시적 충동이 대부분 일치하도록 했던 로마 시인들은 그 둘 사이의 확실한 충돌을 점차 즐기기 시작하면서도 양적 원칙을 주도적으로 사용했다. 그래서 베르길리우스와 호라티우스가 자신의 시를 큰 소리로 낭독할 때 단어의 강세와 시의 박자가 다른 음절에 가해질 때 시의 박자는 단어 강세에 굴복하고, 이를 통해 대화체 산문이 보이는 매력적인 요소를 리듬이라는 평범한 시간-가치에 더하게 된다. 한마디로, 아주 저명한 미국의 라틴 연구자가 개인적인 편지에서 인용한 구절에 따르자면, 우리는 "라틴어 시는 오로지 양적인 원칙의 문제라고 보는 보편적 믿음은 오류라는 것을 알게 되었다. 단어-강세는 라틴어 시에서 소실되지 않았다."

그리고 순수한 양적 표시에 대한 우리 연구자들의 믿음을 파괴하는 것이 충분하지 않다는 듯 놀라운 정보가 등장했다. 로마인들은 처음 시를 짓기 시작할 때부터 로마 군단의 거친 군가에서 볼 수 있는 것 같은 대중들에게 인기 있는 강세로 표현된 유형의 시를 유지해왔다는 것이다,

*Mílle Fráncos mílle sémel Sármatás occídimús.*[11]

분명히 햇살에 그을린 보병들은 강약격과 약강격에 대해 그리고 교양

---

11   C. M. Lewis, *Foreign Sources of Modern English Versification*. Halle, 1898. 참고

있는 "문학적" 인사들의 그와 같은 장난감 때문에 성가셔하지 않았다. 그들은 "거위걸음"[12]에 적합한 말을 고안함으로써 행진해가는 동안 즐거울 수 있었다.

*Unus homo mille mille mille decollavimus*

커소롭 교수가 대충 보고 강약격이라고 생각한 이 구절은 내가 보기에는 "강세"시에 다름 아니다. 다음 시와 같이 말이다.

*Hay-foot, straw-foot, belly full of bean-soup — Hep — Hep!*

인기 있는 강세시는 보다 세련된 로마의 대중들이 습득했다가 나중에 세월이 지나가면서 점차로 잃어버리게 된 양적인 리듬—이것은 사실 그리스에서 베껴온 것이었다—을 즐길 줄 아는 청각을 요구해 왔다.

나아가 우리 사회의 재능 있는 대학교수들에 따르면 우리가 인식해야만 하는 운문화의 제3의 원칙이 존재한다. 그것은 양이나 강세에 의존하는 것이 아니라 단순히 음절 혹은 음절의 수에 따르는 것이다. 기억도 할 수 없을 만큼 오래된 것처럼 보이는 이것은 유럽의 암흑시대에 신비하게도 다시 모습을 나타냈다.

루이스 박사는 다음과 같은 9세기의 필사본 라틴어 시를 인용한다.

*Beatissimus namque Dionysius | Athenis quondam episcopus,*
*Quem Sanctus Clemens direxit in Galliam | propter praedicandi*

---

12  무릎을 굽히지 않고 발을 높이 들어 행진하는 보조; (신병의) 평형 훈련. (한쪽 발을 들어 앞뒤로 흔듦)—옮긴이 주

*gratiam*, etc.[13]

　각각의 행은 21음절을 포함하고 있으며, 12번째 음절 뒤에 중간휴지가 따른다. 그것 말고는 운율이건 리듬이건 다른 어떤 규칙성도 찾아볼 수 없다. 이런 시는 음악 이외에는 쓰일 수 없었을 것이다.

　교회음악은 틀림없이 운문화의 발전을 이루는 한 요소였다. 특히 양이나 강세 그 어떤 것도 요구하지 않고 가사에서 정확한 음절수와 음절과 정확하게 일치하는 가락만을 요구하는 "그레고리안" 스타일이 특히 그랬다. 하지만 〈노여움의 날〉(Dies irae)과 같은 위대한 중세의 라틴 송가들이 쓰였을 때 운문의 음절 원칙은 양의 원칙과 마찬가지로 더 이상 보이지 않게 되었고, 우리는 다시 한 번 각운을 강력하게 장착한 강세 혹은 강세 체계가 부상하는 것을 목격하게 되었다.[14] 하지만 우리는 프랑스의 작시법에서 음절을 사용한 방법이 다시 한 번 나타나고 그로 인해 초서의 운문과 뒤이은 영국 시에 영향을 미쳤다는 말을 들었으며, 양과 강세에 대한 고려 사항으로부터는 최대한 분리된 채 음악용으로 쓰인 특정한 영국의 노래를 통해 연구해볼 수는 있을 것이다. 이런 노래에서 음절은 가락과 아주 신중하게 어울린다. 찬송가에 등장하는 "장운율"(8음절), "단운율"(6음절)과 "평범한 운율"(7음절, 6음절)은 음절만을 가지고 운율을 고려할 때 편리한 예시가 된다.

---

13　*Foreign Sources*, etc., p.3.

14　Taylor's *Classical Heritage of the Middle Ages* printed in the "Notes and Illustrations" for this chapter의 인용문을 참고 바람.

# 6. 청각에 호소

바로 이 지점에서 어쩌면 양, 강세, 음절의 세 이론을 제시한 교사들은 청각에 호소할 정도로 충분히 감각적인 사람들이었다. 강세는 독일 시의 지배적 원칙이라는 점을 상기시키면서—물론 양과 음절의 수에 대한 고려가 그러한 효과와 연관이 있을 수도 있었으리라는 사실을 부정하지는 않으면서도—그들은 우리에게 고대 영시를 큰 소리로 읽어주기도 했다. 테니슨은「브루넌버의 전투」(Song of the Battle of Brunanburh)에서 그토록 솜씨 좋게 고대 영시의 운율을 유지하면서도 현대 영어 단어를 끌어들였다. 여기서 앵글로 색슨 단어는 틀림없이 거칠기는 하지만 우리는 각 행마다 아무 어려움 없이 행마다 사용되는 네 박자의 중요 강세를 포착할 수 있었다. 이런 거친 리듬의 박자가 여전히 우리 귓가에 울려 퍼지는 동안 교사가 초서의 시 열두 구절쯤 계속된 고대 영시를 계속 이어갔더라면 우리는 새롭고 부드러우면서도 아주 정교하게 꾸며진 시-노래를 인식할 수 있었을 것이다. 그 시-노래에서 음절의 수는 아주 솜씨 좋게 인식되었고, 시-강세는 그 무게를 쉽게 견뎌낼 만큼 길고 강한 음절에 주로 부과되며, 각운은 실개천처럼 잔물결을 불러일으킨다. 우리가 프롤로그의 운율을 약강 오보격 각운을 이룬 2행연구라 부르건 혹은 열 개의 음절로 된 다섯 개 강세를 지닌 2행연구라 부르건 간에 적어도 음악은 충분히 명료하다. 말로와 셰익스피어 그리고 밀턴이 썼던 강세 다섯을 지닌 무운 시행의 음악 또한 마찬가지였다. 따라서 우리가 그 음악을 들을 때 마치 차임벨처럼 똑같은 역할을 하는 "강세"와 "양" 그리고 "음절"이 현대 영시의 조화 속에서 일치를 이루며 갈등을 드러내지 않는 요소라고 어렵지 않게 믿을 수 있다. 보다 풍성하게 조화를 이루기 위해서 필요하다면 각자가 다른 상대방에게 굴복할 준비가 되어 있을 뿐이다!

내가 각운과 운율의 요소에 대해 대학생들에게 하는 기본 교육을 묘사하면서 귀가 결정하도록 하게 하자마자 대체로 인정하는 그 주제의 이론적 어려움이 어떻게 사라져버리는가를 보여주는 데 너무 많은 지면을 할애한 것 같다. 만족감을 느낀 귀는 불만족스러운 귀를 달랠 수 있을 것이다. 양이 세련된 로마 시의 "지배적" 요소라는 한 미국 학자의 편지를 인용한 바 있다. 이제 나는 어떤 미국 시인의 사적인 편지를 인용하려고 한다. 그는 "시가 읽혀지기를 원하는 대로 시를 읽을" 필요성이 있음을 강조한다.

> 내가 말하고자 하는 핵심은 영시는 양을 지니고 있지 않으며, 지배적인 요소는 양이 아니라 액센트라는 것, 고정된 음절의 수가 결여되었다는 것이다. 이 결여는 정확한 박자를 불가능하게 만든다. 혹은 적어도 그로 인해 영시를 음보로 살펴보려는 시도를 어리석은 것으로 만든다. '불규칙성'과 '예외'의 비율이 높으면 학생들에게는 고통을 주며 교수들에게는 당황스러운 일이 된다. 교수는 아주 궁상스럽게 자신의 작시법을 설명하면서 그것을 시에 맞추려는 시도를 해야만 한다. 그리고 그런 시도를 다하고 났을 때, 만약 아주 훌륭한 청각을 소유한 학생이라면 즉각 그 모두를 다 잊고 시가 읽혀지기를 의도한 방식으로, 즉 높낮이는 없이 연속적인 음악적 마디로 그 시를 읽는다. 그 속에서 액센트는 리듬을 표시하고 휴지와 쉼은 종종 소실된 음절을 대신한다. 나는 이 솔직한 학생에게 손을 뻗어 그와 운명을 같이 할 것이다. 영시는 바로 그 학생을 위해 쓰여야 하기 때문이다.

물론 "읽혀지도록 의도한 대로 시를 읽기"라는 구절이 실제로 문제를 회피한다고 반대를 할 수도 있다. 왜냐하면 영국 시인들은 종종 순수하게 양적인 시—양적으로 읽기를 원하는 시들—를 창작하는 데서 기쁨을 느끼기 때문이다. 그로 인해 영국 학생들이 고통스럽게 창작한 라틴풍의 양적인 시처럼 인위적인 시들이 나오겠지만 어쨌건 할 수는 있는 일이다. 양적인 측면에 관한 테니슨의 시도는 잘 알려져 있으며, 조심스럽게 연구할 필요도 있다. 그는 자신의 6보격에 상당한 긍지를 느끼고 있었다.

바람이 내 위로 높게 치솟았다. 검은 잎들이 내 주변으로 떨어져 내렸다.

High winds roaring above me, dark leaves falling about me,

그리고 그의 5보격,

모든 인간은 한결같이 맛없는 것을 싫어한다, 특히 묽은 죽을.

All men alike hate slops, particularly gruel.

이 구절에서 보이는 영국의 장단 음절은 — 영어에서 "장/단"이 명확하게 구분되는 한에서 — 로마의 작시법 규칙에 정확하게 일치한다. 현재 계관시인인 로버트 브리지스(Robert Bridges)는 영국과 로마의 작시법에 대해 끊임없이 연구해오고 있는데, 최근 5보격 영시를 창작하는 실험에 관한 책을 출판했다.[15] 아래 그 12행 가운데 6행이 있다.

Midway of all this tract, with secular arms an immense elm
Reareth a crowd of branches, aneath whose lofty protection
Vain dreams thickly nestle, clinging unto the foliage on high:
And many strange creatures of monstrous form and features
Stable about th' entrance, Centaur and Scylla's abortion,

---

15  *Ibant Obscuri.* New York, Oxford University Press, 1917.

And hundred-handed Briareus, and Lerna's wild beast⋯.[16]

이 시행은 학자에게는 흥미로운 시행이지만 리듬에 있어서는 다소 "비-영어적"이기도 하며 "영어의 특성"과 어울리지도 않는다. 물론 이 말은 다소 모호하게 들리겠지만 대단히 일리 있는 말이다. 롱펠로가 사용한 강세 있는 "장단단" 6보격은 대단히 솜씨 있는 엉터리 시인이 쓴 것이긴 하지만 "영어의 본성"과는 일치하는 것이다.

## 7. 음악과 유사성

영어의 리듬과 운율의 어려움을 설명하는 또 다른 시도를 언급하지 않으면 안 되겠다. 미국의 시인이자 음악가인 시드니 레니에(Sidney Lanier)의 "음악 이론"이 그것이다. 아주 예리하고 시사적인 『영시의 과학』에서 그는 강세 이론 전체를 살펴보았다. 아니 적어도 음악에서처럼 시간을 표시하는 단순한 보조 요소로 강세를 활용하면서, 리듬에서 유일한 필수 요소는 음악의 마디와 일치하는 동일한 시간 간극이라고 주장했다. 레니에에 따르면 영시의 무운시 구조는 강세 음절과 비강세 음절이 번갈아 나타나는 것이 아니라 다음과 같은 8분의 3박자라는 일련의 마디라는 것이다.

$$\frac{3}{8}\ \mathcal{CP}\ |\ \mathcal{CP}\ |\ \mathcal{CP}\ |\ \mathcal{CP}\ |\ \mathcal{CP}\ |$$

그림 : 각각 하나의 장단음이 있는 다섯 개의 8분의 3박자

---

16 영어의 장단음에 관한 예이니 원문만 밝힌다. ─옮긴이 주

톰슨, 데브니를 비롯한 다른 작시법 연구자들은 레니에의 대체적인 이론을 추종했지만 무운시가 8분의 3박자로 쓰였는지 혹은 4분의 2박자로 쓰였는지에 대해서 항상 동의한 것은 아니었다. 알딘은 영시의 기본에 관한 이 다양한 음악 이론들을 아주 잘 요약 정리하면서 [17] T.S. 오몬드의 말을 인용하며 동의를 표한다. "음악의 가락은 거의 순수한 상징들이다. 적어도 이론상으로는, 그리고 실질적으로는 틀림없이 가락은 정확하게 수학적으로 2분의 1, 4분의 1, 8분의 1, 그리고 16분의 1로 분할될 수 있다. 뿐만 아니라 이상적 음악은 시간/박자와 완전히 일치한다. 시에는 다른 방법과 또 다른 이상이 있다. 시어는 구체적인 것이라 그렇게 정확하고 엄밀한 패턴으로 조각될 수 없다…… 음악의 완벽성은 시간/박자가 완벽하게 일치하는 데 있다. 시를 음악적으로 재현하려는 어떤 시도도 만족스럽지 못한 까닭이 바로 여기에 있다. 음악은 아무것도 없는 존재하지 않는 규칙성을 가정한다."

## 8. 작시법과 향유

현대 영어의 운율에 대한 명명법을 선택할 때 다양한 운율론자들의 개별적인 신체 조직의 차이, 강세의 중요성, 실제 시 형식에 보이는 음절의 양과 수에 집착하는 엄격함의 정도에 따라 선호도가 달라질 것이라는 예상을 할 수가 있다. 시를 해석하는 데 음악 이론에 집착하는 이들이라면 약강-강약 운율 대신 "2박자"라고, 강약약-약약강 대신 "3박자"라고 말하는 것을 선호할 것이다. 자연스러운 "강세를 주장하는 이들"은 강세의 액

---

17  *Introduction to Poetry*, pp. 190–93. *See also Alden's English Verse*, Part 3. "The Time–Element in English Verse."

센트가 약한 음에서 좀 더 강한 음절로 전개되는 것을 가리키면서 약강과 약약강 단위를 "상승" 음보라 말할 것이다. 마찬가지로 약한 음절에서 좀 더 강한 음절로 진행되는 것을 나타내는 강약과 강약약 단위는 "하강" 음보라고 말할 것이다. 혹은 이 두 명명 양식을 결합하여 다음과 같은 약강 음보를 "상승 2박자"라고 말할 수도 있을 것이다.

돌맹이 하나도 들어 올리지 않았다.

And never lifted up a single stone

다음과 같은 강약격은 "하강 2박자"라고 하며,

여기, 완벽한 내 시 쉰 편이 있다네.

Here they are, my fifty perfect poems

다음과 같은 약약강은 "상승 3박자"이며,

하지만 그는 수많은 난폭한 아내와 살았으며, 그녀들은 그가 선하게 되도록 허락하지 않았다.

But he lived with a lot of wild mates, and they never would let him be good

다음과 같은 강약약은 "하강 3박자"라 할 것이다.

그들 오른쪽에도 대포, 그들 왼쪽에도 대포.

Cannon to right of them, cannon to left of them.

만약 어떤 시행이 "운율이 있는" 것처럼 느껴진다면, 즉 거의 동일한 박자-간격을 두고 분할된다면, 그러한 운율의 특성을 가리키는 특별한 명칭을 사용하는 것은 중요하지 않다. 연구자가 일관되게 사용한다는 가정 하에 각자가 선택할 몫으로 남겨둘 수도 있다. "약강격" "강약격" 등 전통적인 용어를 사용하는 것은 편리하며, 그런 모호한 용어를 사용하는 의미만 주의해서 명확하게 한다면 반대할 이유도 없다.

영시의 강세와 양에 관한 서로 적대적인 두 입장을 화해시키는 하나의 방법으로 최근 섬세한 장치를 통해 서로 다른 사람이 동일한 시행을 큰 소리로 낭독하는 데 들어가는 박자 간극을 실제 기록함으로써 이제까지 오랫동안 추정만 해왔던 사실, 즉 양과 강세가 밀접한 연관이 있음을 입증했다는 사실도 덧붙일 필요가 있다.[18] 스넬의 실험은 영시의 음보는 음절로 이루어진다는 사실을 보여준다. 음절의 90퍼센트는 강세 위치에서 비강세 음절보다 길게 발음된다. 단음절과 장음절의 평균적 관계는 시를 읽는 개인 사이에 상당한 변이가 있음에도 불구하고 거의 정확하게 2에서 4 사이였는데, 이것은 그리스와 로마의 시에서 단음절과 장음절의 관계에 적용되어 왔던 비율이다. 만약 누군가가 사전에 있는 영어 단어를 조사해본다면, 그리스나 라틴어에서처럼 음절의 양이 분명하게 "고정된" 것은 아니겠지만 영시의 한 문장을 큰 소리로 읽기 시작해서 그 기저를 이루고 있는 리듬의 유형을 의식하게 되는 순간, 그는 "음보"라고 하는 유연한 단위를 박자의 일정한 흐름 혹은 리듬 간격에 일치시키게 된다. "음보"는 움직이는 사이클의 체인에 있는 소위 완충장치 같은 역할을 하게 된다. 각각의 "링크" 혹은 음보에서 강세 혹은 비강세 음절이나 비교적 약한 강세를 지

---

18  "Syllabic Quantity in English Verse," by Ada F. Snell, *Pub. Of Mod, Lang. Ass.*, September, 1918.

닌 음절은 거의 인식도 되지 않는 확장과 수축을 통해 전체 문장의 율동감 있는 박자에 스스로를 맞추어 간다.

특정한 구절 속에서 말의 "의미", 언어적 무게, 수사적 가치는 특정한 시행에 속하는 이론적 강세의 수에 끊임없이 영향을 미친다는 사실을 잊어서는 안 된다. 예를 들어, 무운시에서 이론에 따르면 다섯인 주요 강세가 실제로는 종종 셋 혹은 넷일 뿐이며, 때로는 쿵쿵 울려대는 단조로움을 피하기 위해 좀 더 약한 강세가 그 자리를 대신하기도 한다. 다음과 같은 밀턴의 유명한 구절을 보라.

> 바위, 동굴, 호수, 우리, 개, 늪지, 죽음의 그늘,

> Rocks, caves, lakes, dens, bogs, fens, and shades of death,

여기서 단음절이 지닌 수사학적 중요성은 바람직한 시적 효과를 고양시키는 과도한 강세의 부담을 강요한다. 코르손의 『영시 입문서』와 메이어의 『영시 운율』은 밀턴의 무운시에서 테니슨에 이르기까지 다양한 예를 통해 음악적 변화를 확보하고 의미에 암시를 부여하는 소리를 채택하기 위해 사용하는 강세의 한결같은 대치와 변화를 보여준다. 셰익스피어가 자신의 예술적 원재료를 사용하는 능력이 발전함에 따라 그의 무운시는 "행을 끝맺는" 시행은 더 적게, "끊기지 않는" 시행은 더 많이 사용하며, 가볍고 약하게 종결짓는 비율이 늘어난다는 사실은 잘 알려져 있다. 같은 원칙이 모든 유형의 영시 리듬에도 적용된다. 지배적인 박자가─시가 시작될 때 늘 그렇지는 않지만 대체로 일반적인─일단 한 번 스스로를 강력하게 드러내는 순간 그 시인의 완숙한 기교는 말로 된 음악으로 귀를 만족시키는 그의 솜씨를 통해 드러나기 마련이다. 이 솜씨는 박자 간극, 강세 혹은 고저 등

에 있어 그가 사용하는 고정된 무뚝뚝한 패턴의 리듬과 결코 절대 동일하지 않다.

인간의 목소리는 지속 기간, 강세와 고저가 시를 읽는 사람 각각에 따라 다른 음절을 발화한다. 베리에(Verrier), 스크립처(Scripture)와 다른 많은 연구자들이 찍은 음파 사진은 상승과 하강 어조 혹은 의심이나 확신을 나타내는 "억양"에 의해 감춰진 간극의 차이가 개인별로 얼마나 다른가를 보여준다. "고저 액센트"를 구성하는 이러한 "상승"과 "하강" 그리고 "만곡 액센트"와 "연장된" 억양은 음절의 지속과 강세와 마찬가지로 시를 읽는 사람에게 발생하는 감정에 의해 끊임없이 변화한다. 말, 구절, 시행, 그리고 각각의 연은 즉각적인 감정에 따른 감정적 함축에 따라 다른 색을 띤다. 감각적이고 열정적인 존재이며, 큰 소리로 낭독되는 시가 일련의 기계적인 형태의 리듬과 운율에 정확하게 일치할 가능성은 거의 없다. 그러나 손으로 짠 양탄자에는 기계가 만든 양탄자가 보이는 기하학적 정확성은 결여되어 있긴 하겠지만 보다 생기 있고 친숙한 아름다움을 지닌 디자인과 정확성을 보인다. 많은 유명한 시인들—테니슨이 아마 가장 친숙한 예가 되겠으나—이 본래의 리듬을 과도하게 강조하는 것 같은 독특한 멜로디를 담은 노래에 맞춰 자신의 시를 큰 소리로 낭독했다. 하지만 누가 그것을 바로잡을 것인가? 또 누가 스윈번의 다음과 같은 시행을 두고,

돛을 다 올리고, 넓게 편 채, 영원히 부드럽게 균형을 잡았다.

Full-sailed, wide-winged, poised softly forever as way

전통적인 작시법의 음보규칙에 따르자면 불규칙하다고 말할 자격이 있단 말인가? 물론 러셀(C.E. Russell)이 주장하는 바처럼 여기서 스윈번은 작시

법에 따른 리듬이 아니라 순수하게 음악적 창작을 한 것이라고 주장할 수는 있겠지만 말이다.[19]

몇몇 운율론 회의론자들이 우리에게 상기시키는 것처럼, 우리가 일단 한 번 대체와 등가, 과잉 운율과 결절 음절, 음절의 자리를 대신하는 휴지의 원칙을 인정한다면 하나의 운율을 다른 운율과 거의 흡사하게 만들 수 있다는 것은 사실이 아닐까? 예를 들어 특정한 시행을 "약강격"이나 "강약격"이라고 부르는 문제는 어디서 음절을 헤아리는가에 따라 대단히 자의적이 될 수 있다. 처음에 끝이 잘린 채 시작하는 "약강격"이나 마지막에 끝이 잘린 "강약격" 그건 둘이 서로 똑 닮은 것 아닌가? 물마루에서 마루로 이어지는 파도를 혹은 움푹 내려앉는 물고랑에서 고랑으로 이어지는 파도를 셀 수 있겠는가? 자전거의 체인을 셀 때 각 체인의 느슨한 중간부터 세는가 아니면 팽팽한 끝에서 세는가? 그러니 "약강격"과 "강약격"도 그렇지 않은가? 올던 교수는 이 같은 상승과 하강 운율의 대조적인 개념들이 마음대로 바뀔 수 있는 개념에 다름 아니라고 고백한다.[20]

작시법 전문가들이 끊임없이 서로 의견을 달리하면서 독단적인 태도를 취하는 반면, 시 애호가들은 시 창작이 작시법이라는 학문보다 훨씬 더 오래되었고 수많은 사람이 운문을 즐기는 데는 별이 천문이론에 아무런 영향을 받지 않듯 운율이론에 전혀 영향을 받지 않는다는 사실을 기억해야만 한다. 누군가 수학에는 너무도 문외한이라 그 규칙을 이해하고 언급할 수 없다고 하더라도 별들의 운행을 규칙에 따라 분석할 수 있음을 알면 마음에 위안을 주기는 한다. 음악과 시의 수학은 그것을 이해하는 능력이 있

---

19  "Swinburne and Music," by Charles E. Russell, *North American Review*, November, 1907. "주석과 예시"의 이 장을 참고 할 것.

20  "The Mental Side of Metrical Form," 앞에서 인용했음.

는 사람의 지적인 기쁨을 높여주기는 하겠지만 대부분의 사람들에게는 받아들이기 어려운 것도 사실이다. 하지만 시를 사랑하는 사람이라면 그 자신의 귀가 이끄는 대로 이론화하는 것을 거부해서는 안 된다. 그는 다양한 유형의 리듬이 주는 진동에 대한 자신의 민감함과 복잡한 운율 장치에서 느끼는 기쁨이 집중하고 분석하는 정신적 노력에 의해 고양됨을 발견하게 될 것이다. 시 애호가들이 작시법 이론가의 논쟁에 질려 인내심과 타협, 그리고 독단으로부터 벗어나야 한다는 사실을 망각한 채 운율의 효과가 부여하는 무한한 다양성에 대한 호기심을 잃게 되는 것은 위험한 일이다. 그의 귀를 보다 섬세하게 해주는 것은 바로 이 호기심이다. 이론이 틀릴 때조차 그것은 사실이다. 수많은 운율이론가들이 산문과 운문의 리듬에 대한 세인츠버리 교수의 청각을 존경하고 부러워한다. 그의 독단적인 "음보"론과 주장의 체계에는 전적으로 동의하지 않지만 말이다. 시 독자가 시의 기교에 대해 관심을 기울이는 노력에 싫증을 내고 지치는 날이 있다는 것은 분명해 보인다. 그때 그는 분석을 멈추고 눈을 감고 이해할 수 없는 음악의 바다 위로 부유하기 시작한다.

한밤의 별들이 그녀에게
소중해지리라. 그녀는 귀를 기울이리라
수많은 내밀한 공간에서
시냇물이 제멋대로 굽이돌며 춤을 추고
재잘대는 소리에서 태어난 아름다움이
그녀의 얼굴에 어린다네.

The stars of midnight shall be dear
To her; and she shall lean her ear
In many a secret place

Where rivulets dance their wayward round,

And beauty born of murmuring sound

Shall pass into her face.

# 제6장

# 각운, 연, 그리고 자유시

미묘한 각운들이 엄청난 폐허와 함께
　인생의 집에서 중얼거린다.

Subtle rhymes, with ruin rife,
　Murmur in the house of life.

— 에머슨(Ralph Waldo Emerson)

　이 시가 처음 내게 구술되었을 때 나는 현대의 속박으로부터 유래한, 밀턴과 셰익스피어, 그리고 모든 영국 무운시 작가들이 사용한 것과 같은 단조로운 억양이 시에 꼭 필요한 필수불가결한 것처럼 생각했다. 하지만 이내 나는 진정한 웅변가의 입에 그런 단조로운 음은 어색하고 서투른 것은 물론 각운 자체에 대한 구속이라는 사실을 알아챘다. 따라서 나는 모든 행마다 억양과 음절의 수에서 다양성을 추구했다. 모든 단어와 글자는 고심해서 연구되고 적재적소에 쓰인다. 무수한 부분에 사용될 엄청난 수의 음률들이 마련되었다. 부드럽고 순한 파트를 위한 부드럽고 순한 음률, 그리고 보다 저급한 부분에 사용한 산문체적인 요소들. 이 모든 것들이 서로서로 필요하다. 속박된 시는 인류를 속박한다!

When this verse was first dictated to me I consider'd a Monotonous Cadence like that used by Milton & Shakspeare, & all writers of English Blank Verse, derived from the modern bondage of Rhyming, to be a necessary and indispensible part of the verse. But I soon found that in the mouth of a true Orator, such monotony was not only awkward, but as much a bondage as rhyme itself. I therefore have produced a variety in every line, both of cadences & number of syllables. Every word and every letter is studied and put into its fit place: the terrific numbers are reserved for the terrific parts, the mild & gentle for the mild & gentle parts, and the prosaic for inferior parts: all are necessary to each other. Poetry Fetter'd Fetters the Human Race!

— 윌리엄 블레이크(William Blake)


## 1. 오래전의 쟁투

각운과 운율에 대한 일반적 고찰에서 각운, 연, 자유시와 관련된 몇몇 특별한 질문들로 옮겨감에 따라 우리가 편리하게 예술 작품의 "내면"과 "외면"이라 불러왔던 것에 대한 낡은 구분을 뒤집을 수도 있을지 모른다. 음악 분야에서 이 둘 사이의 구분은 전적으로는 아니라도 거의 무의미하다는 사실을 알지만, 시에서는 너무 과도하게 밀어붙이면 안 될 것이다. 하지만 이와 관련된 사람들 사이에 존재하는 차이를 설명하는 데는 유용하기도 할 것이다. 왜냐하면 그들은 어떤 때는 시의 외형적 형식, 어떤 때는 내적 정신을 주목하고, 또 그들 스스로에게 질문하듯 이 두 요소가 어떻게 연관되는지를 스스로에게 질문하기 때문이다. 부처(Butcher) 교수는 『아리스토텔레스의 시와 예술론』(Aristotle's Theory of Poetry and Fine Art)[1]에서 그 질문에 관한 한 그리스 시대나 마찬가지로 지금도 오직 한 방향만 바라

---

1    147쪽.

보는 두 종류의 사람들이 보이는 자연스러운 성향에 대해 다음과 같이 기술한다.

　　우리는 모든 시에서 시적 사고를 완전히 배제하고 시가 음악의 가락 속으로 녹아들어갈 정도로 영묘하게 짓고자 하는 특정한 현대 학파에 동의할 필요가 없다. 이들은 우리가 전혀 모르는 것을 노래하는데, 그것도 실제 세계의 메아리, 인간들, 그리고 실질적인 세계의 동요와 갈등이 흐릿하게 지워져서 거의 구분되지 않는 방식으로 노래한다. 시는 전달되는 사상 속에, 영혼과 감각의 혼합 속에 머무는 것이 아니라 소리 그 자체, 시의 운율 속에 있다는 이야기를 듣는다. 하지만 이러한 관점이 잘못이라 하더라도 또 다른 생각, 즉 음악적 효과는 완전히 무시한 채 오직 전달되는 사상만을 찾는 것보다는 나은 것이다. 아리스토텔레스는 위험을 무릅쓰고 이러한 원칙으로 접근해 간다.

　하지만 아리스토텔레스만이 때때로 시의 형식적 요소를 가치절하하는 것은 아니었다. 필립 시드니 또한 마찬가지로 다음과 같은 유명한 언급을 남겼다. "오직 장식뿐 시라 할 이유가 없는 시"라거나 "시를 이루는 것은 각운이나 운문을 넣는 것이 아니다." "저속한 오류 속에 시인과 산문 작가를 구분"한 것은 셸리였다. 그는, "플라톤은 본질적으로 시인이다. 그의 이미지가 보이는 진실과 찬란함, 그의 언어의 음악성은 너무도 강렬해서 알아차릴 수밖에 없다······ 베이컨 경은 시인이었다." 콜리지는, "플라톤과 테일러 추기경의 저작들, 그리고 버넷의 『천골이론』(the Theoria Sacra)은 최상의 시는 운율 없이도 쓸 수 있다는 부정할 수 없는 증거."라고 말했다.
　이와 같은 문장들을 보면 시드니, 셸리, 콜리지는 산문작가에게 얼마나 관대한가! 하지만 이 동일한 시인-비평가들이 다른 수많은 글에서는 조화로운 시에 꼭 필요한 요소라며 운율, 각운, 그리고 연의 근본적인 정당성을 주장했다. 물론 조화는 아주 복잡해서 운율적 음보로 한 눈에 알아볼 수 없는 리듬을 통해서, 그리고 각운과 연을 무시하는 박자를 통해서 얻을 수도 있다. 시인은 비평가와 마찬가지로 조화라는 면에 있어서는 오직 단일한 요소에만 관심을 가짐으로써 다른 모든 요소들을 상대적으로 무시하는 그런 순간이 있다고 확신할 수도 있다. 밀턴은 무운시에 대한 열정 때문에 우리 시대의 자유시의 거장들만큼이나 격렬하게 각운을 비방했지만, 그 자신은 이미 각운의 대가였다. 음악적 훈련을 받은 캠피온(Thomas Campion)은 강세 시스템으로 가장 절묘한 노래들을 작곡하고 있던 바로 그 시기에 영국 작시법의 양적 시스템을 주장했다. 캠피온의 시론에 대한 탁월한 반론인 『각운의 옹호』(*Defense of Rhyme*, 1603)를 쓴 다니엘(Daniel)은 자신의 적수가 보인 작업에 대하여 정중한 칭송을 바치고 있다. 가장 유연한 정신을 소유한 비평가라고 할 수 있는 드라이든(John Dryden)은 각운을 갖춘 영웅시체 2행연구의 사용을 옹호했다가 비판했다가 오락가락하면서 다양하고 자기 결정적인 자신의 기교에는 말할 것도 없고 변화하는 당대 취향의 시류에 자신의 이론을 꿰맞췄다. "결코 완전히 벗어나지 말라, 물론 완전히 그 안으로 들어가지도 말고." 드라이든이 예술가의 자유, 즉 기저의 규칙을 의식하는 자유를 설명하기 위해 표현한 유쾌한 구절이다.

## 2. 리듬 형식으로서 각운

이론과 실제가 우연히 일치하거나 서로 따로 가는 경우가 어떻건 간에 각운과 연을 정당화하는 근본적인 규칙은 다음과 같다고 할 수 있다. 만약 리듬이 시에 핵심적인 요소이며 아리스토텔레스가 말하듯 운율이 리듬의 마디라면 일정한 사이를 두고 동일하거나 거의 동일한 소리의 반복은 리드미컬한 효과에 도움을 준다. 따라서 각운은 하나의 형식, 리듬의 "외면적" 형식이다. 각운은 장식적인 동시에 구조적이며, 구조를 확실하게 하는, 시를 형성하는 하나의 방법이다. 물론 균형 잡힌 패턴을 획득하기 위한, 다양성 속의 통일성이라는 인상을 주기 위한 다른 장치들이 존재한다. 하나의 생각과 구절이 다른 것과 대조되며 균형을 이루는 유대(Hebrew) 시의 "병렬적" 구조나,

> 나는 한 사내의 목을 베었지 부상을 입으며 –
> 내게 가슴 아픈 고통을 느끼며 한 젊은이도 –

> I have slain a man to my wounding –
> And a young man to my hurt –

혹은 예를 보여주는 내용이 삽입된 다음 마지막에 최초의 구절이나 생각이 반복됨으로써 주제의 "회귀"라는 방법을 통해 패턴을 확보하면서 – "곡선의 종결" – 운문 창작에 있어 균형과 대조, 그리고 반복의 보편성을 예로 들어 보여줄 수도 있다. 많은 원시 종족의 시에서처럼 유대 시에서도 인간의 귀가 청취하면서 얻을 수 있고 이미 언급된 소리를 인식하는 데서 느끼는 자연스러운 기쁨을 활용한다. 각운은 음악의 화음이 반복되는 것이나 양탄자의 색깔처럼 예상할 수 있는 만족감이다.[2] 각운은 주의를 자극하고 심리적–육체적 기관의 맥동을 강화함으로써 감정 형성에 도움을 준다.

---

2 "대부분의 음악 작곡은 대단히 명확한 각운을 지닌 채 작곡된다. 시의 그것과 정확하게 유사한 각운가 독특한 연 배열을 지닌 익숙한 고전적 작품들은 기억할 만하다. 멘델스존의 〈봄의 노래〉와 루빈스타인의 〈로망스 E 플랫〉은 연이 정확한 예로 금방 떠오르는 작품이다." C. E. Russell, "Swinburne and Music," *North American Review*, November, 1907.

깊은 바다를 휩쓸며
폭풍이 불어오는 동안
전쟁이 오래 큰 소리로 으르렁거리며
폭풍이 불어오는 동안.

And sweep through the deep
While the stormy tempests blow,
While the battle rages long and loud
And the stormy tempests blow.

각운이 빨라지면 맥동도 빨라지지 않을 수 없다.

하지만 이 같은 구조와 리듬의 목적을 달성하기 위해 각운이 단 하나의 식별 가능한 유형일 필요는 없다. 우리의 귀가 조화된 소리가 제공하는 기쁨을 받아들일 수 있는 한 각운의 다양한 역사적 형식은 제 역할을 할 수 있을 것이다. 고대 영시의 두운법, 즉 글자로 맞추는 각운, 혹은 "첫머리 각운"이 그 예일 수 있다.

*H*im be *h*ealfe stod *h*yse unweaxen,
*C*niht on ge*c*ampe, se full *c*aflice.

테니슨이 「브루넌버의 전투」에서 이것을 모방했다.

강인한 머시아인들,
그들의 치고박기는 강했다,
올래프와 함께한 이들을
하나도 남기지 않았다,
전사들은 배의 가슴에 이는
넘실거리는 바다를 지나

이 섬으로 왔다—
죽음의 운명으로.

Mighty the Mercian,
Hard was his hand—play,
Sparing not any of
Those that with Anlaf,
Warriors over the
Weltering waters
Borne in the bark's—bosom,
Drew to this island—
Doomed to the death.

첫 글자를 이렇게 반복하는 것은 "dead and done with," "to have and to hold"와 같은 산문에서도 살아남았고, 현대시에서도 강세 음절을 더 강조하기 위해 사용된다. 하지만 키츠, 테니슨, 베를렌(Verlaine) 같은 두운법의 대가들은 강세가 없는 음절에서도 두운법을 계속 활용함으로써 과도하게 명백한 부담을 청각에 가하지 않으면서 한 행의 어조의 특성에 채색을 부여한다. 「공주」(The Princess) 같은 각운이 없는 노래는 바로 이 같은 미묘한 소리의 변조로 가득하다.

일반적 각운, 즉 (found=abound) 같은 "각운"(end—rhyme)에서는 강세가 오는 모음과 그 뒤를 따르는 소리가 반복된다. 반면 강세 모음에 선행하는 자음은 다르다. 보다 엄밀한 의미에서 (blackness—dances) 같은 모음운 (Assonance)은 강세 모음이 반복되지만 뒤따르는 소리는 같지 않다. 하지만 "모음운"과 "협음"(consonance)은 한 행이나 여러 행 내에서 종종 느슨하게 활용되면서 음색이 조화롭게 어울린다는 느낌을 부여한다. 영시에서 (fair—affair)와 같은 완전한 혹은 "동일한" 각운은 초서의 시대에는 정당한 것이었으며 지금도 용인될 만한 것으로 간주된다. "남성운"은 한 음절로 끝나는 각운이며 "여성운"은 (uncertain-curtain)처럼 두 음절로 끝나는 각운이다. 내부운 혹은 "중간 각운"은 행의 중간에 나왔던 각운이 행의 마지막에 반복되는 것을 말한다.

> 우리가 그 침묵의 바다로
> 돌진해 들어간 첫 존재들이었다.

> We were the first that ever burst
> Into that silent sea.

일반적으로 각운의 반복이 잦으면 잦을수록 그 시의 리듬은 빨라지며 그 역도 마찬가지다. 따라서 「인 메모리엄」의 연은 첫 행과 네 번째 행의 각운을 맞춤으로 독특한 효과를 얻게 되는데, 그 결과 귀는 첫 번째 각운의 소리가 예상대로 반복되기를 기다리게 된다.

> 나무 우거진 곳 옆에
> 요새와 산허리
> 다리에서 반짝이는 폭포
> 해안에 부서지는 파도.

> Beside the river's wooded reach,
> The fortress and the mountain ridge,
> The cataract flashing from the bridge,
> The breaker breaking on the beach.

이렇게 함으로써 같은 시행을 다른 각운으로 다시 배열한 시행과는 완연하게 다른 박자를 부여한다.

나무 우거진 곳 옆에
요새와 산허리
해안에 부서지는 파도.
다리에서 반짝이는 폭포."

Beside the river's wooded reach,
The fortress and the mountain ridge,
The breaker breaking on the beach,
The cataract flashing from the bridge.

  만약 모든 다양한 형식의 각운이 그저 일치하는 소리를 반복함으로써 리듬을 강조하는 서로 다른 방법에 불과하다면 시인과 독자의 다양한 리듬의 맥동들은 리듬이 주는 만족감의 특정한 형식에 덜 의존하게 될 것 같다. 초서는 고대 영시와 비교해볼 때 영시의 각운이 부족하다고 불평했다. 각운을 지키는 것이 로마어보다는 영어에서 더 어렵다는 것은 사실이기도 하다. 우리에게도 스윈번과 같은 각운의 마술사가 있지만, 각운을 지닌 그의 소리가 지닌 풍성함은 결국 많은 독자의 취향을 넌더리나게 만들며 끝나버리고, 그는 다시 무운시나 자유시로 되돌아간다. 4중의 각운 체계 한 행과 3중의 각운 체계 하나, 그리고 2행연구가 아주 정교하게 짜인 스펜서 시연(The Spenserian stanza)은 일반적인 시 애호가의 귀만큼이나 복잡한 각운의 조화를 지닌 작품이다. 타고난 각운가들이 있다는 것은 말할 필요가 없다. 이들은 각운을 통해 생각하며 이들의 풍부한 이미지는 소리와 소리를 어울리게 하려는 흥분에 의해 배가된다. 그들은 결국 살아남을 각운을 지닌 단어를 빠르게 포착하는 가운데 종종 작시법에는 부주의하고 부정확한 모습도 보인다. 또 다른 극단적인 사례는 불완전한 일치를 혐오하면서, 각운을 정교하게 다듬어 생기와 신선함이 사라지게 만들 정도가 되는 자의식적인 시 예술가들이다. 교묘한 각운을 즉흥적으로 만들어내는 면에서 바이런에 필적할 만한 이는 없다. 하지만 그도 엘리자베스 브라우닝과 휘티어(Whittier)만큼이나 좋지 않은 유사 각운에 종종 만족하기도 한다. 이와 아주 다른 것이 다음과 같은 행에서 보이는 인위적인 솜씨를 부린 것이다. 각운을 이루는 단조로운 음들이 무리지은 공작새의 "엄숙한 권태"에 잘 들어맞는다.

        I
    신전의 기둥 늘어선 현관으로부터
     른 양귀비들이 핀 정원으로
    황금빛과 에메랄드빛을 한 공작들이 느릿느릿 걸어 나오네,
    지나갈 때 엄숙한 권태를 흘려 끌면서
    우울과 걱정을 흘려 끌면서.

        II
    그들의 우울과 걱정을 끌면서
    지나갈 때 그들의 엄숙한 권태를 끌면서
    황금빛과 에메랄드빛을 한 공작들이 느릿느릿 걸어 나오네,
    푸른 양귀비들이 핀 정원으로부터
    신전의 기둥 늘어선 현관으로.

        I
    From out the temple's pillared portico,
    Thence to the gardens where blue poppies blow
    The gold and emerald peacocks saunter slow,
    Trailing their solemn ennui as they go,
    Trailing their melancholy and their woe.

        II

Trailing their melancholy and their woe,

Trailing their solemn ennui as they go

The gold and emerald peacocks saunter slow

From out the gardens where blue poppies blow

Thence to the temple's pillared portico.[3]

따라서 각운은 단순히 "같은 음의 운율적 반복"(jingle)만이 아니라 새뮤얼 존슨이 모든 운문 작업에 대해 말한 것처럼 "이유 있는 같은 음의 운율적 반복"인 것이다. 각운을 구조적인 목적에 맞게 장식적으로 혼합하는 것이야말로 사실 "본성의 명령"이다. 또 스테드맨(E. C. Stedman)의 말을 인용하자면, "실제로 자발적인 노래, 가장 적합한 모음, 자음, 시간, 적절한 운은…… 상상적 사고와 함께 저절로 발생한다."

## 3. 연

실제 각운을 지닌 영시의 연은 "자발적인 시가"(spontaneous minstrelsy)를 보여준다는 사실은 인정하지 않으면서 각운을 시의 조화를 이루는 한 요소로 간주하는 이런 이론의 정당화를 당연하게 여길 시 애호가들이 존재한다. "연" 혹은 "절"(strophe)은 글자 그대로 "쉬는 곳", 다시 말해 일정한 각운을 지닌 행이 끝난 뒤 멈춤이나 전환을 의미한다. 올던은 『영시』에서 연을 다음과 같이 정의했다.

일반적으로 시-운율을 나타내는 가장 큰 단위이며, 리듬적 구분이라기보다는 수사학적이나 가락의 끝맺음에 기초한다. 다시 말해 짧은 연은 한 문장

---

3    Frederic Adrian Lopere, "World Wisdom," *The International, September*, 1915.

의 끝맺음과 대체로 상응하며, 긴 연은 한 단락의 끝맺음과 상응한다. 반면 서정시에서 연은 시가 거기에 맞춰 쓰인 가락에 맞추는 것이 원래의 생각이었다.

『시 개론』에서는 다음과 같이 덧붙인다.

> 일반적으로 한 시의 모든 연은 그 수, 길이 운율, 그리고 각운 구조가 동일한 시에서 모두 동일하다.

따라서 다음과 같은 질문이 떠오른다. 우리가 "연"이라 부르는 그런 단위가 자의적인가 아니면 꼭 필요한 것인가. 시행은 열정적인 감정을 통해 각운을 지닌 그룹으로 어우러지는가 아니면, 사행의 동일성이란 것은 그저 패턴에 대한 기계적 순응인가? 브리태니커 백과사전에 실린 시어도어 와츠-던튼(Theodore Watts-Dunton)의 "시"에 대해 널리 알려진 논문에서[4] 문제의 그 두 원칙을 드러내기 위해 "연의 규칙"과 "정서적 규칙"이라는 구절이 사용되었다.

> 현대의 작시법에서 각운의 배열과 각운을 지닌 운율을 갖춘 시행의 길이는 정해진 연의 규칙에 의해 혹은 무한히 더 심오한 규칙에 따라 결정될 수 있다. 이때 더 심오한 규칙이란 시적 고양 상태에 있는 영혼으로 하여금 각운, 중간 휴지 등과 같은 온갖 종류의 운율을 장악하도록 추동하여 어떤 연의 요구와도 상관없이 발생하는 각각의 감정적 색조를 두드러지게 하기 위한 것이다…… 만약 운율을 갖춘 어떤 문장이 연의 규칙에 독자적으로 쓰여 엄청난 효과를 얻지 못한다면, 그만큼 엄청난 손실을 갖게 된다. 음악적 산문과 구분되는 시의 음악이 지닌 대단한 매력은 운율이 필수불가결하다는

---

4 그의 저서, *Poetry and the Renaissance of Wonder*. (E. P. Dutton, New York.)에 다시 실렸다.

것이다. 규칙적인 박자를 통해 우리는 각운이 2행연구나 혹은 연에 대한 인정된 규칙 하에 필연적으로 자리하게 되리라는 것을 알고 기쁜 마음으로 즐길 수 있다. 하지만 만약 시행이 이러한 규칙과 별개로 흘러간다 하더라도 시행은 필연적으로 흘러가야 한다. 간단히 말하자면 시행은 또 다른 그러나 더 깊은 어떤 힘, 다시 말해 감정적 표현의 필연성이라는 것에 지배받고 있음을 보여주어야 한다.

"연의 규칙"과 "감정적 규칙"을 구분하는 것은 시사하는 바가 많아서 영시의 유명한 규칙 혹은 불규칙 송시의 박자에만 국한되는 것이 아니다. 그것은 영시가 라틴과 프랑스의 원천으로부터 넘겨받아 수 세기의 실험을 거쳐 발전시켜온 무한히 다양한 연의 패턴에도 적용되며, 우리가 곧 보게 될 것처럼 자유시와 연관된 대단히 혼란스러운 질문에도 어떤 핵심적인 해답을 제공한다.

우선 영시의 보다 친숙한 연의 형식을 보자. 이 형식은 알파벳 글자가 반복될 때마다 각각의 각운을 지닌 소리와 상응하게 함으로써 아주 편리하게 드러나고 있다.

따라서 각운을 지닌 다음과 같은 2행연구는 aa 각운을 지닌 "강세가 넷인 약강격"이라고 할 수 있다.

> 그들의 뱃머리 주변에 대양이 으르렁거리고,
> 수천의 노 아래 부딪혀오네.

> Around their prows the ocean roars,
> And chafes beneath their thousand oars

다음과 같은 영웅시체 2행연구는 aa 각운을 지닌 강세가 다섯인 약강격이다.

바보들의 열정은 언제라도 불쾌감을 주지만,
가장 불쾌한 것은 각운을 모르는 바보의 열정이라네.

The zeal of fools offends at any time,
But most of all the zeal of fools in rhyme

다음과 같은 민요시는 네 개의 강세와 세 개의 강세가 번갈아 나타나며,
각운은 abcb이다.

왕은 노끈 편지를 쓰고
친히 서명을 해서는
모래 위에서 걷고 있던
패트릭 스펜서 경에게 보냈다네.

The King has written a braid letter,
And signed it wi' his hand,
And sent it to Sir Patrick Spence,
Was walking on the sand

「인 메모리엄」의 연은 강세가 넷인 약강격이며 각운은 abba이다.

숲을 크고 길게 선회하면서
먼 거리가 아름다운 색을 띠고
저 생생한 푸른빛 속에 잠긴 채
종달새는 보이지 않는 노래가 되네.

Now rings the woodland loud and long,
The distance takes a lovelier hue,
And drown'd in yonder living blue

The lark becomes a sightless song

초서식 연은 ababbcc의 각운을 갖는다.

> "고개를 들고 그 여자가 누구인지 어서 말씀해보세요
> 그래야 내가 왕자님께 필요한 일을 도와드릴 수 있지요.
> 혹시 제가 아는 여자인가요? 제발 말씀해 주세요.
> 그럼 제가 더 서둘러 일을 도와드릴 수 있을 거에요."
> 그 말이 트로일러스의 혈관을 울렸다.
> 정곡을 찔린 그가 얼굴이 붉어졌다.
> "아!" 판다로스가 말했다. "이제 본격적인 시작인걸."

> 'Loke up, I seye, and telle me what she is
> Anon, that I may gone aboute thi nede:
> Know iche hire ought? for my love telle me this;
> Thanne wolde I hopen the rather for to spede.'
> Tho gan the veyne of Troilus to blede,
> For he was hit, and wex alle rede for schame;
> 'Aha!' quod Pandare, 'here bygynneth game.'
>     ─「트로일러스와 크리세이다」(Trolus and Criseyde), 1권 124편

바이런의 "8행 시체"(ottava rima)의 각운은 abababcc이다.

> 웅장한 벽돌 더미, 연기와 선박,
> 지저분하고 어둑하지만, 시선이 머무는 곳
> 어디나, 여기저기 빠르게 지나가는 돛이
> 보이고, 이내 무성한 숲 같은 돛대 사이로
> 사라진다. 돋움발 하고 새카만 하늘 위로
> 빼꼼 들여다보는 무수한 첨탑들.

거대한 암갈색의 돔 지붕, 바보의 머리 위
원뿔형 모자 꼭대기 같은—거기가 런던이다!

A mighty mass of brick, and smoke, and shipping,
Dirty and dusky, but as wide as eye
Could reach, with here and there a sail just skipping
In sight, then lost amidst the forestry
Of masts; a wilderness of steeples peeping
On tiptoe through their sea—coal canopy;
A huge, dun cupola, like a foolscap crown
On a fool' s head—and there is London Town!"

—『돈 주앙』(Don Juan), 10장, 82행

스펜서식 연은 ababbcbcc의 각운에 마지막 행에 한 음보가 더 추가되었
다.

그는 가는 길에 아름다운 동반자가 있었다네,
진홍빛 붉은 옷을 걸친 아름다운 숙녀였다네,
황금과 진주로 풍성하게 장식했지.
머리에는 페르시아의 주교관 같은 머리띠를
두르고 왕관과 반짝이는 브로치도 했지
아낌없는 그녀의 연인이 그녀에게 선물한 것이었지.
그녀의 변덕스러운 말은 물결치듯 짜인
온통 번쩍이는 장신구를 두르고 있었지,
고삐는 황금 종들과 구리 장신구가 달려 달그랑거렸지.

Hee had a faire companion of his way,
A goodly lady clad in scarlot red,
Purfled with gold and pearle of rich assay;
And like a Persian mitre on her hed

Shee wore, with crowns and owches garnished,

The which her lavish lovers to her gave:

Her wanton palfrey all was overspred

With tinsell trappings, woven like a wave,

Whose bridle rung with golden bels and bosses brave.

— 『선녀여왕』(*The Faerie Queen*), 1권, 2장

우리가 연이라 부르는 이 다양한 시행들을 볼 때 명백한 사실은 감정 단위뿐 아니라 사고단위도 고려해야만 하며, 사고단위와 감정단위는 서로 조화를 이루어야만 하고, 가능하다면 각운에 의해 제시되는 소리의 다양성과 아름다움과도 조화를 이루어야만 한다는 것이다. 시적 사고의 자연적 "크기"를 언급하는 것은 터무니없는 일이 아니다. 예를 들어 포프 (Alexander Pope)는 종종 2행연구의 크기로 작업을 했다. 반면 마르티알리스는 훨씬 더 작은 경구 크기의 사고로 즐거워하고, 우마르 하이얌(Omar Khayyam)은 4행 연구 크기의 사고와 공상을 즐겼다. 많은 소네트들이 시적 효력을 갖지 못하는 까닭이 바로 그 속에 담긴 사고가 너무 부족하거나 아니면 너무 거창해서 전통적인 소네트 형식이 요구하는 14행으로는 적절한 표현을 할 수가 없기 때문이다. 가끔은 4행이면 충분할 것이 14행을 채우기 위해 부풀려진다거나 그 반대로 엘리자베스 시대에 종종 그랬던 것처럼 송시나 애가인데 14행이라는 유행하는 한계 속에 개탄스럽게도 구겨져 넣어진 경우도 있다. 구절이나 문장의 보통 길이에 관심을 기울이는 이라면 누구라도 사고의 단위에 어울리는 말에는 자연스러운 "충분한 호흡"이 존재한다는 사실을 의심하지 않을 것이다. 따라서 사고가 감정에 의해 구성될 때 감정의 파도와 어울리는 말의 파도, 분출, 혹은 잔물결이 존재한다. 이상적인 시적 "패턴"에서 이 사상의 파도, 감정과 리듬을 지닌 언어는 다소 완벽하게 어울릴 것이다. "감정적 규칙"과 "연의 규칙"은 일치를

보여야만 하며, 그때 시의 영혼은 완벽한 자신의 구현물을 발견하게 되는 것이다.

하지만 『황금보물』(*the Golden Treasury*)이나 『옥스퍼드 영시선』(*the Oxford Book of English Verse*)은 우리가 어떤 영시집을 펼쳐보더라도 각각의 시적 감정이 특정한 종류의 정서에 맞도록 섬세하게 갖춰진 형식 속에 드러난다는 이상과는 아주 다른 모습을 발견하게 된다고 말한다. 우리가 보게 되는 것은 엄밀하게 유사한 연의 패턴들―유사한 운율의 패턴과 마찬가지로―이 정반대의 감정을, 즉 기쁨과 슬픔, 의심과 환희, 승리와 패배 등을 표현하는 데 종종 사용된다는 것이다. 영국 찬송가의 "평범한 운율"은 어떤 것이건 종교적 정서를 담아내기에는 거칠어 보였다. "강약격" 운율이 항상 가볍고 환상적인 걸음을 보이는 것이 아닌 것처럼 "약강격" 또한 언제나 차분하게 진행되는 것이 아니다. 물론 다양한 연의 형식에는 이런저런 시적 목적에 따라 틀림없이 일정한 보편적인 적합성이 존재하기는 한다. 영국이나 스코틀랜드의 발라드에 사용된 연은 스토리텔링에는 탁월하다는 것이 대체적으로 인정된다. 꿈속 장면을 묘사하고 몽환적인 음악의 효과를 내는 데는 스펜서가 가장 선호하는 연에 필적할 만한 것이 없지만 순수한 서사에는 덜 활용되기도 한다. 핵심이 되는 네 번째 행이 아주 정교하게 균형을 이루고 있는 초서의 7행연구도 그림처럼 묘사하거나 이야기를 전달할 수 있다. 바이런의 8행연구는 태평스러운 무모함을 지니고 있으며 이탈리아의 모델을 차용한 것도 사실이지만 바이런 자신의 정서에는 완벽하게 들어맞았다. 포프의 각운을 지닌 2행연구는 대구처럼 신랄하고 반짝이며 드라이든의 2행 연구는 "커다란 구리 동전이 대리석 바닥 위를 구르는 것 같은 공명"을 지니고 있다. 요약하자면 영시의 위대한 장인들은 각자가 본능적으로 자신이 의도한 특별한 목표에 어울리는 일반적인 연구조를 선택한 다음 온갖 기교를 다해 세부적인 사항을 만들어냈다. 하지만 중요한 점은 다음과 같다. "연의 법칙"은 동질성을 향해, 선택된 패턴의 끝없는 반복을 향해 나아가며, 그것은 시인이 아무리 미묘하게 자신의 세부사항을 변조한다 하더라도 틀림없이 하나의 패턴으로 인식되어야만 한다.

이렇게 무한하게 변화하는 사고와 감정, 구절과 이미지, 그림과 이야기의 재료를 고정된 연 구도에 맞추는 가운데 엄청난 간극과 수선, 재료인 사고를 늘렸다 주름잡았다 하는 일이 생길 수밖에 없다. 왜냐하면 아주 변변찮은 재단사라 할지라도 시라고 하는 이 무수한 색을 지닌 코트는 패턴은 물론 천 자체에 따라 자르지 않으면 안 되기 때문이다. 『옥스퍼드 영시선』의 얼마나 많은 페이지들이 각 연의 무자비한 요구 사항에 따라 맥없거나 혹은 풍성하며 혹은 제약으로부터 자유로운가! 사고가 시행에 완전히 채워지지 않더라도 시행은 어쨌건 채워져야만 한다. 시에 담고자 하는 생각이 운을 지닌 단어보다 한참 멀리 간다고 하더라도 각운은 각운과 어울려야만 한다. 요약하자면, 연은 끝없이 반복되는 음악적 구도로서, 미적 형식으로서 하나의 완벽함이자 인간의 정서를 표현하는 또 다른 종류의 완벽함을 요구한다. 때로 "형식"과 "의미"라고 하는 이 두 완벽함이 각 연마다 기적적으로 일치하게 되는데, 「나이팅게일에 바치는 송가」(Ode to a Nightingale)이나 「가을 송」(Ode to Autumn)이 그런 예이다. (어쩌면 이런 유형에서조차도 시적 아이디어가 시인의 생각 속에서 처음 가락의 형식을 띠게 되었을 때 구상했던 진리와 미의 완벽한 결합과 비교해보면 최고의 작품마저 그저 흔적에 불과할 뿐일 수 있다.)

하지만 시 애호가는 그 같은 시의 "본성의 지시"가 아니라 대충 비슷한 경우에 만족하지 않으면 안 되는 경우가 더 많다. 각각의 연 형식은 나름의 편이성, "피할 수 없는 용이함", 다시 말해 노래를 하거나 이야기를 전하거나 혹은 사고를 음악으로 끊임없이 변환하는 데 자연스러운 적합한 성격을 지니고 있다. 지적인 독자들은 2행연구의 경구와 같은 "똑부러짐"

제1부 시 일반론

을 언제나 좋아할 것이며, 스펜서는 자신이 선택한 연으로 인해 "시인 중의 시인"으로 남아 있을 것이다. 어쩌면 조화로운 각운의 필요성은 시적활동을 위축시키는 것 못지않게 자극하기도 할 것이다. 많은 시인이 각운을 형성하는 즐거움이 상상력에 활력을 더한다는 사실을 증언해왔기 때문이다. 셸리가 말한 바처럼 만약 "창조의 과정에 있는 정신이란 변덕스러운 바람처럼 뭔가 비가시적인 힘을 통해 일시적인 빛을 반짝이게 되는 꺼져가는 석탄이라면" 다른 율동적인 에너지와 함께 각운의 숨결이 그 꺼져가는 불꽃을 다시 피어오르도록 하지 못할 까닭이 어디 있겠는가? 게다가실제로 자신의 연에 속박되어 있다고 인정하는 시인도 거의 없을 것이다. 그들은 (연이라는) 족쇄를 차고도 춤추기를 좋아하며, 다른 시인과 동일한족쇄를 하고 있더라도 그 나름의 움직임을 창조해 낼 것이다. 그래서 메이스필드(Masefield)의 "초서식" 연 구조는 초서의 것이라기보다는 메이스필드의 것이다.

결국 각각의 율리시즈들은 제 나름의 활을 당기는 법이다. 그게 어렵다고 불평하는 이들은 시의 귀재라는 명예를 구하다 실패한 사람들뿐이다. 고정된 연 형식에 대해 오늘날 우리가 보이는 성마른 태도는 쇼팽과 리스트 두 작곡가 모두 동일한 무곡이라는 형식을 사용하지만 쇼팽의 소곡이리스트의 소곡과 다르듯 더 위대한 시인들은 연 형식을 활용하면서 모든종류의 시적 패턴을 변경하는 데 성공했다는 사실을 깨닫지 못한 데서 기인한다. 우리는 창조적 의도, 기교, 그리고 그 결과의 무한한 다양성을 인정해야만 한다. 자유시에 대한 극단적인 옹호에 맞선 각운과 연에 대한 진정한 옹호는 각운과 연이 특정한 효과를 확보하기 위한 자연스러운 구조적 장치들이라는 점을 지적하는 것이다. 서로 다른 종류의 강을 건너는 다양한 유형의 다리들이 존재하는 법이다. 그 어떤 하나의 유형이 어디서나항상 옳은 것은 아니다. 각운과 연을 없애는 것은 시가 주는 아름다움의

한 형식을 포기하는 것이다. 강을 건너는 단 하나의 더 못한 방법만이 존재한다고 결정하는 것이다. 예술의 자유를 옹호하는 이라면 예술가는 할 수 있는 어떤 방식으로건 강을 건널 수 있다고 주장할 것이다. 걸어서 건너거나 수영을 하거나 아니면 비행기를 타고 건너거나 그건 그의 방식인 것이다. 자신의 생각과 감정이 그의 시를 읽는 독자의 정신과 감정 속으로 "가로질러 들어갈" 어떤 방식이건 찾아야만 한다. 각운이나 연에 의존하지 않고도 이 일은 아주 잘 적절하게 수행될 수 있다. 예를 들어『실락원』과 『햄릿』 같은 작품이 그런 성취를 이뤄낸 작품이다. 하지만 이 지점에서 우리는 또다시 무수히 다양한 예술적 의도와 기교 그리고 효과로 돌아가게 된다. 밀턴과 테니슨 같은 시인들은 수백 가지의 방법을 시도했기 때문에 시인들의 수보다 훨씬 많은 방법이 존재하며, 그 각각의 방법은 특정 예술가가 특별한 결과를 얻기 위해 시도한 유일한 매개물인 것이다. 그에게는 그 강을 건너기 위한, 최선의 방법은 아닐지라도 유일한 단 하나의 방법인 것이다.

## 4. 자유시

앞 장에서 언급했던 산문 리듬에 대한 논의를 상기하면서 각운과 연이 리듬의 충동을 강화하는 특별한 형식이라는 점을 기억한다면 자유시에 대해서는 무어라 말할 것인가? 확실히 자유시는 패터슨 박사가 언급한 것처럼 "중간 영역"에 속하는데, 어떤 독자들은 본능적으로 "산문적 경험"이라 전유하고, 다른 독자들은 "시적 경험"이라고 할 그런 영역이다.

자유시는 운율을 포기하거나 그 일이 항상 성공하지는 않기 때문에 포기하려고 애를 쓴다. 자유시는 비슷하거나 다른 단어의 소리에 아주 교묘하게 의존하기는 하고 구절을 시적인 문장으로 배열하여 활자 배열의 기술에 도움을 받아 일종의 연이 내는 효과를 확보하면서도 각운과 연은 없을 것이라 고백한다. 하지만 자유시도 리듬, 정돈된 시간이라는 요소 없이는 존재할 수 없다. 리듬을 지니지 않은 것으로 느껴지는 순간 자유시는 시로 느껴지지도 않는다. 이 점은 자유시의 옹호자나 반대자 모두가 인정하는 점이다. 따라서 실제 문제는 자유시가 한편으로는 명백한 산문의 리듬에 의존하지 않으면서, 다른 한편으로 기존의 시의 패턴을 반복하지 않으면서 리듬의 통일성과 다양성이라는 효과를 획득할 수 있는 방식이다.

이디스 와이엇(Edith Wyatt)의 의견에 동의하면서 "옷을 걸치고 음식을 먹고 살아야 하는 이 세상에서 읽을거리라고는 산문과 운문밖에 없다."고 주장하는 많은 유능한 비평가들이 있다. "우리가 한 실험에 따르면, 운문과 산문 사이에 제3의 장르가 존재한다는 주장에는 담장의 이편저편을 왔다갔다 뛰어넘는다는 의미 말고는 아무런 심리적 의미도 없다."[5] 에이미 로웰이 자유시를 낭독하는 것을 주의 깊게 경청한 패터슨 박사는 다음과 같이 주장했다. "에이미 로웰의 사례에서 하나의 규칙으로 성취된 것은 단호하게 진술된 탁월하면서도 감동적인 정서적 산문이다. 우리는 그것은 공간화 된 산문이라 할 수 있겠다."

그 표현이 자유시의 수사학적 구조의 상당 부분을 끌어올리는 문장에 대한 조심스러운 강조와 균형에 관심을 갖게 하는 한, 또 우리들에게 활자 배열이 그 구절들을 "공간화"하고 우리의 눈에 그 만곡과 "되돌아옴"을 강조하는 부분을 상기시켜주는 기여를 하는 한 "공간화 된 산문"은 유용한 표현이다. 하지만 활자 배열을 통해 시각에 호소하는 것은 시와 산문의 구분을 흐리게 함으로써 무한하게 기만적일 수 있으며, 시적인 효과와 유사—시적 효과에 대해서는 잘 훈련된 귀만이 유일한 심판자여야 한다는 점

---

5    *The Rhythm of Prose*, p. 77.

에 우리 모두는 동의한다. 월트 휘트먼을 좋아하는 사람에게 "공간화된 산문"이 "끝없이 흔들리는 요람으로부터"(Out of the Cradle Endlessly Rocking)에 대한 올바른 이름표인지 아닌지를 물어본다면 그는 당신을 비웃을 것이다. 그러면서 그는 영역본 성서의 풍성한 불완전 리듬에 이어 오시안, 블레이크를 비롯한 낭만주의 시기의 다른 많은 유럽의 실험가들을 따라 휘트먼은, 대부분 영창(aria)보다는 서창[6](recitative)에 가깝기는 하지만 순수한 선언도 순수한 노래도 아닌 시적 표현의 한 양식을 정교화 하는 데 실제로 성공했다고 주장할 것이다. 이것은 열정적인 감정을 아주 독특하게 구현한, 참된 "중간지대"로 "산문"이나 혹은 "시"에 추가되기를 거절한다는 것이다. 그런 "중간지대"에 대해서는 "자유시"가 정확하게 올바른 표현이다. 『풀잎』(Leaves of Grass, 1855)은 자유시에 관한 모든 실험들 가운데 가장 흥미로운 것이며, 타고난 리듬 재능이 놀라운 동시에 자신이 내는 음조의 효과를 변형시키는 기교적 호기심과 인내심이 잦은 실패를 한 뒤에도 지치지 않고 대중들의 무시에도 기가 꺾이지 않은 예술가가 쓴 작품이다. 하지만 자유시를 위한 그 사례는 결국 월트 휘트먼과 함께 서 있거나 쓰러지지 않는다. 그는 새로운 구조의 장치를 통해 리듬이 있고 색조가 있는 아름다움을 생산하고자 애썼던 무수한 숙련공 가운데 가장 강력한 시적 인물일 뿐이었다.

오늘날 시인들의 실험에 익숙한 독자들은 "자유시"의 네 가지 지배적인 유형을 쉽게 알아챌 것이다.

(a) 때로 "자유시"라 인쇄된 것은 활자 배열의 솜씨를 통해 위장한 산문, 다시 말해 귀로 판단해 보면 그것은 전적으로 산문이 리듬으로 구성되어 있는 것에 지나지 않는다.

---

6  말하듯이 노래하는 것—옮긴이 주

(b) 어떤 때는 기존의 운문 리듬이 섞이는 것을 배제하지 않은 채 산문 리듬이 지배적이기도 하다.

(c) 또 어떤 때는 운문 리듬이 지배적인데, 심지어 고정된 운율을 지닌 음보가 여기저기 허용되는 것 같기도 하다.

(d) 어떤 때는 운율의 리듬을 가장하거나 깨트리기도 하는 새로운 조합의 형식을 띠기도 하면서 시의 리듬과 운율이 배타적으로 사용된다.

F.P.A.가 『사령탑』(*The Conning Tower*)에서 보여준 다음과 같은 패러디는 (a) 유형의 편리한 예를 제공한다.

### 『스푼 강 명시선집』

일리노이주, 피오리아, 1월 24일―이곳으로부터 남쪽으로 50마일 떨어진 일리노이 주 하바나 저지대의 수천 에이커의 농장을 보호하던 스푼 강 제방이 오늘 아침 터졌다.

스무 가구 이상의 가족들이 고지대로 대피했다. 하바나, 루이스톤 그리고 던컨 밀 마을이 고립되었다. 하바나 인근 존 힙스펠의 농장에서 스물네 마리의 소들이 익사한 것으로 보고되었다.
　　　　　　　　　　　　　　　　　　　　　　　　―연합뉴스 〈특보〉

에드거 리 매스터스는 나와
내 둑에 거주하던 사람들에 관한
많은 기사를 썼다.
그들 모두는, 언덕에 잠들어 있다.
허버트 마셜, 아멜리아 게릭, 이녹 던랩,
아이다 프릭키, 알프레드 모아, 아피볼드 하이비와 나머지 사람들.
그는 나에 대한 생각은 전혀 하지 않았다―

나 또한 잠들어 있을 것이라는 생각 말고는.
내 생각에 언덕 위의 그 사람들은
유명해졌다.
하지만 누구도 나에 대해서는 쓰지 않는다.
알다시피 나는 그저 강일 뿐이다,
하지만 내게도 자존심은 있다,
그래서 일월 어느 날 나는 내 둑을 범람했다.
매스터스 씨, 그건 대단한 범람은 아니었지만
그 범람이 나를 신문 일 면에 그리고
연합기사의 마지막 특보에도
나게 해주었지.

Peoria, Ill., Jan. 24. —The Spoon River levee, which protected thousands of acres of farm land below Havana, Ill., fifty-five miles south of here, broke this morning.

A score or more of families fled to higher ground. The towns of Havana, Lewiston and Duncan Mills are isolated. Two dozen head of cattle are reported drowned on the farm of John Himpshell, near Havana.

—Associated Press dispatch

Edgar Lee Masters wrote a lot of things
About me and the people who
Inhabited my banks.
All of them, all are sleeping on the hill.
Herbert Marshall, Amelia Garrick, Enoch Dunlap,
Ida Frickey, Alfred Moir, Archibald Highbie and the rest.
Me he gave no thought to—
Unless, perhaps, to think that I, too, was asleep.
Those people on the hill, I thought,
Have grown famous;

But nobody writes about me.
I was only a river, you know,
But I had my pride,
So one January day I overflowed my banks;
It wasn't much of a flood, Mr. Masters,
But it put me on the front page
And in the late dispatches
Of the Associated Press.

피오리아에서 온 연합기사의 특보에서 인용된 말은 리듬을 갖춘 패턴은 전혀 없는 것으로 오로지 사실을 정확하게 전달하는 데 바쳐진 순수한 산문이라는 것은 명백하다. 그리고 그것은 다음과 같은 네 번째 행이 나타나기 전까지는 강에 관한 상상의 말과 함께 있다.

그들 모두는, 언덕에 잠들어 있다.

All of them, all are sleeping on the hill,

우리는 여기서 시의 리듬 (심지어 운율도) 포착하고, F.P.A는 매스터스 씨가 강력한 리듬과 심지어 운율을 가진 행을 한 구절 속으로 소개하는 방식을 모방하고 있다. 그렇지 않았더라면 시간 간극을 지닌 그저 밋밋한 "산문적"인 구절에 그치고 말았을 것이다. 하지만 "자유시"는 이처럼 사실적 진술과 어울리는 아무런 "형식 없는" 구조 외에도 영국 산문의 다른 많은 리듬도 채택한다. 자유시는 어떤 사실이나 일반화를 집약적으로 보여주는 경구 같은 깔끔하고 세련된 문장을 재생산하기도 한다. 다시 말해 고양된 감정으로부터 나온 더 정서적이고 "감동적인" 시기를 거쳐 마침내 솔직하게 모방하는 동시에 장식 기능을 하는 운율까지 지닌 채 묘사의 특성과 고도의 열정까지 담은 산문에 이르기까지. 시드니 레니에의 『시의 요 강』(*Poem Outlines*)—사후 유작으로 출간된 이 책은 "봉투의 뒷면에, 음악회 프로그램의 가장자리에, 혹은 작은 종이쪽지에 연필로 메모된" 시에 대한 간략한 해설들을 모아놓은 것이다—에서 몇몇 실례를 찾아보자.

미국은 이백 년 만에 에머슨을 마녀 소각로에서 꺼냈다.

The United States in two hundred years has made Emerson out of a witch-burner.

이것은 아주 세련된 생생한 묘사다. 마찬가지로 생생하긴 하지만 훨씬 더 열정적인 문장이 있다. 딱딱 끊어지는 리듬과 두운법을 통해 분노를 강조하는 다음과 같은 문장이다.

정치가들에게

당신들은 종복이다. 당신들의 생각은 모든 냄비에서 팁을 긁어내려는 요리사들의 생각이며, 당신들의 논쟁은 그 안에 가장 많은 음식이 남은 솥을 설거지하는 특권을 두고 싸우는 접시닦이들의 논쟁이며, 당신들의 위원회라는 것은 음험한 층계참에 자리하고 있으며, 당신들의 싸움은 부엌의 싸움이다.

To the Politicians

You are servants. Your thoughts are the thoughts of cooks curious to skim perquisites from every pan, your quarrels are the quarrels of scullions who fight for the privilege of cleaning the pot with most leavings in it, your committees sit upon the landings of back-stairs, and your quarrels are the quarrels of kitchens.

하지만 『늪지 찬가』의 초고임이 분명해 보이는 다음 문장에서 레니어는 마치 기도서를 쓰기라도 하듯 강력한 리듬과 몹시 강조하는 유형의 산문을 택한다.

바람의 경로와 그로 인한 변화, 구름이 흘러가는 방향. 그리고 멀리 떨어진 곳에서 벌어지는 일, 환하게 다 드러난 태양의 얼굴, 끝에서 끝까지 활처럼 흰 은하수, 그리고 작고 작은 꽃발 게의 삶, 늪지대 암탉의 가솔들, 게다가 마치 불결함이 하늘을 낳듯 검은 늪지가 초록색 풀잎으로 스며드는 것, 바로 이것이 인간이 늪에서 목도하는 것이다.

The courses of the wind, and the shifts thereof, as also what way the clouds go; and that which is happening a long way off; and the full face of the sun; and the bow of the Milky Way from end to end; as also the small, the life of the fiddler-crab, and the household of the marsh-hen; and more, the translation of black ooze into green blade of marsh-grass, which is as if filth bred heaven: This a man seeth upon the marsh.

늪에 대한 이 광시곡에서 리듬은 순수하게 두드러지지만 눈에 띄는 운율적 구조는 존재하지 않는다. 하지만 말의 측대보[7]를 모방하는 상징적 묘사 속에서 규칙적인 운율의 요소가 드러난다.

매일매일의 의무라는 굴레 주위를
빙글빙글 돌며 뛰어다니다가,
서커스의 기수, 인간이, 죽음이라는 종이굴렁쇠를 훌쩍 도약하네,
아, 그대 죽음을 너머 지금과 똑같은 느린 측대보로 가벼이 뛰어오르라 삶이라는 푹신한 말이여.

Ambling, ambling round the ring,

---

7    말이 같은 쪽 앞 뒷발을 동시에 들어 걷는 걸음. ─옮긴이 주

Round the ring of daily duty,

Leap, Circus—rider, man, through the paper hoop of death,

—Ah, lightest thou, beyond death, on this same slow—ambling,

padded horse of life.

그리고 마지막으로 다음과 같은 단편적인 문장에서 레니어는 "영시"의 규칙적인 운율을 사용한다. 대단히 불규칙적인 3행에서도 마찬가지다.

그러더니
부드러운 바이올린이 플루트와 짝을 이뤄
둘이 함께 조화의 숲으로 날아갔다,
두 마리 비둘기 같은 가락들이.

And then

A gentle violin mated with the flute,

And both flew off into a wood of harmony,

Two doves of tone.

언어를 사용하는 예술가가 처음 떠오르는 생각과 이미지를 기록하면서 본능적으로 시와 산문이 모호하게 섞인 언어를 사용할 수 있다는 것은 명백하다. 소로와 에머슨의 사적인 일기에서 보이는 많은 과장된 산문이 그러한 것처럼. 적당하게 공을 들이면, 이 문장은 좀 더 위대한 예술가의 손에서 대체로 명백한 산문 아니면 명백한 시 둘 중의 하나가 된다. 하지만 내 생각에 어떤 시인들에게 새롭고 혼종적인 아름다움에 도달하려는 노력과 동시에 그것을 섞도록 강요하는 또 다른 예술적 본능이 존재하는 것 같다.[8]

---

8   최근 시에 대한 예들은 이 장의 "주석과 예시"에 제시되어 있다.

다음과 같은 "b"유형, 즉 산문 리듬이 지배적인 가운데 약간의 시의 리듬이 섞인 예를 보자.

밤새 나는 머리 위에서 발자국 소리를 듣는다.
왔다 갔다 한다. 밤새 그들은 왔다 갔다 한다.
네 걸음에 한 번 영원을 오고 네 걸음에 한 번 영원을 간다,
그리고 오고 가는 그 사이에 침묵과 밤과 무한이 존재한다.

한 감방의 9피트는 무한하고, 노란 벽돌 벽과 붉은 쇠 가로대 사이를
오가는 그의 행진은 끝이 없다. 변할 수도 없고 가둘 수도 없지만
햇살비치는 세계 저 멀리서 확고한 목표를 찾아
거친 순례 속에 헤매는 것들을 생각하면서 오가는 그 행진.
불면의 밤 내내 나는 내 머리 위의 발자국 소리를 듣는다.
누가 걸어 다니는가? 나는 모른다. 감옥의 유령, 잠 못 드는
머리, 어떤 인간, 그 사내, 그 배회자.
하나-둘-셋-넷. 네 걸음 그리고 벽.

I hear footsteps over my head all night.
They come and go. Again they come and again they go all night.
They come one eternity in four paces and they go one eternity in four
paces, and between the coming and the going there is Silence and Night
and the Infinite.
For infinite are the nine feet of a prison cell, and endless is the
march of him who walks between the yellow brick wall and the red iron
gate, thinking things that cannot be chained and cannot be locked, but
that wander far away in the sunlit world, in their wild pilgrimage
after destined goals.
Throughout the restless night I hear the footsteps over my head.
Who walks? I do not know. It is the phantom of the jail, the sleepless
brain, a man, the man, the Walker.

One−two−three−four; four paces and the wall.[9]

아니면 다음의 예를 보자.

예루살렘이 한 줌의 재들이 바람에 날려 사라진다,

그늘진 한밤 십자군 부대가 동이 트는 동시에 달아나고,

아마디스, 탄크레드가 완전히 사라지고, 샤를마뉴, 롤랑, 올리비에도 사라졌다,

괴물 팔메린도 떠나고, 물에서 반영되던 운제[10]도 사라지고,

아서도 멀린과 랜슬롯, 갤러해드와 자신의 모든 기사들과 함께 사라져 보이지 않고,

모두 떠났다, 증기처럼 완전히 사라졌다.

한때 그렇게 당당하던 세계가 사라졌다! 사라졌다! 완전히 사라졌다! 이제 텅 빈 생기 없는 유령의 세계가

화려하게 치장된 이국적인 세계가, 온갖 화려한 전설과 신화와

왕들과 거대한 성채들과 사제들과 전사 같은 군주들과 우아한 귀부인들을 지닌 세계가

그 납골당 속으로 사라졌다, 왕관과 갑옷으로 안장된 채

셰익스피어의 진홍빛 페이지 속에 그려지고

테니슨의 달콤하고 슬픈 각운에 의해 애도되면서.


Jerusalem a handful of ashes blown by the wind, extinct,

The Crusaders' streams of shadowy midnight troops sped with the sunrise,

Amadis, Tancred, utterly gone, Charlemagne, Roland, Oliver gone,

Palmerin, ogre, departed, vanish'd the turrets that Usk from its waters reflected,

Arthur vanish'd with all his knights, Merlin and Lancelot and Galahad,

---

9   From Giovanitti's "The Walker."

10   성 공격용 이동 사다리 ─ 옮긴이 주

all gone, dissolv'd utterly like an exhalation;

Pass'd! Pass'd! for us, forever pass'd, that once so mighty world, now

void, inanimate, phantom world,

Embroider'd, dazzling, foreign world, with all its gorgeous legends,

myths,

Its kings and castles proud, its priests and warlike lords and courtly

dames,

Pass'd to its charnel vault, coffin'd with crown and armor on,

Blazon'd with Shakspere's purple page,

And dirged by Tennyson's sweet sad rhyme.[11]

자 이제 "c" 유형─시의 리듬이 지배적인 가운데 가끔 운율을 지닌 음보로 강조하는─의 예를 보자.

옛 해전을 들어보겠는가?

누가 달빛과 별빛으로 승리했는지를 알고 싶은가?

긴 이야기를 들으라, 선원이었던 내 할머니의 아버지가 내게 말해주었던 것처럼.

분명코 우리의 적은 자신의 배에 슬그머니 숨는 자들은 아니었다, (그가 말했지요,)

그의 배짱은 분명 영국인의 배짱이었고, 그보다 더 강하고 진실한 존재는 없고,

그때도 없었으며, 앞으로도 그럴 것이오.

나지막한 저녁을 따라 그는 끔찍하게 우리들을 훑으며 왔다오.

Would you hear of an old-time sea-fight?

---

11   Whitman, "Song of the Exposition."

Would you learn who won by the light of the moon and stars?
List to the yarn, as my grandmother's father the sailor told it to me.

Our foe was no skulk in his ship I tell you, (said he,)
His was the surly English pluck, and there is no tougher or truer, and
never was, and never will be;
  Along the lower'd eve he came horribly raking us.

* * * * * * * *

우리의 프리깃함은 화재가 나고,
상대방이 우리가 관용을 원하는가 물었지?
우리의 깃발이 부서지고 전투가 끝나면?

나는 이제 만족하며 웃는다네, 내 작은 선장의 목소리를 들을 수 있으니,
  그는 차분하게 외쳤다네, 우리는 공격하지 않았고 우리는 이제 막 전쟁에
서 우리의 몫을 시작했을 뿐이라고.

Our frigate takes fire,
  The other asks if we demand quarter?
  If our colors are struck and the fighting done?

Now I laugh content, for I hear the voice of my little captain,
  We have not struck, he composedly cries, we have just begun our part
  of the fighting.

* * * * * * *

펌프 하나가 맞아 날아가고, 우리는 침몰 중이라고 모두 생각했지.

자그마한 선장은 차분하게 서서

겁먹지도 않았지, 그의 목소리 높지도 낮지도 않고
그의 눈동자는 전투용 등불보다 더 빛났지.
열두 시쯤 향해 가자 달빛 속에 그들은 우리에게 항복했지.

One of the pumps has been shot away, it is generally thought we are sinking.

Serene stands the little captain,
He is not hurried, his voice is neither high nor low,
His eyes give more light to us than our battle-lanterns.
Toward twelve there in the beams of the moon they surrender to us.[12]

최근에 출간된 "프랑스 혁명"에 관한 시에서 윌리엄 블레이크가 바스티유 감옥을 묘사한 것을 보자.

저 해자를 두른 검은 성이 공포에 떠는 파리를 지키고 있는 게 보이는가?
가라, 가서 이렇게 명령하라. "바스티유여, 떠나라! 너의 어두운 길을 취하라.
검은 강을 넘어, 그대 끔찍한 탑이여, 십 마일 떨어진 시골로 가라.
그대 검은 남쪽의 감옥이여, 어둑한 길을 따라 베르사이유로 가라.
그곳에서 정원에 눈살을 찌푸리라―만약 그 명령에 따라 떠난다면, 왕은
전쟁의 기운을 뿜어대는 군대를 해산하리라. 하지만 만약 거부한다면, 의회가 알게 하라,
이 공포의 군대가 웅얼거리는 왕국의 무리임을."

난파당한 영혼이 아침을 그리워하면 탄식할 때 검은 파도 위로 솟아오르는 샛별처럼
침묵하는 행렬을 가로질러 그 대사는 의회로 돌아가 환영받지 못하는 전

---

12  Whitman. "Song of Myself."

언을 전했다.

　그들은 말없이 들었다. 그러더니 천둥이 크게 더 크게 울려 퍼졌다.

　옛 회랑의 기둥처럼, 먼 옛날의 폐허처럼 그들은 앉아 있었다,

　어둑한 기둥에서 나온 목소리처럼 미라보가 일어섰다. 천둥이 사라졌다.

　그가 환해질 때 그의 주변에 날개 달린 존재가 돌진하는 소리가 들리더니 큰 소리로 외쳤다.

　"장군은 어디 있는가?" 그 소리가 벽에 울렸다. "장군은 어디 있는가?"


Seest thou yonder dark castle, that moated around, keeps this city of
Paris in awe?
Go, command yonder tower, saying: "Bastille, depart! and take thy
shadowy course;
Overstep the dark river, thou terrible tower, and get thee up into the
country ten miles.
And thou black southern prison, move along the dusky road to Versailles;
there
Frown on the gardens—and, if it obey and depart, then the King will
disband
This war-breathing army; but, if it refuse, let the Nation's Assembly
thence learn
That this army of terrors, that prison of horrors, are the bands of the
murmuring kingdom."


Like the morning star arising above the black waves, when a shipwrecked
soul sighs for morning,
Thro' the ranks, silent, walk'd the Ambassador back to the Nation's
Assembly, and told
The unwelcome message. Silent they heard; then a thunder roll'd round
loud and louder;
Like pillars of ancient halls and ruins of times remote, they sat.

Like a voice from the dim pillars Mirabeau rose; the thunders subsided
away;
A rushing of wings around him was heard as he brighten'd, and cried out
aloud:
'Where is the General of the Nation?' The walls re-echo'd: 'Where is the
General of the Nation?'


자 이제 변칙적이거나 가장된 패턴 속에 전적으로 시의 리듬과 운율로
만 이루어진 "d"유형의 문장이 있다.


흐르지 않는 하늘 아래,
어둠으로부터 나온 어둠이 다시 똬리를 풀며 어두워져 가듯
녹색의 황량한 그 강이
넘실거리며 나른하게 비참하게 흘러간다.
그러나 낡은 골조 다리의 가로대 안팎으로
해골 가득하고 벌레에 갉아 먹히고 쥐들 가득한
케케묵은 추억이 가득한 죽은 호수에 세운 도시의 건물들에서처럼
우물쭈물 뚝뚝 끊기는 가락에 맞춰 중얼거리는
(한때는 오, 들리지 않는 내 마음의 음악이여!)
그토록 우울한 독백
그 독백은 마치 이 흘러가는 덧없는 세상을 황폐하게 하는
끝나지 않는 철저한 슬픔의 비밀을
시간과 변화 그리고 죽음의 공포를 말해주는 듯하다.


Under a stagnant sky,
Gloom out of gloom uncoiling into gloom,
The River, jaded and forlorn,
Welters and wanders wearily—wretchedly—on;
Yet in and out among the ribs

Of the old skeleton bridge, as in the piles

Of some dead lake-built city, full of skulls,

Worm-worn, rat-riddled, mouldy with memories,

Lingers to babble, to a broken tune

(Once, O the unvoiced music of my heart!)

So melancholy a soliloquy

It sounds as it might tell

The secret of the unending grief-in-grain,

The terror of Time and Change and Death,

That wastes this floating, transitory world.[13]


이건 또 어떤가.


사람들은 진흙 가득한 광활하고

고독한 초라스미엔 물결 위

나룻배를 본다. 거기에

콧김을 내뿜으며 긴장한

말 두 마리가 힘차게 수영하며

갈기에 단단하게 묶인

꼬인 밧줄로 나룻배를 견인한다. 선장은

소리를 치며 창을 흔들며

뱃머리에 서서 말들을 인도한다. 하지만 고물에는

긴 옷을 걸친 웅크린 상인들이

비단 꾸러미와 발삼향이 나는 액체와,

금과 상아,

터키석과 자수정,

벽옥과 옥수,

---

13  W. E. Henley, "To James McNeill Whistler."

그리고 우윳빛 줄이 나 있는 얼룩마노 같은 재산 옆에
창백하게 앉아 있다.
짐을 잔뜩 실은 보트는
노란 소용돌이 속에서 신음하며 빙빙 돈다.
신들이 그들을 보고 있다.

They see the ferry
On the broad, clay-laden
Lone Chorasmian stream;—thereon,
With snort and strain,
Two horses, strongly swimming, tow
The ferry-boat, with woven ropes
To either bow
Firm-harness'd by the mane; a chief,
With shout and shaken spear,
Stands at the prow, and guides them; but astern
The cowering merchants in long robes
Sit pale beside their wealth
Of silk-bales and of balsam-drops,
Of gold and ivory,
Of turquoise-earth and amethyst,
Jasper and chalcedony,
And milk-barr'd onyx-stones.
The loaded boat swings groaning
In the yellow eddies;
The Gods behold them.[14]

---

14  Arnold, "The Strayed Reveller."

## 5. 발견과 재발견

앞에서 예로 든 자유시의 네 가지 유형이 아주 명확한 장르적 차이에 의해 두드러진다고 말할 수는 없다. 그들은 서로서로 영향을 미친다. 하지만 모두는 리듬이 있는 산문 효과에 대한 공통의 민감함, 운율과 리듬의 제약에서 느끼는 공통의 불안, 그리고 산문 고유의 아름다운 진술을 시 고유의 아름다움과 분리시키는 관습적 장벽을 깨려는 공통의 노력에 기반하고 있다. 경계선을 지우고 한 예술 속에 이제까지 다른 예술의 독특한 특성이라 간주되었던 것을 확보하려는 이 같은 노력 속에 자유시는 오늘날의 예술적 노력을 특징짓는 널리 퍼진 "장르 융합"의 한 사례일 뿐이다. 고전주의자라면 이 같은 철저한 가치의 혼합은 비난할 수 있다.[15]

어떤 이는 이디스 와이엇을 따라 영시의 전통적 방식이 진정한 예술가들에게는 억압이 아니라 오히려 해방이라고 정당하게 주장할 수도 있을 것이다. 이디스 와이엇은 "시에서 모든 개별적, 현실적 표현이 뚜렷하게 존재하는 음악적 구분, 모음운의 말 그림자, 조화, 함축, 그리고 규칙적인 시간의 일정한 박자, 관현악단의 지휘자가 휘두르는 지휘봉처럼 무의식적으로 인식되지만 정확한 박자 등등에 의해서 무효화된다는 생각은 잘못된 것이다"라고 말한다. "독자들에게, 그리고 모든 언어의 어감적 특성을 내재화된 가치로 지니고 있는 작가들에게 이와 같은 시의 특성은 옥죄는 속박이 아니라 진리를 소통하기 위한 위대한 해방으로 기능한다."[16] 하지만 자유시를 쓰는 많은 시인들은 이렇게 대답할 것이다. 이것은 이론화의 문제가 아니라 개별적 선호도의 문제이며, 새로운 감정의 양식과 새로운 미

---

15   Irving Babbitt, *The New Laokoon*. Houghton Mifflin Company, 1910.을 참고.
16   *New Republic*, August 24, 1918.

의 양상을 전달하려는 노력 속에서 그들은 새로운 형식을 사용할 권리가 있다. 비록 그 새로운 형식들이 낡은 형식의 난파선으로부터 조합한 것이라 할지라도 말이다. 자유롭게 실험할 수 있다는 이 같은 주장에는 반박의 여지가 없다. 그러나 그 주장이 유용한지 아닌지는 확보된 결과에 달려 있다. 내가 보기에 자유시가 이따금 아주 사랑스럽게 활짝 피어나는 혼종의 결과물을 만들어내는 데 성공한다는 사실은 버뱅크 씨가 꽃과 과일을 가지고 보여주는 마술의 기교처럼 의심할 여지가 없는 것 같다. 하지만 미소 짓는 자연이라는 숙녀가 "버뱅크 마술"에 냉혹한 한계를 부가한다. 그녀는 딱 그 정도까지는 허용할 뿐 그 이상은 아니다. 기형의 자유시는 기형의 식물과 동물과 마찬가지로 불모성이라는 처벌을 받는다. "이미지" 시의 몇몇 패턴은 독특하고도 난해하게 아름다운 면을 보인다. 전적으로 시도 산문도 아닌 각각의 장르에 독특한 미적 요소를 차용한 수단을 통해 쓴 그 시들은 나름의 존재 이유가 있다. 그럼에도 불구하고 그들은 비옥하지는 않다는 것이 입증되었다. 그 시들은 "어떤 매체를 유용한 정도를 넘어 밀고나가는 것"을 통해 생산되었을 것이다.

나아가 오늘날 상당히 많은 자유시가 표현의 원천에 대하여 제대로 구사할 능력을 지니지 못한 사람들에 의해 쓰이고 있다는 사실도 인정하지 않을 수 없다. 맥스 이스트맨(Max Eastman)은 그런 자유시를 "게으른 시", 즉 "태생적 나태함의 산물"이라고 부르기도 했다. 그는 다음과 같은 의미심장한 구분도 덧붙인다. "모든 예술에서 강렬한 감정과 강렬한 감정의 표현―이 강렬한 감정의 표현을 세상 사람들은 듣고 싶어 하는 것이다―을 혼동하는 것이야말로 미성숙한 이들이 보이는 경향이다." 셰익스피어, 밀턴, 키츠 등은 집중된, 강렬한 표현의 대가들이다. 그들의 시는 최상의 경우 오크나무처럼 조직적이다. 강렬한 일시적 즐거움으로 "신시"(New Verse)의 수천 페이지를 읽어온 우리들은 그 가운데 우리 기억에 각인되는 것은 거의 없다는 사실에 자주 놀라게 된다. 강렬한 감정은 무형식의 형식 속으로 들어갔지만 그 매체가 마치 압지처럼 그 감정을 빨아들여버렸다. 살아남기 위해 시는 유연해야만 한다, 즉 정서를 온전히 구현해야만 하는 것이지 정서를 해결하는 것이 아니다.

사라지기 쉽고 일시적인 감정의 유형들은 미사여구의 역사를 아는 사람이라면 누구도 부인할 수 없는 나름의 덧없는 아름다움을 지니고 있다. 신시의 상당 부분은 미사여구를 사용한다. 자의식적인 명료함, 오직 그 자체를 위해 단어와 구절 자체와 유쾌한 희롱, 새로운 가락과 굴곡의 탐구에 있어서만이 아니라 예전 시인들이 오래전에 발견했던 것을 재발견하고 패러디하는 데서 느끼는 순진한 즐거움이라는 측면에서도 그러하다. 예를 들어 폴 포트와 에이미 로웰이 발표하고 예를 들어 보여준 "다성적 산문"(Polyphonic prose)은 시의 온갖 "목소리"들－운율, 자유시, 모음운, 두운, 각운－을 활용한 산문이다. 로웰은 『캔 그랜데 성』(Can Grande's Castle)의 서문에서 이렇게 말한 바 있다.

운율이 있는 시는 한 체계의 법칙을 지니고 있으며, 다른 시는 가락이 있는 시다. "다성적 산문"은 부조화하다는 생각도 없이 같은 시에서 이 두 시를 오갈 수 있다…… 따라서 나는 내 자신의 형식은 길게 흐르는 웅변적 산문의 운율에 기반을 두어야겠다고 결심했다. 운율에 허용된 그와 같은 변조는 두드러진 시간이 적당해 보이기만 한다면, 시인이 보다 손쉽게 자유시로 옮겨가거나 혹은 규칙적인 박자를 취하도록 해준다…… 각운은 풍성한 효과를 내고 어떤 구절의 음악적 감정을 고양하기 위해 사용되지만…… 각운이 운율의 끝에 와서는 안 된다…… "다성적 산문"으로 귀환하는 것은 통상 불규칙하게 그리고 다양한 단어들 속에 등장하면서도 여전히 모든 시에 필요불가결한 것이라고 내가 자주 언급했던 구형(spherical) 효과를 부여하는 지배적인 사고나 이미지의 재현을 통해 성취된다.

이 모든 장치는 각각 적어도 이소크라테스만큼이나 오래된 것이다. 유피우스(Euphues)와 그의 동료들이 엘리자베스 시대의 구절들을 기꺼이 주고받는 것은 바로 이런 유행 속에서이다. 하지만 드 퀸시(De Quincey)는 존 릴리(John Lyly)보다 훨씬 더 영리하게 다성적 산문의 다양한 가락을 바꿀 수 있었다. 만약 『캔 그랜데 성』에 나타난 세인트 마크(St. Mark)의 훌륭한 묘사를 읽고, 그 다음에 러스킨이 세인트 마크에 대해 한 묘사를 읽게 된다면, 그 독자는 빅토리아 시대에 다성적인 산문 편집이 그 비교에 의해 손상되지는 않는다는 사실을 알게 될 것이다.

그러나 초서가 아주 오래전에 기분 좋게 썼던 것처럼 "새로운 것 중에 낡지 않은 것이 없다."는 말은 모든 예술에 통용되는 진실이긴 하지만 예술은 항상 순수한 재발견을 통해 득을 얻는다는 것을 기억해야만 한다. 어떤 것이 실제로 새롭다기보다는 새롭게 보여야 한다는 점이 더욱 중요하며, 시도되지 않은 가능성들에 대한 신선한 생각, 아직 소유해야 할 땅이 많이 남아 있다는 감정이 우리 동시대인들에게 선구자의 영혼과 만족감을 부여해주고 있다. 얼마 안 되는 골동품이 낡은 지도 위에서 신시 스스로가 처음으로 탐험하고 있다고 믿는 강과 항구들의 흔적을 추적할 수 있다는 사실이 무슨 대수인가? 시는 골동품 수집 취미에 의해 생존하는 것이 아니라 모든 것은 창조적 상상력에 의해 새롭게 된다는 열정적인 확신에 의해 살아가는 것이다.

> 옛 조상들이 멈추었는가?
> 그들의 기력이 쇠하여 훈계를 끝내고 저 바다 너머 그곳에서 지쳤는가?
> 우리는 영원한 책무와 부담과 교훈을 넘겨받네,
> 오, 개척자들이여! 개척자들이여!

> Have the elder races halted?

Do they droop and end their lesson, wearied over there beyond the seas?

We take up the task eternal, and the burden and the lesson,

Pioneers! O pioneers!

제2부

서정시

오 귀 기울이라, 그대여, 전장의 나팔소리를!
분명한 승리, 은빛 조소!
오, 경청하라 어디서 메아리가 오는지.
잿빛 재앙의 아침 아래로,
웃음과 집결!

O hearken, love, the battle-horn!
The triumph clear, the silver scorn!
O hearken where the echoes bring.
Down the grey disastrous morn,
Laughter and rallying!

— 윌리엄 본 무디(William Vaughn Moody)

# 제7장

# 서정시의 영역

‘서정적’이라는 말은 압도하는 정서에 지배당한 채
강력한 조화를 이룬 리듬에 의해 자유로운 상태가 되어
단어를 음악적으로 발화하는 형식을 뜻할 수 있다.

'Lyrical,' it may be said, implies a form of musical utterance
in words governed by overmastering emotion and set free by a
powerfully concordant rhythm."

—어니스트 라이스(Ernest Rhys), 『서정시』(*Lyric Poetry*)

현대 예술의 상당 부분을 특징짓는 "장르의 혼합"은 시를 세 가지 중요
한 유형, 즉 서정시, 서사시, 그리고 극시로 분류했던 고대의 관점까지 지
워내지는 않았다. 아직까지도 이 구분은 그리스인들이 사용했던 그 구분
을 의미한다. 즉 "서정시"는 노래 부른 것, "서사시"는 이야기하는 것, "극
시"는 인물을 행동하게 하는 것이다. 이 세 종류의 시가 의도하는 일반적
목적에 따라 와츠-던튼이 의미 있게 논의했던 차이가 존재한다. 서정시
에서 작가는 자신을 완전히 드러내는 반면, "서사시"나 설화시에서 작가는

부분적으로만 드러날 뿐이며, 극시에서는 인물들 뒤에 숨어 있다. 와츠-던튼은 조금 다른 식으로 이렇게 말하기도 했다. 진정한 극작가는 시인 자신의 개인적 충동에 전혀 영향 받지 않는 "절대적인" 비전을 소유한 반면, 서정 시인의 비전은 "상대적"이며 그 자신의 상황과 기분에 영향을 받는다. 그에 따르면 순수한 서정 시인은 하나의 목소리만을 지니고 하나의 곡조로 노래한다. 서사 시인과 유사-극 시인은 하나의 목소리를 지니고 있지만 몇 가지의 곡조로 노래할 수 있는 반면, 진정한 극 시인은 세계에 대한 객관적이고 "절대적인" 비전을 지닌 채 여러 목소리로 온갖 곡조로 노래할 수 있다.

## 1. 대강의 분류

다양한 시의 종류의 역사적 기원에 관한 문제들, 즉 초기 찬송가들과 영웅 찬가와 서사시의 관계, 서사적 재료와 극에 사용된 방식의 관계 등과 같은 문제로 옮겨가면서 몇몇 질서 속에서 우리에게 익숙한 종류의 시들을 정렬하는 시도를 해보자. 우리가 와츠-던튼의 힌트를 따라서 마치 그것이 중심점인 것처럼 순수한 서정시와 더불어 노래 속에 자아의 표현으로부터 시작해보자. 셸리의 「나폴리 근처에서 낙담에 빠져 쓴 시」(Stanzas Written in Dejection near Naples), 콜리지의 「낙담 송시」(Ode to Dejection), 워즈워스의 「그녀는 인적 드문 곳에 살았다네」(She dwelt among the untrodden ways), 테니슨의 「철썩, 철썩」(Break, Break)이 훌륭한 예가 될 것이다. 이 시들은 주관적이며 개인적인 시이다. 이 시들이 그리는 비전은 시인의 실제 상황과 "관계 있다." 하지만 바이런의 「그리스 섬」(Isles of Greece)이나 테니슨의 「갤러해드 경」(Sir Galahad)과 같은 "극적 서정시"에서 시인의 비전은 그 자신에게가 아니라 전적으로 타인에게 몰두한다. 테니슨의

「고행자 시미온」(Simeon Stylites)이나 브라우닝의 「주교가 자신의 무덤을 세인트 프렉스 성당에 요구하다」(The Bishop orders his Tomb in St. Praxed's Church)와 같은 극적 독백에서 이야기하는 주체는 테니슨이나 브라우닝 자신이 아니라 객관적으로 보이는—테니슨과 브라우닝이 그 정도의 객관성을 지닐 수 있는 한—상상의 인물들이다. 그 다음 단계는 행동하는 인물들에 몰두하는 극이 될 것이다. 고도로 감수성 있는 서정 시인의 개인적이고 주관적인 세계가 아니라 한마디로 "사람들의 세계"가 극의 세계이다.

자, 이제 순수한 서정적 중심에서 또 다른 방향으로 나아가 보자. 「페트릭 스펜스 경」(Sir Patrick Spens) 같은 전통 발라드와 테니슨의 「복수」(The Revenge)나 콜리지의 「노수부」(Ancient Mariner) 같은 현대의 발라드에서 시인의 비전은 객관화되어 시인 자신의 주관적 정서라는 한계 외부의 사건과 대상들을 향하지 않는가? 테니슨의 「아서 왕의 죽음」(Morte d'Arthur), 아널드의 「소랍과 러스텀」(Sohrab and Rustum), 모리스의 「볼숭가 시구르트」(Sigurd the Volsung) 같은 현대 서사시, 그리고 「아이네이드」(Aeneid)와 「롤랑의 노래」(Song of Roland)에서 시인은 자신의 개성을 가능한 한 사건에 대한 객관적 서사 속에 몰아넣는다. 마찬가지로 현대의 서사 시인은 행동의 세계에서 평정의 세계로 방향을 돌리고 자신의 그림 속에서는 자연이 인간적 요소를 감싸고 압도하는 것으로 그려낸다. 키츠의 「가을에 부치는 송가」(Ode to Autumn)와 셸리의 「가을」(Autumn) 그리고 워즈워스의 「외로운 추수꾼」(Solitary Reaper)과 브라우닝의 「메인가 가는 곳」(Where the Mayne Glideth) 등과 같은 작품 속에서 우리는 시인들이 외적 장면이나 대상에 흡수되어 그것을 묘사하려고 애쓰는 것을 볼 수 있다. 타고난 서정 시인은 끊임없이 스스로를 드러내며 평정과 행동의 두 세계를 자신의 설레는 영혼의 색으로 가득 채우는 것이 사실이다. 그들은 자신이 이야기하는 세계나 그들이 그리는 그림 외부에 오롯하게 머물 수는 없다.

이런 까닭에 우리는 대단히 객관적인 극에서조차 "서정적" 구절에 대해서는 열정적인 시인 개인의 감성으로 채색된 구절이라고 말한다. 왜냐하면 노력을 한다 해도 그는 완전히 "절대적"일 수는 없기 때문이다. 그는 자신이 선호하는 인물을 창조해낼 것이며 그 인물들로 하여금 자신의 공상을 대변하게 할 것이다. 또한 그는 선호하는 환경들을 고안한 다음 그 환경들이 남녀 인간들에 대한 자신의 도덕적 판단과 인간적 삶에 대한 그 자신의 보편적 이론을 드러내도록 활용할 것이다.

## 2. 정의

"서정적"이라는 말의 의미가 자주 단순히 시의 형식이 아니라 시의 특성을 함의할 정도로 확대되었다는 점을 명심하면서 그 말의 원래 의미로 잠시 돌아가 보자. "현금"(lyre)에서 유래한 그 말은 처음에는 음악 반주를 위해 쓰인 노래를 의미했다, 이를 테면 핀다르(Pindar)의 송시 같은 것 말이다. 그러다가 이 같은 원래의 음악 반주를 암시하는 시를 의미하게 되었고, 그 뒤 보다 느슨하게 음악적 특성을 지닌 시, 그리고 최종적으로 순수한 개인적인 시를 의미하게 되었다.[1] "고전적 서정시 형식을 따르는 모든 노래, 모든 시, 작가의 기분과 감정을 음악이 떠오르게 하는 리듬에 담아 표현하는 모든 짧은 시들은 서정시로 간주될 수 있다."(리드, Reed) "서정시는 시인, 시인의 생각, 시인의 감정, 시인의 기분, 시인의 열정과 연관된다…… 서정시와 더불어 주관적 시가 시작된다."(셸링, Schelling) "서정시

---

[1]  이에 대한 정의는, John Erskine's *Elizabethan Lyric*, E. B. Heed's *English Lyrical Poetry*, Ernest Rhys's Lyric Poetry, F. E. Schelling's *The English Lyric*, John Drinkwater's *The Lyric*, C. E. Whitmore in Pub. Mod. Lang. Ass., December, 1918. 참고.

의 특징은 그것이 다른 에너지와는 상관없는 순수한 시적 에너지의 산물이라는 것이다."(드링크워터, Drinkwater) 이런 것들이 최근의 전형적인 정의이다. 팰그레이브(Francis T. Palgrave)는『영국 노래와 서정시의 황금보물』의 서문에서 서정시의 음악적 요소와 개인적 감정에 대한 강조는 제거한 채 문집 편집자들을 위해 상당히 유용한 것으로 입증되고 있는 작업 규칙을 제시하고 있다. 그는 "서정적"이라는 용어를 "각각의 시가 단일한 생각, 감정 혹은 환경에 관심을 돌리는 것을 함의하는" 것이라는 입장을 견지한다. 비평가인 셰허러(Edmond Scherer) 또한 훌륭한 정의를 제시했다. 그는 서정시란 "한 가지 상황이나 한 가지 욕망을 반영한다"고 언급했다. 키츠의「채프먼의 호메로스를 처음 읽고」(On first looking into Chapman's Homer)와 킹슬리(Charles Kingsley)의「일렁이는 횃불」(Airlie Beacon) 그리고 휘트먼의「오, 선장, 나의 선장」(O Captain! My Captain!)(Oxford Book of Verse, Nos. 634, 739 and 743) 같은 시들은 셰허러의 견해를 잘 예증해주고 있다.

## 3. 일반적 특징

서정시는 어떻게 정의되더라도 의심할 여지가 없는 확실한 일반적 특성이 있다. 서정적 "비전", 다시 말해 "단순하고 감각적이며 열정적인" 특성을 부여하는 독특한 경험, 사고, 항상 신선한 정서, 자아의식, 그리고 진심을 드러낸다는 특징이 있다.

서정 시인에게 모든 것은 새로워 보인다. 매번의 일출에 대해 그는 말한다. "첫 햇살은 얼마나 화창한가." 햄릿의 모친은 햄릿 부친의 죽음에 대해 "그건 흔한 일이라는 걸 너도 알잖니. 대체 그게 왜 그렇게 너한테는 특별해 보이는 것이냐?"라고 말한다. 하지만 서정적 기질의 사람들에게 모든 것은 "특별하다." 아무리 세월이 흘러도 새로운 경험에 대한 절묘한 그들의 인식이 변하지는 않는다. 그의 나이 일흔네 살에 쓴 "이른 봄"에 관한 테니슨의 시행들, 일흔두 살에 브라우닝이 쓴 「세월과 시간은 다시 오지 않네」(Never the Time and the Place), 괴테가 여든 무렵에 쓴 사랑의 서정시들, 이 모든 시들은 섬세하게 피어나는 사춘기의 특성을 담고 있다.

때로 이 신선함은 부분적으로는 그 시인이 속한 민족 문학이 발전하는 가운데 시인 자신이 차지하는 초기 위치 때문인 것처럼 보인다. 그는 자신의 특별한 주제에 대한 최초의 기회를 갖게 된 것이었다. 1250년경 한 무명의 시인이 오늘날 우리가 그 악보를 간직하고 있는 영국 최초의 서정시를 쓰기 전에도 무수한 봄들은 있었다.

> 봄이 왔네,
> 뻐꾸기여 큰 소리로 노래 부르라.

> Sumer is icumen in,
> Lhude sing cuccu.

하지만 지금도 독자가 상상 속에서 뻐꾸기의 노래 소리를 들을 때 그 말은 독자의 심금을 울린다.

> 멀고 먼 헤브리디스 제도 너머
> 바다의 침묵을 깨면서.

> Breaking the silence of the seas
> Beyond the farthest Hebrides.

혹은 서정 시인은 안정되고 딱딱한 형식의 시적 표현들이 갑자기 사라진 그런 시기에 운 좋게도 글을 쓸 행운이 있을 수도 있다. 어쩌면 그는 영국 낭만주의 부흥기의 워즈워스와 콜리지처럼, 혹은 1830년 프랑스의 빅토르 위고처럼 해방에 기여했을 수도 있다. 언어의 시적 가능성에 대한 새로운 인식은 상상적 비전 자체에 반응한다. 우리 시대에 자유시는 바로 이같은 시적 어휘가 원기를 회복하는 것과 새로운 분위기에 어울리는 새로운 구절과 운율로부터 혜택을 받았다. 때로 이례적인 철학적 통찰력이 그 통찰력을 소유한 시인에게 모든 것들을 새롭게 만들어준다. 그래서 "영원한 합일"이라는 에머슨의 비전 혹은 불멸성에 대한 브라우닝의 개념은 시가 쓰일 수 있는 바로 그 재료를 제공할 수 있다. 짧게 말하자면 사랑에 빠진다거나 아이를 낳거나 "개종"하는 등의 모든 새로운 경험은[2] 서정 시인에게 이제까지 인식되지 않았던 세속의 삶에 대한 황홀한 인식을 부여한다. "인간에 관해 말하자면, 그의 나날들은 풀과 같다. 들판의 한 송이 꽃처럼 그는 잘 자란다." 그것은 먼저 어떤 신선한 개인적 경험의 저 깊은 곳으로부터 나온 "서정시적 외침"이었다. 그것은 반복을 통해 진부해졌지만 많은 사람들은 친구의 장례식에서 읽혀지는 그 말을 경청하면서 자신의 깊은 상실감 속에서 마치 그 말을 처음 듣는 것처럼 보였다.

자기중심적 성향은 서정 시인의 또 다른 특징이다. "이 부류에 속하는 모든 시인의 정신이란 그에게는 '왕국'이며, 시인이 작으면 작을수록 그 왕국은 그에게 더욱더 커진다." 와츠-던튼의 말이다. 시인은 자신을 찬양한다. 오늘날 서정 시인은 그 어떤 다양한 물리적 감각도 하찮은 것으로 남겨두지 않는다. 그는 아침 목욕을 할 때 자신이 어떻게 느끼고 보았는지를 아주 정확하게 말한다. 러스킨이 한 유명한 장에서 분석하기도 했고[3] 오

---

2    William James, *The Varieties of Religious Experience*를 참고.
3    *Modern Painters*, vol. 3, chap. 12.

직 정신 자체에만 속하는 외부 세계의 특성들 탓이라고 보는 "감동의 오류"(pathetic fallacy)를 피하기는커녕, 서정 시인은 그 속에 빠져 있다. "낮은, 마치 우리의 영혼처럼 지독하게 어둡다."라고 가난한 이들의 시인 엘리엇(Elliott)은 노래했다. 햄릿은 가끔 충분히 서정적이 될 수도 있었지만 실제 그대로의 사물과 허약하고 우수 어린 자신에게 보이는 사물들을 구별하는 능력은 지니고 있었다는 점을 기억해야 한다. "이 멋진 틀인 대지는 내게 불모의 갑처럼 보이는구나. 너무나 훌륭한 지붕인 저 대기, 보라, 저 머리 위의 창공, 황금빛 불꽃이 일렁이는 이 장엄한 지붕, 아, 그것이 내게는 불결하고 역병 걸린 수증기들의 무리 꼭 그 모양이구나. 인간이란 어떤 존재란 말인가! 얼마나 고귀한 이성! 얼마나 무한한 재능!…… 그러나 내게는 이 먼지의 정수가 대체 뭐란 말인가?"

그럼에도 불구하고 이 서정적 자기중심 성향은 자신을 가족과 종족과 동일시하는 특정한 분위기도 풍긴다.

> 오 레벨스톤의 키스여,
> 그대 혈통의 슬픔이여!
>
> O Keith of Ravelstone,
> The sorrows of thy line!

학교와 대학의 교가는 실제로는 종족의 서정시인 경우가 흔하다. 한 가족의 죄와 벌을 다루는 그리스 비극의 코러스들, 「데보라의 노래」(The Song of Deborah)처럼 위대한 전투의 운명을 노래하는 헤브루의 서정시들은 아이스킬로스의 「페르시아인」(The Persians)처럼 한 종족의 영광이나 몰락을 포함시킬 정도로 공감대를 확장하는 경우도 많다. 한 국가 혹은 종족과의 이런 동일시 감정은 아무런 해가 되지 않으며, 오히려 서정시의 충동을 증

폭시킨다. 영국인들에 대한 앨프리드 노이스(Alfred Noyes)의 노래, 라틴 종족에 대한 단눈치오(Gabriele D'Annunzio)와 위고(Hugo)의 찬란한 송가, 키플링의 백인 찬미는 민족적 인종적 영감 때문에 서정적 특성을 전혀 잃지 않는다. "지브롤터"(Gibraltar)에 관한 윌프리드 블런트(Wilfrid Blunt)의 소네트를 보라.[4]

아, 이것이 그 명성 높은 바위로구나 헤라클레스와
고스와 무어가 우리에게 유산으로 물려준. 이 문에
영국이 초병처럼 서 있구나. 신이여! 들으소서 미풍에
실려오는 저 날카롭고 감미로운 파이프 소리를,
바위의 소환을 받고 대포의 꽹음이 그 붉은 외투를
보러 언덕에서 행진해 내려오는구나!

Ay, this is the famed rock which Hercules
And Goth and Moor bequeath'd us. At this door
England stands sentry. God! to hear the shrill
Sweet treble of her fifes upon the breeze,
And at the summons of the rock gun's roar
To see her red coats marching from the hill!

군가 유형의 이 애국적인 서정시들은 민족주의의 장벽이 붕괴됨에 따라 톨스토이가 마땅히 사라져야 한다고 믿고 있는 것처럼 사라질 운명인가? 아니면

한 공통의 사고와 기쁨의 물결이 도래하는 것과 더불어
인류를 다시 들어 올릴 것인가

---

4  *Oxford Book* of Verse, No. 821

One common wave of thought and joy,

Lifting mankind again

민족주의의 장벽 너머로? 물론 순수한 인본주의, 이타적 서정시의 유형이 이미 존재하는 것도 사실이다. 그런 시에서 시인은 본능적으로 "내 자신"보다는 "우리 인간"이라는 측면에서 사고한다. 이미 오래전에 억압당한 인간들 편에서 부당한 신들에 맞서 반역했던 "거신족" 시에 그 양상은 드러났다. 테니슨의 「연꽃 먹은 사람들」(Lotos-Eaters)는 이렇게 "부당한 대우를 받은 인류"의 도전적이거나 필사적인 외침의 현대적 울림인 것이다. 로버트 번즈의 노래들은 순전한 개인적 이기주의에서 가족과 부족, 나아가 향토, 그리고 스코틀랜드에 대한 열정을 넘어 마침내 그 자신을 향한 이 격렬한 시골뜨기의 애정이 다음과 같이 찬란한 곳까지 끝없이 확장되는 공감대의 영역을 드러낸다.

온 세상의 모든 인간이 서로
형제들이 되리라는 사실이
다가오고 있다.

It's comin' yet for a' that,

That man to man the world o'er

Shall brithers be for a' that.

서정시 분위기의 또 다른 일반적 특징은 강조할 필요가 있다. 그것은 다름 아닌 진심어린 마음이다.

서정시가 용솟음치고,
날개 달린 힘과 대기의 돌진

the lyric gush,
And the wing-power, and the rush
Of the air.

을 흉내 내기는 불가능하다.

남이나 흉내 내는 이류의 시인들이라면 진정한 서정 시인의 역할을 짐작할 수는 있겠지만, 누가 가르쳐주지 않으면 그 역할을 제대로 수행할 수 없다. 사포, 번즈. 괴테, 하이네 같은 타고난 서정 시인들은 "마치 새가 노래하듯 노래한다." 서정 시인의 기질과 기교를 다루는 솜씨를 일단 타고나면, 그들이 울부짖는 사랑이나 그리움, 슬픔이나 애국심은 실제 상황이나 욕망으로부터 나오는 필연적 결과물이다. 때로 그들은 아이처럼 왜 우는지를 또렷하게 말해주지 않지만 아이처럼 "짐짓 그런 체" 하는지 아닌지는 쉽게 알아볼 수 있다.

## 4. 서정적 비전의 대상들

서정적 비전의 대상들 몇몇에 대해 보다 면밀하게 살펴보자. 다시 말해 서정적 정서를 불러일으키는 원천이나 재료들 말이다. 자주 인용되는 괴테가 한 구분이 아주 편리하다. 괴테는 시인의 비전은 자연, 인간 혹은 신을 향할 수 있다고 말했다.

먼저 자연에 관해 살펴보자. 서정시의 한 특징은 자연의 세세한 사항이나 독립된 대상을 명료하게 눈에 띄게 하며 재생산할 수 있다는 데 있다. 현대의 명상적 서정시가 그 능력을 제대로 입증하려면 단일한 사례로부터 철학적인 일반화를 끌어낼 수 있어야 한다. 에머슨의 「레도라꽃」(Rhodora)이나 워즈워스의 「작은 미나리아재비」(Small Celandine) 등이 그런 시들이다. 현대 서정시는 종종 전제들로부터 논리적이거나 유사-논리적인 추론을 시도하기도 한다. 브라우닝의 다음과 같은 유명한 예를 보자.

> 아침 일곱 시,
> 언덕엔 진주 같은 이슬들,
> 하늘엔 종달새 날고,
> 가시나무 위에는 달팽이,
> 하늘엔 하나님이 계시네.
> 온 세상 만물이 제대로구나!

> Morning's at seven;
> The hillside's dew-pearled;
> The lark's on the wing;
> The snail's on the thorn;
> God's in his Heaven −
> All's right with the world!

상상력에게 종합하고 해석하는 권리가 있다는 것을 부인할 수는 없지만, 그럼에도 불구하고 자연은 가장 통찰력이 부족한 사람들에게조차 기쁨을 불러일으키는 무수한 대상을 끝없이 제공한다. 자연은 서정 시인이 스스로 기쁨을 느끼지 못하면서도 일반화해야 한다고 주장하지는 않는다. 나방과 달팽이, 종달새, 데이지 꽃과 들쥐와 물새의 시적 가치, 즉 그것들이 인간에게 주는 흥미를 재빠르게 알아채는 눈에 포착되면 서정적 감정을 불러일으키기에 충분한 재료가 된다. 단일한 대상을 고립시키기를 좋아하는 낭만시인은 오늘날 몇몇 현상의 단일한 양상을 성공적으로 그려낸 이미지스트와 비교될 수 있다.

> 연녹색 물을 가르며 떨어지는

물고기의 그림자처럼 가벼운—

Light as the shadow of the fish
That falls through the pale green water —

요약하자면, 어떤 양상이건 "낭만적 떨림", 즉 사물들 속에 존재하는 빠르고 강렬한 인식을 줄 수 있다. 한 회화 비평가가 체이스(W. M. Chase)에 대해 했던 언급은 서정시의 형식을 사용하는 오늘날 수많은 이미지스트에게도 마찬가지로 훌륭하게 적용될 수 있다. "그에게 세상이란 그의 솜씨에 도전하는 아름다운 외양들이 전시된 것이다. 물고기의 반들반들한 표면, 혹은 매끄러운 과일의 꽃, 바람에 부드럽게 씻긴 시네코크의 모래언덕, 혹은 여인의 올리브 빛 아름다운 얼굴을 보는 것만으로도 그의 그림은 시작되기에 충분했다…… 그는 대상을 표면 가치로 취할 뿐 거기에다 명상과 기억된 감정으로부터 나오는 부드러움, 신비, 그리고 이해 같은 것을 투사하지 않았다…… 우리는 그에게서 멋진, 그대로 드러난 비전을 얻을 뿐 정신과 분위기로부터 나오는 뭔가 도움이 되는 장식물을 기대해서는 안 된다."[5]

요점은 이것이다. 이 "멋진, 그대로 드러난 비전"이 종종 한 편의 서정시로 충분하다는 것이다. 서사시가 그런 것처럼 세세한 사항을 길게 늘어뜨릴 여유가, 아널드의 「소럽과 러스텀」 혹은 키츠의 「세인트 아그네스 전야」(Eve of St. Agnes)에서 특징적으로 보이는 조화로운 이미지들을 풍성하게 축적할 여유가 없다.

영국의 낭만주의 시인들은 과학적 사실이 자연을 보는 시인의 관점에

---

[5] *The Nation*, November 2, 1916.

습격해 들어오는 것에 곤란을 느꼈다. 그들이 보기에 하늘에 뜬 굉장한 무지개는 과학적 지식이라는 저주로 인해 "평범한 것들에 대한 따분한 목록"으로 들어가 버릴 수도 있다. 하지만 워즈워스는 현명해서 그렇게 생각하지만은 않았다. 그는 과학적 사실이 정서화된다면 여전히 시적 재료로 사용될 수 있다고 보았다. 사실은 진실로 바뀔 수 있다. 테니슨 서정주의의 어떤 양상도 그가 당시 최신 과학의 지식을, 예를 들어 지질학, 화학, 천문학 등을 끊임없이 활용한다는 사실보다 흥미롭지는 않다. 그는 사실을 음악에 맞췄다. 불멸성에 관한 유진 리-해밀턴의 통렬한 소네트는 서정 시인이 과학적 사실—그것이 적절하고 감정에 의해 풍성해지기만 한다면—속에서 재료를 쉽게 찾을 수 있다는 점을 예증해준다.[6]

서정시가 어디에서나 자연에 있는 "사실 그대로 비전"을 인간화하는 경향을 보이기는 하지만, 서정시가 가장 개인화된 시의 양식으로 인간 삶의 비전에 대한 무한한 다양성을 드러내는 것 또한 명백하다. 서정시는 인간 정서의 이런 저런 양상을 해석하려는 시도를 하기 때문에 어떤 시선집이라도 광범위한 관찰, 복잡한 상황과 욕망들, 끊임없는 어조의 변화를 보여줄 수 있을 것이다. 예를 들어 엘리자베스 시대의 연애시를 보자. 여기 한 인간의 열정이 있다. 그 열정을 우리 문학의 한 짧은 시대에 보였던 서정적 형식과 분위기에 담아 표현하려고 한다. 하지만 개인마다 강조하려는 것은 얼마나 다양하며, 정신과 상상력은 얼마나 만화경 같은 변화를 보여주며, 서정적 아름다움은 또 얼마나 광범위한가! 혹은 실러와 번즈의 서정시에서 표현된 것 같은, 혁명적 시와 낭만주의 시를 관통하며 깊고 탁하게 흐르며, 20세기의 시 흐름 속에서 어쩌면 그 어느 때보다 더 강렬한 색깔을 드러내는 보다 광범위한 인간성에 대한 관심을 표현하는 열정을 예로

---

6   8장, 섹션 7에서 인용.

들어보라. 보다 광범위한 친족의식 속에, 지구상 모든 민족의 운명과 혈통이 하나라는 이제 막 깨어나는 인식 속에 흡수된 채 자의식은 사라진 그런 유형의 서정적 정서가 바로 여기 존재한다.

서정적 비전을 가장 순수하게 나타내는 유형은 괴테의 3부작 중 세 번째 말에 나타나 있다. 그것은 신의 비전이다. 여기에는 그 어떤 물리적 사실도 끼어들거나 방해하지 않는다. 여기서 사고는, 만약 그 사고가 완벽한 것이라면, 전적으로 정서가 된다. 유대 서정 시인과 단테에게서 보이는 것과 같은 이 초월적 비전은 그 자체로 경배이며, 따라서 지난 세대 영국 시인들 사이에 최고의 예술가가 외치는 서정적 외침은 옛 외침의 메아리일 뿐이다.

그대의 이름이 성스럽게 되기를 — 할렐루야!

Hallowed be Thy Name — Hallelujah!

테니슨조차 그 신성한 외침을 새로운 구절로 써낼 수 없다면 대부분의 송시 작가들이 실패하는 것도 놀랄 일이 아니다. 그들은 아주 어렵게 표현할 수밖에 없는 것을 관습화된 종교 용어로 그리고 "장단 운율"로, 무의식적인 시편의 예술이나 혹은 「모래톱을 건너며」(Crossing the Bar) 혹은 「퇴장송」(the Recessional) 같은 일련의 비유를 통해 표현하려고 애쓰고 있는 것이다. 중세 라틴 송시들은 로마 제국의 언어로 초월적 주제, 열정적 정서를 표현했다. 단순한 아이디어를 선택하고 내용은 지나치게 규정하지 않으면서 휘티어가 그랬던 것처럼 보다 부드럽게 인간과 연관이 되는 말, 갈구와 위안의 구절로 그것들을 표현할 때 현대의 열렬한 신도들은 가장 성공적인 찬송가를 보여준다.

# 5. 서정적 상상력

서정 시인의 경험, 사고, 그리고 정서에 의해 치장된 재료는 단순하고 자발적으로 작동하는 상상력에 의해 재구성된다. 서정 시인은 타고나는 것이지 만들어지는 것이 아니며, 그는 실제 세계를 풍차와 봉사하는 여인들이 있는 돈키호테 같은 그 자신의 세계로 변화시키지 않을 수가 없다. 때로 그의 상상력은 현실의 한 가지 특성 혹은 양상에 사로잡혀 그 결과 드러나는 비유는 그 어떤 논리보다 진실해 보인다.

> 죽음이 그 얼음장 같은 손을 왕들에게 내렸구나.
>
> Death lays his icy hand on Kings.
>
> 나는 한 조각 구름처럼 외로이 헤매노라.
>
> I wandered lonely as a cloud.

때로 그의 상상력은 한 대상의 다양한 양상들을 혼합해 종합적인 효과를 만들어내기도 한다.

> 하루의 백합은
> 5월이면 훨씬 더 아름답구나,
> 그날 밤 떨어져 사라진다 해도.
> 백합은 빛의 식물이자 꽃이었다.
>
> A lily of a day
> Is fairer far in May,
> Although it fall and die that night;

It was the plant and flower of light.

서정적 정서가 항상 이미지를 포착하지는 않는다는 것도 사실이다. 대신 곧장 사실을 다룬다. 번즈의 시처럼.

> 우리가 그토록 친절하게 만난 적이 없다면,
> 우리가 그토록 맹목적으로 사랑한 적이 없다면,
> 사랑한 적도 없고, 이별한 적도 없다면,
> 우리는 결코 상심하지 않았으련만.

> If we ne'er had met sae kindly,
> If we ne'er had loved sae blindly,
> Never loved, and never parted,
> We had ne'er been broken-hearted.

열정적 감정이 묵직하게 담겨 흐릿해진 서정적 분위기는 마치 대상들이 새벽이나 황혼의 빛을 통해 보이기나 하는 것처럼 대상을 이상화한다. 그것은 결코 한낮의 무미건조하고 명료한 햇살이 아니다.

> 그녀는 환희의 유령이었네.

> She was a phantom of delight.

> 그대의 영혼은 별과 같아서 멀리 거하며,
> 그대는 바다의 일렁임 같은 소리를 지녔구나,
> 구름 한 점 없는 말간 하늘처럼 순수한……

> Thy soul was like a star, and dwelt apart,
> Thou hadst a voice whose sound was like the sea,

Pure as the naked heavens….

이러한 이상화는 종종 대상을 과장한다기보다는 단순화하는 것이다. 혼란스러운 세부 사항들은 벗겨내고, 모순된 사실들 또한 제거하여 비물질적인 것들이 혼란스럽게 뒤엉킨 속을 가로질러 영혼이 영혼에게 대답한다.

앞에서 이미 언급했던 것처럼 심리학자들은 상상력과 공상을 구분하려는 경향을 거의 보이지 않지만 서정시에서 피상적인 혹은 "공상적인" 닮음과 보다 심오한 "상상력을 통한" 유사성을 구분하는 것은 여전히 편리하다는 것은 진실로 남아 있다. 스테드맨은 노년에 종종 이렇게 말하곤 했다. 우리 시대의 젊은 서정 시인들은 음악성이 충분히 뛰어나고 공상적이긴 하지만 상상력 혹은 열정은 전혀 없다. 미국에 필요한 것은 얼마간 성숙한 남성적 시다, 라고 말이다. 엘리자베스 시대의 서정시를 특징짓던 언어를 다루는 솜씨와 풍성한 공상은 예기치 않은 통찰력 있는 상상력의 번뜩임과 잘 어울렸다. 이때 통찰력 있는 상상력이란 결국 보다 깊게 몰두하는 "공상"일 수 있다. 예를 들어 『폭풍』에 등장하는 익숙한 노래에서 우리는 그 세대가 기쁨을 느끼는 공상에서 나온 기발한 착상의 예가 되는 2, 3행이 그 연의 마지막 3, 4행이 보이는 순수하게 상상적인 아름다움을 손상시키지 않는다는 것을 보게 된다. 이 행들은 로마에 있는 셸리의 묘비석에 새겨져 있다.

> 다섯 길 깊이에 그대의 부친이 누워 계시지.
> 유골은 산호가 되었고,
> 그분의 눈동자들은 진주라네.
> 그분의 어떤 유해도 시들지 않고
> 바다가 주는 변화를 겪어

풍요롭고 신비한 것이 되었다네.

Full fathom five thy father lies;
Of his bones are coral made;
Those are pearls that were his eyes:
Nothing of him that doth fade
But doth suffer a sea−change
Into something rich and strange.

그처럼 호손의 이야기에 대한 대중들의 관심을 얻어냈던 것은 "공상"인
반면, 예술가로서 그의 자리를 굳건하게 해주고 있는 것은 그의 상상력이
다. 심오한 상상력을 발휘한 서정 시행은 소설가나 극작가의 상상력 풍부
한 인식처럼 시인의 동시대인들을 어리둥절하게 하거나 혐오감을 주기도
한다. 제프리(Jeffrey)는 워즈워스의 「의무 송」(Ode to Duty)에 담긴 탁월한
2행연구에서 아무런 의미도 발견하지 못했다.

그대는 과오로부터 별들을 지키고 있구나.
그러니 가장 오래된 하늘은 그대를 통하여
신선하고도 강렬하구나.

Thou dost preserve the stars from wrong;
And the most ancient heavens, through Thee, are
fresh and strong.

기이하게도 대서양 이쪽에서 그러한 시행을 본능적으로 이해할 것으로
기대되는 유일한 사람인 에머슨도 저 시행을 보고 제프리만큼이나 당황스
러워했다.

## 6. 서정적 표현

서정적 표현의 법칙을 공식화하는 것이 가능한가? 그레이는 다음과 같이 말했다. "나는 표현이라는 말로 단순히 단어의 선택만이 아니라 한 생각에 대한 전체적인 외관, 형식, 배열을 의미한다."[7] 보다 광범위한 의미에서 우리가 앞장에서 논의해온, 시가 존재하게 되는 이 세 층위 가운데 마지막 요소로 표현을 취하면서 우리는 서정시 형식의 어떤 일반적 법칙이 존재한다고 주장할 수도 있다.

그 가운데 하나는 간결성의 법칙이다. 서정적 가락을 아주 오래 유지하는 것은 불가능하다. 그럴 경우 황홀함이 고통으로 변한다. 포는 "시적 원칙"에 관한 논문에서 이렇게 쓰고 있다.

한 편의 시가 시라는 이름에 어울리는 가치를 획득하게 되는 것은 영혼을 고양시킴으로써 흥분시키는 정도 만큼이라는 사실은 말할 필요도 없다. 시의 가치는 영혼을 고양시키는 흥분의 정도에 놓여 있다. 하지만 모든 흥분은 심리적 필요성에 의해 순간적이다. 시가 그 이름으로 불릴 수 있는 자격을 부여하는 흥분의 정도는 장문의 글을 통해서는 유지될 수 있다. 기껏해야 30분 정도의 시간이 경과한 뒤에는 그 흥분이 사그라지며 흔들리고 사라지고 반감이 발생한다. 그렇게 되면 그 시는 사실상 실제로 더 이상 시라는 존재가 아니다."

호손의 『두 번 한 이야기』(*Twice-Told Tales*)에 관한 다른 글에서 포는 간결성의 법칙을 인상의 통일성 법칙과 연관시켜 강조한다. 미국 문학비평의 고전적 구절 가운데 하나다.

---

7   *Gray's Letters*, vol. 2, p. 333. (Gosse ed.)

만약 최상의 천재성이 그 능력을 가장 유리하게 드러내도록 발휘될 수 있는 방법에 대해 말해보라 요청받는 다면, 우리는 한 치의 주저함도 없이 한 시간 이내에 통독할 수 있는 각운을 갖춘 시를 창작하는 것이라고 말해야 한다. 이러한 한계 내에서만, 최고 수준에 이른 참된 시가 존재할 수 있다. 이 주제에 대하여 이렇게 말할 필요가 있다. 거의 모든 종류의 창작에 있어, 효과 또는 인상의 통일성이 가장 중요한 문제다. 분명한 것은, 한번 앉은 자리에서 정독을 끝낼 수 없는 저작물인 경우 완전한 통일성은 지켜질 수 없다. 산문은 그 자체의 특성 때문에 우리가 시를 읽을 때 인내할 수 있는 것보다 훨씬 더 오랫동안 계속 읽을 수 있다. 만약 어떤 시가 시적 감성이 요구하는 바를 진정으로 완전히 충족시킨다면, 한 편의 시를 통독하는 것은 정신의 고양을 가져온다. 그러나 그것은 오랫동안 지속될 수는 없다. 모든 고차원의 희열은 반드시 순간적이다. 따라서 긴 시(장시)는 역설이다. 그리고 인상의 통일성이 없다면, 가장 심오한 효과는 발생할 수 없다. 서사시는 예술에 대한 불완전한 생각의 소산이다. 따라서 서사시의 시대는 이제 끝났다. 반면 너무 짧은 시는 생생한 느낌을 일으킬 수 있을지 모르지만, 결코 강렬하고 지속적인 인상을 만들어내지 못한다. 어느 정도 효과의 지속성이 없다면, 어떤 효과가 어느 정도 기간을 갖고 반복되지 않는 다면, 영혼은 결코 깊은 감동을 받을 수 없다.

서정시의 간결성 법칙에 대한 그레이의 분석은 그림처럼 생생하지만 거의 알려져 있지 않다.

비상하는 공상, 고양된 표현, 그리고 조화로운 음을 지닌 진정한 서정시의 문체는 본질적으로 다른 모든 문체보다 우월하다. 서정시 문체가 길이가 긴 작품에서 태어날 수 없는 이유가 바로 그 때문이다. 우리의 눈은 우리가 끊임없이 주시하는 장면만을 참고 볼 수 있을 뿐이다. 푸른 초록의 들판과 숲, 바다 같은 하늘의 청아한 푸른빛은 하나의 눈부시게 번져가는 보석들로 변한다. 그러므로 서사시는 더 근엄한 색채의 문체를 취하며, 여기저기 있는 (그녀의 자매로부터 빌려온) 다이아몬드에만 집중한다. 서사시가 가장 잘 어울리는 곳이다…… (말도 안 되는 소리를 해도 된다면) 갑작스럽게 서정시의 간결성과 통일성의 법칙은 서로 떼려야 뗄 수 없다는 것은 분명하다. 훌륭한 서정시를 특징짓는 정서의 통일성은 극에서 말하는 행동의 통일성, 단편소설의 효과의 통일성에 상응하는 것이다. 팰그레이브가 "어떤 단일한 사고, 감정, 혹은 상황"을 강조하는 에세이에서 특히 강조했던 것이 바로 이것이다. 예를 들어 거의 완벽하게 쓰인 소네트들은 한 가지 생각에 지배된다. 이 생각은 8행연구가 6행연구로 진행됨에 따라 전복될 수도 있고 다른 시각에서 보일 수도 있으며 혹은 예상치 못한 방식으로 적용되기도 한다. 그러나 전체로 간주되는 한 편의 소네트가 담은 내용은 소네트 형식으로 통합돼 있어야만 한다. 그것은 다른 노래도 마찬가지다. 다양한 각운 장치, 연과 후렴구들이 그 열린 형식 속에 어떤 상황 혹은 욕망에 관한 단일한 정서적 반응을 결합시키는 데 도움을 준다.

와츠-던튼은 문법적 구조의 간결성 법칙 또한 존재한다는 점을 지적한다. 이 법칙을 무시하는 것은 재앙이 된다. 브라우닝과 셸리의 서정시는 명료함이 부족해서 종종 효율성을 망쳐놓았다. 서정시의 외침을 쉽게 알 수 없다면, 청자의 공감을 끌어낼 수 없다. 앵글로-색슨 시대 이래 영국인들은 수수께끼 시를 애호해왔다. 하지만 수수께끼를 푸는 지적인 만족감은 시가 주는 진정한 즐거움을 희생하는 대가를 치르고서야 얻을 수 있다. 다시 한 번 그레이를 인용하자. 그는 생각을 "순수하고 명료한 음악적 형식"으로 만들어내는 일의 어려움에 대해 확실한 인식을 하고 있었다.

---

8 *Gray's Letters*, vol. 2, p. 304. (Gosse ed.)

순수하고 명료한 음악적 표현에 대한 극단적 의식은 서정시가 지닌 장엄한 아름다움의 한 요소다. 나는 항상 이것을 목표로 하고 있지만 결코 성취할 수 없었다. 각운의 필요성은 이것을 성취하는 데 큰 걸림돌 가운데 하나다. 또 다른 더 강력한 장애는 첫 번째 생각을 대충 부주의하게 쓰려고 선택한 뒤 여기저기를 다듬어 편리하게 구성하는 것이다. 이러한 방법은 가능한 한 모든 고통을 쏟은 뒤에도 어딘가에 소홀함과 산만함을 남겨놓게 될 것이다. (그렇지만 않았더라면 아주 잘 써서 변화된 뒤 제자리에 잘 놓였을) 그 기본적인 사고는 그로 인해 종종 약해진다. 내가 말도 안 되는 소리를 하고 있는가? 아니라면 내 말을 이해하겠는가?[9]

자신의 시 이론에 오직 서정시만을, 그리고 자신이 아주 잘 알고 있는 제한적인 유형의 서정시만을 포함하는 포는 그보다 더 나간 서정시의 법칙이 있었다고 주장했다. 그것은 모호함 혹은 불명확함의 법칙이었다. 그는 자신의 「방주」(Marginalia)에서 이렇게 쓰고 있다. "불명확함은 진정한 음악, 진정한 음악적 표현의 요소라는 걸 안다. 음악적 표현에 어울리지 않는 결정을 내려서 아주 명확한 어조를 불어넣으면 그 즉시 진정한 음악은 영묘하고 이상적인 고유한 본질적 특성을 잃게 된다. 시에서 몽환적 사치를 버려야 한다. 시가 신비한 분위기에서 춤추는 일이 없도록 해야 한다. 진정한 음악적 표현에서 요정의 숨결을 남김없이 제거해야 한다. 그래야 그것은 촉감 할 수 있고 쉽게 이해 가능한 사상―즉 이 세상의 것이 된다."

이런 말은 마치 포가 자신의 실천을 옹호하는 것처럼 들리지만, 많은 시인과 비평가가 그와 동의하는 입장에 있다. 예를 들어 에드먼드 홈스(Edmond Holmes)는 정확하게 포의 의견과 입장이 같다. "거대하고 모호하며

---

9   *Gray's Letters*, vol. 2, p. 352. (Gosse ed.)

정의할 수 없는 감정의 표현인 시는 모호한 단어들―즉 거대한 함의와 많은 의미와 의미의 이면에 있는 그림자를 지닌 말―속에서 적절한 재료들을 찾는다. 이때 우리는 단어들이 시에 적합한가를 결정하기 위한 거의 확실한 테스트를 하게 된다. 무의식적으로 행하지만 진정한 시인이라면 그럼에도 불구하고 틀리지 않고 적용하는 그런 테스트 말이다. 엄밀성은 평범한 것을 향하는 것이건 혹은 기교적인 것을 향하는 것이건 항상 비시적(unpoetical)이다."[10] 이러한 원칙은 이미지스트들의 "언설의 단단함과 경제성" 이론, "정확한 단어"와는 정반대되는 것임을 알 수 있을 것이며, 또한 키플링이 우리 세대에게 큰 기쁨을 주었던 진영, 항적, 증기선과 정글 같은 고도로 기교적인 어휘를 배제할 것이다. 「매캔드루의 송가」(McAndrew's Hymn)에 보이는 화려한 생기발랄함을 공경하는 누구라도 비속어나 기관실에서 사용되는 전문용어에 불편함을 느끼지는 않을 것이다.

스테드맨의 『시의 본성과 요소들』(181~185쪽)의 매력적인 문장은 덧없음의 법칙을 다루고 있다. "지는 꽃들", "사라지는 대기들", "작년의 눈"들은 그 자체의 덧없음과 필멸성 속에 자주 찾게 되는 서정시적 가치가 있다. 돈 마르퀴스(Don Marquis)는 바로 이 덧없는 것들의 절묘한 호소에 대하여 「역설」이라는 한 편의 시를 썼다.

> 지속되는 것은 이 덧없음이다.
> 곧 사라지는 것들의 아름다움이 가장 큰 생명력을 지닌다.

> 'T is evanescence that endures;
> The loveliness that dies the soonest has the longest life.

---

10  *What is Poetry*, p. 77. London and New York, 1900.

하지만 우리는 서정적 아름다움의 원천을 너무 섬세하게 다루어 산문으로 분석될 수 없게 만들었다. 「로즈 에일머」(Rose Aylmer)를 읽거나 『십이야』에서 오시노 공작(Duke Orsino)이 한 말을 기억하는 것이 더 낫다.

> 충분해. 더 이상 필요 없어.
> 그건 이전만큼 그렇게 달콤하지 않아.
>
> Enough; no more:
> T is not so sweet now as it was before.

## 7. 표현과 충동

서정시의 충동과 연관된 서정시 표현에 관해 한마디 더 첨가하지 않을 수 없다. 그 누구도 갖춰진 서정시의 패턴 같은 것이 존재하는 체 하지는 않는다.

> "종족을 구성하는 예순 아홉 가지의 방법이 있지,
> 그 하나하나는 모두 옳아."
>
> "There are nine-and-sixty ways of constructing tribal lays,
> And every single one of them is right."

예를 들어 정확하게 일치하는 스탠스를 취하는 프로 골퍼들은 없다. 각자의 자세는 그 자신의 독특한 신체 구조와 근육이 움직이는 습관의 표현이고 결과다. 골프 선수 수만큼이나 많은 "스타일"이 존재하지만 각각은 "스타일", 즉 근육이 표현하는 경제성과 정확성 그리고 우아함을 추구하며, 결국 핵심은 "볼에 시선을 집중하고 팔로 스루" 하는 것이라고 모두 주장할 것이다. "그리고 그 하나하나는 다 옳다."

　이러한 비유를 서정시 구성에 적용해보자. 우리가 봐왔던 것처럼 서정시의 재료는 무한하게 다양하다. 서정시는 인식 가능한 모든 "영혼의 상태"를 표현한다. 그러므로 골프 선수의 "볼에 시선을 집중하고 팔로우 스루"하는 것과 일치하는 서정시에 대한 어떤 보편적 공식을 수립하는 것이 가능한가? 존 어스킨(John Erskine)은 엘리자베스 시대의 서정시를 다룬 자신의 저서에서 위험을 무릅쓰고 다음과 같은 격언을 시도한다. "스스로를 지적으로 표현하기 위해 서정적 정서는 우선 그 존재 이유를 재생산해야만 한다. 시인이 그리스 화병을 두고 황홀경을 느낀다면 스스로를 정당화하기 위해 그는 먼저 우리에게 그 화병을 보여주어야만 한다." 인정. 이보다 더 잘할 수 있겠는가? 어스킨은 대단히 암시적인 분석을 통해 그것을 시도한다. "포괄적으로 말해서, 모든 성공적인 서정시는 세 부분을 지니고 있다. 우선, 정서적 자극, 즉 그 노래가 생겨나는 대상, 상황, 혹은 생각이 주어진다. 둘째로, 그 정서는 최고의 수준까지 나아가 마침내 그 정서는 떨어져나가고 지적인 요소가 스스로를 주장하게 된다. 셋째, 그 정서는 마침내 하나의 사고, 정신적 결의 혹은 태도로 변형된다."[11]

　『황금보물』에서 독자가 무작위로 열두 편의 서정시를 뽑게 하고 서정시의 이 순차적인 사고의 배열이 얼마나 비슷하게 실천되는지를 살펴보자. 내 생각엔 평균적인 영국의 노래가 실제로 제공하는 것보다 그 비평가가 "지적인 요소"를 더 요구할 것 같은 인상을 받는다. 하지만 최소한 여기엔 서정시에서 우리가 무엇을 찾고자 하는지에 대한 명확한 진술은 존재한다. 그것은 서정적 충동이 특정한 질서정연한 시행 속에 서정적 표현을 어

---

11　*The Elizabethan Lyric*, p. 17.

떻게 형성해 넣는지를 보여준다.

　서정적 형식을 지배하는 대부분의 보다 편협한 교훈들은 이미 논의된 일반적 원칙을 따른다. 모든 이들이 인정하듯 서정적 어휘는 연구되거나 의식적으로 꾸며서는 안 된다. 자발성의 원칙을 위반하는 것이기 때문이다. 서정시는 고귀하게 종결될 수 있으며, 간결성에 비례하여 더 고귀해질 수 있다. 하지만 포와 베를렌(Verlaine) 같은 마법과도 같은 요술사의 영리한 말재주에는 위험이 따른다. 비유적 언어는 생생하고 비유적인 사고로부터만 솟아나야 한다. 그렇지 않으면 서정시는 언어의 기발함, 무기력, 상투성으로 전락하고 만다. 연의 법칙은 정서적 법칙을 따라야만 한다. 크라이슬러(Kreisler)의 연주자가 크라이슬러와 박자가 일치해야 하듯 말이다. 각운과 음색과 같은 모든 풍성한 장치들은 음악적 특성을 고양시켜야지 싫증나게 해서는 안 된다. 하지만 왜 이 뻔한 목록들을 이렇게 나열하는가? 진정한 서정시적 정서와 기교적 표현의 전문성을 조합하는 것은 실제로 아주 드물다. 괴테의 「모든 봉우리 위에 휴식이 깃들고」(Ueber alien Gipfeln ist Ruh)나 콜리지의 「쿠블라 칸」(Kubla Khan)은 기적과도 같은 작품이다. 하지만 전자는 한순간에 일필휘지로 쓰인 것이며 후자는 아편에 취해 잠든 몽롱함 속에서 썼다. 서정시는 가장 흔한 형식이지만 완벽함을 획득한 경우 진정한 유형의 시이다. 가장 이른 것인 동시에 가장 현대적이며, 가장 단순하면서도 정서적 연상의 법칙에 있어서는 아마 가장 복잡한 것일 것이다. 서정시가 이 모든 것인 까닭은 다른 어떤 유형의 시보다 서정시가 시인의 개성을 표현하기 때문이다.

## 제8장

# 서정시의 관계와 유형들

"우유배달부 여인. 그건 무엇에 관한 노래입니까? 혹시 '오라, 목동이여, 머리에 장식을 하고' 입니까? 아니면, '정오에 덜시나가 쉬고 있다' 입니까? 아니면 '필리다가 나를 비웃네' 입니까? 그도 아니면 '체비 체이스' 혹은 '자니 암스트롱' 아니면 '트로이 마을' 입니까?"

"Milk-Woman. What song was it, I pray? Was it 'Come, shepherds, deck your heads'? or, 'As at noon Dulcina rested'? or, 'Phillida flouts me'? or, 'Chevy Chase'? or, 'Johnny Armstrong'? or, 'Troy Town'?"

— 아이작 월턴(Isaac Walton), 『완벽한 낚시꾼』(the Complete Angler)

이전 장을 시작하면서 우리는 이미 세 가지 주요한 시 유형들 간의 보편적 관계에 대해 생각해보았다. 서정시, 서사시 그리고 극시, 즉 노래, 이야기, 극은 각각 분명하게 다른 수행 기능을 지니고 있다. 실제로 세 유형은 공통의 재료를 다루고 있다. 버지니아에 정착, 혹은 포카혼타스 에피소드와 같은 특정한 사건은 서정적, 서사적 혹은 극적 형상을 취할 상황과 정서를 제공한다. 시인의 정신적 습관과 기교적 경험 혹은 그가 살던 당대의 주도적인 문학적 유행에 따라 그는 어떤 보편적 유형의 시를 활용할 것인가를 결정할 수 있을 것이다. 그린(Greene)처럼 엘리자베스 시대에 타고난 서정 시인은 극을 썼다. 대중들이 극을 요구했기 때문이다. 극장의 평판이 나빠지는 시기라서 자신의 재료에 서사적 형식을 부여하도록 강요받은 타고난 극작가들도 있다. 하지만 우리는 특정한 시 정신의 소유자들이 지닌 지배적인 분위기나 특성에 대해서도 고려하지 않으면 안 된다. 서사시와 극시의 많은 구절은 이야기를 전달한다거나 인물들을 행동하게 한다는 기본적인 기능을 충족시키는 한편, 우리가 서정시의 특정이라고 불러온 것, 다시 말해 그것을 표현하는 데 있어 노래라는 자연스러운 표현 양식이 어울리는 열정적이고 개인적인 감정에 의해 채색되기도 한다. 예를 들어 말로의 「탬벌레인」(Tamburlaine)이나 빅토르 위고의 「에르나니」(Hernani)에는 서정적 열변을 토하는 놀라운 작품이 있다. 그 작품 속에서 우리는 상상의 인물인 탬벌레인과 에르나니가 아니라 작가인 말로와 위고가 그들 자신의 가슴 속 열망을 노래 부른다고 느낀다. 아널드의 「소럽과 러스텀」은 미처 알지 못한 아버지에 의해 살해당한 아들의 비극적 이야기를 끝마친 다음 아랄해로 흘러가는 장엄한 옥서스강에 대한 서정적인 묘사로 끝을 맺는다. 그 작품은 객관적인 것처럼 보이지만 종결부는 시인 자신의 강렬한 개인적 면모와 함께 아널드의 「도버 해안」(Dover Beach)과 「여름 밤」(A Summer Night)에 배어 있는 것과 동일한 온건한 금욕주의가 스며들어 있다. 서사의 끝에서 이야기 자체가 불러일으킨 분위기를 고조시키기 위해 조화나 대조를 통해 자연에 대한 묘사를 사용하는 장치는 「오드리 정원」(Audley Court), 「에드윈 모리스」(Edwin Morris), 「사랑과 의무」(Love and Duty), 그리고 「황금 해」(The Golden Year) 같은 테니슨의 전원시들에서 거침없이 활용되었다. 그것은 또한 로버트 프로스트(Robert Frost)의 「일꾼의 죽음」(Death of the Hired Man)의 마지막 부분의 통렬한 터치를 더해준다.

이처럼 묘사하는 구절들은 노래의 형식은 결하고 있지만 기능적인 측면에서는 「공주」(The Princess)의 노래나 「겨울 이야기」의 노래처럼 순수하게 서정적이다.

## 1. 유형의 혼합

서문에서 설명한 것처럼 이 책의 범위가 극시와 서사시에 대한 특별한 연구는 배제하긴 하지만 독자들은 시의 세 가지 주요 유형이 실제 행해질 때는 확고하고도 단단하고 굳건한 시행들에 의해 분리된 것이 아니라는 것을 명심해야만 한다. 극시, 서사시와 서정시라는 협소한 구분은 분석을 위해 연구하는 학자들에게는 대단히 편리하다. 하지만 「에드워드, 에드워드」(Edward, Edward, Oxford, No. 373)나 「커코넬의 헬렌」(Helen of Kirconnell, Oxford, No. 387)을 읽는 순간 그 편협한 구분은 이 발라드들이 극, 이야기, 그리고 노래가 혼합된 것이라는 실질적인 사실에 틀림없이 종속되게 된다. "형식"은 서정시다우며 재료는 서사적이고 표현 양식은 종종 순수하게 극적인 대화의 양식을 띤다.

현대에 이런 유형의 혼합을 보여주는 사례를 하나 예로 들어보자. 린지(Vachel Lindsay)는 자신의 놀라운 시 「콩고 강」(The Congo)이 어떻게 쓰이게 되었는지를 설명한 바 있다. 그는 콩고 강에서 선교를 위한 설교를 들었을 때 이미 "민족적 주제를 쓸 분위기"에 있었다고 말한다. "콩고"라는 말이 그에게 계속 떠오르기 시작했다. "그 말은 전쟁의 드럼과 아프리카 축제의 고함처럼 메아리쳤다." 그러더니 그의 팔레트 위에 마련된 물감의 목록처럼 스텐리가 경험한 검은 아프리카에 대한 소년 시절의 추억들과 시카고 세계 무역박람회에서 본 다호메이 아마존 팀의 춤을 떠올렸다. 그는 일리노이주 스프링필드에서 반흑인 폭동을 목격했던 경험도 있었다. 뉴욕 11번가의 수십 개의 흑인들 전용 살롱, 즉 하급 술집도 다녀본 경험이 있고, "아직 나에게 남아있던 축적된 정글의 경험"도 있었다. 무엇보다 콘래드의 『암흑의 핵심』이 있었다. "나는 콩고라는 말을 되풀이하여 말하고 싶었고 앞에서 언급한 이야기들이 메아리 치는 방식으로 몇몇 후렴구를 반복하고 싶었다. 나는 공포, 악취를 풍기는 늪지의 열병, 울창한 숲, 검게 빛나는 사랑스러움, 그리고 무엇보다 콘래드가 그토록 확실하게 그려낸 아프리카의 영원한 불행을 보여주고 싶었다. 이제 그 일을 마쳤기에 이 모든 것들을 각운을 담아 기록했다고 말하려는 것은 아니다. 하지만 매번 「콩고 강」을 다시 쓸 때마다 나는 그 방향을 향해 갔다. 나는 지난 두 달 사이에 그 작품을 쉰 번이나 다시 썼고 어떤 때는 하루에 세 번 고쳐 쓰기도 했다."

한 편의 시를 쓰는 과정에 대해 설명할 때 우리가 그토록 정직해지는 일, 즉 소리와 색을 불러일으킨 동기, 이야깃거리, 극적 요소, 개인적 정서 등을 단일한 전체 속에 혼합에 넣는다는 그토록 명료한 개념을 얻는 것이 그렇게 자주 일어나지는 않는다.

마찬가지로 우리가 이 다양한 시 형식의 원시적 기원을 되짚어보려고 애쓸 때 유형들이 명확하게 분리되는 것도 아니다. 많은 학자들의 견해에 따르면, 그 기원들은 춤에서 어떤 공통의 근원을 찾을 수 있는 것 같다. "민족지학과 사회학적인 압도적 증거들이 입증할 수 있듯 춤은 그 토대에서 극적, 서정적, 서사적 충동이 하나의 패턴을 형성하는 본래의 것이었다. 이 패턴은 후일 서사적 발라드 속에서 점진적으로 반복되는 흔적을 찾을 수 있다. 그 요소들이 분리되고 보다 고상한 형식으로 진화하면서 춤은 몸짓과 스텝에 부수적인 노래와 음악을 지닌 하나의 독자적인 예술이 되었다. 노래는 합창하는 목소리와 일제히 합창하는 연기로부터 완전히 분리된 서정적 환희로 바뀌었고, 서사시는 춤의 기억으로서 리듬만을, 극적 상황 대신 이야기를 지닌 그 나름의 예술적 방법으로 변했다. 극시는 상황, 행동, 심지어 코러스와 춤까지 그대로 보유했지만 그것들은 개인적 재능을 형성하고 알려주는 데 종속되었다.[1] 또 다른 놀라운 구절에서 구메르(Gummere) 교수는 우리에게 "읽고 쓰는 능력도, 자신들을 미래로 투사할 능력도, 과거와 비교할 능력도 없으며, 심지어 자신의 경험을 다른 공동체의 경험과 배치할 능력도 없지만 축제의 분위기 속에 모여들어 순전히 지역적인 기원과 그 당대의 호소력, 그리고 공통의 관심사를 지닌 사건을 두고 큰 소리로 부르는 노래와 완벽한 리듬, 그리고 열정적인 춤을 통해 자신의 감정을 표현하는 한 무리의 사람들을" 가시화할 것을 요구했다. "진화의 관점에서 보자면 바로 여기에 시의 인간적 토대가, 그 피라미드의 형성 과정이 있다."

## 2. 극의 서정시적 요소

우리는 여기서 대략적으로라도 다른 장르들이 역사적으로 진화해온 과정을 추적할 수는 없다. 하지만 오늘날 극과 서사시 두 유형 속에서 서정시 형식과 분위기의 영향은 여전히 발견될 수 있을 것이다. 우리는 이미 극작가가 지녔을 것이라고 추정되는 모든 객관성에도 불구하고 어떻게 그가 특정한 사람들과 상황에 그 자신의 공상의 색조를 입히는 것을 억제할 수 없는가 하는 것을 보았다. 예를 들어 입센은 자신의 아이러니, 상징주의에 대한 애호, 그리고 사회의 재구성을 향한 자신의 이론들을 자신이 창조한 인물들의 피와 살 속으로, 그리고 극의 플롯 구조 속에 주입했다. 버나드 쇼, 싱(Synge), 하우프트만(Hauptmann) 그리고 브리외(Brieux)에게도

---

1    Gummere, *The Popular Ballad*, p. 106.

이건 마찬가지였다. 그들의 극이 산문으로 쓰였기는 하지만 이들은 여전히 "생산자들"이며, 그들의 산문극은 마치 운문으로 작성된 것처럼 분위기상 대단히 주관적이며, 어법은 분명하게 개별적이고, 정취로 가득 차 있을 수 있다.

하지만 산문극에서 운문으로 된 극으로, 특히 본질상 시적일 뿐 아니라 극적 가치를 위해 실제 노래들을 활용하는 엘리자베스 시대의 극으로 관심을 돌릴 경우 극의 서정적 가능성들은 훨씬 쉽게 실현될 수 있다. 셰익스피어의 서른여섯 편의 극들은 음악을 위한 무대 지시문을 포함하고 있을 뿐 아니라 놀라운 정도로 유창한 노랫말은 누구라도 인정하는 것이다. 영국의 무대는 사실 중세의 전례극에서부터 노래를 이용해왔다. 하지만 서정적 효과를 극적 효과와 조화시키는 본능은 물론 서정적 무대기법에 대해서는 누구도 따를 수 없는 셰익스피어의 지식으로 인해 그는 무대 안팎으로 배우들을 이동시키고, 다음 장면을 예상하게 하고, 개별 인물들을 특징짓고, 클라이맥스를 강화하고, 말로 표현된 단어 이상의 움직임을 표현하는 그 모든 것을 위해 노래를 활용하는 솜씨에서 동시대의 모든 극작가들을 능가했다.[2] 반주 없이 부르는 "소곡(madrigal)"과 같은 노래 형식의 인기는 대중적 극이 유행하는 취향을 부여하기에 용이하게 해주었다. "성당의 아이들"(The children of the Chapel)이나 "폴(Paul)의 아이들"같이 초기 엘리자베스 연극에 배우들을 공급해주던 집단은 훈련된 합창 단원들이었으며, 노래는 그들의 영업상 재산이었다. 셰익스피어가 극작을 시작하던 때 무대의 일반적인 요소였던 단순히 오락만을 위한 노래들은 그의 손에서 인물을 드러내고 극적 전개를 보여주는 절묘한 장치로 바뀌었으며, 마

---

2   이 점에 대해서는 J. Robert Moore's "Harvard dissertation (unpublished) on The Songs in the English Drama."에서 충분히 논의되었음.

침내 오필리어나 데스데모나의 입술에서 극의 가장 감동적이며 통렬한 순간을 나타내는 것이 되었다. "마음속 음악"(Music within)은 후기 엘리자베스 연극에서 자주 등장하는 무대 지시문이며, 부활절 음악, 무대 뒤, 괴테의 『파우스트』 혹은 에르나니의 호른이 지닌 극적 효과를 기억하는 사람이라면, 바그너가 그의 "음악 극"에서 보여주었듯 음악을 시와 행동이 어우러지게 한 것은 극예술의 이상적인 요구 사항이었음을 깨닫게 된 까닭을 이해할 수 있을 것이다. 바그너의 이론과 실천을 여기서 되풀이할 필요는 없다. 이제까지 쓰인 가장 위대한 극 가운데 몇몇 작품에서 서정시 형식은 전체적인 극적 효과에 아주 풍성하고 효과적으로 기여해 왔다는 논쟁의 여지가 없는 사실을 되새기는 것만으로도 충분할 것이다.

## 3. 극적 독백

극과 서사, 그리고 서정적 분위기의 상호관계가 독특한 흥미를 불러일으키는 또 다른 장르가 존재한다. 극적 독백(The Dramatic Monologue)이다. 이 유형의 시가 허용하는 표현의 영역은 브라우닝과 테니슨이 적절하게 보여준 바 있으며, 최근에는 에드윈 알링턴 로빈슨(Edwin Arlington Robinson), 로버트 프로스트, 그리고 에이미 로웰 같은 시인들이 최고의 솜씨로 그 기법을 활용해왔다. 극적 독백은 단순히 정적인 인물 연구가 아니라 행동하는 영혼을 역동적으로 드러내 보여주는 것이다. 극적 독백은 대표적이고 특정한 사건을 선택한다. 「주교가 자신의 무덤을 세인트 프렉스 성당에 요구하다」나 「최초의 북부 농부」(the first Northern Farmer)에서처럼 한 사람이 임종을 앞둔 침대에서 자신이 살아온 여정을 회상하는 그런 사건 말이다. 극적 독백은 단순히 엿듣는 독백 이상의 어떤 것이다. 극적 독백에는 청자가 존재하는데, 이 청자는 직접 말하는 부분은 없지만 대화에서 아주 중요한 실질적인 역할을 한다. 「내 전처 공작부인」 (My Last Duchess)이나 로빈슨(E.A. Robinson)의 「벤 존슨이 스태퍼드에 서 온 사람을 대접하다」(Ben Jonson Entertains a Man from Stratford)에서처 럼 극적 독백은 본질상 관객들이 주 화자의 대사만을 듣는 대화이다. 마 치 전화하는 사람을 보며 그의 통화 내용을 듣는 것과 같다. 우리는 한 사 람을 보고 그의 대사만 듣지만 그의 이야기는 수화기 반대편에 있는 인 물에 의해 일정 정도 구성되고 있다는 사실을 알게 된다. 테니슨의 「리즈 파」(Rizpah)에서 성경을 인용하는 선의의 방문객의 특징은 늙은 모친의 반 응 속에서 훌륭한 몇몇 구절들을 결정한다. 브라우닝의 「안드레 델 사르 토」(Andrea del Sarto)에서 화가의 아내 루크레지아는 한마디도 하지 않지 만 그녀는 시 속에서 수많은 중요한 연극의 등장인물보다 훨씬 더 강렬한 물리적 존재감을 지닌다. 테니슨의 「율리시즈」(Ulysses)와 「갤러해드 경」(Sir Galahad), 그리고 「멜던의 항해」(The Voyage of Maeldune)는 아주 빛나는 독 백일 뿐 그 이상은 아니다. 「최초의 록슬리 홀」(The first Locksley Hall)은 마 찬가지로 독백이지만, 열정적인 항변을 하는 화자에 의해 보이지 않는 대 화자로부터 나오는 파편적인 이야기들이 포착되고 반복되는 「두 번째 록 슬리 홀」(the second Locksley Hall)과 「내일」(To-Morrow)에서 우리는 "대 면"(confrontation) 유형의 진정한 드라마를 보게 된다.

　서사적 대화—통상 그 대화는 몇 줄의 극적 독백 안에 압축된 전체 삶의 이야기인 경우가 대부분이다—를 통해 인물을 드러내는 이 강력하고 역동 적인 유형은 두 가지 점에서 서정시체를 자극한다. 우선, 많은 극적 독백 이 두드러질 정도로 서정적 운율을 사용한다. 테니슨이 「리즈파」 같은 후 기의 극적 독백에 특히 선호했던 여섯 강세의 약약강격 시행은 실제로 발 라드 운율이며, 「복수」(The Revenge)에서 최고의 장점을 발하는 것으로 보 인다. 하지만 「성 아그네스」(St. Agnes)나 「갤러해드 경」 같은 순수한 독백

타입의 독백체에서 운율은 빛나는 서정시체이며, 시의 서정적 연상은 시의 분위기로 이어진다. 기억해야 할 또 하나의 사실은 극적 독백의 통렬한 자기 분석과 자기 배반, 이기주의, 오싹할 정도의 궁극적 진정성은 이 같은 서정적 충동의 본성의 일부라는 것이다. 자신의 영혼을 그대로 드러내는 이런 인물들은 노래하는 목소리보다는 이야기하기를 활용하겠지만 그들의 어조는 깊고 풍성한 서정적 친밀함을 띤다.

## 4. 서정시와 서사

극에서는 말할 것도 없이 설화시에도 서정시 형식의 영향은 물론 서정적 분위기가 끼어드는 것에 주목해야 한다. 이론적으로 설화 혹은 "서사시"는 객관적 경험에 기반한다. 무언가가 일어나고 시인은 그것에 대해 우리에게 들려준다. 그는 어떤 사건을 듣거나 읽었거나 혹은 직접 참여했을 수도 있다. 사건에 대한 시인의 생각이나 감정이 아니라 그 사건이 시의 핵심이다.

하지만 그가 자신의 이야기를 시작하는 순간 우리는 그가 생생한 묘사를 통해 "그것을 설명하는" 경향이 있다는 것을 발견한다. 그는 장광설을 늘어놓는 것에 그치는 것이 아니라 그림을 묘사해야만 한다. 따라서 "객관적"이라 간주되는 호메로스나 베르길리우스조차도 그들이 이야기하는 재료인 사건에 대한 자신의 태도와 감정을 드러내지 않고 그림을 그릴 수는 없다. 그리스극의 전령처럼 그들의 목소리는 그들이 보고 들은 것 때문에 떨린다.

니벨룽겐 이야기 같은 민속적 서사시에는 「해방된 예루살렘」(Jerusalem Delivered)나 『실락원』(*Paradise Lost*) 같은 예술적 서사시보다 더 객관적인 면이 존재한다. 우리는 누가 현대적 형식 속에 「니벨룽겐의 노래」(the Lay

of the Nibelungs)와 「베오울프」(Beowulf) 같은 전통적 이야기들을 결합하는
지 알 길이 없다. 그 설화의 개인적 요소는 모호하게 느껴질 뿐이다. 반면
에 「해방된 예루살렘」은 끊임없이 타소(Tasso)[3]를 드러내며, 『실락원』의 모
든 시행에는 밀턴의 개성이 비친다. 매튜 아널드가 우리에게 호메로스는
급하고 분명하고 소박하며 고귀하다고 말할 때, 그는 『일리아드』(the Iliad)
와 『오딧세이』(the Odyssey)를 통해 얻은 인상은 물론 한 시인의 성격까지
기술하고 있는 것이다. 르네상스 이래로 논의되고 있는 서사시의 그러한
일반적 특성, 즉 "폭"과 "통일성" 그리고 지속 가능한 "장엄한" 스타일은 궁
극적으로 위대한 이야기꾼의 타고난 특성임이 드러났다. 그것은 그저 수
사학적 추상이 아니다.

　서사 시인은 인간을 하나의 행동을 완성하는 존재, 사건 속의 요인으로
본다. 그에게 가장 중요한 과업은 행동을 기록하는 것이지 철학화하거나
인물을 분석하거나 풍경을 묘사하는 것이 아니다. 하지만 행동을 둘러싼
환경에 몹시 민감하고 인간적 동기와 행동의 다양성을 전개하는 데 너무
도 몰두한 나머지 자신이 묘사하고 있는 상황에 대한 자신의 정신적 태도
를 시 속에 반영하지 않을 수가 없다. 우리가 보아온 것처럼 그는 가시적
인 세상의 온갖 아름다운 것들과 화려한 모양, 그리고 공포로 이러한 상황
을 에두를 수도 있다. "인간에 대한 신의 섭리"를 전하면서 그는 본능적으
로 정당화하거나 비난한다. 또한 자신이 들었던 정확히 그대로 이야기할
수도 없다. 그 이야기가 인간의 본성과 운명에 관한 자신의 일반적 인식
에 맞도록 최소한의 사소한 정도라도 변형시켜야만 한다. 그는 어떤 목격
자는 신뢰하지만 다른 목격자는 신뢰하지 않는다. 그의 상상력은 자기가
하는 이야기의 고귀하고 기본적인 요소들 주변을 맴돌다가 마침내 그 요

---

3　Torquato Tasso, 1544~1595. 이탈리아의 서사 시인. ─옮긴이 주

소들의 본래 몫이 자신의 정신과 목적에 맞게 변화되도록 한다. 고트프리드(Gottfried of Strassburg), 말로리(Malory), 테니슨, 아널드, 스윈번, 그리고 바그너가 전하는 트리스트램 이야기를 살펴보라. 그러면 각각의 이야기꾼들이 자신의 재료를 변화시키는 본능적인 과정을 통해 스스로의 개성을 어떻게 드러내는지를 알게 될 것이다. 그것은 마치 브라우닝의『반지와 책』(Ring and the Book)에서 로마인의 살인이 그토록 여러 번 반복해서 언급되는 것과 같다. 즉 각각의 목격자들이 주된 사실은 시인하지만 사실들로부터 추론되는 것은 천국과 지옥만큼 다르다.

브라우닝은 물론 시인의 개성이 자신의 이야기 재료에 끼어드는 극단적인 예이다. 그는 자신이 창조한 인물로 하여금 "브라우닝답게" 말하도록 하는 것은 물론 자신의 이야기 재료를 서정적으로 또 극적으로 만들지 않을 수가 없었다. 하지만 운문으로 된 바이런의 이야기는 동일한 주관적 경향을 보여준다. 그는 극작가로서의 면모가 거의 없었기 때문에 그가 창조한 모든 영웅들은 포의 인물처럼 자신의 이미지다. 그가 쓴 설화시의 원재료가 무엇이건 간에 그가 기록함에 따라 그 재료들은 일정하게 "바이런적인" 것이 된다. 그리고 이 모든 것은 아무리 감추어도 "서정시체"다. 현대 영국 시인들 가운데 거의 유일하게 윌리엄 모리스는 자신의 스승인 초서가 그랬던 것처럼 자신이 하는 이야기로부터 대단히 초연한 태도로 거리를 두고 있는 것처럼 보인다. 하지만 초서가 보이는 객관성에도 불구하고 초서의 "어조"는 모든 페이지에서 인식된다.

중세 운문으로 된 로망스의 전 역사는 사실 물려받은 재료를 개작하는 이 서정적 경향을 예증하는 것이다. 사랑, 마법, 모험의 이야기들은 산문적 사실로는 기록될 수 없었다. "프랑스의 주제"를 다루건 "영국의 주제"를 다루건 혹은 짧은 "노래"건 아니면 샤를마뉴 대제나 아서 왕의 이야기처럼 복잡한 연작 이야기건, 즐거운 "풍자 이야기"건 혹은 「여우, 르나르」

(Reynard the Fox) 같은 동물 이야기건 간에 모든 로망스는 작가로 하여금 신비의 여지, 즉 자신만의 빛나는 색채로 된 환상의 그물망을 짤 수 있는 여지를 허용한다. 물론 그 이야기에는 특정한 사건이나 전설이 이야기의 핵심으로 존재하지만, 경이로움, 사물들의 낯섦, 낡은 재료에 새로운 무늬를 짜 넣는 개별적 기쁨 등의 느낌이 사실감을 지배했다. 셸리는 말했다. "미를 파괴하고 사건들을 투사해야 하는 시가 제거된 채 특별한 사실들에 관한 이야기를 활용하는 것을 파괴하는 시간은 시의 활용을 늘리며 시가 포함하고 있는 영원한 진실에 대한 새롭고도 놀라운 적용 방법들을 발전시킨다…… 특별한 사건에 대한 이야기는 마치 마땅히 아름다워야만 하는 것을 모호하게 하며 왜곡하는 거울과도 같다. 반면 시는 왜곡된 것을 아름답게 만드는 거울이다."

현대의 설화시에서 "서사시"적 특성과 "서정시"적 특성 사이의 경계선은 긋기가 어렵다. 『옥스퍼드 영시선』(the Oxford Book of English Verse)에서 무작위로 「노수부」, 「존 무어 경의 매장」(The Burial of Sir John Moore), 「무자비한 미녀」(La Belle Dame sans Merci), 「포르피아의 연인」(Porphyria's Lover), 「용서받은 인어」(The Forsaken Merman)와 「도둑들 사이에 떨어지다」(He Fell among Thieves) 여섯 편 정도를 선택해보자. 이 각각의 시들은 하나의 사건을 전달하지만 「무자비한 미녀」와 「노수부」에서 찾을 수 없는 순수하게 서정적인 특성이란 무엇인가? 나머지 각각의 시들도 서정적 분위기를 방출하며 북돋우지 않는가?

게다가 우리는 설화적 운율과 서정적 운율은 자주 동일하며 하나의 이야기 속에 노래하는 특성을 부여하는 것을 돕는다는 사실을 인정해야만 한다. 월터 스콧의 날랜 커플들은 이야기와 노래 둘 모두에 마찬가지로 쓸 수 있다. 풍자시와 알레고리 시 같은 많은 이류의 설화시들은 종종 전통적인 서정시의 패턴으로 쓰인다. 심지어 스토리텔링 목적에 아주 잘 어울리긴 하는 무운시조차도 다양한 운율 속에 오랫동안 서정적 정서와 연관된 많은 음악적 가락을 제공한다. 워즈워스의 「마이클」(Michael)에 나타난 무운시는 분명히 그 음악적 가치에 있어 테니슨의 「공주」에 보이는 무운시와는 아주 다르다. 그것은 「볼숭가 시구르트」의 운율이 「머리카락의 강탈」(The Rape of the Lock)의 그것과 다른 것만큼이나 사실이다. 운율적 형식을 설화적 재료의 특성에 완벽하게 맞춘다는 것은, 그 재료가 전통적이건 혹은 직접적인 것이건, 단순하건 복잡하건, 거칠건 세련되었던 간에 관계없이, 그지없이 섬세한 예술적 본능을 필요로 한다. 하지만 많은 설화적 운율들이 설화의 목적에 특정하게 맞도록 적응되는 것을 통해 그러한 것처럼 노래의 분위기와 친숙하게 연관됨으로서 우리에게 완전하게 영향을 미친다.


## 5. 발라드

이야기와 노래를 혼합한 최고의 사례는 발라드다. "ballad"라는 말은 "Ode"나 "Sonnet"처럼 아주 오래된 단어로 여러 의미로 사용되어왔다. 오늘날은 민중적 기원을 지닌 이야기를 담은 노래로 생각한다.

어원학적으로는 '춤춘다'는 뜻을 지닌 'ballare'에서 나온 발라드는 우선, "춤곡"을 의미하며 따라서 "ballet"와 같은 말이다. 솔로몬의 「아가」(Song of Songs)는 1568년 판 『주교들의 성서』(the Bishops' Bible)에서 「솔로몬 왕의 아가」(The Ballets of King Solomon)라고 불렸다. 하지만 초서 시대에 "발라드"는 프랑스풍 서정시 형식을 의미했으며, 따로 설화적 서정시를 의미하지는 않았다. 엘리자베스 시대에는 대체로 "노래"라는 의미로 사용되었다. 18세기 들어 영국과 스코틀랜드의 민중 발라드에 대한 관심이 되살아나기 시작한 후에 그 말은 점차 개별적 저자가 밝혀지지 않은 채 구전되는 특별한 종류의 이야기를 담은 노래를 함의하기 시작했다.

　학자들은 춤추고 노래하는 청중들이 이러한 전통적인 발라드를 짓고 유지해온 점에 있어서 어느 정도 결정적인 역할을 했는지에 대해서는 의견이 다르다. 영국과 스코틀랜드 민요에 최고의 권위를 지닌 차일드(Child)교수와 구메르(Gummere)와 키트리지(Kittredge), 그리고 하트(W.M. Hart)교수는 "공동의" 작시 요소를 강조하면서, 원시 종족 사이에 보이던 여러 유형의 즉흥곡과, 선원들의 "영창"(chanties), 그리고 흑인들의 "노동요" 등을 통해 예를 들고 있다.

　노래하고 춤추는 무리들이 후렴을 부르고, 노래 솜씨가 재바른 이들이 즉각적인 대중적 효과를 불러오는 새로운 구절과 행 혹은 연을 즉흥적으로 연주했을 것은 쉽게 이해되는 일이다. 또한 차일드 교수가 놀라울 정도로 풍성하게 출판해낸 결과물에서 보이듯 현존하는 다양한 판본의 발라드에 대한 연구를 통하여 구절이며 행과 연들이 수세기 동안 문맹인 사람들에게 구전되어 내려오면서 어떻게 변했는지를 아는 것도 마찬가지로 어려운 일은 아니다. 하지만 공동체의 춤곡이 퍼시 주교(Bishop Percy)와 릿슨과 차일드(Ritson and Child)가 수집한 것과 같은 설화적 서정시와 실제 어떤 역사적 관계가 있는지는 여전히 논쟁거리다.

　구메르 교수는 자신의 발라드에 대한 공동 저작 이론을 비판하는 한 비평가에게 이렇게 답했다. "모든 시는 동일한 시적 충동으로부터 생겨나며, 전적으로 개인에게 달려 있다. 하지만 원래 노래하고 춤추는 무리들에게서 시작되어 구술 전통에 종속되었는지, 아니면 고독하고 신중한 시인에 의해 종이에 필사되었는지 간에 발라드가 제작된 상황 자체가(용어는 무엇이라 부르건 간에) '민중적인' 것과 '예술적인' 것의 구분을 낳게 했으며, 그 상황이 아리스토텔레스 이래 시를 쓰는 거의 모든 작가들에게서 어떤 형식을 획득하게 되었다." 여전히 논쟁이 되고 있는 질문들은 피하면서

차일드 교수의 선집[4]에 드러나는 "민중적" 발라드가 보이는 의심의 여지가 없는 특징 몇몇을 살펴보자. 그 발라드들은 우선 몰개성적이다. 그 어떤 개별 작가의 흔적도 존재하지 않는다. "이 노래는 빌리 게셰이드(Billy Gashade)가 지었다,"라고 제시 제임스(Jesse James)라는 엄청난 인기를 누리는 미국의 발라드 저자는 주장한다. 하지만 우리는 로빈 후드(Robin Hood)나 조니 암스트롱(Johnny Armstrong)에 관한 첫 노래를 지은 이가 어떤 빌리 게셰이드인지 혹은 그 노래를 지을 때 군중들로부터 얼마나 많은 도움을 받았는지 알 길이 없다. 어쨌건 그와 같은 발라드의 방법은 순수하게 객관적이다. 도덕적 교훈을 주지도 감성적으로 빠지지도 않는다. 틀에 박힌 관습적 구절을 사용하는 것 말고는 묘사도 거의 없다. 발라드는 이야기를 조심스럽게 "유발하지도" 않고 한 사건에서 다음 사건으로 논리적으로 나아가지도 않는다. 그보다는 조각조각 파편적인 이야기를 "여러분 앞에 휙 던지고" 여러분을 깜깜한 암흑 속에 그냥 내버려둔다. 본질적인 설명과 플롯 구조도 분명하게 건너뛴다. 특정한 인물에게 대사를 부여하는 것도 없이 누가 이야기 하는지조차 여러분의 짐작에 맡긴다. 어떤 행동이나 상황을 두고 그 부분에서 떠나기 싫다는 듯 잠깐 머뭇거리기는 한다. 부끄러움도 없이 "상식적인 말들," 즉 쉽게 기억되고 수많은 다른 발라드에도 나타나는 진부한 구절이나 행이며 연을 사용한다. 반복을 두려워하지도 않는다. 사실 공동 합창의 이론은 선원들이 부르는 "영창"에서처럼 끊임없는 반복과 후렴의 활용을 함의한다. 발라드가 상황을 구성하거나 서사를 진행시키는 가장 중요한 방법은 구메르 교수가 명명했듯 "점진적 반복"을 통해서다. 익숙한 파편적 사건들이 반복되듯이 새로운 사실들, 사실들이 계속해

---

4  *Cambridge Poets* (Houghton Mifflin Company), edited with an introduction by G. L. Kittredge에 다시 실렸다.

서 더해진다.

　　"크리스틴, 크리스틴, 나를 위해 춤을 춰줘!
　　비단 속옷을 그대에게 줄게."

　　"비단 속옷은 여기서도 얻을 수 있답니다,
　　하지만 올해는 왕자님과 춤을 추지 않을 거에요."

　　"크리스틴, 크리스틴, 나를 위해 춤을 춰줘,
　　은고리가 달린 신발을 그대에게 줄게.

　　"은고리 달린 신발", 등등.

　　'Christine, Christine, tread a measure for me!
　　A silken sark I will give to thee.'

　　'A silken sark I can get me here,
　　But I'll not dance with the Prince this year.'

　　'Christine, Christine, tread a measure for me,
　　Silver-clasped shoes I will give to thee!'

　　'Silver-clasped shoes,' etc.

미국의 카우보이 발라드도 같은 장치를 보여준다.

　　나는 10월 23일에 여행을 시작했지,
　　2-U 떼를 데리고 여행을 시작했지.

　　I started up the trail October twenty-third,

I started up the trail with the 2−U herd.

단속적인 진행과 암시적인 방법을 지니고 있는 발라드는 의도적으로 "예술적인" 서사와는 놀라울 정도로 다르지만, 발라드에 등장하는 후렴구가의 투박한 특성을 고려하면 그 차이는 훨씬 더 커진다. 때로 후렴은 그저 일종의 음악의 반주 역할을 할 뿐이다.

> 서식스에 한 늙은 농부가 살았다네,
> (휘파람 합창)
> 서식스에 한 늙은 농부가 살았다네,
> 누구나 알듯 그에겐 못된 아내가 있었다네.
> (휘파람 합창)

> There was an old farmer in Sussex did dwell,
> (Chorus of Whistlers)
> There was an old farmer in Sussex did dwell
> And he had a bad wife, as many knew well.
> (Chorus of Whistlers)

혹은,

> 늙은 델리가 밭가는 그에게 왔지,
> 럼취 에 데 아이디에.

> The auld Deil cam to the man at the pleugh,
> Rumchy ae de aidie.

때로 합창 후렴구의 말들이 모호하게 암시적인 의미를 담고 있기도 한다.

정자에 사는 세 여인이 있었다네,
아 보우 보니
그들은 꽃을 따러 나갔다네
포디의 아름다운 강둑으로.

There were three ladies lived in a bower,
Eh vow bonnie
And they went out to pull a flower,
On the bonnie banks of Fordie.

어떤 때는 마지막 행에 인용된 데서 장소 이름이 명확하게 드러나기도 한다.

정자에 두 자매가 있었다네,
에딘버러, 에딘버러,
정자에 두 자매가 있었다네,
스털링에 영원히
정자에 두 자매가 있었다네,
그들에게 구혼하러 한 기사가 왔다네,
아름다운 세인트 존스턴이 테이에 서 있다네."

There was twa sisters in a bower,
Edinburgh, Edinburgh,
There was twa sisters in a bower,
Stirling for aye
There was twa sisters in a bower,
There came a knight to be their wooer,
Bonny Saint Johnston stands upon Tay.

하지만 가끔은 그저 동화 속 마술에 불과하기도 하다.

그는 그녀의 노란 머리 세 타래를 강탈했다네,
비노리에, 오 비노리에!
그 머리카락으로 너무도 귀한 그의 하프를 켰다네
아름다운 비노리에의 물레방아 둑 곁에서.


He's ta'en three locks o' her yellow hair,
Binnorie, O Binnorie!
And wi' them strung his harp sae rare
By the bonnie milldams o' Binnorie.

— 『옥스퍼드 영시선』 376편


서정시의 연구자들이 발라드를 읽을 때 주로 매혹되는 것은 합창곡으로 펼쳐지는 후렴구들이다. 서사시나 극의 연구자들은 후렴구가 서사와 극적 재료를 다룰 때 독특한 암시로 제시되는 것을 보게 되지만, 민속과 원시 사회를 연구하는 이들에게 후렴구는 무한한 보물과도 같다. 춤곡의 모티브와 노래 모티브를 순수한 이야기 요소와 혼합하는 것은 오랫동안 모호한 상태로 남아 있겠지만, 대중적 발라드는 어떤 유형의 시보다 훨씬 설득력 있게 서정적 충동이 보편적이며 필연적이라는 확신을 강화한다.

발라드 작시법을 연구하는 애호가인 랭(Andrew Lang)은 오래전에 이미 다음과 같이 언급했다. "발라드는 사람들의 가슴속에서 생겨나 세대를 거치면서 목동, 농부, 수녀 등 자연과 접하는 거의 모든 계층에 속하는 사람들의 입에서 입으로 흘러들어 갔다. 마치 거대한 바다의 웅웅대는 소리가 해안가에 버려진 조가비들 속에 울리듯 모든 농부의 영혼은 그들의 힘겨움을 토해냈다. 발라드는 비밀스런 곳에서 들리는 소리요, 오래전에 세상을 떠난 말없는 사람들과 그 시대로부터 들려오는 소리다. 그래서 발라드는 예술적 시가 결코 획득할 수 없는 기이할 정도로 친밀한 방식으로 우리

마음을 흔든다." [5]

## 6. 송가

발라드가 서사적 의도를 지닌 "대중적" 서정시의 한 예라면, "예술적" 서정시의 예는 송가(the Ode)에서 찾아볼 수 있다. 구조에 미치는 공통의 기원이나 영향에 대해서는 의문의 여지가 없다. 송가는 그저 소박하게가 아니라 의식적으로 작업하면서 고도로 세련된 기교를 활용한 한 예술가의 결과물이다. "노래하다"라는 의미의 그리스 동사에서 나온 "송가"라는 말은 핀다르 이후 그 의미의 변화가 없었다. "서정시"라는 말의 사례처럼 그 노래에 대한 애초의 음악적 성취에 대해 우리가 점차 무관심해졌다는 사실을 제외하면 말이다. 고세는 자신이 편집한 영국 송가 모음집에서 송가를 "확고한 목표를 위해 하나의 우아한 주제를 점진적으로 다루어 나가는 열정적이고 고양된 서정시"라고 정의한다. 스펜서의 결혼식 송가인 「결혼축가」(Epithalamium), 워즈워스의 「불멸성의 암시에 관한 송가」(Ode on the Intimations of Immortality), 테니슨의 만가풍 찬가인 「웰링턴 공작의 죽음에 관한 송가」(Ode on the Death of the Duke of Wellington) 그리고 로웰의 「하버드대학 기념 축가」(Harvard Commemoration Ode) 이 모든 작품들은 송가의 전형적 유형을 보여주는 가장 친숙한 예들이다.

하지만 영시는 고대인들이 인식한 운율을 지닌 두 가지 종류의 송가를 모두 활용해 왔다. 동일한 연들로 구성된 첫 번째는 "에올리언풍(風)" 혹은 호라티우스의 그리스 양식이 보여준 단순하면서도 규칙적인 노래가 있

---

5    *Encyclopaedia Brittanica*, article "Ballads."

는 악절을 모방했기 때문에 "호라티우스풍"이라 불리는 것이었다. "도리안 풍"이라 불리는 다른 유형의 송가는 훨씬 복잡하고 핀다르에게서 보이는 승전 송가를 연상케 한다. 이 송가는 다양한 집단의 목소리를 이용하며 소위 "악절"(strophe)과 "반악절"(antistrophe), 그리고 "에피소드" – 이것은 때로 "파도"(waves), 응답파도(answering wave), 그리고 "메아리"(echo)라는 환상적인 말로 불리기도 한다 – 로 나뉜 형식은 그리스 극 무대 위에서 노래하는 무리의 움직임에 의해 결정된다. "노래 부르는 이들은 한 악절 동안 한쪽으로 움직이다가 응답악절 동안에는 되돌아가고(그런 이유로 운율적으로는 가절과 동일하다). "에피소드"가 진행되는 동안에는 가만히 서 있다."[6]

하지만 잊지 말아야 할 것은 엄격할 정도로 동일한 절들을 사용한 영국의 송가들은 연의 패턴에서 굉장히 단순하다는 점에서 상당히 다른 면모를 보인다. 마벨(Andrew Marvell)의 「아일랜드에서 귀환한 크롬웰에 관한 송가」(Horatian Ode upon Cromwell's Return from Ireland), 콜린스(Collins)의 「저녁 송」(Ode to Evening), 셸리의 「종달새에게」(To a Skylark) 그리고 워즈워스의 「의무 송」(Ode to Duty), 이 송가들은 모두 아주 단순한 연의 형식을 띠고 있다. 하지만 콜린스의 「프랑스에 대한 송가」(Ode to France)는 비록 모든 연이 비슷하기는 하지만 아주 복잡한 패턴을 따르기도 한다. 따라서 영국의 "호라티우스풍" 송가는 연 형식의 복잡성이라는 점에서는 아주 큰 차이를 보이지만 "동일한 가절"을 지닌 것이다.

"핀다르풍"의 영국식 송가를 이해하려면 우리는 벤 존슨, 콩그레이브, 그리고 그레이(Thomas Gray) 같은 몇몇 시인들이 "전환"(turn), "역전환"(counterturn), 그리고 "휴지"(pause)라는 그리스식 악절의 배열이 주는

---

6    Bronson's edition of *the poems of Collins*. Athenaeum Press. 참고

일반적 효과를 재생산하는 데서 기쁨을 느끼고 있었다는 점을 기억해야만 한다. 벤 존슨의 「루시우스 그레이와 모리슨 경에 대한 송가」(Ode to Sir Lucius Cary and Sir H. Morison, Oxford, No. 194)는 영어로 된 최초의 엄격한 핀다르풍의 송가라고 여겨져왔으며, 그레이의 「음유시인」(Bard)과 「시의 발전」(Progress of Poesy, Oxford, Nos. 454, 455)는 훨씬 더 친숙한 예를 보여주는 작품이다. 하지만 17세기에 소위 "핀다르풍" 송가가 영국에서 그토록 대단한 인기를 얻은 것은 코울리와 그 당시 영시의 특징을 이루던 무규칙성에 대한 헌신의 덕분이었다. 핀다르의 명백한 무규칙성은 그리스 텍스트가 파손되고 따라서 당시 그리스의 합창곡 규칙에 대한 무지 때문이라는 사실을 몰랐던 코울리는 자신의 "핀다르풍" 송가를 모든 연의 규칙에 대한 저항을 표출하는 것으로 썼던 것이다. 시적인 열정이 세련되면 될수록 그 서정시의 패턴은 자유분방해졌다. 하지만, 수사가 곧 상상력을 누르게 되고, 운율적 제약이 없는 속에서 그 송가는 웅변 투의 과장된, 가장 안 좋은 경우 "공식적인" 것이 되어, 왕족의 생일이나 결혼식을 축하하며 낭랑하게 흐르는 무언가를 써야만 한다고 느끼는 계관시인들의 마지막 도피처가 되고 말았다. 이 공식적인 송가는 유사―핀다르 풍 깃발이 내려지고 코울리가 무시된 뒤에도 한참동안 지속되었다.

낭만적 상상력의 부활과 더불어 "불규칙한" 송가에 대한 새로운 관심이 등장했다. 이 불규칙한 송가의 악절 배열은 명백한 제약 없이 유행하다 사라져 갔고, 주제는 와츠―던튼이 명명한 "정서적 법칙"에 따를 뿐이었다. 콜리지의 「쿠블라 칸」과 에머슨의 「바커스」(Bacchus)처럼 워즈워스의 「불멸성의 암시에 관한 송가」는 오직 그 자체의 리듬의 충동에 따라 나아갔다. 운율의 다양성은 이 불규칙한 송가에서 가장 자유롭고 화려하게 발산되었다. 각 악절에 행은 얼마든 가능했고, 때로는 악절 자체가 용해되어 화음(symphony)의 "움직임"과 일치하는 것이 되었다. 무디(William Vaughn

Moody)의 「망설임의 시간 송가」(Ode in Time of Hesitation)와 톰슨(Francis Thompson)의 「천국의 사냥개」(Hound of Heaven) 같은 걸작은 당연하게도 그 송가의 바탕을 이루는 주제와 그 주제를 전개하는 논리적 과정에 대한 확고한 지적 이해를 보여주었다. 그러나 우리는 아주 통렬한 지적 즐거움을 지닌 채 서정적 주제를 이렇게 대규모로 자유롭게 다루는 시를 즐기긴 하지만, 각운-소리의 복잡한 조합에 대한 감수성을 지닌 채 이 위대한 비규칙적 송가의 완전한 언어적 아름다움을 인식할 수 있는 시 독자들은 거의 없다. 키츠의 「그리스 유골단지」(Grecian Urn)에 보이는 규칙적인 악절에서조차 첫 번째 연의 각운 구조가 이어지는 연들과 다르다는 것을 누가 기억할까? 아니면, 「나이팅게일에 바치는 송가」(Ode to a Nightingale)의 두 번째 연이 5음이 아니라 4음으로 이어진다는 것은? 아널드의 「학생 집시」(Scholar Gypsy, Oxford, No. 751)나 스윈번의 「안녕 그리고 안녕」(Ave atque Vale, Oxford, No. 810) 같은 비가들에 사용된 복잡한 소리의 패턴들을 큰 소리로 읽으면서 독자들이 자신의 귀를 시험해보도록 한 다음, 시의 아름다움에 사용된 지적인 요소와 감각적인 요소의 혼합에 대한 자신의 반응을 볼 수 있는 마지막 시험인 「리시다스」(Lycidas, Oxford, No. 317)를 다시 읽도록 해보자. 그 독자가 정직하다면, 그는 자신의 귀도 정신도 지속적인 시적 에너지를 지닌 위의 두 대가들이 구성해놓은 신속하면서도 미묘한 요구에 완전한 보조를 맞출 수 없다는 것을 고백할 것이다. 하지만 그는 또한 새롭게 인식하게 될 것이다. 송가가 시적 흥분과 규칙의 결합, 규칙과 자유의 결합이라는 놀라운 결과를 보여주는 예라는 것을. 시의 불멸성을 부여하는 것이 바로 이것이다.

# 7. 소네트

소네트는 자유와 제한 사이의 미묘한 균형을 보여주는 서정시 형식이다. 우선, 소네트의 구조를 보고 그 다음으로 소네트를 통해 어느 정도 사고와 감정을 표현할 수 있는지 보자.

소네트라는 이름과 구조는 모두 이탈리아어인 "sonetto"에서 기원한 것으로, 이는 소리를 의미하는 "suono"의 축약어이다. 단테와 페트라르크는 소네트를 음악적 반주를 수반하고자 의도된 특별한 서정시 형식으로 이해했다. 소네트는 각 행마다 다섯 박자 혹은 "강세"를 지닌 행이 더도 덜도 말고 정확하게 14행으로 구성되어야 하며, 각 행은 각운을 이루며 끝나야 한다. 각운을 배열함에 있어 소네트는 두 부분 혹은 각운 체계로 이루어진다. 첫 번째 8행은 "8행연구"(octave)를 이루며 후반부 6행은 "6행연구"(sestet)를 이룬다. 8행연구는 두 개의 4행연구(quatrain)로 이루어지며 6행연구는 두 개의 3행연구(tercet)로 이루어진다. 8행연구에서 6행연구로 넘어갈 때 휴지가 존재하며 첫 번째 4행연구에서 그 다음 4행연구로, 후반부의 3행연구에서 다음 3행연구로 넘어갈 때도 종종 작은 휴지가 존재하기도 한다.

거의 모든 페트라르크 소네트들은 다음과 같은 각운 체계를 따른다. 8행연구는 a b b a a b b a, 4행연구는 c d e c d e 혹은 c d c d c d. 이처럼 엄격한 "페트라르크식(式)" 소네트 형식은 6세기나 지속되었다. 거의 모든 민족과 다른 언어를 사용하는 시인들이 이 소네트를 채택했으며, 오늘날 아주 널리 혹은 그 어느 때보다 널리 사용된다. 개개의 시인들이 특히 6행 연구의 각운 체계에 대하여 다양한 시험을 끊임없이 한 반면, 유일하게 주목할 만한 새로운 소네트 형식은 엘리자베스 시대의 시인들에 의해 창안되었다. 퍼트넘(Puttenham George)의 『영국 시 예술』(*Arte of English Poesie*, 1589)에 따르면, "토마스 와이엇(Sir Thomas Wyatt the elder)과 서리 백작(Henry Earl of Surrey)이 이탈리아를 여행하면서 이탈리아 시의 감미롭고도 장엄한 율격을 맛보고…… 우리의 통속시가 지닌 거칠고 소박한 형식을 엄청나게 가다듬었다…… 그들의 기상은 높고, 그들의 스타일은 장엄했으며, 전달 방식은 명확하고, 용어는 적절하며, 운율은 감미롭고 잘 균형을 맞추고 있어서, 모든 면에서 아주 자연스럽게 그리고 공들여 그들의 스승인 페트라르크를 모방하고 있었다."

이 말은 매력적이긴 하지만 와이엇이나 서리 둘 모두 타고난 영국적 독립심을 가지고 엄격한 페트라르크의 각운 체계로부터 이탈했다. 와이엇은 마지막 2행연구를 좋아했으며, 서리는 나중에 셰익스피어가 채택해 오늘날 "셰익스피어 소네트 형식"이라고 알려진 각운 체계를 사용했다. 서로 번갈아 나타나는 3개의 4행연구－각각의 4행 연구마다 독자적인 각운 체계를 지닌－와 마지막 2행연구로 구성되어 있다. 그 각운은 다음과 같다. a b a b c d c d e f e f g g. 순수한 페트라르크 식 소네트를 주장하는 이들에게 이것은 전혀 소네트가 아닌 것이다. 14행으로 이루어져 있으며, 각 행마다 각운을 이루고 이기는 하지만 말이다. 8행연구와 6행연구 사이의 구분은 사라졌지만 첫 12행에 대한 세 겹의 분할이 있으며, 마지막 2행연구가 마치 경구와도 같은 요약 혹은 "핵심"을 부여한다. 페트라르크가 그렇게 피하려고 한 것이 바로 이것이다.

페트라르크 소네트의 각운 구조에서 사고의 배열로 옮겨간다면 그 차이는 훨씬 더 명확하게 드러날 것이다. 강고한 "페트라르크주의자인" 마크 패터슨(Mark Pattison)은 자신이 편집한 밀턴의 소네트판 서문에 다음과 같은 규칙들을 적어놓았다.[7]

---

7    D. Appleton & Co., New York, 1883.

a. 다른 모든 예술 작품과 마찬가지로 소네트는 그 나름의 통일성을 지니고 있다. 소네트는 하나의, 단 하나의 사고나 감정의 표현이어야만 한다.

b. 이 사고나 감정은 소네트의 앞부분 행으로 이어져 전개되어야 한다. 두 번째 4행연구에서는 청자는 그것을 완전히 이해할 수 있는 위치에 있어야만 한다.

c. 두 번째 4행연구가 끝난 다음에는 반드시 휴지가 와야 한다. 이 휴지가 반드시 전체적인 휴지일 필요는 없지만 단절의 효과를 낳아서도 안 된다. 마치 자신이 해야만 하는 말은 끝냈지만 다른 주제로 옮겨간 준비가 안 된 그런 효과를 낳아서는 안 되며 이미 언급되었던 말을 마음속으로 되짚어보면 된다는 말이다.

d. 두 번째 체계의 시작, 다시 말해 첫 번째 6행연구의 시작은 그 생각이나 정서로 되돌아가서 그 감정을 이어받아 결론으로 이끌어가야만 한다.

e. 결론은 그 결과 생기는 것이어야만 하며, 앞선 행에서 제시된 제시 전체를 결론짓는 것이어야 한다. 마치 언덕에 있는 작은 호수가 모여 고요한 연못으로 모여들어 그 좁은 지역들에서 모이는 흐르는 물이 되듯.

f. 결론이 종결과 완전성의 의미를 남겨두는 반면, 경구적 요점과 같은 것은 피해야 한다. 이를 통해 소네트는 경구와 구분된다. 경구에서는 결론이 전부다. 그 전에 수행된 모든 것은 오직 이 마지막의 놀라움 혹은 대단원을 위한 것이다. 마치 논리적 삼단논법이 오직 결론을 필요로 하는 것처럼. 소네트에서 강조는 반드시 그런 것은 아니지만 균등하게 분배되어 중간쯤에서 조금 부풀거나 상승되기도 한다. 소네트는 점진적 클라이맥스를 통해 나아가거나 돌연한 종결부를 향해 나아가서는 안 된다. 소네트는 침잠하듯 조용히 그만두어야 한다."

록우드는 그녀의 훌륭한 영국 소네트 모음집 서문에서[8] 일반적인 이탈리아 소네트의 사고-체계를 훨씬 간결하게 요약하고 있다. "(이탈리아) 소네트는 첫 4행 연구에서 언급되고 두 번째 4행 연구에서 전개 혹은 입증되며 다음 6행연구의 첫 번째 3행 연구에서 확증되거나 새로운 시각에서 살펴보고 두 번째 3행 연구에 이르러 결론에 이르는 명확하고 통일된 체계를 지니고 있어야 한다. 따라서 이탈리아 소네트는 네 부분으로 이루어져 있으며, 이는 각각 두 개별적인 시스템에 따라 생각을 정신에 제시하는 데 바쳐지는 8행과 그 생각으로부터 결론을 끌어내는 데 바치는 6행으로 균일하게 나뉜다."

놀라울 정도로 많은 소네트들이 앤드루 랭의 「오디세이」(Odyssey, Oxford, No. 841)에서 보이는 8행연구의 "~이므로(As)"와 6행연구의 「그래서(So)」, 혹은 키츠의 「내가 죽음을 두려워할 때」(When I have fears that I may cease to be, Oxford, No. 635)에서 보이는 "~할 때(When)"와 "그래서(Then)"와 같은 단순한 형식으로 이루어져 있다. 상황에 사고가 더해져 분위기를 형성하거나 분위기에 사건이 더해져 정신적 결의가 생겨난다. 그로 인한 가능한 결합은 무한하지만 8행연구와 6행 연구 사이의 논리적 연관 법칙, 즉 전제와 결론이라는 법칙은 불변이다.

가장 친숙하게 알려진 영국 소네트 한 편을 큰 소리로 읽으면서 이와 같은 소네트의 형식과 사고의 법칙들을 시험해보자. 키츠의 「채프먼의 호메로스를 처음 읽고」이다.

나는 황금의 나라로 여행을 많이 했노라

---

8 *Sonnets, English and American*, selected by Laura E. Lockwood. Houghton Mifflin Company, 1916.

나는 훌륭한 국가와 왕국들도 보아왔노라
나는 수많은 서방의 섬들도 쭉 돌아보았노라
아폴로에 대한 충성심으로 시인들이 지키고 있는 나라들을.
나는 어느 광활한 영역에 대해서 많은 이야기를 들어왔노라
짙은 눈썹의 호메로스가 자기의 영지로 통치한다는 그곳.
채프먼이 크고 힘찬 소리로 외치는 것을 들을 때까지
나는 그 깨끗하고 청명한 대기를 호흡해본 적이 없노라.
그때 나는 마치 새로운 별이 시야에 미끄러져 들어올 때
하늘을 관측하고 있는 사람 같은 느낌,
혹은 강건한 코르테즈와 같은 느낌이었노라.
다리엔의 봉우리에서 조용히 침묵한 상태로
그의 모든 부하들이 멋대로 추측하면서 서로를 지켜보는 가운데
그의 독수리 같은 눈이 태평양을 응시할 때의 그와 같은.

Much have I travell'd in the realms of gold,
And many goodly states and kingdoms seen;
Round many western islands have I been
Which bards in fealty to Apollo hold.
Oft of one wide expanse had I been told
That deep-brow'd Homer ruled as his demesne;
Yet did I never breathe its pure serene
Till I heard Chapman speak out loud and bold:
Then felt I like some watcher of the skies
When a new planet swims into his ken;
Or like stout Cortez when with eagle eyes
He stared at the Pacific—and all his men
Look'd at each other with a wild surmise—
Silent, upon a peak in Darien.

다음은 4행연구와 3행연구들 사이 사고의 구분이 예외적일 정도로 명

확한 아주 엄격한 페트라르크풍 소네트, 유진 리-해밀턴(Eugene Lee-Hamilton)의 「바다 조가비 중얼거리다」(Sea-Shell Murmurs)다.

먼지 낀 책장에 4년 동안 있던
속이 텅 빈 조가비, 귀에 대자
폭풍 같은 근원을 알려주네. 그리하여 우리는 듣네
부서지는 파도의 흐릿하고 머나먼 웅얼거림을.

The hollow sea-shell that for years hath stood
On dusty shelves, when held against the ear
Proclaims its stormy parent; and we hear
The faint far murmur of the breaking flood.

우리는 바다소리를 듣네. 바다? 바다는 우리의 피 속에
우리의 혈관 속에 맹렬하고도 가까이 있네,
맥박은 희망과 절망과 박자를 맞추며
시시각각 변하는 우리의 감정과 보조를 맞추며.

We hear the sea. The sea? It is the blood
In our own veins, impetuous and near,
And pulses keeping pace with hope and fear
And with our feelings' every shifting mood.

보라, 조가비처럼 내 마음으로 나는 듣는다네
무덤 너머 저 세상의 웅얼거림을
또렷하고 또렷하게, 흐릿하고 멀리 있지만.

Lo, in my heart I hear, as in a shell,
The murmur of a world beyond the grave,
Distinct, distinct, though faint and far it be.

그대 어리석은 이여. 메아리는 속임수라네.
속세의 본능의 콧노래. 우리는 조가비에서
듣는 바다 소리 같은 비현실적인 세상을 갈망한다네.

Thou fool; this echo is a cheat as well, —
The hum of earthly instincts; and we crave
A world unreal as the shell-heard sea.

다음으로는 셰익스피어의 소네트 가운데 가장 널리 알려진 소네트 한
편을 큰 소리로 읽어보자. 이 소네트에서 셰익스피어는 중심적인 생각을
세 겹으로 진술하는 방식을 사용하고 있는데, 이는 그가 가장 애용하는 방
식으로 각각의 4행연구에서 서로 다른 이미지를 사용하고 마지막으로 그
생각을 사적으로 응용하면서 끝맺고 있다.

그대 나에게서 그런 시절을 보리라.
최근까지 어여쁜 새들이 지저귀던, 썰렁한 성가대 자리인
추위에 떠는 나뭇가지들 위에,
누런 잎이 몇 잎 또는 하나도 없는 그런 시절을.
그대는 내게서, 일몰 후 서쪽으로 사라져 가는
그러한 일몰의 황혼을 보리라.
모든 것을 안식 속에 담을 죽음의 제2의 자아인
암흑의 밤이 곧 앗아갈 그 황혼을.
그대는 나에게서 불꽃의 타오름을 보리라
자신의 청춘이 타버린 재 위에서
한때 그 불꽃을 타오르게 했던 연료에 의해
숨 막혀 죽어가는 죽음의 침대 위에 있는 불꽃같은.
그대 이것을 알면, 그대의 사랑 더욱 강하게 해주리라,
오래지 않아 떠나게 될 그 청춘을 잘 사랑하게 해주리라.

That time of year thou mayst in me behold

When yellow leaves, or none, or few, do hang

Upon those boughs which shake against the cold,

Bare ruin'd choirs, where late the sweet birds sang.

In me thou see'st the twilight of such day

As after sunset fadeth in the west;

Which by and by black night doth take away,

Death's second self, that seals up all in rest.

In me thou see'st the glowing of such fire,

That on the ashes of his youth doth lie,

As the death-bed whereon it must expire,

Consumed with that which it was nourish'd by.

This thou perceivest, which makes thy love more strong,

To love that well which thou must leave ere long.

이렇게 아름다운 시에 대하여 셰익스피어가 페트라르크풍의 소네트에서 재현된 그런 특별한 유형의 미를 따르지 않는다고 주장하는 것은 무례한 일이다. 셰익스피어는 순응을 선택하지 않았다. 그는 다른 전략으로 승리했다. 독자가 『옥스퍼드 영시선』에 있는 80편의 소네트나 록우드가 편집한 200편의 시에 담긴 형식과 사고를 분석한다면 페트라르크 소네트와 셰익스피어 소네트 모두를 다루는 데 이따금 나타나는 불규칙성이 주는 매력을 느낄 수 있을 것이다. 하지만 내 생각에 그 독자는 전형적인 형식을 고수하는 데 포함된 어떤 제약들이건 전통적인 각운 배열이 요구하는 풍부한 언어적 아름다움에 의해 충분히 보상받을 수 있다는 사실을 점차 인식할 가능성이 더 크다.

복잡하게 창작된 명상시의 모델인 소네트를 위해서는 사고와 노래를 특별히 심오하게 결합하는 것이 요구된다. 엘리자베스 시대에 종종 그러했듯, 생각이 너무 가득해서 자유로운 노래의 날개를 허용하지 못할 수도 있고, 통제되지 않고 균형을 이루지 못한 정서로 너무 충만해서 사고의 적절한 통일성을 유지하지 못할 수도 있다. 반대로, 14행을 채울 만큼 충분한 사고와 정서가 존재하지 않을 수도 있다. 다시 말해 "소네트 규모"가 되지 못하는 사고. "평균적 크기"의 사고와 서정적 명상과 같은 것이 존재하는가에 관한 어려운 질문은 앞선 장에서 다룬 바 있다. 마크 패터슨은 이렇게 말한다. 문장의 한계는 "인간적 이해의 평균적 능력에 의해 생긴다······ 소네트의 한계는 정서적 분위기의 평균적 지속에 의해 부가된다······ 어떤 한 생각에 대한 관심이 사라지기 전에 적절하게 구체화 하는 데 필요한 평균적인 행의 수가 14행이라고 말할 수 있을까?"

사고와 정서의 적절한 분배, 즉 소네트의 서로 다른 부분들의 균형 문제는 아주 미묘한 문제다. 그것은 마치 범선을 장식하는 것과 같다. 워즈워스는 밀턴이 자주 8행연구의 사고가 6행연구까지 흘러들어가도록 하는 것에 대해 옹호했다. 그렇게 함으로써 "소네트의 탁월성을 부여하는 강력한 통일성의 인상을 부여하는 데 도움이 된다고 믿기 때문이었다. 소네트의 탁월성은 바로 이 강력한 통일성 속에서 이루어지는 것이다." 대부분의 소네트 애호가들은 바로 이 점에서 소네트 대가들과 견해를 달리한다. 사고와 정서의 무게가 마지막 2행연구로 적절하게 전환되는가 아닌가는 또 다른 논쟁의 여지가 있는 질문이며, 비평가들은 여러 소네트 작품에서 사고의 정점을 이루는 "큰" 행이나 "큰" 말의 예술적 가치에 대해서는 의견을 달리할 것이다. 낯설거나 격렬한 혹은 격조 높은 단어는 그 자체로 아무리 화려하다 해도 그 단어가 쓰인 소네트의 곡선미에는 적합하지 않을 수도 있다.

소네트는 (엘리자베스 시대에 보인 결함이었던) 모호함 쪽으로 경도되어서도, (1820년 이후 셰익스피어의 소네트가 보이는 결함인) 명확함 쪽으로 경도되어서도 안 된다. 모호한 소네트는 독자의 지적인 창의성을 돋우기는 하지만 독자의 정서를 위한 바탕을 제공하지 않으며, 명확한 소네트는 독자가 사고할 수 있는 자극을 제공하지 않는다. 주제와 그 주제를 다루는 방식의 관행─이탈리아와 프랑스 소네트의 동기와 소네트 연작을 끝없이 모방하는 것과 같은─은 진지함이라는 서정시의 법칙에 위반하는 것이다. 그 어떤 서정시 형식에서도 기교가 그토록 손쉽게 참견하는 법은 없다. 한 편의 소네트는 말로가 열광하듯 "온통 불과 공기"이거나 아니면 목재 장난감일 뿐이다.

## 제9장

# 민족, 시대, 그리고 개인

어떤 시기 당대의 관용적 언어와 리듬과 서정 시인의 개별적 언어 사이에 어떤 일치가 존재하지 않는다면, 그가 표현하고자 하는 생각은 반쯤 그 힘을 잃을 것이다.

Unless there is a concurrence between the contemporary idioms and rhythms of a period, with the individual idiom of the lyrist, half the expressional force of his ideas will be lost."

— 어니스트 라이스, 『서정시』 서문

우리는 서정시의 전형적 특성들과 형식을 고려하고 있는 중이다. 이제 특정한 민족과 시기, 그리고 특정한 개인의 손에 서정시를, 서정시의 특정한 능력을 부여해온 조건들 몇을 신속하게 살펴보자.

## 1. 연관된 문제들

텐(Taine)이 문학에 적용한 "민족, 시기 그리고 환경"이라는 공식을 가지고 탁월한 실험을 한 이래 소위 "과학적" 비평의 전 세대는 등장했다 사라 졌다. 텐의 『영국문학』은 그의 방식이 지닌 시사성과 위험을 동시에 보여 주는 기념비로 남아 있다. 같은 나라의 비평가들 몇몇은-『19세기 프랑스 서정시의 진화』를 쓴 브륀티에르(Brunetière)와 『프랑스 시의 옹호』를 쓴 르 구이스(Emile Legouis)-텐보다 조심스럽고도 섬세하게 다양한 시기의 서 정시에 영향을 미친 민족적 역사적 조건에 대해 논의했다.

시 비평가들 사이에 현재의 경향은 공식을 불신하고 구분 가능한 사실 과 보다 밀접한 관계를 유지하려고 하는 것이다. 이러한 경향이 분명히 가 장 매혹적인 이론화보다 훨씬 과학적이다. 우선, 1차 세계대전이 우리들 에게 신선하게 인식시켜준 것처럼 우리는 실질적인 민족적 차이를 인식하 기는 하지만 스탈 부인(Madame de Staël)이 독일에 대해 기술한 유명한 저 서에서 시도하고자 했던 것과 같은 단순한 용어로 민족을 분류하려는 낡 은 노력에 대해서는 회의적인 생각을 갖게 되었다. 인간을 인종적, 언어 적, 정치적으로 구분했던 과거의 낡은 방식보다는 좀 더 정확하게 구분하 려는 시도를 하고 있다. 우리는 이름 그 뒤의 존재 자체를 들여다보려고 시도한다. 즉 우리는 "스페인식" 건축이 아라비아 양식이며, "고딕" 양식의 상당 부분이 북프랑스의 것임을 기억한다. 우리는 진정한 민족학을 시작 하는 시점에 있다는 것을 고백한다. "민족이 서로 다른 것은 오직 육체적 정신적 진화 속에서뿐이다."라는 것이 『유럽의 민족들』의 저자인 리플리 (W.Z. Ripley) 교수의 주장이다. 고인이 된 로이스(Josiah Royce) 교수도 이 렇게 인정했다.

나는 민족적 차이의 진정한 심리적 도덕적 의미에 대한 학문적 결과가 무 엇인지를 발견하지 못한다…… 선사 시대의 모든 인간은 정신과 도덕, 그리 고 예술에 있어서 놀라울 정도로 똑같다…… 우리는 정신적 유형의 진정한

민족적 다양성이 실제로 무엇인지 과학적으로 알지 못한다.[1]

나는 하버드대학의 강의실에서 서정시에 관한 무언가를 가르쳐 기 때문에 종종 내 동료들의 이런 발언들을 떠올리곤 한다. 강의실에는 중국, 일본, 유대, 아일랜드, 프랑스. 독일, 흑인, 러시아, 이탈리아, 아르메니아 출신의 학생들이 어리둥절하고 당황스러운 표정으로 앉아 있다. 사포의 서정시에 대한 그들의 민족적 반응은 정확히 무엇인가? 10세기 앵글로색슨의 무용담을 담은 노래에 대해서는? 스코틀랜드의 발라드에 대해서는? 셰익스피어의 노래에 대해서는? 누군가는 어떤 특별한 민족적 반응이 틀림없이 존재할 것이라고 상상하지만 학생들의 자기표현 능력은 그저 암시 이외의 어떤 것도 제시하지는 못한다.

그렇다면 오늘날 대다수의 시 애호가들 사이에 다양한 민족문학의 특정한 시기에 시를 물들인 미묘한 감정의 색조에 대해서는 어떤 실질적인 반응이 있는가? 우리는 모두 슬로건을 사용하니 나도 이 장의 후반부에서 그 슬로건을 사용해 영문학의 엘리자베스 시대로부터 자코뱅 시대, 혹은 "오거스턴" 시기[2]에서 낭만주의 시기에 이르기까지 우리가 지나온 시적 분위기의 변화를 가리켜보고자 한다. 다양한 역사적 시기의 정서에 대한 민감함은 그저 월터 페이터처럼 잘 선택된 과거의 어떤 시기에 살면서 다양한 목소리에 대하여 스스로 대단히 민감하게 반응하면서 현재와 고립된 일종의 위안이 되는 부상을 얻도록 스스로 훈련한 불과 몇백 명에 불과한 전문적인 학자들의 소유물에 불과한 것인가? 틀림없이 민족적 성향을 지니고자 하는 마음은 일반적이기는 하지만 말로 표현하기는 어렵다. 역사

---

1   Royce's *Race-Questions*, New York, 1908 참고.
2   영국 앤 여왕 시대(1690~1745)−옮긴이 주.

적 성향을 지니고자 하는 마음은 훨씬 더 잘 표현할 수는 있지만 소수의 사람들에게 국한된 것이다. 그렇다면 과거의 시에 대한 반응은 주로 개별적인 독자가 개별적인 시인에게 보이는 반응이며, 따라서 우리는 우리의 마음을 좇아 한 인간을 찾기 위한 목적으로 민족과 언어, 그리고 역사적 시기의 경계선을 가로질러야 하는가? 아니면 이민족과 먼 시기의 시 속에서 우리가 느끼는 비밀스러운 기쁨은 다음과 같은 것인가? 즉 인간적인 것이라면 어떤 것도 이국적인 것이 아니며, 시는 일반화와 보편화하는 능력을 통해 우리에게 본질적인 인간의 단일성을 드러낸다.

## 2. 형상 예술과 서정시

특별한 예시가 하나의 답을 제시할 수도 있다. 한 미국인 일본 판화 수집가는 동양의 장인의 견본들을 통해 형상 예술의 보편적 언어의 일부를 이루는 선과 구성을 완벽하게 처리하는 숙달된 솜씨를 깨달았다. 사실 예술적 아름다움에 민감성을 발달시켜온 어떤 인간이라도 일본 대가들의 작품에서 일정한 기쁨을 얻을 것이다. 실크 천 위에 가해진 몇 번의 붓질, 라커 작업, 칼 손잡이 장식 등은 그의 눈이 휘둥그레지게 만들기에 충분하다. 하지만 이 전문적인 수집가는 자신의 보편적 열정을 넘어 특별한 예술가들─모토노부(元信)나 셋슈(雪舟) 같은 재능을 지닌 화가들 말이다─의 수공예 작품에 대단히 특수한 관심을 갖는 것으로 나아갔다. 그 수집가는 예술적 문제를 다루는 그들의 개별적 방식, 눈과 손에 담긴 독특한 재능에서 즐거움을 느꼈다. 한마디로 그는 본격 예술의 모든 실천가가 사용하는 공통의 언어와 18세기 일본의 특정한 주체가 지닌 그 지역 특유의 언어, 즉 개인적 강조, 두 가지 모두에 반응한 것이다.

자 이제 확신과 대조를 통해 한 미국인 시 애호가가 최근 영어로 번역되어 우리에게 제시되고 있는 일본과 중국의 서정시에 대해 보이는 태도를 예로 들어보자. 동양 언어에 대한 미국인의 무지는 어투나 운율을 개별적으로 취급해보는 평가로부터 그를 단절시켰다. 래프카디오 헌(Lafcadio Hearn) 같은 사람이라면 하이쿠[3]라고 알려진 그 특별한 17세기 일본 시의 음절 형식에 대해 즐겁게 기술할 수 있을지도 모른다. 가장 뛰어난 하이쿠 장인 가운데 한 명인 바쇼(芭蕉)의 하이쿠 한 편이 있다. 헌은 그 작품을 번역 출판하면서 그 시들이 봄날의 즐거운 감정을 제시하려는 의도를 지닌 시라고 소개했다.

> 일어나! 일어나!
> 내가 너의 친구가 되어줄게,
> 잠자는 나비야.

> Oki, oki yo!
> Waga tomo ni sen
> Néru-kocho!

서양의 독자라면 이 번역을 통해서 매력적인 시적 이미지를 인식할 수도 있을 것이며, 이제까지 자기는 본 적이 없는 기교적인 서정시 형식에 관심을 느낄 수도 있을 것이다. 하지만 일본어에 대한 무지 속에서 그는 더 이상 나아가지는 못할 것이다. 8세기 중국 시인인 왕창령(王昌齡)의 서정시 한 편이 있다.

> 아직 슬픔이 그 어떤 상처도 남기지 않은

---

3    페리는 여기서 하이쿠를 hokku라고 잘못 표기하고 있다. ─옮긴이 주.

아름다운 어린 신부가 봄이 부르는 첫 소리에
푸른 비단옷과 밝은 수놓인 옷을 걸친 채
물총새 탑을 오르네. 갑자기
그녀는 멀리 널찍하게 퍼진 버드나무 꽃을 보더니
그녀가 명예롭게 전쟁에 내보낸 그를 위해 슬퍼하네.

Clad in blue silk and bright embroidery
At the first call of Spring the fair young bride,
On whom as yet Sorrow has laid no scar,
Climbs the Kingfisher's Tower. Suddenly
She sees the bloom of willows far and wide,
And grieves for him she lent to fame and war.

— 「봄날의 눈물」(Tears in the spring)[4]

백거이(白居易, 772~846)가 쓴 또 다른 봄노래가 있다. 『그리스 선집』에 있는 어떤 시 못지않게 명징하고 단순하다.

풀은 얼마나 아름답고 신선하게 바뀌었는지!
황금빛 나날이 저물고 초지는 불타네.
하지만 가을의 태양은 감춰진 뿌리 없애지 못해
봄바람 불고, 다시 풀은 피었네.

옛 길에 초록이 만발하네.
푸른 하늘은 폐허가 된 도시의 벽에 쇄도하네.
하지만 왕선은 오래전에 떠났기에
풀이 피어날 때 나는 기쁨과 두려움을 동시에 안다네.

---

4    *The Lute of Jade*, London, 1909. The translations are by L. Cranmer-Byng에서 인용.

How beautiful and fresh the grass returns!
When golden days decline, the meadow burns;
Yet autumn suns no hidden root have slain,
The spring winds blow, and there is grass again."

Green rioting on olden ways it falls:
The blue sky storms the ruined city walls;
Yet since Wang Sun departed long ago,
When the grass blooms both joy and fear I know."

— 「풀(The grass)」[5]

서구의 독자들은, 물론 전적으로 번역자의 손에 달려 있기는 하지만, 이 중국 시인이 표현한 장면과 생각이 보여주는 비애와 아름다움을 인식한다. 하지만 이 시에서 특히 중국적인 요소 모두는 그가 알 길이 없다.

나는 의도적으로 이 동양의 서정시 유형들을 택했다. 그 시들이 형상 예술의 보편적 언어와 보다 특별한 시 언어의 차이에 대하여 너무도 명확하게 드러내고 있기 때문이다. 이 가운데 후자는 번역을 통해 모든 사람들에게 공통적인 정서를 상기시키는 것이 언제나 가능하다. 이것은 현대 유럽 문학의 발전에 너무도 지대한 영향을 미쳐온 유대-그리스-로마 전통에서 완전히 벗어난 곳에 자리한 시에 대해서도 맞는 말이다. 하지만 호라티우스가 썼던 "propria communia dicere"의 부알로식 표현인 "백인의 생각(ce que tout le monde pense)"을 표현하는 것은 서정시가 지닌 기능 가운데 일부일 뿐이다. 시대라는 몸통에 개인적 감정의 형식과 압력을, 자기 민족과 시대의 언어에 대한 개별 예술가의 완벽한 숙달을 부여하는 것, 이것이 다

---

5    *The Lute of Jade*, London, 1909. The translations are by L. Cranmer-Byng에서 인용.

름 아닌 서정 시인의 과업이자 기회이다.


## 3. 소멸과 생존

무엇이 되었건 서정시가 이룩한 승리를 제대로 평가하기 위해서는 모든 시대와 민족 그리고 문명의 단계에서 생산한 대다수 예술의 산물들처럼 공통의 민족적 혹은 문화적 전통의 보호를 받을 때조차 압도적 다수의 서정시들이 돌이킬 수 없을 정도로 소실되었다는 점을 기억해야만 한다. 구메르의『시의 시작』－그토록 많은 민족 문학의 기원과 결코 야만적 상태로부터 벗어나지 못한 다양한 민족의 초보적인 예술적 노력들을 살펴본－같은 책은 실질적인 생존의 빈약함과 비교해볼 때 노래하고자 하는 충동이 얼마나 낭비되었는지를 통렬하게 느끼게 해준다. 가을의 낙엽이라도 이보다 더 덧없을 수는 없다.「베다」나 유대의「시편」처럼 신성한 의식에 의해 보존될 때조차 우리가 간직하는 것은 번성했던 것 가운데 그저 극소의 파편들뿐이다. 고대 그리스의 무녀는 자신의 소중한 책에서 페이지를 하나하나 뜯어 바람 속에 날려버렸다.「데보라의 노래」속에 보이는 그런 유형의 찬란한 유대의 전쟁 송들이 불렸지만 결국 잊힐 뿐이었다. 우리는 사포의 서정시와 핀다르의 송시 가운데 그저 한 줌 정도만을 보존하고 있을 뿐이다. 반면『그리스 선집』에 수집된 서정시의 파편들은 기억조차 할 수 없게 사라진 것들 가운데 남은 것임을 생각하면 우리들을 안타깝게 괴롭힌다.

하지만 우리가 유대－그리스－로마의 전통을 유지한다면, 우리는 살아남은 얼마 안 되는 그 서정시가 미치는 불후의 영향력에 마찬가지로 감동받게 된다. 유대의 서정시는 어법, 리듬의 패턴, 그리고 무엇보다 영혼의 불타는 강렬함 속에 민족적 순수성, 정신적 강렬함, 그리고 도덕적 고양의 흔적을 띠고 있다. 그 서정시는 선택된 어떤 민족의 정신적 표현을 넘어 훨씬 더 의미 있는 것이 되었다. 이 고대 유대의 시편이 기독교 교회에 의해 채택되어 불리면서 동양은 서양을 만났다. 4세기에 그 시들은 불가타 성서본[6]에 보이는 라틴어로 번역되었다. 앵글로색슨족의 많은 음유시인들이 그 시의 라틴어 판본을 알고 있었다. 그리고 세기를 거치면서 유럽 세계의 전례문을 형성했다. 그것은 틴달의 시편 영어 판본에도 영향을 미쳤으며, 다시 현대 영어 서정시의 전체 어휘와 문체에도 영향을 주었다. 『옥스퍼드 영시선』 어떤 페이지를 펼쳐보아도 단어나 구절을 통해 이 유대의 시편의 영향력이 드러나지 않은 데는 거의 찾아보기 힘들다.

육체의 감각이라는 측면에서 정서를 표현한 예인 그리스의 서정시를 보자. 명료함과 통일성, 모호함과 과잉에 대한 혐오, 섬세한 예술적 억제는 이 민족의 특성이다. 보다 간단한 그리스의 서정시 운율은 카툴루스, 호라티우스, 그리고 오비디우스가 물려받았으며, 로마의 모방자들이 놓친 그리스 모델의 미묘한 특성들이 있긴 했지만 과도하게 떠들썩한 정서에 대한 그레코로만 혹은 "고전적" 억제는 유럽의 한 유산이 되었다. 헨리 오스본 테일러(Henry Osborn Taylor) 박사가 지적했듯이[7] 그리스와 로마의 고전적 음보는 곧 "명확성도 운율도" 모르는 새로운 기독교 정신을 표현하는 데 부적절한 것이 되었다는 것은 의심할 수 없는 진실이다. "형식과 균형에 대한 옛 감각, 무절제와 과잉을 피하고 중용을 지키는 옛 태도, 혹은 무제한 혹은 괴기스러운 것에 대한 옛 혐오, 문학적 통일성을 향한 옛 감정, 그리고 부적절함에 대한 삼가, 아름답거나 매력적인 것과 육체의 미에 대

---

6    4세기에 유포된 라틴어 성서 —옮긴이 주
7    그의 *Classical Heritage of the Middle Ages*, chap. 9, 참고. 특히 "주석과 예시"의 이 장을 참고.

한 솔직한 사랑, 인간적 삶의 즐거움과 연관된 모든 것들에 대한 사랑, 무덤 저 너머에 있는 것에 대한 희망 혹은 절망에 대해서는 말을 아끼는 것, 이 모든 특성들이 중세 라틴 시에서는 사라졌다."

## 4. 서유럽의 서정시들

서유럽 민족들의 민족적 특성은 라틴 시에서도 모습을 드러내기 시작했지만, 인종적 차이를 추적할 수 있는 것은 자국어 문학이 자연스럽게 등장한 중세 동안이다. 튜턴족과 프랑크족, 북부인과 스페인족, 혹은 이탈리아인은 그들 자신의 언어로 노래하기 시작하자마자 그들의 핏속에 흐르는 것을 배반했다. 거의 남아 있지 않은 앵글로색슨 서정시의 유물들은 전쟁과 바다, 황량한 세계에 대한 쓸쓸함, 지도자에 대한 열정적 충성으로 물들었다. 「데오의 한탄」(Deor's Lament), 「위시스」(Widsith), 「방랑자」(The Wanderer), 「항해자」(The Sea-farer) 혹은 『앵글로색슨 연대기』에 나타난 브루넌버(Brunanburh)와 말돈(Maldon)의 전투 송들을 읽어보라.[8] 가장 오래된 고대 영시인 「데오의 한탄」의 마지막 악절은 이렇게 끝난다.

> Thaes of ere ode, this ses swa maeg
> (That he surmounted, so this may I!)

방황하는 율리시즈도 『오디세이』에서 이와 비슷한 말을 하지만 영국 민족의 특성을 느끼기 위해서는 메이스필드의 「내일」을 읽어야만 한다.

---

8  Cook and Tinker, *Select Translations from Old English Poetry* (Boston, 1902)와 Pancoast and Spaeth, *Early English Poems* (New York, 1911). 참고.

오 옛날이여 우리의 작은 부대는 끊임없이 고통받았다,

이리저리 흩날리며 해진 우리의 깃발과 지치고 파괴당한 몇몇은 달아나고,

여름날 오후 내내 그들은 우리를 뒤쫓아 도륙했다.

하지만 내일이면,

살아계신 신의 도움으로, 우리는 다시 이 게임을 시작하리라!

Oh yesterday our little troop was ridden through and through,

Our swaying, tattered pennons fled, a broken beaten few,

And all a summer afternoon they hunted us and slew;

But to-morrow,

By the living God, we 'll try the game again!

기사이자 음유시인인 테일레퍼(Taillefer)가 헤이스팅스 전투에서 "샤를마뉴와 롤랑과 올리비에, 그리고 롱세보에서 죽어간 가신들을 노래하며" 노르만 전선의 앞을 달려갈 때, 그는 영국에서 맞이할 프랑스의 승리를 상징하고 있었다.[9] 헤이스팅스만 없었더라면 프랑스의 서정적 양식은 자신들의 고유한 방식을 취했을 것이다. 정복자 윌리엄의 깃발들이 로마의 축복을 받았다. 그들은 유럽을 대표했고 "게르마니아"의 아일랜드 변경으로 유럽 문명의 물결이 필연적으로 흘러들었다. 샹송과 캐롤, 무곡, 서정 시인의 서정시, 발라드, 론도시(rondel)[10]와 노엘, 프랑스의 연애송, 프랑스 수도사들의 신성한 찬가들이 영국에서 노래되기 시작했다. 이 새로운 우아함과 섬세함이 초서의 모든 페이지마다 자리 잡았다. 처음엔 프로방스적인 것이 그리고 나중에는 프랑스적인 것들이 초서가 손을 대자 영국적

---

9    E. B. Reed, *English Lyrical Poetry*, chap. 2. 1912 참고.

10   론델체의 14행으로 된 단시(短詩)―옮긴이 주

인 것이 되었다. 고대 영시의 그늘과 냉혹함과 구슬픈 비애들로부터 우리
는 갑자기 남프랑스의 빛과 색채와 명랑함 속으로 들어갔다.[11] 지옥에 대한
캐드먼의 끔찍한 묘사―"영원한 불이나 서리"―나 "Timor Mortis conturbat
me" 같은 후렴구를 지닌 던바의 「창조자를 향한 한탄」(Lament for the Mak-
ers, Oxford, No. 21) 대신, 혹은 「깨어 있는 듯한 만가」(Lyke-Wake Dirge,
Oxford, No. 381)의 자주 보이는 부담,

> 오늘 밤, 오늘 밤,
> ―매일 매일의 모든 밤,
> 불과 진눈깨비와 촛불이
> 그리고 그리스도가 그대의 영혼을 받아들인다네."

> This ae nighte, this ae nighte,
> ―Every nighte and alle,
> Fire and sleet and candle-lighte,
> And Christe receive thy saule,

대신 우리는 오카신(Aucassin)과 니콜레트(Nicolette)를 흉내 내는 영국의
시인들을 발견하게 된다.

천국에서 나는 무엇을 얻어야만 하는가? 나는 그곳에 들어가기를 원치 않
고, 다만 내가 그토록 사랑하는 나의 아름다운 여인, 니콜레트를 취할 뿐이
라네. 천국에 들어오는 이는 이제 내가 말하는 이들뿐이라네. 그곳으로는 이
늙은 사제들이 들어오고, 늙은 사람들과 불구자들이 멈춰선 채 제단 앞에서
토굴에서 낮이나 밤이나 끊임없이 웅크리고 있다네. 낡고 해진 완장을 두른
사람들과 오래되고 군데군데 기운 작업복을 입은 사람들과 헐벗은 채 신도

---

11  "주석과 예시"의 9장 참고.

신지 않은 사람들, 상처 가득한 사람들, 굶주림과 목마름과 추위와 평안함이라고는 거의 없는 사람들이. 이들은 천국으로 갈 사람들이리니. 이들에게 내가 해줄 것은 없다. 하지만 나는 지옥으로 가고 싶어라. 왜냐하면 지옥으로는 멋진 집사들과 마상 시합과 거창한 전쟁에서 쓰러진 고귀한 기사들이, 무장한 건강한 사람들과 모든 귀족들이 들어가니. 나는 차라리 이들과 가고 싶다. 그쪽으로 가면서 아름답고 예의바른 귀부인들을 지나가는데, 이들은 연인이 둘 혹은 셋인데다 그들의 군주들 또한 그리로 가니. 금과 은도, 모피무늬 의복과 하프 연주자들과 장인들, 그리고 이 세상의 군주들 또한 지옥으로 가네. 이들과 함께 나는 기쁘게 가리니, 그저 내 아름다운 여인 니콜레뜨만 함께하게 해주오.

## 5. 엘리자베스 시대의 서정시

우리가 보아왔던 것처럼 유럽 전통은 프랑스와 이탈리아를 여행하면서 새롭게 발견한 르네상스의 보물을 들여온 "궁정의 장인들"과 함께 영국에 새롭게 들어왔다. 그리스와 로마는 언제나 이따금 스스로 새로워졌기 때문에 상상력과 영시에 대한 그들의 장악력을 갱신할 수 있었다. 때로 고전의 이러한 영향은 위축, 제약, 인간 한계와 예술의 "규칙" 등을 인정하는 방향으로 작용했다. 하지만 엘리자베스 시대의 시에서 고전의 영향은 팽창을 낳았다. 영국의 르네상스를 특징짓는 생생한 에너지의 발산, 그리스와 로마의 재발견, 프랑스와 이탈리아와 예술적 교류는 영국인들의 자신감을 고양시켰으며, 역사의 연속성을 드러내면서 인간 본성에 대한 새로운 믿음을 부여했다. 유럽 전통은 적어도 그 시기 동안은 권위보다는 자유를 이끌어냈다. 지적 호기심과 열정을 자극하기도 했다. 문학비평은 개스코인(Gascoigne)과 시드니, 그리고 퍼트넘, 캠피온과 다니엘이 행한 시 예술에 관한 신랄한 논의 속에서 생기를 얻었다. 1557년 그 유명한 『토텔의

문집』(*Tottel's Miscellany*)에 이어 나온 서정시집의 제목들을 보면 당시의 시대정신들이 반짝인다. 『신성한 의지의 낙원』(*A Paradise of Dainty Devices*), 『훌륭한 창조물의 놀라운 전시장』(*A Gorgeous Gallery of Gallant Inventions*), 『유쾌한 기쁨 한 다발』(*A Handfull of Pleasant Delights*), 『불사조와 둥지』(*The Phoenix Nest*), 『영국의 헬리콘 산』(*England's Helicon*), 『데이비슨의 시적 랩소디』(*Davison's Poetical Rhapsody*).

불렌(Bullen), 셸링, 라이스, 브레이스웨이트(Braithwaite)와 다른 현대의 영국 서정시 편집인들은 이 시집들을 포함한 다른 많은 시집을 샅샅이 뒤지면서 도입된 이탈리아식 목가시가 영국의 전원적 분위기와 얼마나 일치하는지, 작시법에 대한 연구가 풍부하면서도 다양한 연의 효과를 낳았는지, 공동체 내의 모든 계층들을 아우르며 퍼진 노래에 대한 열정이 그렇지 않았더라면 그저 빈약하기만 한 "멍청한"(dildido) 행들에 불과했을 행에 얼마나 놀라운 음악적 특성을 부여했는지를 보여주었다. 아널드 돌메치(Arnold Dolmetsch)와 그의 친구들은 엘리자베스 시대 노래집의 음악을 되살려냈으며, 존 어스킨과 다른 학자들은 노래집—특히 바드, 도날드, 캠피온 같은 음악가들이 작곡한 노래집—과 살아남은 서정시 형식과 특성 간 관계를 조사했다. 그러나 전형적인 엘리자베스 시대의 노래에 담긴 아름다운 선율을 인지하는 데 엘리자베스 시대의 악기인 류트나 비올라에 대해, 그리고 "목가적" 노래와 "윤창곡"(catch)이나 "영창곡"(air) 사이의 정확한 차이에 대해 알 필요까지는 없다.

> 나는 이 여인들을 신경 쓰지 않는다네,
> 틀림없이 누군가 구애하고 칭송했을 여인들.
> 내게 친절한 아마릴리를 주오.
> 그 변덕스러운 시골 처녀를.
> 자연은 경멸하지 않는다오,

여기서 아름다움은 그녀의 것.
우리가 구애하고 입맞춤 할 때
그녀는 울며 제발 보내달라 간청하지.
하지만 우리가 편안함이 있는 곳으로 가면
그녀는 결코 거부하지 않는다오.

I care not for these ladies,
That must be woode and praide:
Give me kind Amarillis,
The wanton countrey maide.
Nature art disdaineth,
Here beautie is her owne.
Her when we court and kisse,
She cries, Forsooth, let go:
But when we come where comfort is,
She never will say No.

필(Peele)과 그린(Greene) 그리고 말로 같은 목가 시인들에 의해 쓰였을 때조차 엘리자베스 시대의 서정시 정신이 언제나 편안한 것은 아니다. 관능적 쾌락 이후의 유치한 욕심이 종종 폭력을 통해, 그리고 인간 존재의 찰나의 시간에 대한 성마른 생각으로 인해 종종 그늘진다. 하지만 서정시의 영혼은 언제나 자발적이며 신속하고 생생하게 살아 있다. 서정시의 개별적 소리들은 영국 민족과 그 시대의 템포와 가락을 포착함으로써 사적으로는 닮지 않는 스펜서, 말로, 단과 같은 사람들 각자 진정한 "엘리자베스인"이다. 스펜서의 "포도 넝쿨 같은" 풍성함, 말로의 비상하는 에너지, 단의 진중하고도 현실적인 미묘함은 실제로 위대한 시의 시대에 결코 부족함이 없는 개인주의의 특징을 보여준다. 이 개인주의는 셰익스피어의 극중 노래 거의 모두와도 결을 달리한다. 왜냐하면 바로 여기에 분명히 영국 민족이 있으며, 르네상스의 울림과 기질이 있기 때문이다. 하지만 이 모든 것과 더불어 한 인간의 노래하는 목소리에 담긴 설명할 수 없고 흉내 낼 수 없는 음색이 존재한다.

## 6. 반응

셰익스피어의 서정시에서 제임스 1세와 찰스 1세의 통치기에 시 작업을 했던 벤 존슨과 "벤의 아이들"(sons of Ben)[12]의 서정시로 관심을 돌리면, 변화의 분위기를 점차 의식하게 된다. "최초의 멋지고 근심 없는 황홀감"은 사라졌다. 고전적 "권위"가 조용하고 한결 같은 압력을 다시 행사한다. 학자들은 벤 존슨의 「그대의 눈동자로만 내게 건배를」(Drink to me only with thine eyes)의 첫 행들이 그리스의 시들을 베낀 것이라는 사실을 기억하기를 좋아한다. 1620년 작품인 「새로운 숙소에 대한 비난에 관해 자신에게 하는 송가」(Ode to Himself upon the Censure of his New Inn)에서 존슨은, 한참 뒤에 랜더(Walter Savage Landor)가 그러하듯, 그리스와 로마로 회귀함으로써 당대로부터 벗어나 경멸하는 피난처를 찾는다.

> 그토록 타락한 것들은 버리고
> 알카이오스의 루트를 취하자.
> 아니면 그대 자신의 호라티우스나 아나크레온의 현금을 취하라.
> 핀다르의 열정으로 그대를 녹이라.

---

12  벤 존슨의 시적, 철학적 입장을 따르던 17세기 시인들로 당시에 형성되었던 문인 집단. 벤 존슨과는 달리 보다 적극적으로 왕을 옹호하는 입장을 취하기도 했다. Richard Brome, Thomas Nabbes, Henry Glapthorne, Thomas Killigrew, Sir William Davenant, William Cartwright, Shackerley Marmion, Jasper Mayne, Peter Hausted, Thomas Randolph, 그리고 William Cavendish 등의 시인들이 있었다. ─옮긴이 주

Leave things so prostitute,
And take the Alcaic lute;
Or thine own Horace, or Anacreon's lyre;
Warm thee by Pindar's fire.

서정시 형식의 반응은 그 자체로 소네트, 목가시, 소곡(madrigal)의 소멸과, 무운시의 무시, 2행연구의 발달 등에서도 드러난다. 이런 점들과 연관하여 밀턴은 엘리자베스 시대 시인들 가운데 유일한 생존자였다. 조지 허버트 같은 독창적인 은둔자들을 제외하면 운율적 실험은 거의 사라졌다. 캐럴라인 시대[13] 시인들의 인기 있는 운율은 각운을 갖춘 8음절 혹은 6음절의 4행연구였다.

허나 이 변덕스러움은 그대가
칭송할 것이다.
그대여, 나는 그대를 사랑할 수 없구나
호메로스를 더 사랑하는 것만큼.

Yet this inconstancy is such
As thou too shalt adore;
I could not love thee, Dear, so much
Loved I not Honour more.

크래쇼, 본, 그리고 트러헌(Traherne) 같은 신비주의자들은 보다 광범위한 운율적 자유를 소망했고 확보하기도 했으며, 실제로 오늘날 시인들에게 17세기의 이 헌신적인 서정시의 복잡한 패턴들은 대단한 흥미를 유발시키는 것이기도 하다. 하지만 상당 부분 급격하게 변하는 시대의 영향으

13   영국 왕 찰스 1세, 2세 시대 ─ 옮긴이 주.

로 인해 당시의 취향은 사고와 감정, 시어와 작시법 사이의 보수적인 균형을 보이는 시를 선호했다. 무엇이 받아들여지는가에 대해서는 궁정인 같은 본능을 지닌 왈러(Waller)는 중도를 택하면서 콜리(Cowley)와 퀄스(Quarles)가 원하는 대로 환상적인 실험을 하도록 내버려두었다. 왕정복고 시기의 청교도 시인이었던 앤드루 마벨 또한 왈러처럼 "유연하게" 시를 썼다. 마찬가지로 사소한 운율적 실험을 좋아했던 헤릭(Robert Herrick) 또한 호라티우스풍의 시 속에 표현된 조용한 정원에서 누리는 기쁨과 사랑의 환상을 희롱하는 일을 찬양했다. "확장보다는 집중, 상상보다는 공상, 그리고 그 범위와 호소의 점차적 제한," 이것이 당시 시적 경향에 대한 셸링 교수의 전문가적 요약이었다.

그리고 나서 영국에서 서정시의 충동은 사라져갔다. 드라이든은 열변과 풍자를 통해 장엄하게 목청을 높일 수 있었지만, 노래하는 목소리는 갖지 못했다. 마찬가지로 포프는 "운율에 혀짤배기소리를 냈지만" 그의 명징함에도 불구하고 결코 노래하는 법을 배우지 못했다. 18세기의 전반부 25년을 형성하던 오거스턴 시대는 산문과 이성, 양식, 그리고 "정확성"의 시대였다. 드라이든에게서 그토록 울려 퍼지고 포프가 감탄할 만한 정도로 변형시켜 다듬었던 10음절 2행연구는 그 시대가 좋아하던 운율이었다. 시인들은 안전하게 작업했다. 그들은 분위기에서든 운율적 장치에서든 "열정"을 가질 기회가 전혀 없었다. 그들은 2행연구의 제한적 한계 내에서 말할 수 있는 것을 경탄할 만한 요점과 열정과 우아함을 가지고 말했다. 하지만 그것은 연설이었지 노래가 아니었다.


## 7. 낭만적 서정시

반란은 18세기 중반을 향해 갈 때 일어났다. 먼저 콜린스, 그리고 그레이의 서정시를 통해서였다. 종달새가 날아올라 다시 한 번 영국 하늘에서 노래 부르기 시작했다. 인생의 집에 새로운 창문들이 열렸다. 사람들은 미의 출현 앞에 다시 호기심과 경이로움, 그리고 낯선 느낌을 가지고 밖을 내다보았다. 사람들은 새로운 시각으로 자연을 보았고, 과거에서 새로운 풍성함을 발견했으며, 다른 민족의 삶에서, 특히 거친 북구와 켈트족의 피가 흐르는 가락에서 새로운 기이함과 풍미를 발견했다. 삶은 다시금 점차 신비한 것으로 변해갔다. 오거스틴 시대의 "분별력"으로는 이해할 수 없거나 각운을 갖춘 2행연구로는 표현될 수 없는 것이었다. 시인들은 정상적인 것 대신 예외적인 것을, 그리고 시공간적으로 낯설고 멀리 떨어진 것을 찾았고, 그게 아니면 익숙한 것을 무언가 낯설고 유별난 환상적인 시각을 통해 보기 시작했다. 시의 분위기도 고요한 감상에서 흥분된 감정이나 "감수성'으로, 다시 오롯하게 열정으로만 변해 갔다. 시의 형식도 관습적인 것에서 무운시와 스펜서풍의 연과 같은 옛 것을 다시 찾기 시작하더니, 새롭고 더 자유로운 형식을 고안하면서 마침내 훨씬 더 서정적인 형식으로 변해 갔다. 시의 어법도 오거스틴 시대의 관습, 즉 정형화된 형용사와 형식적 의인화에 저항했다. 구체적이고 기이한 것에 대한 추상과 일반화를 버렸다. 실제 삶의 언어로, 그러더니 거기에도 만족하지 못하고 고양된 열정의 언어로 변해 갔다. 완전한 낭만적 감정에 싸여 시를 썼던 바이런과 셸리는 말할 것도 없이 코퍼, 블레이크, 번즈, 그리고 워즈워스의 시를 읽은 사람이라면 이 시가 새로운 주제를 발견했다는 것을 알게 된다. 시는 아이, 농부, 마을사람, 부랑자, 고독한 사람, 심지어 바보와 정신병자들을 그려냈다. 개별적인 것, 영원한 것, "영혼의 상태"의 통렬한 다양성들에 대한 새로운 인간 감정이 존재한다. 나중에 브라우닝은 이렇게 천명한다. "영혼의 상태"야말로 시인들의 관심을 받을 가치가 있는 유일한 것이다.

하지만 우리가 기억해야만 하는 사실이 있다. 키츠 같은 서정 시인은 낭만적 기질의 외적 특성을 통해서가 아니라 그 자신의 말과 구절, 그리고 리듬의 실질적인 결을 통해서 자신의 개성을 드러냈다는 것이다. 그의 묘사법(brush-work)을 마치 이탈리아 회화 전문가들이 이런저런 대가들의 작품에 담긴 필법과 안료를 검사하듯 아주 세밀하게 살펴보면, 모든 시적 어법의 최고의 대가들과 마찬가지로 키츠도 자신의 서정적 메시지를 그 자신만의 독특한 언어로 암호화해 놓았다는 것을 알게 될 것이다. 그것을 해독하는 것은 우리 몫이다. 물론 그도 특히 초기 작품들에서 얼마간 평범한 8행연구, 낭만주의 학파들의 평범한 시적 특성들을 사용했다. 젊은 시절의 테니슨이 1827년 시집에서 「올빼미」와 「자정」 그리고 「고독한 호수」, 즉 18세기 낭만주의 학파의 "특성"들을 가지고 유희했듯 말이다. 그러나 키츠와 마찬가지로, 또 그 문제에 있어서는 셰익스피어도 그랬던 것처럼, 테니슨은 이 모방의 단계를 지난 예술적 성숙의 단계로 옮겨갔고, 그 단계에 이르러 무리한 힘이나 무절제 혹은 기이함을 보이지 않으면서 말들이 자신이 시키는 대로 따르게 했다. 각각의 말은 한 개인의 지문을 담고 있다.

　낭만주의 시기 내내 낯선 민족의 시에 관한 호기심에 열정을 부여하는 것은 주로 이 개성의 발현이다. 낭만주의가 범세계주의를 바짝 뒤따라 일어났다는 사실, 그리고 나폴레옹 전쟁 이후 등장한 강렬한 민족주의 시대에 앞선다는 사실을 기억해야 할 것이다. 대략 1750년경의 지적인 "유럽 연합" 내―민족적 차이들은 최소화되고 "계몽"이 가장 중요했으며, "적절한 공통의 분별력"이 문학적 모토였던 시대―에서도 서유럽이라는 매력적인 영역 외부의 민족과 문학에 대한 호기심이 급속하게 커가고 있었다. 그 시기는 동양의 이야기, 북구 신화의 시대였다. 그 당시 영국, 프랑스, 독일의 시인들은 그들의 영감의 결과를 서로 나누기 시작했다. 월터 스콧은 버거스의 「레노어」(Lenore)를 번역할 때 시인이 되었고, 괴테는 말로의 『닥터

포스터스』(*Dr. Faustus*)를 읽었으며, 워즈워스와 콜리지는 독일을 방문했다. 일반적인 18세기 "계몽"을 찾아간 것이 아니라 무언가 독특한 진리와 미의 계시를 찾아간 것이었다. 낭만주의가 완전히 만개했을 때, 신교도 독일은 이탈리아와 스페인에서 영감을 찾았고, 가톨릭 프랑스는 독일과 영국에서 그랬다. 새로운 민족적 가치관이 시에 분명하게 드러났다. 사우디(Robert Southey), 무어, 바이런, 그리고 빅토르 위고의 『동양』(*Les Orientales*)과 르콩트 드 릴(Leconte de Lisle)의 『야만시』(*Poèmes Barbares*) 등에서 볼 수 있을 것이다. 당대의 음악도 같은 경향을 보여왔다. 빈의 슈트라우스는 아라비아 리듬으로 왈츠를 작곡했으며, 그리그는 스코틀랜드 교향곡을 작곡했고, 드보르자크는 흑인 영가를 사용해 미국의 국가를 작곡했다. 민족들 간의 교류가 점점 더 용이해지고 민족적 특성에 대한 관심이 보다 강렬해짐에 따라 서정시 애호가들이 새롭고도 복잡한 서정시의 감정을 찾아 멀리 들판을 헤매지 않는다면 그것이야말로 이상한 것이었다.

## 8. 탐험가의 기쁨

다른 민족의 서정시를 발견하는 탐험가의 기쁨은 오늘날보다 더 강렬할 수는 없었다. 우리가 배우는 모든 가외의 언어들, 낯선 이국에서 하는 새로운 체류는 서정적 분위기를 공유하는 우리의 능력을 키워준다. 물론 어떤 민족이나 시기가 서정적 충동에 완전히 몰입하는 것은 불가능하다. 교양 있는 영국인들은 몇 세기 동안 그들의 호라티우스를 알고 있었지만 즐겁기는 해도 그것은 그저 반쪽짜리 지식에 불과했다. 프랑스와 영국은 거리상으로는 몹시 가깝지만 상대방의 시적 발화의 분위기를 직관적으로 이해하기에는 아직도 너무도 멀리 떨어져 있다! 그 어떤 두 나라도 동일한 "지식"(fringe)을 가진 영혼을 소유하고 있지 않다. 제아무리 완벽한 언어학자라도 하나 이상의 진정한 모국어를 지닐 수 없으며, 서정시가 그 나름의 의미심장한 소리로 노래하는 것은 오직 모국어를 통해서만 가능하다. 그럼에도 불구하고 삶에서 우리 자신의 가슴이라고 알고 있는 그런 가슴으로부터 나온 노래만이 아니라 낯선 이의 입술에서 전해지는 반쯤밖에 이해 못하는 노래를 들으면서 느낄 수 있는 기쁨보다 더 순수한 기쁨은 거의 찾기 어렵다.

이 순간 홀로 앉아 갈망하며 생각에 빠진 채 앉아 있으니
다른 땅에 다른 사람이 있는 것처럼 보인다
갈망하며 생각에 잠긴 사람이.
독일, 이탈리아, 프랑스, 스페인, 혹은
더 멀리 멀리 중국, 혹은 러시아나 일본에서
다른 언어로 이야기하는 그들을
멀찍이서 볼 수 있을 것 같다
그들을 만약 내가 알 수만 있다면
내 조국에 있는 사람들에게 그러하듯
내가 그들 옆에 달라붙어 앉을 수도 있을 것 같다
오 나는 안다 우리가 형제요 연인이 되어야만 한다는 것을
나는 안다 나는 그들과 행복해져야만 한다는 것을.


This moment yearning and thoughtful sitting alone,
It seems to me there are other men in other lands
yearning and thoughtful,
It seems to me I can look over and behold them in
Germany, Italy, France, Spain,
Or far, far away, in China, or in Russia or Japan,
    talking other dialects,
And it seems to me if I could know those men I
    should become attached to them as I do to

men in my own lands,

O I know we should be brethren and lovers,

I know I should be happy with them.

## 9. 시험

만약 독자가 낯선 목소리에 대한 반응이 아니라 그 자신의 피가 흐르는 다른 시대의 시인들에 대한 자신의 반응을 기꺼이 시험해보고 싶다면 가장 잘 알려진 영시 가운데 세 편 – 밀턴의 「리시다스」(Lycidas), 그레이의 「애가」(Elegy) 그리고 워즈워스의 「불멸송」(Ode to Immortality) – 을 큰 소리로 읽거나 아니면 암송하는 것이 좋다. 첫 번째 시는 1638년에, 두 번째 시는 1751년에, 그리고 마지막 시는 1817년에 발표되었다. 이 세 편 각각의 시는 한 민족, 한 시기, 그리고 한 개인의 "핵심적" 발화이다. 또 각각은 영국 청년들이 쓴 야외의 시편이다. 서정적이며 비가풍 – 만가와 위안의 노래 – 이다. 「리시다스」는 영국 르네상스 시기의 결함 없는 마지막 작품이자, 고전적 목가적 관습의 축도이며, 동시에 기독교적, 정치적 그리고 사적인 내용이 모두 담겨 있다. 그레이의 「애가」가 보여주는 조용하지만 완벽한 이면에는 익명의 삶에 대한 열정적인 공감이, 열정적인 동시에 억제된 공감이 나지막하게 자리하고 있다. 워즈워스는 그의 위대한 시 「불멸송」에서 형식이나 감정의 억제를 몰랐다. 그 시의 맹아가 된 사상은 논리적이라기에는 부조리한 점이 있지만 상상력은 그렇지 않다. 다른 애가들과 마찬가지로 이 애가는 한 인간의, 시대의, 민족의 "서정적 외침"이다. 다른 애가들과 마찬가지로 워즈워스의 능력이 미치는 온갖 기지로 "암호화되어" 있어서, 영국 서정시의 언어를 아는 사람만이 해독할 수 있다.

반복에 의해 진부해지고, 일반적 논평의 비평적 어휘들에 의해 훼손된

이 불멸의 애가들이 지루하다고 생각하는 독자들이 있을 수도 있다. 그럴 경우 그는 오늘날 과도하게 논평되는 시인이 아닌 랜더의 4행연구 하나로 된 시를 통해 민족, 시대, 그리고 개성에 대한 자신의 감각을 시험해볼 수 있다.

> 이안테여, 그대에게 곤란함은 거의 없다네
> 햇살 비치는 강물 아래 잔물결처럼.
> 그대의 기쁨은 초원의 데이지 꽃처럼 피어나고
> 영원한 기쁨처럼 꺾였다가 다시 솟아나네.

> From you, , little troubles pass
> Like little ripples down a sunny river;
> Your pleasures spring like daisies in the grass,
> Cut down, and up again as blithe as ever.

고전주의자와 귀족주의자, 영국인, 그리고 4행연구의 애호가를 찾아보시라!

아니면, 랜더가 너무 먼 시대의 시인처럼 보이거든, 매사추세츠주의 암허스트로 방향을 돌려 뉴잉글랜드의 은둔자인 에밀리 디킨슨이 쓴 교회 공동묘지의 이 놀라운 비가를 보시라.

> 이 고요한 흙은 신사요 숙녀였으며,
> 젊은이고 아가씨였다네.
> 웃음이었고 능력이었으며 한숨이었고
> 작업복이었고 곱슬머리였다네.
> 이 활기 없는 장소는 여름의 민첩한 저택이었지
> 꽃과 벌들이

그들의 보석 같은 주유를 완성하고
이렇게 생을 마친 것이지.

This quiet Dust was Gentlemen and Ladies,
And Lads and Girls;
Was laughter and ability and sighing,
And frocks and curls.
This passive place a Summer's nimble mansion,
Where Bloom and Bees
Fulfilled their Oriental Circuit,
Then ceased like these.

# 제10장
# 서정시의 현재 상황

모든 행동으로부터 분리할 수 없는 욕정, 분노, 그리고 욕망과 고통, 기쁨 등 그 속에서 시가 시들게 하고 굶주리기보다는 열정의 자양분을 주고 수분을 공급하는 다른 모든 감정에 대해서도 같은 말을 할 수 있을 것이다. 시는 인간의 행복과 미덕을 위해 그 감정들이 마땅히 지배당해야 하는 것처럼 지배하기보다는 오히려 감정이 지배하게 해야 한다.

And the same may be said of lust and anger and all the other affections, of desire and pain and pleasure which are held to be inseparable from every action—in all of them poetry feeds and waters the passions instead of withering and starving them; she lets them rule instead of ruling them as they ought to be ruled, with a view to the happiness and virtue of mankind.

— 플라톤, 『공화국』(*Republic*) 10권

인간은 그 자신의 세대에 대해 조용히 돌아서서 '망할!'이라고 말할 권리가 전혀 없다. 중요한 것은 과거 전체, 그리고 미래 전체, 이 동일한 면화기계, 헐떡이며 비명을 지르며 돈을 좇기, 황폐해진 우리 세대, 그게 중요한 것이다.

A man has no right to say to his own generation, turning quite away from it, 'Be damned!' It is the whole Past and the whole Future, this same cotton-spinning, dollar-hunting, canting and shrieking, very wretched generation of ours."

— 칼라일이 에머슨에게, 1842년 8월 29일

이제 마지막으로 오늘날 서정시의 상황에 대해 살펴보자. 우리는 살아 있는 시인들의 예술적 가치를 평가한다는, 불가능한 것은 물론 위험하기도 한 시도는 하지 않을 것이다. "시인들은 학급 명부에 있는 대학생들처럼 순위를 매겨서는 안 된다."라고 현명한 존 몰리(John Morley)가 오래전 말했다. 분명 그들은 그들의 작업이 다 완결되지 전에는 순위를 매길 수 없다. 게다가 제한된 이 장에서 작은 규모라 할지라도 로웰의 『현대 미국 시의 경향』(*Tendencies in Modern American Poetry*), 언터메이어(Untermeyer)의 『미국시의 새 시대』(*New Era in American Poetry*), 윌킨슨(Wilkinson)의 『새로운 목소리들』(*New Voices*), 그리고 루이스의 『관습과 반발』(*Convention and Revolt*) 등과 같은 흥미로운 저서들이 수행한 과업은 수행할 수 없다. 나는 오히려 독자들에게 서정시에 반대하는 오래된 예, 즉 플라톤 이래 오늘날까지 비평적 견해의 법정에서 여전히 시도되고 있는 그 사례에 대해 먼저 상기시키고 싶다. 그 다음 보다 간결하게 옹호하는 입장들을 지적하려고 한다.

우리가 논의를 전개해가면서 오늘날 미국과 영국의 시는 과거 공격의 요점을 예리하게 할 뿐 아니라 서정시를 옹호하는 이들의 영혼에 용기를 주는 어떤 일반적인 경향을 드러내고 있다는 것이 명백해질 것이다.

# 1. 플라톤의 도덕적 반대

지금 수행되고 있는 비평적 논쟁에[1] 지금 이 장의 제목을 장식한 플라톤의『공화국』에서 인용된 구절보다 더 기여하는 것은 없을 것이다. 그 구절은 각 세대가 가능한 한 최선을 다해 마주해야 할 영원한 진술 가운데 하나를 표현하고 있다. "시는 열정을 시들게 하고 굶주리게 하기보다는 열정에 자양분을 주고 수분을 공급한다. 시는 열정을 지배하기보다는 열정이 지배하게 한다." 플라톤의『법』에서 아테네의 이방인은 묻는다. "시인들이 언제나 선악을 알 수 있는 능력이 있는 것은 아니다라고 않았나요?"『파이드로스』에서 소크라테스가 대답한다. "언제나 제3의 광기가 있소. 그건 바로 뮤즈를 소유하는 것이오. 이 뮤즈는 섬세하고 순결한 영혼으로 들어와 광폭함을 불러일으키고 서정시와 다른 모든 시들을 일깨운다오." 플라톤의 이와 같은 서정시적 "영감"과 "소유"에 대한 인식은『이온』속 불멸의 구절 속에 스며들었다.

> 서정 시인이건 서사 시인이건 모든 훌륭한 시인은 자신의 아름다운 시를 예술 작품으로 짓는 것이 아니라 자신이 영감을 받고 소유 당했기 때문에 짓는 것이다. 코리반트의 주연꾼들이 춤을 출 때 제정신으로 그러는 것이 아닌 것처럼 아름다운 가락을 지을 때 서정 시인은 제정신이 아니다. 하지만 음악과 운율의 힘 아래 지배를 받게 될 때 그는 영감을 부여받고 소유 당하게 된다. 제정신일 때가 아니라 디오니소스의 영향 아래 있을 때 강에서 우유와 꿀을 길어 오는 바커스의 처녀들처럼 말이다. 서정 시인의 영혼은 그들이 말하는 것처럼 한결같지 않다. 왜냐하면 그들은 자신의 가락을 뮤즈의 정원 밖과 골짜기의 꿀 가득한 샘으로부터 길어 온다고 말하기 때문이다. 벌처럼 그

---

[1] "the Introduction" and "the closing chapter" of Stuart P. Sherman's *Contemporary Literature*, Holt, 1917 참고.

들은 그리로 날아간다. 그건 사실이다. 왜냐하면 시인은 가볍고 날개 달린 신성한 존재이며 영감을 부여받고 제정신을 잃고 나서야, 그래서 더 이상 그에게 정신이 없게 되고 나서야 그의 내면에는 창조가 존재하기 때문이다. 이러한 상태에 도달하기 전 그는 무기력하고 신탁을 말할 수 없는 상태다. 호메로스에 관한 여러분의 말처럼 시인들이 행동에 대해 말하는 고귀한 말은 많다. 하지만 그들은 어떤 예술적 규칙에 의해 그 말을 하는 것은 아니다. 오직 뮤즈가 그들에게 강요하는 것만을 만들 때, 그때 그들의 창의력이 영감을 받았을 때이다. 그때 비로소 그들 가운데 한 명은 주신찬가를, 다른 이는 송가를, 또 다른 이는 서사시나 약강격 시를 짓는다. 그리고 한 유형의 시에 뛰어난 시인은 다른 종류의 시에는 그렇지 못하다. 왜냐하면 예술에 의해서 시인이 노래 부르는 것이 아니라 신성한 힘에 의해 노래하기 때문이다. 그가 만약 예술의 규칙을 배웠더라면 그는 그것들 가운데 단 하나가 아니라 모두에 대해 말하는 법을 알았을 것이다. 그러므로 신은 시인의 정신을 빼앗아 가서, 성직자들과 신성한 예언가들을 이용하듯 자신의 사제로 이용하여 시인의 목소리를 듣는 이들이 시인은 무의식 상태에서 이 아무짝에도 쓸모없는 말을 내뱉는 자신에 대해서 말하는 것이 아니라 신이 말하고 있음을, 그리고 그들을 통하여 신이 우리와 대화 한다는 것을 알려주려는 것이다.[2]

시가 "모방"이라는 또 다른 플라톤적 개념은 널리 알려진 『공화국』의 제3권에 있는데, 거기서는 서정적 조화의 어떤 유약한 영향력에 대한 경고를 하고 있다.

나는 이렇게 답했다. 조화(harmony)라는 것에 대해서 나는 전혀 아는 바가 없지만 용맹한 사람이 위험한 순간과 강력한 결의의 순간에, 혹은 자신의 대의가 무너지고 상처를 입거나 죽임을 당하게 될 때, 혹은 다른 적에게 패배당할 때, 바로 그런 위기의 순간에 차분하고 인내심 있게 운명을 맞이할 때 내뱉는 말처럼 들리는 호전적인 조화 하나는 갖고 싶다. 그리고 평화의 시기

---

2    Plato's Ion, *Jowett's translation*.

와 자유로운 행동을 할 때 사용할 수 있는, 즉 아무런 필연적 압박—청원이나 설득을, 신에게 기도를, 인간을 가르치는 일을, 혹은 설득이나 청원과 조언에 기꺼이 귀를 기울이거나 사용해야 할 필연성—이 없을 때 사용할 수 있는 다른 하나도 있었으면 좋겠다. 그 조화는 그가 자신의 목적을 수행했을 때 그 자신을 대변하며, 성공에 의해 멀어지는 것이 아니라 온유하고 현명하게 행동하면서 잠자코 그 사건을 받아들인다. 이 두 가지 조화는 남겨두라고 청한다. 필연성의 가락과 자유의 가락, 불행의 가락과 행운의 가락, 용기의 가락, 절제의 가락, 이런 것들을 남겨두라고 말한다.

"인간다운 삶의 자연스러운 리듬"에 대한 유명한 주장과 그 반대로, "우아함과 리듬, 그리고 조화의 부재는 악한 성격과 밀접한 연관이 있다."는 취지의 주장도 있다. 이 논쟁의 토대가 "영감"과 "모방"이라는 그리스의 미학 이론을 우리가 포기함으로써 변형되어온 것도 사실이다. 하지만 서정적 유약함과 자연주의에 대한 플라톤의 도덕적 반대가 우리 동시대인들에 의해 널리 공유되는 것도 사실이다. 그들은 "새로운 시"가 종종 사랑스럽기는 하지만 "남성다운" 면을 발견하지 못한다. 반대로 새로운 시의 일부가 플라톤이 "방종"이라고 불렀던 것임을, 즉 특정한 러시아의 춤곡이 그러하듯 의지의 기질이 와해되거나 느슨해지는 것을 발견한다. 나는 어느 날 한 미국 작곡가에게 물었다. "세속적 음악과 신성한 음악 사이의 낡은 구분 속에 뭔가가 있긴 있는 겁니까?" 만약 이 구분이 건전한 것이라면 새로운 시의 상당 부분은 감각 자체의 흥분만을 목표로 하는 것이 명백하다. 혹은 플라톤의 말대로 "감각들이 마땅히 지배당해야 하는 것처럼 지배하기보다는 감각들이 지배하게 하는 것을 목표로 하는 것"이 말이다. 혹은 오늘날 한 비평가의 보다 신랄한 표현을 빌려 말하자면, "그들은 우리가 정신은 없는 눈이 되기를 청한다. 사고는 없이 온통 감각뿐, 우연과 혼동과 가득할 뿐 질서도 구조도 이성의 기질도 전혀 없는 그런 존재가 되라고."

그러나 넓게 보자면 우리가 이와 같은 도덕적 판단과는 다른 경향을 가질 수 있지만, 무수한 이상주의자들이 그 판단을 견지한다는 사실도 여전히 진실이며, 현대 세계에서 시에 대한 사랑이 살아 있게 해온 이들은 이성을 따르는 이들보다는 이상주의자들이다.

## 2. 이성적 반대

하지만 플라톤주의자뿐 아니라 속물들조차도 현대시, 특히 서정시에 반대하는 고발장을 내고 있다. 그들은 시가 무용할 뿐 아니라 낡았다고 생각한다. 매콜리(T.B. Macaulay)의 밀턴에 관한 논문은 "칼레도니안"[3] 이성주의의 고전적 표현 가운데 하나다.

> 우리는 문명이 진보함에 따라 시는 거의 필연적으로 소멸한다고 생각한다…… 시인의 도구인 언어는 가장 조야한 상태에서 그의 목적에 가장 잘 맞는다. 민족은 개인과 마찬가지로 처음에는 인식하고 그 다음에는 추상화한다. 그들은 특별한 이미지에서 보편적 용어로 나아간다. 따라서 계몽된 사회의 어휘는 철학적이며, 문명화가 덜 된 민족은 시적이다…… 인간들이 더 많이 알게 되고 생각하게 됨에 따라 개인적인 면들을 점점 더 잃게 되고 계층적이 된다. 따라서 그들은 이론화에 더 능하게 되며 시에는 점점 더 약해진다…… 계몽된 시기에는 많은 지성, 과학, 철학이 존재할 것이며, 단순한 분류와 모호한 분석이 풍성해질 것이며, 기지와 웅변이, 운문이, 훌륭한 운문이 풍성해지겠지만 시는 더 줄어들 것이다.

드라이든에 관한 논문(1828)에서 매콜리는 이러한 비난을 갱신했다. "시는 정신의 실험이 아니라 정신의 자유를 믿는 것이다…… 지식이 확대

---

3   스코틀랜드의 옛 이름—옮긴이 주.

됨에 따라, 그리고 이성이 계발됨에 따라 모방의 예술은 소멸한다." 하지만 『시의 4시기』(*The Four Ages of Poetry*)를 쓴 토머스 피콕(Thomas Love Peacock)에 비하면 매콜리조차 신랄함이나 유쾌함에 있어 훨씬 떨어지는 합리론 옹호주의자에 불과하다.[4]

이 점을 보여주는 데는 불과 몇 문장만으로 충분할 것이다.

> 오늘날 시인은 문명화된 공동체에서 거의 야만인에 지나지 않는다. 그는 과거에 살고 있다. 그의 사상, 생각, 감정, 연상들은 온통 야만적인 방식, 진부한 관습, 타파된 미신과 함께 있다. 시인의 지성의 움직임은 게와 같다. 뒷걸음질 친다…… 시의 최고의 영감은 세 가지 구성물로 분해할 수 있다. 조절되지 않은 열정의 호통, 과장된 감정의 흐느낌, 그리고 인위적 감정의 위선적 말투. 위선적 말투는 찬란하지만 광적인 알렉산더, 바터 같은 낑낑대는 코흘리개, 혹은 워즈워스 같은 병적인 몽환가를 성숙시키는 데 기여할 뿐이다. 시는 결코 철학자도 정치가도 혹은 어떤 계급의 유용한 혹은 합리적인 인간을 만들어내지도 못한다. 시는 그토록 많이 또 빨리 발전하는 삶의 어떤 위안과 유용한 일에도 조금도 관여할 수 없다…… 우리는 오래전에 극시가 그랬듯 모든 시의 종류가 타락했음이 일반적으로 인식될 그런 날이 그리 멀지 않음을 쉽게 알 수 있다. 이것은 지적인 능력이나 지적인 결실의 감소로부터 결과한 것이 아니다. 지적 능력과 지적 결실은 더 나은 다른 통로를 찾았기 때문이며, 문명과 시의 운명을 타락한 오늘날 조무래기 엉터리 시인들과 그들을 심판하는 심판자들, 즉 잡지 비평가들에게 맡겨버렸기 때문이다. 이들은 마치 호메로스의 시대에 그랬던 것처럼 지적 발전의 전부이기라도 한 것처럼, 또 수학자, 역사가, 정치가, 그리고 정치경제학자와 같은 이들이 아예 존재하지 않기나 하는 것처럼 계속해서 시에 대해 논쟁하며 신탁을 발표한다. 방금 언급한 이들은 지성의 대기 위에 피라미드를 건립해놓고는 그 피라미드의 정상에서 현대의 시인 집단들이 저 아래 있는 것을 보면서, 그들의 광대한 전망에 비해 얼마나 비좁은 자리를 시인 집단들이 차지하

---

4 A. S. Cook's edition of "Shelley's Defense of Poetry", Boston, 1891에서 발췌.

고 있는가를 알면서 엉터리 시인들과 사기꾼들이 그 위에 서서 손바닥만 한 시적인 영역과 비평의 자리를 차지하겠다며 싸우는 사소한 야망과 한정된 인식에 대해 비웃음을 던지고 있다.

A poet in our times is a semi−barbarian in a civilized community. He lives in the days that are past. His ideas, thoughts, feelings, associations, are all with barbarous manners, obsolete customs, and exploded superstitions. The march of his intellect is like that of a crab, backward⋯. The highest inspirations of poetry are resolvable into three ingredients: the rant of unregulated passion, the whining of exaggerated feeling, and the cant of factitious sentiment; and cant herefore serve only to ripen a splendid lunatic like Alexander, a puling driveler like Werter, or a morbid dreamer like Wordsworth. It can never make a philosopher, nor a statesman, nor in any class of life a useful or rational man. It cannot claim the slightest share in any one of the comforts and utilities of life, of which we have witnessed so many and so rapid advances⋯. We may easily conceive that the day is not distant when the degraded state of every species of poetry will be as generally recognized as that of dramatic poetry has long been; and this not from any decrease either of intellectual power or intellectual acquisition, but because intellectual power and intellectual acquisition have turned themselves into other and better channels, and have abandoned the cultivation and the fate of poetry to the degenerate fry of modern rimesters, and their Olympic judges, the magazine critics, who continue to debate and promul- gate oracles about poetry as if it were still what it was in the Homeric age, the all− in−all of intellectual progression, and as if there were no such things in existence as mathematicians, historians, politicians, and political economists, who have built into the upper air of intelligence a pyramid, from the summit of which they see the modern Parnassus far beneath them, and knowing how small a place it occu- pies in the comprehensiveness of their prospect, smile at the little ambition and the circumscribed perceptions with which the drivelers and mountebanks upon it are contending for the poetical palm and the critical chair.

피콕이 이러한 묘사에 대하여 전적으로 진지한 마음이었는지 어땠는지를 누구도 알 수는 없지만 셸리의「시의 옹호」를 "하나의 대책"−셸리가 말했듯−으로 내놓는 한 우리는 그에 대해 감사해야만 한다. 피콕과 매콜리가 한 세기 전쯤 쓴 글이지만 시의 무용성에 대한 그들의 진술은 다른 분야에서 수행된 지적 노력의 가치와 비교해 볼 때 20세기 합리주의의 정신을 그대로 담고 있다. 이 책을 읽는 독자들 가운데 그런 주장을 옹호하는 이들은 거의 없겠지만 모든 면에서 이런 상황을 맞닥뜨리게 될 것이다. 따라서 독자들은 시드니와 셸리, 그리고 조지 우드베리(George Woodberry)가 "하나의 대책"이라고 했던 것을 기억할 필요가 있을 것이다.

## 3. 미학적 반대

『시학』5장에 있는 아리스토텔레스의 널리 알려진 비극에 대한 정의에서 논쟁의 여지없이 받아들여지는 한 구절, 딱 한 구절이 있다. "비극은 진지하고 그 자체로 완벽하며, 적절한 크기를 지닌 행동에 대한 예술적 모방이다."라는 구절이다. 서정시가 "적절한 부피"를 소유하고 있는가? 단 하나의 감정적 양상을 구현한 것으로, 따라서 필연적으로 간결한 서정시는 "부피"(mass)를 결여하고 있다. 미학적 명상의 대상으로 보자면 일반적인 서정시는 너무도 부피가 작아 최상의 영원한 기쁨을 제공할 수 없는 게 아닌가?

브래들리(A.C. Bradley)는『옥스퍼드 시 강의』에서[5] "장시는 단시에 넘쳐나는 과잉의 상상력을 요구하며, 단시가 지닌 단순하기만 한 간결성은 배제하고 있는 최고 가치의 엄격한 시적 효과를 장시가 받아들인다는 점을 보여주기는 쉽다."고 쓰고 있다. 틀림없이 서정시는 단편소설과 마찬가지

---

5     London, 1909. 이 문장은 "The Long Poem in the Age of Wordsworth." 장에서 발췌.

로 삶을 일정하게 총체적으로 보여줄 수 없다. 우리가 봐왔던 것처럼 서정시는 하나의 상황 혹은 욕망을 반영한다. "짧은 제비의 비상 같은 노래", "홍방울새 노래 같은" 지저귐. 서정 시인들은 자신들이 행하는 예술이 지닌 이 같은 본래의 단점을 무수한 직유 속에 고백해오지 않았던가? 서정시를 담은 책들은 자주 하나의 숲보다는 정성스럽게 보살핀 작은 나무들이 있는 정원처럼 보이지 않는가? 가장 열렬한 나비 수집가는 자신이 오직 나비들만 찾을 뿐 큰 사냥감을 추적하지 않는다는 것을 안다. 존 골드 플레처(John Gould Fletcher)의 일본 시 인쇄본은 마치 아름다운 나비의 날개 같은 아름답기 그지없는 서정적 파편들의 집합일 뿐이다. 하지만 그 같은 서정시들은 "적절한 크기"가 부족한가?

현대 작가들에게는 이 낡은 반대가 현실적인 것이며, 현재의 시에 의해 새롭게 예시되는 것처럼 보인다. 하지만 그것은 서정시에 대해 반대하는 주장이라기보다는 특정한 서정시의 무능함에 대한 설명에 가깝다. 이 결함은 서정시가 "크기"가 부족하다는 것이 아니라 그들이 제시하는 사실 혹은 상황에 대하여 우리의 감정이 적응하는 데 적절한 토대가 부족하다는 것이다. 독자는 서정시가 전달하려는 효과에 대한 준비가 되어 있지 않다. 극예술은 뒤마(Dumas)에 의해 준비의 예술이라고 정의되었다. 주로 극적 작문에서 가장 효과적인 서정시들—「피파 송」(Pippa Passes)이나 『폭풍우』의 아리엘(Ariel)의 노래들처럼—은 감정적 연상이나 대조의 연속이 조심스럽게 자리하고 발화되기를 기다리고 있다. 「소럽과 러스텀」 같은 설화시의 종결부에 등장하는 주목할 만한 서정적 문장들로 마찬가지다. 한 프랑스 여배우가 전시의 극장 청중들에게 〈라 마르세예즈〉를 부를 때, 혹은 헤리 로더 경(Sir Harry Lauder)이 킬트(kilts)[6]를 입고 스코틀랜드 태생의 청

---

6    스코틀랜드 고지 지방에서 입는 남자의 짧은 스커트 —옮긴이 주.

중들에게 〈아름다운 자줏빛 히스〉나 행진하는 부대에게 〈딕시〉를 연주할 때, 그 노래는 이미 자극받은 감정을 풀어놓는 것이다. 하지만 잡지 한쪽 아래 귀퉁이에 "끼워 넣기"로 인쇄된 고립된 서정시를 만나면 무엇이 되었 건 감정적 연상이 연속되지는 않는다. 거기에는 "서정적 외침"에 대한 반 응을 기다리는 서정적 분위기가 존재하지 않는다. 이러한 장애를 극복하 기 위해 20년 전쯤 월터 페이터와 다른 잡지 편집인들은 "구성"의 필연성 에 따라 여기저기 시를 분산시키는 대신 모든 시를 같은 페이지에 인쇄하 는 실험을 했다. 『먼로(Monroe)의 시』, 『오늘날의 시』, 그리고 시만 게재하 는 다른 잡지들은 산문이 끼어드는 이러한 난점을 쉽게 피해 갔다. 누구라 도 그 책들을 마치 악보 넘기듯 넘기면 그 순간 자신의 분위기와 어울리는 몇몇 시를 만나게 된다. 장시나 극은 보다 큰 규모의 시적 구조라 서정적 분위기가 쉽게 생겨나고 토대를 이루며 강화되는 감정의 저류를 보유하고 있다. 반면 홀로 떨어져 고립된 잡지 속 서정시는 홀로 여름을 전하는 제 비 같다. 선집에 모인 서정시들조차 종종 "서로 반발을 불러일으키는 단편 들"이 되어 자신의 간결성과 연관성의 부족으로 인해 끊임없는 관심의 재 집중, 서정적 분위기의 재창조를 요구한다. 지난 이십 년 동안 미국 시에 대한 관심을 새롭게 갱신해온 간결성이라는 기교적 실험, 점차 늘어난 서 정적 시도와 개인주의에 의해 이런 상황들이 강조되어 왔다.


## 4. 저주와 같은 주관성

나는 12년 전 새뮤얼 오스버리(Samuel Asbury)와 그 당시 세상을 떠난 우 리의 젊은 친구이자 전도유망한 한 남부 청년에 대해 주고받은 이야기를 종종 떠올린다. 그 당시 많은 남부의 시인들처럼 그도 포에게서 받은 영감 아래 살고 글을 썼다. 오스버리는 그때 거의 통렬한 어조로 젊은 남부의 시인들에게 미친 포의 영향력이 지나친 주관성, 병적인 감수성, 그리고 순수하게 사적인 정서에 몰두하는 것과 같은 것인 한 그 영향력은 고사병과 같다고 말을 해서 나를 놀라게 했다. 그는 주장하기를, 자신이 『텍사스 토박이들』(*Texas Nativists*)[7]에서 그토록 용기 있게 줄곧 주장해온 것처럼 보다 객관적인 시 형식들, 특히 미국적 주제를 지역적이고 역사적인 태도로 다루는 서사시와 극적 방식이 시인에게는 훨씬 건전한 주제라는 것이다.

주관적 열정, 자기중심적 성찰에 대한 옹호자로서 서정시에 대한 반대는 이미 언급된 다른 반대만큼이나 구태의연한 입장 가운데 하나로 받아들여진다. 괴테는 보다 소소한 시인들의 주관성은 전혀 의미가 없지만 그 시인들은 실제로 객관적인 어떤 것에도 관심을 기울이지 않는다고 말했다. 과도한 개인주의에 대해 종종 고발을 하긴 했지만, 우리 시대는 그 유용성을 새롭게 입증하고 있다. 개성의 드러냄이 인간들을 결합시킨다면, 단순한 개별성의 강조는 인간들을 고립시킨다. 그리고 시가 어떤 보편적 가치를 획득하는 것은 오직 풍부하게 무르익은 개성을 통해서만 가능하다는 것을 기억하지 못하고 자신의 기벽과도 같은 개인주의를 찬양하기만 하는 셀 수 없이 많은 현대 시인들이 존재한다. "문학에서 기벽만큼 그렇게 소멸될 가능성이 큰 것은 없다. 기벽에 대해 각각의 세대는 그 나름의 요구 사항과 취향의 기준을 지니고 있다. 당대의 시인들에게 가능한 한 개별적인 작품을 쓰라고 강요하는 비평가는 의도적으로 그들에게 반석이 아니라 모래성을 쌓도록 유도하는 것이다."[8] 오늘날 모든 시 독자는 시의 유쾌한 신선함과 힘과 더불어 기묘함은 물론 정신과 육체 모두를 발가벗겨 드러내는 어리석음을 목도하고 있다. 마지막 학기를 보내는 대학생이 오

---

7    College Station, Texas.에서 출판.

8    Edmond Holmes, *What is Poetry*, p. 68.

후에 질주하던 끝에 강물에 뛰어드는 것을 목격하는 일은 좋다. 그 친구들은 잘 벗고 벗은 모습도 좋으니까. 하지만 아주 추하게 벗어젖히는 중년의 시인들이 있다. 자연은 결코 그들에게 나르시스의 역할을 하라고 할 마음이 없다. 디킨스는 글을 쓰는 자신의 모습을 보기 위해 거울이 가득 달린 방에서 위대한 소설들을 썼다. 하지만 서정 시인들에게 그 방은 시를 쓰는 최적의 방이 아니다. 특히 상업적 목표를 위해 통렬한 자의식, 민족의식, 그리고 심지어 동아리의식이 착취당하고 "10월의 뮤즈 연주자들"이 자신들의 책상에서 당연한 듯 사진을 찍히는 그런 십년에는 더욱 그렇다.

## 5. 순전한 기교

지금 우리와 마찬가지로 어떤 시대건 서정시 형식에 대한 새로운 기교적 호기심을 보일 때면 어김없이 강조되는 서정시에 대한 또 하나의 고발이 있다. 그것은 다음과 같은 것이다. 사상, 열정, 상상력이 부족하더라도 순전히 기교만으로도 서정시를 "끌고 갈" 것이다. 이러한 비난은 필연적으로 이따금 제기될 것이며, 시의 형식적 가치와 비교해 본성적으로 시의 내용 가치를 강조하는 경향이 있는 사람들만 제기하는 것은 아니다. 포의 서정시에 대해서 다음과 언급한 이는 다양한 서정시 형식의 매력에 특히 민감한 스테드맨이었다. "가사(의식)는 아무것도 아니다. 악보가 전부다." 예를 들어 〈울라루메〉(Ulalume)의 "가사"가 "악보"를 아주 높게 평가하는 많은 시 애호가들에게는 거의 혹은 전혀 의미가 없다는 것은 인정해야만 한다. 작시법의 새로운 실험과 놀라울 정도의 새로운 기교에 대한 열정으로 특징되는 시기에 새로운 영역과 말도 안 되는 난센스 시 사이의 경계선은 흐릿해졌다. 피케(Ficke)와 비터 바이너(Witter Bynner)에 의해 1916년에 그토록 명료하게 저질러진 잔상 기만(The Spectrum hoax)은 선발된 많은 사람들을 바보로 만들었다.[9] 나는 에머슨이 포에 대해 "같은 음을 반복하는 딸랑이"라고 언급할 때도 포를 비난할 의도가 있었다고는 결코 믿지 않는다. 이름에 대한 에머슨의 기억은 잘못되었으며, 그는 「딸랑딸랑 울리는 벨소리」(tintinnabulation of the bells)의 작가를 언급하고 싶었던 것이었다.

포가 시의 마술사요 그의 직업적 숙달에 대한 관점에서만 언급될 수 있으리라는 사실이 시인으로서 그를 비방하는 근거는 전혀 아니다. 하지만 과도한 기교적 숙달이 자신의 모든 예술에 쓰여야만 한다는 것은 일종의 형벌이다. 많은 사람들이 파가니니를 오직 한 현으로만 연주할 줄 아는 바이올리니스트로 기억한다. 모든 "화려한 색채의 제후들"(amplificolor imperii), 즉 린지(Vachel Lindsay)처럼 영창시의 실험을 통해, 로버트 프로스트처럼 현실 언어의 운율을 미묘하게 표현하는 것을 통해, 에이미 로웰처럼 "만곡부"(curves)와 "응수"(returns) 그리고 다성음(polyphony)을 통해서 시의 경계를 확장하는 이들은 한동안은 오직 기교주의자로만 간주되는 위험을 안고 있다. 궁극적으로 형식과 내용 사이에 훨씬 더 정교한 균형이 획득된다. 시인의 사상, 삶에 대한 그의 총체적 비전, 자신의 세대에 장인의 솜씨로써만이 아니라 사고라는 측면에서도 보여준 그의 기여, 이런 것들이 저울 위에 올려진다. 빅토르 위고는 이제 1826년의 송시와 발라드의 경이로운 서정적 거장이라는 평가를 넘어선 다른 어떤 존재로 간주된다. 월트 휘트먼은 1855년 새로운 유형의 자유시를 창안한 존재로서만이 아니라 궁극적으로 월트 휘트먼으로 평가된다. 마침내 조야한 정의가 이루어졌지만, 오랫동안 단어와 곡조를 가장 솜씨 좋고 가장 독창적으로 다룬 사람들은 그들이 보여준 기교만으로 판단되는 경향이 있다.

---

9    Untermeyer's New Era, etc., pp. 320-23 참고.

## 6. 옹호의 구절들

이제까지 열거한 서정시에 대한 반대들은 타당성에 있어서는 다들 차이가 있다. 여기서 그 반론들을 언급한 이유는 그들의 주장이 오늘날 서정시의 가치를 평가하려고 함으로써 일반 대중의 평가에 여전히 다소간 영향력을 행사하고 있기 때문이다. 나는 "새로운 시대"에 느끼는 기쁨으로 인해 과거의 위대한 시에 귀멀게 된 우리 동시대인들의 취향에 대해 신뢰하지 않는 것은 물론, 오늘날 시에서 어떤 기쁨도 발견하지 못하는 전문적인 시 애호가들의 취향을 거의 신뢰하지 않는다. 로버트 프로스트, 에드윈 알링턴 로빈슨, 그리고 에드가 리 매스터스와 칼 샌드버그의 시를 즐길 줄 모르는 전통주의자에 대해 유감을 표한다. 내가 보기에 그는 위험한 상태에 있다. 하지만 「리시다스」와 「시의 발전」(Progress of Poesy) 그리고 「낙담송시」(Ode to Dejection)를 즐기지 못하는 젊은 반항아들의 상태는 위험한 상태 그 이상이다. 희망이 없다.

따라서 이 마지막 구절을 쓰는 것은 그를 위해서가 아니라 시가 역사적 기교적 고려 사항은 물론 순수하게 도덕적이고 실용적인 모든 것을 초월한다는 것을, 다시 말해 시는 수많은 세대의 혼란스러운 인간들이 나타났다 사라지는 동안 독자들을 고양시켜 미와 진실이 자리한 고요한 대기 속으로 데려다준다는 것을 아는 시 애호가들을 위해서이다. 시드니와 캠피온, 그리고 다니엘은 엘리자베스 시대의 사람들에게 시의 명분에 대해 호소했고, 콜리지와, 워즈워스, 셸리는 조지아 시대의 속물들에게 맞서 시를 옹호했으며, 칼라인, 뉴먼, 그리고 아널드는 빅토리아 시대의 물질주의 전체 내내 시를 옹호했다. 20세기에 멕케일(J.W. Mackail)과 브래들리, 그리고 라이스 같은 비평가들과 뉴볼트(Henry Newbolt)와 드링크워터, 그리고 메이스필드 같은 시인들은ㅡ미국의 수많은 시인들과 비평가들은 말할 것도 없이─이전의 어느 시기도 능가할 수 없는 지식과 공감, 설득력 있는 말로 시를 옹호하는 발언을 해왔다. 직접적인 「시에 대한 옹호」(Defence of Poetry)는 이와 같은 사람들에게 안전하게 남아 있을 것이다.

나는 간접적인 시, 특히 서정시에 대한 옹호를 선택했다, 그러나 그것은 아직 이 책에서 시도되지 않았다. 우리는 다른 예술에서와 마찬가지로 시에서도 동일한 법칙들이 영원히 작동하고 있는 것을 봐왔다. 그것은 다음과 같은 것이다. 우리는 특정한 종류의 감정을 특정한 매체를 통해 전달해야만 한다, 상상력은 감각이 제공하는 자료들을 개조해야만 하며, 혼란스럽고 분산된 인간의 정신에 질서를 부여해 음악에 맞춰 춤을 추는 언어를 통해 사물들에 영원한 양상을 부여하여야 한다. 시에 대한 연구는 원시 종족의 정신적 삶으로, 언어와 사회의 기원으로, 그리고 제도와 국가의 기저를 이루는 영혼으로 우리를 되돌려 놓으며, 그리하여 살아남은 한 편의 서정시조차 세계의 삶을 구성하는 총체화하고 분열시키는 힘의 일부로 인식될 수 있다는 것을 봐왔다. 나아가 우리는 시란 문학으로 표현하는 위대한 개인적 양식이며, 천박한 정신은 물론 고귀한 개성을 드러내는 것이며, 이 사적인 표현 양식은 현대 세계에서도 그 나름의 힘을 계속해서 유지하고 있음을 발견했다. 민중서사시는 사라졌으며, 서사시라는 예술은 산문 소설에 의해 추월당했고, 극은 극장을 필요로 한다. 하지만 서정시는 그저 시인만 있으면 된다. 무수한 시의 형식 속에 시를 창작할 수 있는 시인 말이다. 오늘날 문학을 알고 있는 누구라도 서정시는 현대 과학의 보다 섬세한 정신, 사회 발전의 흐름, 그리고 무엇보다 개인적 정서의 본능을 해석하고 있다는 사실을 부인할 수 없을 것이다. 오늘날 한 인간의 영혼은 문명 역사상 그 어느 때도 할 수 없었던 정도로 시를 통해 인류의 영혼의 도달할 수 있다. 시간이 흘러감에 따라 점점 더 사고와 열정의 무게가 깊게 자리 잡고, 더 풍부하면서 마술과도 같은 미의 영향을 받는 서정시가 훨씬 더 중요해지지 않을 것이라는 것은 생각할 수 없다. 시를 감상하고 음미하는 것은 그것이 아무리 부적절하더라도 대단히 문명화된 모든 인간의 영혼의 소유물이 되어야만 한다.

영혼의 세계는 결코 닫힌 것이 아니다.
그대의 감각이 닫히고, 그대의 가슴이 죽은 것!
그러니 일어나라, 나의 사도여, 정갈하고, 깨끗이 하라,
그대의 속세에 찌든 가슴을 저 붉은 아침 해 속에!

Die Geisterwelt ist nicht verschlossen;
Dein Sinn ist zu, dein Herz ist todt!
Auf! bade, Schüler, unverdrossen
Die ird'sche Brust im Morgenrothl

# 주석과 예시

나는 여기에 교실에서 이 책을 사용하고자 희망하는 교사들에게 몇 가지 제안을 덧붙이고자 한다. 각 장과 관련된 특별한 주제에 대해 보다 중요한 토론거리를 표시했다. 또한 몇몇 실례가 되는 자료와 교실에서 연습하기 위한 힌트도 제시했다. 모두 교사로서 내 자신의 경험을 통해 도움이 되는 것으로 입증된 것들이다.

나는 시 학습과 관련하여 두 종류의 대학교 교과 과정이 필요하다는 것을 잊지 않으려고 노력해왔다. 그중 하나는 일반 개론 과정으로, 통상 서사시나 극시보다는 서정시로 시작하며, 『황금보물』(the Golden Treasury)이나 『옥스퍼드 영시선』(the Oxford Book of English Verse)과 같은 선집을 주로 활용한다. 그 같은 표준 선집, 혹은 제시 리텐하우스(Jessie B. Rittenhouse)나 브레이스웨이트 같은 이들이 편집한 최근 시에 대한 어떤 선집이건 나의 이 책에서 논의되는 원칙의 구체적인 예를 보여주는 것으로 교실에서 지속적으로 사용되어야 한다.

내가 마음에 두고 있는 또 다른 과정은 개별 시인의 작품을 다루는 것이다. 스펜서, 밀턴, 워즈워스, 테니슨, 브라우닝, 이들은 이러한 학습 과정을 위해 가장 자주 선택되는 시인들이기도 하다. 어떤 한 시인의 완결된 작품에 대한 꼼꼼한 텍스트 연구와 관련하여 시적 상상력과 표현의 원칙 일반에 대한 논의를 수행하는 것은 이점이 있다는 것을 발견했다.

## 1장

1장의 목표는 시 연구에 연관되는 한 가능한 단순한 형태로 미학이론의 근본적인 문제들 몇몇을 제시하려는 것이다. 브리태니커 백과사전에 실린 제임스 설리(James Sully)의 "미학"에 관한 논문과 시드니 콜빈(Sidney Colvin)의 "순수예술"에 관한 논문은 이 분야에 대한 아주 탁월한 예비 연구의 기회를 제공한다. 고돈(K. Gordon)의 『미학』(*Aesthetics*), 푸퍼(E. D. Puffer)의 『미의 심리학』(*Psychology of Beauty*), 산타야나의 『미의 감각』(*Sense of Beauty*), 레이먼드의 『예술 형식의 창세기』(*Genesis of Art Form*), 그리고 아서 사이먼(Arthur Symons)의 『일곱 가지 예술』(*Seven Arts*) 이런 책들이 자극을 주는 책들이다. 보즌켓(Bosanquet)의 『미학에 관한 세 강의』(*Three Lectures on Aesthetic*)는 자신의 두꺼운 저서인 『미학의 역사』(*History of Aesthetic*)를 읽을 시간이 없는 고급반 학생들에게 추천하는 것이다. 레인 쿠퍼(Lane Cooper)가 번역한 『시 예술에 관한 아리스토텔레스』는 부처의 『시와 미술에 관한 아리스토텔레스의 이론』(*Aristotle's Theory of Poetry and Fine Art*)에서 행해진 보다 정교한 논의를 이어받기 전에 읽어두면 도움이 될 것이다. 같은 식으로 스핀건(Spingarn)의 『창조적 비평』(*Creative Criticism*)은 크로케의 기념비적인 저작인 『미학』(*Aesthetics*)을 위한 훌륭한 예비서가 될 것이다. 학생들은 틀림없이 레싱의 『라오콘』(*Laokoon*)에 어느 정도 친숙해져야만 한다. 그러면 그는 배빗의 『신-라오콘』(*New Laokoon*)이 낡은 질문들에 대한 탁월하면서도 통렬한 연구임을 알게 될 것이다.

그러나 교사는 자신이 가르치는 학생들이 충분히 어렵다고 인정할 만한 문제로 인해 혼란에 빠질 위험을 감수하기보다는 이 장에서 다룬 분야를 빨리 지나치고 싶어 할 수도 있다. 그 경우 교실에서의 논의는 2장에서 시작할 수도 있다. 하지만 1장에서 다루어진 주제들과 관련하여 많은 학생들에게 열린 새로운 지평이 얼마간의 순간적 당황스러움을 벌충하고도 남는다는 것을 발견했다.

## 2장

2장에서 필요한 것은 낡은 주제들을 새로운 시각으로 보는 것이다. 음악이나 회화 혹은 조각을 좋아하는 교사들은 텍스트에서 오르페우스와 에우리디케에 주어진 암시를 따라 많은 예들을 고안해낼 수 있다. 최근의 저서들 가운데, 페어차일드의『시 창작』(*Making of Poetry*)과 맥스 이스트맨(Max Eastman)의『시의 향유』(*Enjoyment of Poetry*)는 관습을 벗어난 시각을 보여준다는 점에서 특히 추천할 만하다. 마찬가지로 페어차일드의『고등학교의 시 교육』(*Teaching of Poetry in the High School*)에 관한 논평이나, 존 어스킨의 "시 교육"(The Teaching of Poetry-Columbia University Quarterly, December, 1915)에 관한 논문 또한 참고하시길. 알프레드 헤이예스의 "음악과 시의 관계"(Relation of Music to Poetry, Atlantic, January, 1914)는 이 장에 적절한 글이다. 하지만 학생들은 브리태니커 백과사전에 실렸고, 지금은 그의『경이로운 르네상스』(*Renascence of Wonder*)에 다시 실린 와츠-던튼의 "시"에 관한 탁월한 글에도 익숙해져야만 한다. 또한 고전인 필립 시드니의『시의 옹호』(*Defences of Poetry*)를 비롯한 셸리, 리 헌트, 그리고 조지 우드베리의 글들은 물론 브래들리의『옥스퍼드 시 강의』(*the Oxford Lectures on Poetry*)에 있는 "시만을 위하여" 장과 네일손(Neilson)의『시의 본질』(*Essentials of Poetry*), 스테디맨의『자연과 시의 요소들』(*Nature and Elements of Poetry*)도 읽어야 한다. 고급반 학생들을 위해서는 콜(R. P. Cowl)의『영국의 시론』(*Theory of Poetry in England*)이 영국의 많은 세대들이 이해해온 것처럼 시 예술에 관한 거의 모든 양상들을 다루는 비평적 견해들에 대하여 유용한 요약이 된다.

### 3장

이 장은 1장과 마찬가지로 어떤 학생들에게는 어려울 것이다. 이와 연관하여 윈체스터(Winchester) 교수의『문학비평』(*Literary Criticism*) 중 "상상력"에 관한 장을 읽으면 도움이 될 것이다. 네일손의『시의 본질』 중 "상상력"에 대한 논의, 페어차일드의 첫 4장, 콜리지의『문학평전』(*Biographia Literaria*) 가운데 4, 13, 14, 15편, 워즈워스의 1815년 시집의 서문도 마찬가지며, 스테드맨의『자연과 시의 요소들』에서 '상상력'을 다룬 장도 그러하다.

섹션 2에서 어떤 독자들은 윌리엄 로완 해밀턴(William Rowan Hamilton) 경이 가장 위대한 순수 수학 분야의 발견들 가운데 하나인 자신의 유명한 4원수(元數) 분석의 발견을 설명하는 데 흥미를 느꼈을 수도 있다.

4원수는 1843년 10월 16일, 월요일에 삶을 시작했다, 즉 완전히 성장해 빛을 발하기 시작했다. 그때 나는 해밀턴 여사와 더블린까지 걸어가서 브루엄 브리지에 올랐다. 그 이후 내 아이들은 그 다리를 4원수의 다리라 부른다. 나는 그때 거기서 사고 폐쇄라는 갈바니 회로를 느꼈고, 거기서 떨어져 나온 스파크가 i, k, k 사이의 기본 방정식이었다. 내가 그것을 사용해온 것과 정확히 동일했다. 나는 그 자리에서 수첩을 꺼내서 ─ 이 수첩은 아직도 있다 ─ 기입했다. 바로 그 순간 나는 그 기록은 적어도 향후 10년(혹은 15년)의 노고를 들일 가치가 있는 것이라고 느꼈다. 하지만 그 당시는 적어도 15년 동안 나를 괴롭혀온 문제가 그 순간 해결되었다고 느껴서 ─ 지적인 욕구가 해소되어서 ─ 였다고 말하는 것이 공정하다. 한 시간도 채 지나지 않아 나는 이미 그 당시 내가 일원, 즉 회장이기도 했던 '아일랜드 왕립 아카데미 위원회'(the Council of the Royal Irish Academy)에 다음번 총회에서 4원수에 대한 논문을 읽겠다는 요구를 해서 1843년 11월 13일에 허락을 받았다.

토마스 하디에 관한 라셀레스 애버크럼비의 연구에서 인용한 다음 문장은 이 장에서 다루고자 하는 본질적인 문제를 간략하게 제시하고 있다. 아주 조밀하게 쓰인 글이라 여러 번 읽어야만 한다.

인간과 세상의 교류는 필연적으로 형식적이다. 의식 외부에 존재하는 외부 사물들에 대한 인간의 경험은 화학 방식에 기반하고 있는데, 그의 본성의 어떤 에너지가 외부로부터 신경에 가해진 에너지와 짝을 이루고 마침내 이 둘이 오직 인간의 의식 내부에만 존재하는, 아니 어쩌면 인간 의식의 주변 가까이 있는 밀접한 어떤 것 속으로 결합해 들어간다. 그리하여 인간이 알게 되는 세계는 자신의 본성이 외부 세계의 흐름과 뒤섞여 형성된다. 혼입해 들어오는 세계를 의식을 통해 인식 가능한 외관에 대한 어떤 일정한 방식으로 환원시키는 형성 에너지는 아주 편리하게 말하면 불변의 상상적 욕망이라고 할 수 있는 것이다. 그 욕망은 인간의 정신 속으로 침투하도록 세상에 의해 보내진 무수한 무작위의 힘들을 원재료로 받아들여 스스로를 발산하는 그런 욕망이다. 인간에게 이와 같은 형성 에너지가 있다는 것은 특정한 꿈을 생각해보면 쉽게 알 수 있을 것이다. 꿈속에서는 꿈꾸는 두뇌 외부의 어떤 혼란이(예를 들어 노크 소리나 육체의 불편함 같은) 아주 생생한 일련의 이미지로 완벽하게 형성되며, 그 형식 속에서만 꿈꾸는 이의 의식 속에 있게 된다. 그러나 이것은 의식이 감정을 수용가능한 것으로 형상화하려는 능동적인 욕망이 존재한다는 것을 보여줄 뿐이다. 그 꿈은 고립된 실험실에서 행해진 실험과 같다. 우리가 깨어 있을 때는 너무도 많은 갈등 요소들이 존재하기 때문에 잠이라는 이벤트는 그저 인간의 본성이 밖으로 방사하는 지점에서 외부 세계의 방사와 결합하는 지점에서 발생할 뿐인 것, 즉 정신과 교류할 수 없는 것과 교류하는 것에 대한 상징이나 도표로만 작용할 뿐이다. 지각 자체는 형성적 활동이다. 그리고 모든 감각을 세계에 대한 무언가 질서정연하고 일관된 생각으로 구성하는 것은 그 이상의 것으로 핵심적인 상상적 욕망이 행하는 활동이다. 예술이 창조되고 향유되는 까닭은 일반적인 경험에서는 결코 완전히 표현될 수 없는 인간 내면 깊숙한 곳에 자리한 욕망들이 예술을 통해서는 완전하게 표현되고 실행되기 때문이다. 삶은 마침내 완벽하게 틀을 잡고 인간의 요구에 맞춰 판단된다. 예술 속에서 인간은 스스로가 자신의 존재에 대한 진정한 주인임을 알게 된다. 예술이 자극하는 고양되고 기쁜 자아의식을 인간에게 부여하는 것은 바로 이렇게 그가 자신의 주인이 되었다는 의식이다.

## 4장

나는 루이스 교수의 『관습과 저항』(Convention and Revolt)에서 언급한 "시적 어법"에 대한 탁월한 논의가 내가 이 장을 쓸 때 출판되지 않은 것이 유감스럽다. 페어차일드와 이스트맨의 저서, 워즈워스에 관한 롤리의 저서, 셔먼(L.A. Sherman)의 『문학의 분석』(Analytics of Literature), 레이먼드의 『재현 예술로서 시』(Poetry as a Representative Art)의 6장, 그리고 맥심(Hudson Maxim)의 『시의 과학』(Science of Poetry) 등 어법에 대한 고무적인 언급들이 있다. 『문학평전』에 담긴 워즈워스의 시 어법에 대한 콜리지의 진술은 유명하다. 1904년 4월 『애틀랜타』지에서 처음 출판된 휘트먼의 『미국어 독본』(An American Primer)는 이 주제에 관한 대단히 흥미로운 기여를 하고 있다.

그러나 그 어떤 이론적 논의도 교실에서 한 글자 한 글자 시를 꼼꼼하게 공부하는 것을 대체할 수 없다. 에드거 리 매스터스와 칼 샌드버그 같은 오늘날의 시인들이 사용한 어법을 꼼꼼히 살펴보면서 밀턴, 키츠, 그리고 테니슨의 어법들에 대한 분석들을 따라가 보는 것은 추천할 만하다고 생각한다.

저자의 이름도 없이 인쇄된 산문과 운문으로 된 다음 문장은 어법을 공부하는 데 하나의 연습으로 시사하는 바가 있다고 생각한다.

1. "그 폭포는 1마일 밖에서도 또렷하게 보였다. 하지만 아주 멀리서는 굉음은 물론 웅얼거림조차 들리지 않았다. 강은 저 아래로 하얀 녹색의 포말이 되어 떨어졌다. 어둡고 높은 강둑, 무성한 잎들, 청동색의 무수한 히말라야 삼목들이 그늘 속에 보였다. 그 엄청난 물질성을 진정시키고 아치형을 이루며 얼마간의 흰 구름이 떠다니는 청명한 하늘이 머리 위에서 영적인 상태로 투명하게 침묵하고 있었다. 짧게, 아주 짧게 그 그림이 나중까지 항상 기억되었다."

2. "만약 우리가 알고 있는 것처럼 흐름이 있다면, 유리 같은 대동맥 속으로 오그라들거나 스스로를 숨기려 애쓸, 곧 다가올 바람이나 비, 안개를 생각나게 하는 그런 흐름이 있다면, 그 미묘한 피가 자체의 내면의 특성에 의해 손을 들어 올려 그것을 망치거나 쏟아버리지 않기를, 그래서 그 시간에는 인간들이 그러하듯 그들의 혈관 속에 냉정하고 무감한 피가 흐르기를!"

3. "평평한 길 위에 잘 훈련된 러너가 달려간다,
그는 말랐지만 근육질의 다리가 단단하다,
옷을 얇게 입고 달려갈 때는 몸을 앞으로 숙인다,
주먹은 가볍게 쥐고 양팔은 일정하게 들어올린다."

4. "옆에 번개를 내리쳐 기운 들뜬
하늘."

5. "푸른색으로부터 검은 색으로 변하는 것은 하늘의 계획, 이슬은
사물들의 핏방울로 된 포도주."

6. "얼음 동굴에서 마구가 메마르게 부딪치고

불모의 협곡들과 왼쪽에서 오른쪽으로
맨살의 검은 절벽이 그 주변에서 울려댄다, 그의
양발이 미끄러운 자갈돌의 삐죽 튀어나온 부분을 밟을 때
자갈돌은 단단히 갖춰 신은 발의 타격으로 날카로운 소리를 울린다."

7. "풀들은 나병환자의 머리처럼 드문드문
   자랐다. 마른 잎들은 진흙을 찔러대고
   발아래 진흙은 피반죽 같다.
   뻣뻣하게 경직된 눈먼 말, 빤히 바라보는 그 말의 모든 뼈가
   굳은 채 서 있다, 그가 거기에 왔다.
   악마의 사육장으로부터 어쩔 수 없이 떠밀려나갔다."

8. "중요한 죄에 대해서 나는 희망이 없다
   그처럼 갑작스러운 운명 말고는.
   나는 한때 나폴리에 서 있었다, 그토록 칠흑 같은 밤에
   나는 그 어디에도 흙이며, 하늘, 혹은 바다,
   아니 세상이 존재한다고는 짐작할 수도 없었다.
   하지만 밤의 어둠은 섬광으로
   터졌고 —
   번개가 치고 또 치고, 대지는 신음하며 갈라졌다,
   대지 사이로 산 전체를 볼 수 있었다.
   거기 빽빽하게 첨탑들 또렷하게 도시가 있었다
   그리고 마치 수의를 벗은 유령처럼 하얀 바다가.
   그처럼 진실이 한 방에 번쩍 빛나서
   즉각 구이도가 보고 구원받을 수 있기를."

## 5장

각운과 운율을 지배하는 원칙들에 관한 신선하고도 명료한 논의는 앤드루스
(C.E. Andrews)의 『시 창작과 읽기』(*Writing and Reading of Verse*)이다. 널리 알려진
올던, 코르손(Corson), 구메르, 루이스, 메이어, 오몬드, 레이먼드와 세인츠버리

의 책들은 서지에 밝혀두었다. 올던과 패터슨(Patterson)의 책도 서지에 있다.

나는 이 장에서 운율 표기법의 용어와 방법에 관한 다소 뜨거운 논쟁 속에서 타협과 화해가 바람직하다는 것을 강조해 왔다. 어쩌면 몇몇 교사들이 바라는 것보다 내가 이런 방향으로 좀 더 나간 것일 수도 있다. 하지만 교실에서 이루어지는 모든 논의는 교사가 그리고 가능하다면 학생들이 시를 직접 소리 내어 읽어보는 것이 수반되어야만 하며, 해석이 시작되는 순간, 표기 방식에 대한 정확한 동의보다는 "만족한 귀"가 훨씬 더 중요하다는 것이 명백해질 것이다.

나는 모험 삼아 몇몇 구절이 지닌 시사성 때문에 각운과 운율에 관한 몇 구절을, 그리고 "약강격 울림"이 우세한 것을 연구하는 하나의 실험으로 잉게르솔 (Robert G. Ingersoll)이 행한 연설을 덧붙였다.

  1. 우리가 자연 속의 무수한 다른 흐름처럼 물결 속에서 선행하는 의식과 일치하는 긴장된 흐름을 상상한다고 가정해보자. 그러면 그 연속적인 물살이 우리들에게 가해오는 낯선 힘과 영향력에 대해 설명을 할 수는 없겠지만 새로운 이해는 얻게 된다…… 무엇이 우리의 관심을 지배하건—사건, 대상, 어조, 어조의 조합, 감정, 그림, 이미지, 아이디어 등등—그에 대한 우리의 의식은 마치 의식이 물결로 이루어지기나 한 것처럼 리듬에 의해 고양될 것이다.

    — 이스트맨(Eastman), 『시의 향유』(*The Enjoyment of Poetry,*) p.93

  2. 맥박의 리듬은 박자와 휴지로 구성된 단위를 규칙적으로 대신하는 것이다. 시의 리듬은 관계있는 소리를 일정하게 혹은 표준화된 방식으로 배열한 것이다. 맥박의 리듬과 시의 리듬 사이의 차이는 맥박의 리듬은 촉감을 통해 알게 되며, 시의 리듬은 청각을 통해 알게 된다는 것이다. 리듬이라는 측면에서 둘은 본질적으로 동일한 것이다. 따라서 일반적으로 외부에서 보자면 시는 일정한 리듬으로 울리는 언어거나 혹은 특정한 유형의 일정하거나 규칙적인 리듬으로 배열된 언어이다.

    — 페어차일드(Fairchild), 『시 창작』(*The Making of Poetry,*) p.117

  3. 한 음절은 독립적인 하나의 연속된 숨결로 나오는 일단의 소리다(Siev-

ers). 이 음절은 지속되는 길이에 따라 길거나 짧을 수 있다. 'corkscrew'에 있는 음절을 비교해보라. 나아가, 한 음절은 그 음절이 다소간 어조의 강세나 힘을 받는 정도에 따라 무겁거나 가벼울 수–강세가 있거나 없거나–있다. 'treamer'의 두 음절을 비교해 보라. 마지막으로, 한 음절은 커지거나 줄어든 어조의 높이, 즉 고저가 있을 수 있다. 소위, 의문문의 끝에서 "상승 억양" 같은 것 말이다. 구어체 언어에는 무한한 정도의 길이, 강세, 고저가 존재한다……

강세와 비강세 음절들 사이에 끝없는 변화를 유지한다는 것은 너무도 잘 알려진 인간 언어의 특징이다. 강세 음절의 오랜 연속은 참을 수 없을 정도로 단조로워진다. 비강세 음절이 오래 계속되는 것은 사실상 불가능하다. 귀가 규칙적인 간극을 두고 각양각색의 비강세 음절들과 변화를 주면서 되풀이되는 강세 음절들을 들을 때 귀는 리듬을 인지하게 된다. 규칙적이고 일정한 시간의 간극들은 모든 시의 기본이며, 그 규칙성이 산문과 시를 구분해준다. 따라서 시간은 음악과 무용에서처럼 시에서 가장 중요한 요소다. 이 같은 시간–간극을 측정한다는 생각으로부터 우리는 운율, 박자라는 명칭을 끌어냈다. 리듬도 거의 유사한 것을 의미한다. 즉 '유려함,' 일정하며 규칙적인 움직임을 말한다. 리듬은 자연 어디에서나 찾을 수 있다. 심장의 박동, 바다의 밀물과 썰물, 낮과 밤의 변화. 리듬은 인위적인 것이 아니며 만들어내는 것도 아니다. 리듬은 사물의 핵심에 자리 잡고 있으며, 리듬 속에서 가장 고상한 감정들이 가장 고귀한 표현을 찾아낸다.

— 구메르(Gummere), 『시의 교본』(*Handbook of Poetics*) p.133

4. "쇼팽은 자신의 왈츠를 연주할 때 왼손은 완벽한 시간을 유지한 반면, 오른손은 음악가들이 템포 루바토, 즉 '은밀한' 혹은 '일그러진' 시간이라 부르는 것에 맞춰 멜로디의 리듬을 끊임없이 변화시켰다는 말이 전해진다. 이것이 사실인가 아닌가, 혹은 육체적으로 가능한 것인가 아닌가 하는 점에 대해서는 지속적인 의심이 있었다. 하지만 그것은 완벽할 정도로 유사한 정신의 가능성을 대변한다. 소리의 두 흐름이 시의 리듬을 이해하거나 제대로 평가하는 이의 내이(the inner ear)를 통하여 끊임없이 흘러든다. 하나는 실제 발화되는 소리에서는 결코 찾아볼 수 없는 완벽한 리듬이며, 그 소리의 동일한

시간-간극은 무한히 완벽한 진행 속에서 움직인다. 다른 한 소리는 시의 실질적인 움직임에 의해 대변되는 것으로, 소리가 빨라졌다, 지연되었다, 강하게 발음되기도 하다가 혹은 약하게 들리기도 하면서 끊임없이 변하면서도 항상 완벽한 리듬과 일치하여 붙어 다니며 귀로 하여금 그 완벽한 리듬의 연속된 고동에 집중하게 한다.

— 올던(Alden), 『시 개론』(*An Introduction to Poetry*) p.188)

5. 스윈번의 많은 시행들은 라니에르식 방법이 아니고는 조사할 수가 없다. 그 방법은 소위 음보라는 것을 순수하게 박자−마디라는 음악적인 등가물로 환원시키는 것이다. 예를 들어, 다음과 같이 예전에는 기존의 6보격 작시법으로 받아들여졌던 것을 보자.

'Full−sailed, wide−winged, poised softly forever asway?'

이 행에 대한 일반적인 설명은 스윈번이 부주의하고 소홀하게 아니면 뭔가 다른 기이한 목적을 지니고 자신의 6보격 사이에 5보격의 행 하나를 삽입했으며, 따라서 통상 이 행의 율독은 다음과 같은 5보격으로 배열하는 것이었다.

'Full−sailed | wide−winged | poised softly | forever | asway,'

첫 두 음보가 강강격이고 셋째와 넷째는 약강약격이다. 세 번째 음보를 강강격이나 혹은 약강격으로 보고 나머지 음보들은 약약강격으로 보자는 제안도 또한 있었다. 그러면 다음과 같이 된다.

'Full−sailed | wide−winged | poised soft− | ly forev− | er asway.'

이처럼 혼란스러운 생각은 그러한 논의 모두를 비과학적이고 무가치한 것으로, 그들이 시인의 장인 정신에 부여한 엄격한 숙고를 백지로 만들고도 남을 정도로 충분하다. 우리는 스윈번을 그렇게 몰랐다. 왜냐하면 그가 자신에 대해 우리에게 알려준 것이 뭐라도 있다면 그것은 오점 없는 형식에 대한 정력적이며 때로는 터무니없을 정도의 꼼꼼함이다. 그는 6보격의 시에서 5보격의 시행 하나도 간과하지 않을 것이다. 하지만 나중에 확실하게 나타날 것처럼, 그 시행은 6보격이며, 약강격도, 강약격도 약약강격도 아니라 몇몇 작가들이 영시를 위해 구성하려고 애써온 강강격, 혹은 콜리지의 불멸의 연 혹은 텍스트에서 알려진 다른 무엇이다. 그것은 다른 연구자들이 말하는 '여행–시간'이나 '행진–시간' 같은 다른 어떤 임기응변의 조치들을 통해서 정당하게 평가될 수 없으며 완전한 의미도 추출해낼 수 없다. 그것은 순수하게 음악이다. 따라서 오직 음악의 장치에 의해서 읽을 때만 완벽하게 구성된 것으로 환하게 의미를 지니며 드러난다. 오직 가슴속에 작곡가의 성향을 지니고 있는 시인만이 음악의 리듬 규칙에 대한 친숙한 바탕 위에서 그와 같은 구절들을 쓸 수 있었을 것이다.

— 러셀(C.E. Russell), 「스윈번과 음악(Swinburne and Music)」,
『북미 리뷰』(*North American Review*) 1907년 11월

6. 헨리 오스본 테일러 박사는 자신의 고전적인 저서인 『중세 시대의 고전적 유산』(*Classical Heritage of the Middle Ages*, pp.246~247)에서 다음과 같은 문장을 기꺼이 인용하도록 친절하게도 허락해주었다.

"고전적 운율은 신중한 감정을 표현했다. 6보격은 차분하거나 격정적인 신뢰할 만한 리듬의 변화로 여러 정서를 아름답게 표현하도록 해주었다. 6보격이 신의 무한한 영혼을 드러내거나 그에 대한 영혼의 갈망을 언급한 적은 결코 없었다. 또한 6보격은 기독교 시절의 이와 같은 지고의 감정을 드러내는 도구도 아니었다. 그 같은 한결같은 감정은 6보격의 잘 통제된 조화 속에서 혹은 사포나 알카이오스 혹은 핀다르의 노래에는 담길 수 없는 것이었다. 이 같은 옛 시 형식들은 그 내용을 명확하게 표현했다. 물론 때로 언급되지 않은 그 이상의 감정들을 제시하기는 했으며, 이는 베르길리우스에게서 너무도 잘 드러났다. 하지만 중세 라틴의 각운처럼 특징적인 기독교적인 시는 의미를 명확하게 표현하지도 않았고 포함하고 있지도 않았다. 중세의 찬가들은 유치하며, 자구들 속에 편협할 정도의 명징성을 띠고 있었다. 그들이

표현하는 상징주의의 측면에서도 그 시들은 유치했다. 그 시들의 의미는 발화 자체보다 훨씬 더 멀리 나아갔다. 그런 시들은 제시하고 울리고 또 청취한다. 찬가들 주위에는 신의 목소리가 넘실거리며 무한한 신의 사랑과 분노가, 천국의 합창과 지옥의 고통─'노여움의 날' '최후의 심판가'─이 울려 퍼진다. 시 구절이 하는 말은 얼마 없지만 분노의 산이 짓누르고 그로부터 영혼은 도망칠 수 없다.

기독교적 정서는 고전적 운율에 담긴 영혼의 작동과는 다른 떨림을 지닌다. 새로운 떨림, 새로운 전율, 완전한 공포, 완전한 사랑은 각운을 지닌 강세 있는 중세 시에서 모습을 드러낸다.

나는 당신을 애타게 바라나니
나의 예수님, 언제 오시나이까?
언제 평화로운 나에게 기쁨을 주시나이까?
당신은 만족하시나이까?

고통은 어디에
공덕은 어디에
죄로 인해 지옥에 빠지게 되는
심연 때문에
억압받으니
불쌍히 여기소서

자비하신 예수님
내가 당신으로 인해 존재함을 기억합니다.
그날에 저를 멸하지 마옵소서.

· · · · · ·

슬픈 그날에
한 줌의 재로부터 다시 부활하여
죄인인 이 사람이 심판을 받으리니

그러므로 하느님 그를 어여삐 여기소서
자비로우신 주 예수님
그에게 안식을 주소서.

Desidero te millies,
Mê Jesu; quando venies?
Me laetum quando facies?
Ut vultu tuo saties?

Quo dolore
Quo moerore
Deprimuntur miseri,
Qui abyssis
Pro commissis
Submergentur inferi.

Recordare, Jesu pie,
Quod sum causa tuae viae;
Ne me perdas ilia die.

· · · · · ·

Lacrymosa dies illa
Qua resurget ex fa villa,
Judicandus homo reus;
Huic ergo parce, Deus!
Pie Jesu, Domine,
Dona eis requiem.

이 시들의 정서를 누구라도 느끼게 해보라, 그리고 난 뒤 호메로스나 베르
길리우스의 시 구절 혹은 사포나 핀다르 혹은 케탈루스의 비가 2행연구나 노

래와 같은 고전시를 읽도록 해보라. 그러면 그는 그 차이와 함께 중세의 찬가에 담긴 정서를 고전적 운율에 담을 수 없음을 깨닫게 될 것이다."

7. 친구들에게. 나는 슬픔을 말로 치장하는 것이 얼마나 헛된 일인지를 알고 있다네. 그럼에도 나는 모든 무덤에서 그 두려움을 취하고 싶다네. 삶과 죽음이 매한가지인 여기 이 세상에서 우리 모두는 죽은 이들이 대면해온 것을 맞설 용기를 지녀야만 하지. 미래는 공포로 가득 차 있었고, 무자비한 과거의 오점으로 얼룩지고 더러워져 왔다네. 삶이라는 놀라운 나무로부터 무르익은 과실과 함께 봉오리와 꽃들이 떨어지고, 같은 현세의 대지에 주교들과 아기들이 나란히 잠든다네.

그러니 우리 모두에게 다가올 그것을 대체 왜 우리가 두려워해야만 한단 말인가?

삶과 죽음 가운데 무엇이 더 큰 축복인지 우리는 말할 수도 알 수도 없다네. 우리는 무덤이 이 삶의 끝인지 아니면 또 다른 세계로 가는 문인지, 아니면 이곳의 밤이 다른 곳에서는 새벽인지 아닌지 알 길이 없다네. 미처 입을 떼 말하는 법을 배우기도 전에 어머니의 품 안에서 죽어가는 아기와 삶의 그 울퉁불퉁한 온 여정을 다 여행하고 지팡이와 목발에 의지한 채 고통스럽게 마지막 발걸음을 옮기는 사내, 둘 가운데 누가 더 운이 좋은지를 말할 수 없다네.

모든 요람은 "어디서 온 겐가?"라고, 모든 관은 "어디로 가는 겐가?" 하고 우리에게 묻지. 죽은 이를 두고 눈물을 흘리는 저 가엾은 야만인은 이 질문에 대해 더 할 수 없는 믿음을 지닌 사제와 매한가지로 답을 할 수 있다네. 그 야만인의 눈물 가득한 무지는 학식 높고 아무 의미도 없는 사제의 말만큼이나 위안이 되는 법이지. 한 삶의 지평이 무덤 가까이 와 있는 어떤 사람도 고통과 눈물로 가득 찬 미래를 예언할 권리를 지니진 못한다네. 죽음은 삶만큼이나 가치 있는 것을 줄 수도 있다네. 만약 우리가 꼭 껴안고 가슴을 맞대고 있는 사람들이 결코 죽지 않는다면, 그 사랑은 지상에서 시들어 사라져버릴 것이라네. 이 공통의 운명이 우리들 가슴들 사이에서 벗어나 이기심과 증오라는 잡초를 밟게 된다면 그러면 나는 사랑이 존재하지 않는 곳에서 영원한 삶을 누리느니 차라리 죽음이 다스리는 곳에서 사랑하며 살고 싶다네. 우리가 이곳에서 알고 사랑한 이들을 다시는 알고 사랑하지 못한다면 또 다른 세상이란 아무것도 아니라네.

　고통스러운 가슴으로 이 조그만 무덤가에 둘러 선 이들은 두려워할 필요가 없다네. 존재하는 모든 것과 앞으로 존재하게 될 것에 대한 보다 크고 고귀한 믿음이 죽음이야말로 최악의 순간에도 유일하게 완벽한 휴식이라고 말해주네. 우리는 안다네, 삶에 대한 공통의 갈망─매시간의 욕구와 의무들─을 통해 그 슬픔이 하루하루 줄어들어 마침내 이 무덤은 휴식과 평화, 거의 즐거운 장소가 될 것임을. 그게 바로 죽은 이들에게 위안이라네. 죽은 이들은 고통스럽지 않다네. 만약 그들이 다시 살아난다면, 그들의 삶은 우리 삶과 같을 것이라네. 우리는 두려움이 없다네. 우리는 모두 같은 어머니의 자손들이라 똑같은 운명이 우리를 기다리고 있다네.

　우리는 또한 다음과 같은 우리 나름의 종교가 있다네. 살아 있는 자들에게 도움을, 죽은 이들에게는 희망을.

― 로버트 잉거솔(Robert G. Ingersoll),

「어린아이의 무덤에 바치는 애도사」(A ddress over a Little Boy's Grave))

## 6장

　이 장에서 영시의 다양한 각운과 연에 대한 자세한 예를 제시하려고 시도한 것은 아니었다. 이에 대한 완전한 예시는 올던의 『영시』(*English Verse*)에서 볼 수 있을 것이다. 이와 연관된 기본 원칙들에 대한 명확한 언급은 캐러스(W.H. Carruth)의 『시 쓰기』(*Verse Writing*)를 보면 된다.

　자유시는 루이스의 『관행과 혁신』(*Convention and Revolt*) 6장과 7장, 앤드루스의 『시 쓰기와 읽기』(*Writing and Reading of Verse*) 5장과 19장을 참고하기 바란다. 에이미 로웰은 스워드 블레이드와 파피 시드, 그리고 『캔 그랜데 성』(*Can Grande's Castle*) 등의 서문에서, 그리고 『현대 미국시의 경향』의 마지막 장과 『이미지스트 시인들』의 서문, 그리고 1917년 1월의 『북미 리뷰』 등에서 그에 관해 자세하게 언급한 바 있다. 브레이스웨이트의 연간 『미국시 모음집』(*Anthologies of American Verse*)도 이 주제에 관한 특별한 논문들에 대한 전체적인 서지를 제공하고 있다.

　교실에서 수행한 강력하게 표시된 운율과 각운을 지닌 산문 리듬과 시 리듬 사이의 차이에 대한 흥미로운 실험이 에머슨의 일기 9권에서 발견된 그의 산문

「두 강」(Two Rivers)의 초고본을 나중에 완결된 그 시의 3연과 비교한 데서 찾아볼 수 있다.

　　머스퀘타퀴드, 그대의 목소리 감미로워 양의 울음소리처럼 들리는구나. 하지만 그대가 대지를 가로지르듯 그대를 가로지르며 흐르는 저 말없는 강물이 더 감미롭구나.

　　그대는 둑에 갇혀 있으나, 내가 사랑하는 저 강물은 물이 되어 흘러가며 바위를 뚫고 대기를 가로지르며 빛의 광선을 지나고, 어둠과 인간들마저도 가로지르며 흘러가는구나.

　　나는 겨울에도 여름에도 인간들과 짐승들 사이에서도 그 강물이 범람하며 영원히 소진되는 것을 열정과 사색 속에 보고 듣는다. 그 소리 들을 수 있는 이들은 행복하여라.

　　머스퀘타퀴드, 여름날 그대의 소리가
　　　빗소리가 내는 음악처럼 반복되는구나.
　　하지만 고동치며 흐르는 강물이 더 감미롭구나
　　　그대가 콩코드 평원을 가로지르듯 그대를 가로지르는 강물이.

　　그대는 그 비좁은 둑에 갇혀 있구나.
　　　내가 사랑하는 강물은 막힘없이 흘러
　　강물과 바다와 창공을 가로지르고
　　　빛과 삶을 가로지르며 앞으로 흘러가는구나.

　　나는 그 감미로운 범람을 보고
　　　강물이 소진되는 소리를 듣노라,
　　세월과 인간과 흐르는 자연 사이로,
　　　사랑과 사색, 힘과 꿈 사이로."

Thy voice is sweet, Musketaquid, and repeats the music of the ram, but sweeter is the silent stream which flows even through thee, as thou through the land.

Thou art shut in thy banks, but the stream I love flows in thy water, and flows through rocks and through the air and through rays of light as well, and through darkness, and through men and women.

I hear and see the inundation and the eternal spending of the stream in winter and in summer, in men and animals, in passion and thought. Happy are they who can hear it.

Thy summer voice, Musketaquit,
  Repeats the music of the rain;
But sweeter rivers pulsing flit
  Through thee, as thou through Concord plain."

Thou in thy narrow banks are pent;
  The stream I love unbounded goes
Through flood and sea and firmament;
  Through light, through life, it forward flows.

I see the inundation sweet,
  I hear the spending of the stream
Through years, through men, through nature fleet,
  Through love and thought, through power and dream."

나는 현대시에서 작가의 이름을 빼고 인용한 다음과 같은 짧은 구절들을 교실에서 논의해보기를 권한다.

1. 우유 배달부는 결코 말다툼하지 않는다. 그는 홀로 일하며 누구도 그에게 말을 걸지 않는다. 그가 일하는 동안 도시는 잠들어 있다. 그는 6백여 집의 현관에 우유병을 놓고 하루를 끝낸다. 그는 2백 개의 목조 계단을 오르며 두 필의 말이 그와 동행한다. 그는 결코 논쟁하지 않는다."

The milkman never argues; he works alone and no one speaks to him; the city is asleep when he is on his job; he puts a bottle on six hundred porches and calls it a day's work; he climbs two hundred wooden stairways; two horses are company for him; he never argues.

2. 때때로 나는 초초한 때가 있다네. 넌 소년이고 나는 소녀야, 그러니 너 어쩔래? 하고 묻는 듯한 야릇한 눈빛으로 나를 쳐다보는 한 소녀가 있다네. 그래서 나는 할 수 있는 한 우리 사이에 선생님의 탁자를 놔 둘 작정이야 하고 말하듯 그녀를 쳐다본다네.

Sometimes I have nervous moments — there is a girl who looks at me strangely as much as to say, You are a young man, and I am a young woman, and what are you going to do about it? And I look at her as much as to say, I am going to keep the teacher's desk between us, my dear, as long as I can.

3. 나는 그녀의 손을 잡고 내 가슴에 그녀를 안았네.

나는 내 품을 그녀의 사랑스러움으로 채우려, 키스로 그녀의 달콤한 미소를 앗으려, 내 눈으로 그녀의 검은 시선을 마셔버리려고 했다네.

아, 그러나 어디에 있는가? 누가 하늘의 푸른색을 끌어당길 수 있는가?

나는 그 아름다움을 안으려 했다네. 아름다움은 사라지고 내 손에 그 몸만을 남겨두었네.

당황하고 지친 나는 돌아왔다네. 오직 영혼만이 만질 수 있는 꽃을 어찌 몸이 건드릴 수 있겠는가?

I hold her hands and press her to my breast.

I try to fill my arms with her loveliness, to plunder her sweet smile with kisses, to drink her dark glances with my eyes.

Ah, but where is it? Who can strains the blue from the sky?

시론

I try to grasp the beauty; it ecludes me, leaving only the body in my hands.

Baffled and weary, I came back. How can the body touch the flower which only the spilit may touch?

4. 애야, 나는 그 꽃향기를 맡았단다.
　황금빛 꽃들……  내 발밑의 요정들처럼 무리 속에 숨은,
　내가 그 꽃들의 향기를 맡을 때 무한한 존재의 끝없는 미소가 나를 엄습해 왔지,
　그래서 나는 그 꽃들과 그대와 내가 하나임을 알았지
　그 꽃들과 그대와 나, 목동들과 소들과, 보석들과 도공의 바퀴,
　어머니들과 아기들의 눈동자에 반짝이는 빛.
　재봉사가 한 땀을 바느질 할 때 아홉 땀의 불필요한 땀을 막는다.
　거대한 강처럼 흐르고 흐르는 부드럽고 빛나는 바위는 이끼가 끼지 않는 법,
　무운시로 치장했을 때 단조로움을 통해
　할 수 있는 게 얼마나 놀라운지.
　애야, 나는 그 꽃향기를 맡았단다.”

Child, I smelt the flowers,
　The golden flowers ⋯ hiding in crowds like fairies at my feet,
　And as I smelt them the endless smile of the infinite broke over me, and I knew that they and you and I were one.
　They and you and I, the cowherds and the cows, the jewels and the potter's wheel, the mothers and the light in baby's eyes.
　For the sempstress when she takes one stitch may make nine unnecessary;
　And the smooth and shining stone that rolls and rolls like the great river may gain no moss,
　And it is extraordinary what a lot you can do with a platitude when you dress it up in Blank Prose.
　Child, I smelt the flowers.

## 7장

최근 비평은 서정시에 대한 논의로 활발하다. 존 드링크워터의 『서정시』(*The Lyric*)에 대한 작은 책자는 시사하는 바가 많다. 마찬가지로 1918년 12월 『펍. 모드. 랭. 에스』(*the Pub. Mod. Lang. Ass.*)에 실린 휘트모어(C.E. Whitmore)의 논문을 참고 하시길. 라이스의 『서정시』(*Lyric Poetry*), 셸링의 『영국 서정시』(*English Lyric*), 리드(Reed)의 『영국 서정시』(*English Lyrical Poetry*)는 역사적인 영국 서정시 전체를 다루고 있다. 특별한 시기에 대한 몇몇 책자들은 9장의 "주석"에 실어놓았다.

서정시 양식에 대한 이해를 위해서는 교실에서 적절하게 소리 내어 읽어주는 것이 도움이 될 수 있다. 음성적 해석에 대한 제안이 필요한 교사들에게는 반스(Walter Barnes) 교수의 『황금보물』(*Golden Treasury*)(Row, Petersen & Co., Chicago)를 추천한다.

한 편의 서정시를 분석하는 학생들의 능력은 자주 쓰게 하는 연습을 하도록 해야만 한다. 비평 방식은 개별 교사들에 의해 수행될 수 있겠지만 학생들에게 다음과 같은 질문들을 통해 테스트해보는 것이 유용하다는 것을 발견했다.

(a) 어떤 종류의 경험, 사고 혹은 정서가 이 시의 토대를 형성하고 있는가? 어떤 종류 혹은 어느 정도의 감수성이 자연의 사실들에 더해졌는가? 내적 분위기나 열정은 어떤 것인가? 이 서정시의 "동기"는 순수하게 개별적인가? 그렇지 않다면 어떤 관계나 연상이 연관되어 있는가?

(b) 어떤 종류의 상상적인 변화가 감각에 의해 재료에 가해졌는가? 어떤 종류의 이미지들인가? 이것은 진정한 시인가 아니면 그저 시인가?

(c) 시적 구조에는 어느 정도의 기술적 완성도가 보이는가? 원재료는 "어조"의 통일성에 어느 정도 종속되는가? 어떤 장치의 리듬이나 소리들이 의도된 효과를 고양시키는가? 주목할 만한 단어나 구절들은? 예술적 표현에 대한 작가의 능력이 그의 감정과 상상력과 일치하는가?

## 8장

서사시 일반에 대한 논의를 위해서는 구메르의 『시학과 고대 영국 서사시』(*Poetics and Oldest English Epic*), 하트(Hart)의 『서사시와 발라드』(*Epic and Ballad*), 카운실(Council)의 『시 연구』(*Study of Poetry*), 그리고 매튜 아널드의 논문, 「호메로스 번역에 관하여』를 참고하라.

발라드에 대해 더 알아보고 싶으면, 키트리지(G.L. Kittredge)가 한 권으로 편집한『어린이 영시와 스코틀랜드 민중 발라드』(*Child's English and Scottish Popular Ballads*), 구메르의『민중 발라드』(*Popular Ballad*), 스템펠의『발라드집』(Book of Ballads), 로맥스(J.A. Lomax)의『목동의 노래와 변경 발라드』(*Cowboy Songs and other Frontier Ballads*), 하트의『펍. 모드. 랭. 에스』(vol. 21, 1906)에 실린 요약을 참고하시길.『옥스퍼드 영시선』(*The Oxford Book of English Verse*)의 367~389번도 아주 훌륭한 작품들을 보여줄 것이다.

뿐만 아니라『시학』에 대한 모든 논문집들은 서사시에 대해 논하고 있으며, 고세의『영국 서사시』(*English Odes*)와 샤프(William Sharp)의『위대한 서사시들』(*Great Odes*)은 훌륭한 서사시 모음집이다.

소네트에 대해서는 코손의『영시 교본』(*Primer of English Verse*)의 장과 록우드(Lockwood)가 편집한 책의 서문을 참고하기 바람. 그 외에도 리 헌트, 홀 케인, 윌리엄 샤프의 유명한 선집들이 있다. 소네트에 대한 특별한 논문들은 풀(Poole)의 색인을 참고하기 바람.

극적 독백은 클라우드 하워드(Claude Howard)의『극적 독백』(*The Dramatic Monologue*)과 커리(S. S. Curry)의『테니슨과 브라우닝의 극적 독백』(*The Dramatic Monologue in Tennyson and Browning*)에서 잘 논의하고 있다.

## 9장

이미 언급한 바 있듯 라이스, 리드, 그리고 셸링의 일반적인 논문들이 다양한 시기의 영국 서정시에 대해 잘 다루고 있다. 고대 영시들은 쿡과 팅커(Cook and Tinker), 팬코스트와 스피스(Pancoast and Spaeth), 그리고 커(W.P. Ker)의『영문학』(*English Literature*)에 잘 번역이 되어 있다. 중세는 볼드윈(C.S. Baldwin)의『영국 중세 문학』(*English Mediaeval Literature*)이 탁월하다. 존 어스킨의『엘리자베스 시대의 서정시』(*Elizabethan Lyric*)는 아주 가치 있는 연구서이다. 셸링의『엘리자베스 시대 서정시 선집』(*Selections from the Elizabethan Lyric*)의 서문은 17세기 서정시에 대한 그의 다른 저서와 마찬가지로 주목해서 보아야 한다. 베른바움(Bernbaum)의『18세기 영국 시인들』(*English Poets of the Eighteenth Century*)은 아주 공들인 선집이며, 학술적인 서문도 달려 있다. 낭만주의 시기의 영시에 대한 연구는 양적으로 풍부하다. 올리버 엘튼(Oliver Elton)의 『1780~1830년 영문학 연구』(*Survey of English Literature*, 1780~1830)는 최고의 저술 가운데 하나다. 코트호프(Courthope)의 『영시의 역사』(*History of English Poetry*)와 세인츠버리의 『비평의 역사』(*History of Criticism*)는 이 장에서 다룬 문제들을 다루는 자료들로 가득하다.

『고대 영시에서 고대 프랑스 시로』(*Old English to Old French poetry*)의 한 구절에서 보이는 르구이스(Legouis) 교수의 분위기 변화에 관한 설명은 너무도 훌륭한 문장이라 번역을 하면 그 느낌을 잃을까 봐 그냥 옮겨온다.[1]

> 『베오울프』를 떠나 『말동 전투』를 거쳐 『롤랑』으로 오면서, 어두운 곳을 떠나 빛 속으로 들어가는 느낌이 든다. 당신은 이 느낌을 모든 면에서 동시다발적으로 받게 된다. 묘사된 장소들, 주제, 말하는 방식, 영혼이 생동하고, 지성이 지배한다. 그러나 두 언어의 차이에 대해서는 보다 더 즉각적이고 막연한 방식으로 다가온다. 우리는 보통 옛 작가들의 바로 이 재능, 빛을 발하는 재능을 보고 그들을 식별하지만, 너무 익숙한 나머지 그들의 영혼에 깃든 분석적인 경향이나 논리적인 능력에서 이 재능이 생긴다는 것을 제대로 보지 못한다. 또한 여러 비평가들은—이 중 몇몇은 프랑스인인데—이 능력을 핑계 삼아 시적 재능을 포기하고 산문에 자신의 역량을 내주고 말았다. 하지만 이 빛은 순전히 추상적이지는 않다. 이는 진정한 빛으로, 음유시인들의 최고의 운문들이—이것이야말로 유일하게 중요한 것이다—이 빛에 감싸여 있다. 어슴푸레한 빛에 오랫동안 매여 있던 눈앞에 갑자기 지나가는 빛나는 음절들, 올리비에의 검, 샤를마뉴의 '기쁨,' 프랑스 군대의 전투 함성, 이 눈부심을 어떻게 표현할까? 우리는 마치 갑작스러운 일출에 놀라듯 놀란다. 그 눈부심은 우리 옛 로망스의 운문으로, 그 의미에 마음 쓸 필요도 없이 빛이 넘쳐흐른다.
>
> "아름다운 에렘보가 한낮에 창가에서

---

1  블리스 페리는 불어로 된 문장을 그대로 옮겨놓았지만, 위험을 무릅쓰고 불어를 옮겨놓는다. —옮긴이 주

무릎에 색색의 비단을 두르고 있네."

혹은

"아름다운 욜랜드가 고요한 정자에서
무릎에 비단 천을 펼친 채
금실 은실 바느질을 하고 있네."

이 단어들에서 새어 나오는 것은 빛뿐만이 아니다. 그것은 색상과 함께 보다 풍부한 무언가이다."[2]

"En quittant *Beowulf* ou la *Bataille de Maldon* pour le *Roland*, on a l'impression de sortir d'un lieu sombre pour entrer dans la lumière. Cette impression vous vient de tous les côtés à la fois, des lieux décrits, des sujets, de la manière de raconter, de l'esprit qui anime, de l'intelligence qui ordonne, mais, d'une façon encore plus immédiate et plus diffuse, de la différence des deux langues. On reconnaît sans doute généralement à nos vieux écrivains ce mérite d'être clairs, mais on est trop habitué à ne voir dans ce don que ce qui découle des tendances analytiques et des aptitudes logiques de leur esprit. Aussi plusieurs critiques, quelques-uns français, ont-ils fait de cet attribut une manière de prétexte pour leur assigner en partage la prose et pour leur retirer la faculté poétique. Il n'en est pas ainsi. Cette clarté n'est pas purement abstraite. Elle est une véritable lumière qui rayonne même des voyelles et dans laquelle les meilleurs vers des trouvères—les seuls qui comptent—sont baignés. Comment dire l'éblouissement des yeux longtemps retenus dans la pénombre du Codex Exoniensis et devant qui passent soudain avec leurs brillantes syllabes 'Halte-Clerc,' l'épée d'Olivier, 'Joyeuse' celle de Charlemagne, 'Monjoie' l'étendard des Francs? Avant toute description on est saisi comme par un brusque lever de soleil. Il est tels vers de nos vieilles romances d'où la lumière ruisselle sans même qu'on ait besoin de prendre garde à leur sens:

---

2  Emile Legouis, *Défense de la Poésie Française,* p. 44.

"'Bele Erembors a la felnestre au jor
  Sor ses genolz tient paile de color'

ou bien

"'Bele Yolanz en chambre coie
  Sor ses genolz pails desploie
  Coust un fil d'or, l'austre de soie…'

C'est plus que de la lumière qui s'échappe de ces mots, c'est de la couleur et de la
plus riche."

## 10장

이 장이 서정시의 일반적 경향을 예시하는 것 이외에 생존하는 미국 작가들
의 작품에 대해서는 언급하려 하지는 않았지만, 시를 가르치는 교사들은 오늘날
시가 주목하는 관심사를 활용해야 한다고 생각한다. 『옥스퍼드 영시선』처럼 아
주 주의 깊게 선택된 선집을 연구하는 학생들은 당대의 시에 대한 판단을 내리
는 데 오롯한 적임자가 되어야만 한다. 나는 그들이 매달 잡지에 발표되는 작품
에 대한 비평에 몹시 관심을 지니고 있다는 것을 알게 되었다. 과거의 많은 세대
와 비교해볼 때 개별 교사의 기질과 취향은 우리 세대에게 부여될 수 있는 상대
적 관심이 얼마나 되는가 하는 양적인 측면을 결정하는 것이 틀림없다.

가능한 한 모든 시 이론 수업 과정에서 현대 시인의 작품 전체에 대한 연구가 동반되어야 한다고 믿으며 나는 여기에 모험적으로 테니슨의 시에 대한 개략적인 주제 연구를 싣고자 한다. 테니슨의 시적 성취의 다양성은 너무도 위대하고 그의 기교적 원천은 너무도 두드러져서 그가 "빅토리아 시대 사람"이라는 사실을 기억하는 젊은 미국인들에게조차 그는 면밀하게 연구할 가치가 있다.

## 테니슨에 대한 주제적 연구

### I. 비평 방식

[여기서 시에 대한 연구로 제안되는 계획은 이 책이 따른 방식에 기반한다. 학생은 한 시를 선택하고 내용과 형식을 아래에 제시된 대략적인 개요에 따라 가능한 한 주의 깊게 분석할 것을 조언한다. 시 작품에 대한 분석을 시작하기 전에 시의 사상과 감정을 온전한 전체로 완전히 이해해야 한

다. 분석이 완수된 다음에 학생은 그 시를 종합적으로, 즉 부분부분 기교적으로가 아니라 미학적 판단에 전체적으로 호소하면서 고려하도록 애써야만 한다.]

| | |
|---|---|
| 내용 | **A. "인상"**<br><br>자연에 대하여 – 자연 현상에 대한 어떤 종류의 관찰이 이 시에 드러났는가? 움직임, 형상, 색, 소리, 낮과 밤의 시간, 계절 등에 대한 인상. 과학적 사실에 대한 지식 등등은?<br><br>인간에 관하여 – 인간에 관한 시인의 직접적인 지식의 증거는 무엇인가? 성서적, 고전적, 이국적 혹은 영국적 문학을 통해 획득한 인간에 대한 지식의 증거는? 자기 인식은?<br><br>신에 관하여 – 영적 법칙에 대한 인식은? 종교적 태도는? 이 시는 그의 다른 시들과 일치하는가? |
| 형식 | **B. "상상력 변환"**<br><br>"감각적 인상"에 의해 제시된 "원재료"는 시인의 정신을 거치면서 실질적인 "종류의 변화"를 겪는가?<br><br>이 시에서 당신은 창조적 개성의 존재를 느끼는가?<br><br>개별 특성의 선택에 담긴 시적 본능의 증거는 무엇인가? 이미지들을 통한 재현 능력에는? 이상화에는?<br><br>**C. "표현"**<br><br>시인의 어휘의 영역과 특성에 대해서 할 말은 무엇인가? 비유적 언어 활용에 대해서는? 운율의 선택, 각운의 활용에 대해서는? 시에 담긴 생각을 제기하기 위해 리듬과 소리의 변화에 대해서는? 모방의 영향은?<br><br>전반적으로 이 시에는 형식과 내용의 조화가 존재하는가, 아니면 내용과 형식 가운데 어느 하나를 예술가가 더 편애하는 증거가 있는가? |

328                                                          시론

# II. 테니슨의 서정시

[아래에 제시된 주제들을 먼저 조사하는 데 기초하여 독특하게 서정적인 테니슨의 작품에 대한 비평문을 작성하라. 서사적 혹은 극적 요소가 지배적인 다른 어떤 시들도 다루지 말 것. 그와 같은 표현 형식의 시들은 이어지는 페이퍼의 주제가 될 것임]

## A. "인상"(경험, 생각, 정서)

### 일반적 특징들

서정적 분위기의 신선함이 테니슨의 경우 다른 어떤 철학적 입장에 기초하는 것처럼 보이는가? 연속되는 경험의 예민함에?

그의 서정적 자의식은 고상한 것인가? 그는 자신의 정체성을 자신의 민족과 어느 정도로 동일시하는가? 인류와는?

그의 서정적 열정은 항상 진정한가? 그렇지 않다면 그 진정성이 결핍된 서정시의 예들을 제시하기를. 시인이 나이 들어가면서도 서정적 열정은 유지되는가?

### 자연에 관하여

자연 현상—형식, 색채, 소리, 낮과 밤의 시간, 계절, 하늘, 바다—의 어떤 부분이 이 시들에서 등장하고 있는가? 서정적 정서는 자연의 세부 사항들에 의해 어느 정도 환기되는가? 그것들이 미치는 영향은? 과학적 사실을 시적으로 활용한 예를 제시하라.

### 인간에 관하여

어떤 인간관계가 그의 서정시 주제를 장식하고 있는가? 사랑의 서정시
들에서 남녀간의 관계의 차이는 무엇인가? 우정에서 그는 어느 정도 서정
적 동기를 발견하는가? 애국심에서는? 그의 서정시 가운데 얼마 정도가
인간과의 직접적인 관계 속에서 생겨나는가? 성찰로부터는? 책이라는 매
개를 통한 인간과의 접촉을 통해서는? 그의 서정시들은 당신의 사회적 문
제들을 얼마나 명확하게 반영하는가? 그의 후기 서정시들에서 인간에 대
한 보다 심오한 혹은 보다 얕은 관심사들의 흔적이 보이는가? 사회의 발
전에 관한 믿음은 더 깊어지는가 아니면 줄어드는가?

### 신에 관하여

자유, 의무, 도덕적 책무 등과 같은 개념들에 기초한 주제를 담은 서정
시들을 언급해보라. 테니슨의 서정시는 영적 법칙에 대한 인식을 드러내
는가? 그 시인의 태도는 명료한가?

### B. "상상력 변환"

개별 특성의 선택에 담긴 시적 본능의 증거는 무엇인가? 이미지들을
통한 재현 능력에는? 시적 특성을 상상력에 빚진 서정시들과 공상에 의
해 창조된 시들을 구별하라. (올던의『시 개론』(*Introduction to Poetry*, pp.
102~112. 논의를 참고.) 테니슨의 개성은 그의 시적 재료가 변환을 거치
는 이 본능적 과정들에 의해 어느 정도 드러나는가?

## C. "표현"

통일성, 간결성, 구조의 단순성 등과 같은 서정적 형식을 다루는 그의 일반적 방법에 대해서는 뭐라 말하겠는가? 이따금 재현의 언어보다는 표상의 언어를 사용하는 것에 대해서는? 운율의 선택에 대해서는? 각운은? 각운과 소리를 전달하는 사상에 맞도록 변형시키는 것에 대해서는? 형식이나 내용에 대한 예술가의 편애와 무시에 대해서는? 이 모든 점들 속에서 테니슨의 초기 서정시와 후기 시들 사이의 차이점들에 대해 무엇이건 언급해보라.

## III. 테니슨의 서사시

[아래 질문들에 기반하여 테니슨의 서사적 작품에 대한 비평문을 작성하라.]

### A. "인상"(경험, 생각, 정서)

테니슨의 서서시를 분류하고 나면, 얼마나 많은 주제들이 그 자신의 독창성에서 나온 주제라는 생각이 드는가? 적어도 표면상으로 시인 자신의 경험에 기반한 시들을 언급해보라. 테니슨의 시는 어느 정도 순수하게 객관적이라는 생각이 드는가? 다시 말해 반성적이거나 교훈적인 요소를 섞지 않은 채 말이다. 어떤 주제들이 신화 혹은 전설에 기원한 것들인가? 역사적 바탕을 지닌 시들 가운데 얼마나 많은 시들이 영국의 자료에 기인하고 있는가? 그가 서사적 재료를 사용하는 것이 정서의 결핍을 보여준 적이 있는가? 다시 말해, 그 이야기가 산문으로 되었다면 더 잘 되었을 것이라는 느낌이 드는가? 그는 이야기하는 재주가 있는가?

### 자연에 관하여

토픽 II의 A에서 개략적으로 보여준 것처럼 자연 현상에 관한 묘사들은 어느 정도 테니슨의 서사시에 담겨 있는가? 이야기의 장치의 일부로 자연 현상에 대한 묘사는 언제나 종속된 공간을 지니고 있는가? 지나칠 정도의 화려한 세부 사항들로 이야기를 내려 누르는가? 부당할 정도로 이야기가 진전되는 것을 지체시키는가?

### 인간에 관하여 (일반적 특징에서 언급된 요점들 몇몇을 여기에 적용하기를.)

인물을 묘사하는 테니슨의 능력에 대해서는 무어라 말하겠는가? 서로서로의 뒤얽힘이나 충돌 혹은 환경과의 그런 상황 속에서 인문들을 인식하는 점에 대해서는? 이러한 주제들을 다루는 인간관계의 범위에 대하여 예를 제시해 보라. 후기의 서사시들은 비극적 상황에 대한 비율이 더 증가하는가? 테니슨의 서사시는 오늘날 영국 사회를 향한 그의 태도에 어떤 시사점을 던져주는가?

### 신에 관하여 (II의 A를 참고)

### B. "상상력 변환"

토픽 II의 B에서 이미 제시된 질문들을 서사시에도 적용하기를. 특히 그의 서사적 재료들이 변형되는 본능적 과정을 통해 테니슨의 개성을 드러내도록 해보라.

## C. "표현"

서사적 형식을 다루는 그의 일반적 태도, 즉 배경, 인물, 플롯을 상호 연관 속에서 다루는 그의 태도에 대해 뭐라 말하겠는가? 「전원시」(the Idylls)와 「공주」(The Princess)와 같은 그의 장시들은 통일성, 폭, 그리고 서사시 하면 흔히 연상되는 지속적인 문체의 고양 등을 지니고 있는가? 테니슨의 서사적 운율에 대한 숙련도에 대해서는 무어라 말할 수 있겠는가? 리듬과 소리를 이야기가 요구하는 데 어울리도록 맞추는 그의 기교에 대해서는?

## IV. 테니슨의 극시

[극시의 기교에 대한 연구에 참고될 만한 책들은 쉽게 구할 수 있다. 예비적 작업으로 초기와 후기 테니슨의 극적 독백에 관한 주의 깊은 연구를 하는 것이 좋을 것이다. 이 작업이 인물들을 그려내는 그의 기교에 관한 상당한 시사점을 줄 것이며, 동시에 테니슨의 극적 서사의 방법에 대해서도 알게 해줄 것이다. 이 보고서를 위해서는 「메리 여왕」(Queen Mary), 「헤롤드」(Harold), 「베켓」(Becket), 「컵」(The Cup), 「송골매」(The Falcon), 「5월의 약속」(The Promise of May) 그리고 「숲 속의 사람들」(The Foresters)에 대한 비평에 국한하라. 「베켓」(Becket)을 연구할 때는 그 극에 대한 어빙(Irving)의 맥밀란(Macmillan) 무대 판본과 비교해보라.

A. 테니슨 극시의 주제들을 분류하라. 이 주제들이 유망한 극적 재료를 제공한다고 생각하는가? 테니슨의 이전 문학적 경험이 극시의 성공에 도

움이 될 것이라고 생각하는가 아니면 방해가 될 것이라고 생각하는가?

**자연** – 주제 I, II, III에서 이 제목 아래 논의된 것을 연극에 적용해보라.

**인간** – 주제 II, III에서 이 제목 아래 논의된 것들을, 특히 인물의 묘사, 충돌하는 인물들의 개념, 인간관계의 다양성 개념 등에 관하여 연극에 적용해보라. 이 극들은 진정으로 희극적 감각의 증거가 되는가? 어떤 비극적 힘들이 테니슨에게 가장 인상적인 점들을 부여하는가? 이 극들로부터 개인과 제도 사이의 갈등의 예들을 제시해보라.

**신** – 테니슨의 필연성과 징벌의 원칙에 대하여 언급해보라. 시적 정의를 이렇게 배분하는 것이 세계의 도덕적 질서와 공감을 보여주는가? 이 극들은 다른 작품들에서 보이는 테니슨의 신학과 조화를 이루는가? 이 극들은 종교적 삶의 문제들에 대하여 명확하게 제시하고 있는가?

B. 역사극의 주제 II의 B와 비교해보라. 역사적 인물들에 색채를 부여하는 데 있어 시인 자신의 개성의 영향을 찾을 수 있는가? 이 인물들 가운데 누구건 테니슨의 묘사를 다른 시인들, 소설가들 혹은 역사가들의 인물 묘사와 비교해보라. 테니슨이 셰익스피어만큼 인물을 창조하는 능력이 있다고 생각하는가? 테니슨의 극작품 가운데 어느 정도가 순수하게 객관적이라고 생각하는가? 다시 말해 소위 서정적 자의식에 물들지 않은 것이라 생각하는가?

C. 극적 형식을 다루는 테니슨의 일반적 태도에 관해 무어라 말할 수 있는가? 그는 "극적 감각"을 지니고 있는가? 인물들이 얽혀 갈등하게 되는

그의 복잡한 상황을 다루는 능력은? 그의 극시의 다른 "부분들"과 "순간들"에 나타난 기교에 대해서는? 행동을 드러내는 그의 묘사는 극적 요구 사항을 만족시키는가? 그의 어휘는 무대의 목적에 어울리는가? 순수하게 서정적이고 서사적인 재능이 그의 극에서도 제시된 것을 보여주는 예를 제시하라. 당신 생각에 성공적으로 연기될 수 없는 구절들을 예로 들어보라. 이 극들을 읽으면서 혹은 공연된 극들을 보면서 그 극들이 제공하는 기쁨을 고양시킬 수 있는 특성이나 특질들이 부족한 점을 의식한 곳이 있는가? 전체적으로 볼 때 이 다양한 극들의 형식은 그 속에 활용된 주제들과 예술적으로 일치하는가?

**옮긴이의 말**

# 시론의 기본서

블리스 페리의 『시론』은 시의 영역, 시의 상상력, 시의 언어, 리듬과 운율, 각운과 연, 자유시 등 시 일반론을 기술하고 있다. 또한 서정시의 영역, 서정시의 관계와 유형들, 서정시의 현재 상황 등을 살피고 있다.

블리스 페리는 시의 특성과 의의 등을 일반 독자들 및 강의실에서 공부하는 학생들이 이해할 수 있도록 쉽게 설명하고 있다. 그러면서도 깊이 있고 논리적이고 진지하게 시를 사랑하고 있다. 나는 그러한 모습에 호감을 갖고 번역해나가는 동안 인용한 시들에 빠져들기도 했고, 시의 기능은 물론 시의 형식과 의미, 시의 상상력, 서정시와 민족 및 시대 등에 대해 생각하는 시간도 가졌다. 그의 의견을 온전히 이해하지 못하는 부분도 있었지만, 시란 무엇인가를 사색할 수 있어 행복했다.

그렇지만 리듬과 운율의 영역 앞에서 멈추고 말았다. 내용을 이해하는 데 많은 시간이 필요했고, 한국의 시를 이해하는 데 불필요한 면이라는 생각이 들었기 때문이다. 또한 논문 쓰기, 강의, 창작 등에 쫓기다 보니 그의 시론을 더 이상 들을 수 없었다. 그리하여 그의 『시론』은 20년간 책상 서랍에 묻혀 있었다.

그러다가 작년에 영문학자이자 시인인 여국현을 만나 찰스 디킨스의 『크리스마스 캐럴』을 함께 번역한 일을 계기로 블리스 페리의 『시론』을 다시 읽을 수 있었다. 제5장 리듬과 운율 이하는 여국현 교수가 번역한 것이다.

　나는 이 작업을 계기로 오랫동안 만지고 있는 아리스토텔레스의 『시학』도 조만간 마무리 지으려고 한다.

　블리스 페리의 『시론』은 시론의 기본서라고 볼 수 있다. 시를 공부하거나 시를 창작하려는 이들에게 분명 도움을 줄 것이다. 이 시론집을 즐겁게 읽을 독자들이 기다려진다.

　가을의 햇살이 더욱 풍요롭게 느껴진다. 블리스 페리 교수에게 감사의 인사를 드린다.


2019년 10월 18일
맹문재

# 참고 문헌

이 목록은 이 책에서 논의되거나 언급된 영어로 된 중요한 책과 논문들의 목록들이다. 올던의 『시 개론』(*Introduction to Poetry*)과 패터슨의 『산문의 리듬』 (*Rhythm in Prose*)에는 산문과 운문의 리듬을 다루는 보다 전문적인 논문들의 목록이 가득하다.

ALEXANDER, HARTLEY B., *Poetry and the Individual,* New York, 1906.

ANDREWS, C.E., *The Writing and Reading of Verse,* New York, 1918.

ARISTOTLE, *Theory of Poetry and Fine Art*, edited by S. H. Butcher, New York, 1902.

——————, *On the Art of Poetry*, edited by Lane Cooper, Boston, 1913.

BABBITT, IRVING, *The New Laokoon*, Boston and New York, 1910.

BERNBAUM, ERNEST, editor, *English Poets of the 18th Century*, New York, 1918.

BOSANQUET, BERNARD, *A History of Aesthetic*, New York, 1892, Three Lectures on Aesthetic, London, 1915.

BRADLEY, A.C., *Oxford Lectures on Poetry*, London, 1909.

BRAITHWAITE, WILLIAM S., editor, *The Book of Elizabethan Verse*, Boston, 1907, *Anthology of Magazine Verse 1913-19*, New York, 1915.

BRIDGES, ROBERT, *Ibant Obscurae*, New York, 1917.

BUTCHER, S.H. (See Aristotle)

CHILD, F.G., *English and Scottish Popular Ballads*, 5 vols., 1882~1898.

CLARK, A.C., *Prose Rhythm in English*, Oxford, 1913.

COLERIDGE, S.T., *Biographia Literaria*, Everyman edition.

CONNELL, F.M., *A Text-Book for the Study of Poetry*, Boston, 1913.

COOK, ALBERT S., editor, *The Art of Poetry*, Boston, 1892.

COOK, A.S. and TINKER, C.B., *Select Translations from Old English Poetry*, Boston, 1902.

CORSON, HIRAM, *A Primer of English Verse*, Boston, 1892.

COURTHOPE, WILLIAM J., *A History of English Poetry*, London, 1895.

——————————, Life in Poetry: *Law in Taste*, London, 1901.

COWL, R.P., *The Theory of Poetry in England*, London, 1914.

CROCE, B., *Aesthetics*, London, 1909.

CROLL, MORRIS W., *The Cadence of English Oratorical Prose*, in Studies in Philology, January, 1919.

Croll and Clemons, *Preface to Lyly's Euphues*, New York, 1916.

DRINKWATER, JOHN, *The Lyric*, New York (n.d.).

EASTMAN, MAX, *Enjoyment of Poetry*, New York, 1913.

ELTON, OLIVER W., English Prose Numbers, in *Essays and Studies*, by members of the English Association, 4th Series, Oxford, 1913.

ERSKINE, JOHN, *The Elizabethan Lyric*, New York, 1916.

FAIRCHILD, ARTHUR H.R., *The Making of Poetry*, New York, 1912.

GARDINER, J.H., *The Bible as English Literature*, New York, 1906.

GATES, LEWIS E., *Studies and Appreciations*, New York, 1900.

GAYLEY, C.M. and SCOTT, F.N., *Methods and Materials of Literary Criticism*, Boston, 1899.

GORDON, K., *Aesthetics*, New York, 1909.

GOSSE, EDMUND W., *English Odes*, London, 1881.

GUMMERE, FRANCIS B., *A Handbook of Poetics*, Boston, 1885.

——————, *The Beginnings of Poetry*, New York, 1901.

——————, *The Popular Ballad*, Boston and New York, 1907.

——————, *Democracy and Poetry*, Boston and New York, 1911.

HART, WALTER M., *Epic and Ballad*, Harvard Studies, etc., vol. 11, 1907.

——————, *See his summary of Child's views in Pub*, Mod. Lang. Ass., 21, 1906.

HAYES, ALFRED, Relation of Music to Poetry, in *Atlantic*, January, 1914.

HEARN, LAFCADIO, *Kwaidan*, Boston and New York, 1904.

HOLMES, EDMOND, *What is Poetry?* New York, 1900.

HUNT, LEIGH, *What is Poetry?* edited by Albert S. Cook, Boston, 1893.

JAMES, WILLIAM, *Psychology*, New York, 1909.

KITTREDGE, G.L., editor, *English and Scottish Popular Ballads,* Boston, 1904.

LA FARGE, JOHN, *Considerations on Painting*, New York, 1895.

LANIER, SIDNEY, *Science of English Verse*, New York, 1880, Poem Outlines, New York, 1908.

LEGOUIS, ÉMILE, *Défense de la Poésie Française*, London, 1912.

LEWIS, CHARLTON M., *The Foreign Sources of Modern English Versification*, Halle, 1898.

——————, *The Principles of English Verse*, New York, 1906.

LIDDELL, M.H., *Introduction to Scientific Study of English Poetry*, New York, 1912.

LOCKWOOD, LAURA E., editor, *English Sonnets*, Boston and New York, 1916.

LOMAX, JOHN A., *Cowboy Songs and Other Frontier Ballads*, New York, 1916.

LOWELL, AMY, *Tendencies in Modern American Poetry*, New York, 1917.

——————, *Men, Women and Ghosts*, New York, 1916.

——————, *Can Grande's Castle*, New York, 1918.

LOWES, JOHN L., *Convention and Revolt in Poetry*, Boston and New York, 1919.

LYLY, JOHN, *Euphues*, edited by Croll, M.W., and Clemons, H. New York, 1916.

MACKAIL, J.W., *The Springs of Helicon*, New York, 1909.

MARSHALL, HENRY R., *Aesthetic Principles*, New York, 1895.

MAYOR, J.B., *Chapters on English Metre*, London, 1886.

MILL, J.S., "Thoughts on Poetry", in *Dissertations*, vol. 1.

MOORE, J. ROBERT, "The Songs in the English Drama" (Harvard Dissertation, un-published).

MORSE, LEWIS K., editor, *Melodies of English Verse,* Boston and New York, 1910.

NEILSON, WILLIAM A., *Essentials of Poetry*, Boston and New York, 1912.

NEWBOLT, SIR HENRY, *A New Study of English Poetry*, New York, 1919.

OMOND, T.S., *A Study of Metre*, London, 1903.

PALGRAVE, FRANCIS T., *The Golden Treasury*, London, 1882.

PANCOAST, H.S. and SPAETH, J.D., *Early English Poems*, New York, 1911.

PATTERSON, WILLIAM M., *The Rhythm of Prose*, New York, 1916.

PATTISON, MARK, editor, *Milton's Sonnets*, New York, 1883.

PHELPS, WILLIAM L., *The Beginnings of the English Romantic Movement*, Boston, 1893.

POUND, LOUISE, "The Ballad and the Dance," *Pub. Mod. Lang. Ass.*, September, 1919.

QUILLER–COUCH, A.T., editor, *The Oxford Book of English Verse*, Oxford, 1907.

RALEIGH, WALTER, *Wordsworth*, London, 1903.

RAYMOND, GEORGE L., *Poetry as a Representative Art*, New York, 1886.

——————, *The Genesis of Art*–Form, New York, 1893.

——————, *Rhythm and Harmony in Poetry and Music*, New York, 1895.

REED, EDWARD B., *English Lyrical Poetry*, New Haven, 1912.

RHYS, ERNEST, *Lyric Poetry*, New York, 1913.

RHYS, ERNEST, editor, *The New Golden Treasury of Songs and Lyrics*, New York (n.d.).

RIBOT, T., *Essay on the Creative Imagination*, Chicago, 1906.

RUSSELL, C.E., Swinburne and Music, in *North American Review*, November, 1907.

SAINTSBURY, GEORGE, *History of English Prosody*, London, 1906~10.

——————, *History of English Prose Rhythm*, London, 1912.

SANTAYANA, GEORGE, *The Sense of Beauty*, New York, 1896.

——————, *Interpretation of Poetry and Religion*, New York, 1900.

SCHEMING, F.E., editor, *A Book of Elizabethan Lyrics*, Boston, 1895.

——————, *Seventeenth Century Lyrics*, Boston, 1899.

SCHELLING, F.E., *The English Lyric*, Boston and New York, 1913.

SHACKFORD, MARTHA H., *A First Book of Poetics*, Boston, 1906.

SHELLEY, PERCY B., *A Defense of Poetry*, edited by Albert S. Cook, Boston, 1891.

SHERMAN, L.A., *Analytics of Literature*, Boston, 1893.

SHERMAN, STUART P., *Contemporary Literature*, New York, 1917.

SIDNEY, SIR PHILIP, *The Defense of Poesy*, edited by Albert S. Cook, Boston, 1890.

SNELL, ADA F., "Syllabic Quantity in English Verse," in *Pub. Mod. Lang. Ass.*, September, 1918.

SPINGARN, J.E., *Creative Criticism*, New York, 1917.

STEDMAN, EDMUND C., *The Nature and Elements of Poetry*, Boston and New York, 1892.

STEMPEL, G.H., *A Book of Ballads,* New York, 1917.

STEWART, J.A., *The Myths of Plato*, London, 1905.

SYMONS, ARTHUR, *The Seven Arts,* London, 1906.

TAYLOR, HENRY O., *The Classical Heritage of the Middle Ages*, New York, 1901.

TOLMAN, A.H., *Hamlet and Other Essays*, Boston, 1904.

TOLSTOY, L., *What is Art?* New York (n.d.).

UNTERMEYER, LOUIS, *The New Era in American Poetry*, New York, 1919.

WATTS-DUNTON, THEODORE, *Poetry and the Renascence of Wonder*, New York, (n.d.).

WELLS, CAROLYN, *A Parody Anthology*, New York, 1904.

WHITMORE, C.E., "Article on the Lyric" in *Pub. Mod. Lang. Ass.*, December, 1918.

WHITNEY, W.D., *Language and the Study of Language*. New York, 1867.

WILKINSON, MARGUERITE, *The New Voices.*, New York, 1919.

## 용어 및 인명

## 도서명 및 작품명